삶은 고분자
예술이다

이석현

서울대학교 화학과를 졸업하고, 한국과학원 '화학 및 화학공학과'를 졸업했다. 프랑스로 유학하여 스트라스부르 I대학 '고분자 전문화 에콜(EAHP)'에서 플라스틱 엔지니어 학위(Diplôme d'Ingénieur)를, 이어서 루이파스퇴르 대학에서 고분자 과학 분야 이학국가박사학위(Diplôme de Docteur d'État)를 받았다. 미국 코네티컷 대학교에서 연구했으며, 아주대학교 응용화학생명공학과 교수를 지내고 현재 아주대 명예교수로 있다. 고분자 구조와 형태, 블록공중합체, 액정중합체, 전도성 고분자 분야에 관한 다수의 학술논문 및 특허가 있다. 저서로『고분자의 구조와 형태학』(민음사, 1992),『삶은 고분자 예술이다』(태학사, 2021),『화학자의 숙면법』(태학사, 2021)이 있다.

삶은 고분자 예술이다

초판 1쇄 발행 2021년 5월 17일

지은이 | 이석현

펴낸곳 | (주)태학사
등록 | 제406-2020-000008호
주소 | 경기도 파주시 광인사길 217
전화 | 031-955-7580
전송 | 031-955-0910
전자우편 | thspub@daum.net
홈페이지 | www.thaehaksa.com

편집 | 조윤형 김선정 여미숙
디자인 | 이윤경 이보아
마케팅 | 김일신
경영지원 | 정충만
인쇄·제책 | 영신사

값 18,000원

ISBN 979-11-90727-65-5 (03810)

삶은 고분자 예술이다

어느 화학자의 삶과 학문 이야기

이석현 지음

태학사

나의 화학 인생 한길, 삶은 고분자 예술이다

1970년대 중반에 컴퓨터를 이용하여 석사 논문을 썼으니 나는 컴퓨터 1세대인 셈이다. 그런데 여전히 눈과 손이 따로 놀아서, 손자들은 나를 BC(Before Computer) 세대로 여긴다. 휴대폰을 쥐고 태어난 디지털 네이티브 세대에게 내 검지는 기이한 손가락이다. 아무리 주의 깊게 좌판을 내리찍어도 엉뚱한 곳으로 가기 일쑤이니 매서운 독수리눈도 힘을 못 쓴다. 그 손에서 한 권의 책이 탄생했다. 35년 교육자로, 화학자로 살아온 시간을 되돌아보면서 괴롭고 고민스러웠던 순간과 그때의 고민과 문제를 어떻게 해결했고 그 과정에서 얻은 것은 무엇인지, 한 걸음 더 들어가 성찰한 내 삶의 이야기다.

기억으로 이야기를 풀어 가면 기억이 창의적으로 자신을 속일 수 있다. 인생살이 이치가 그렇게 되어 있다면 어쩔 수 없다. 해석이나 설명이 신성하다고 해도 팩트(fact)를 앞설 수 없기 때문이다. 하지만 팩트로 그 본질에 다가가면 삶에 대한 이해가 깊어지고 미래의 변화에 대비한 실마리도 찾을 수 있지 않을까. 부끄럽지만 이 책을 통해서 지나온 내 삶의 맥락을 파악하며 무엇이 불가피했고, 또 그것이 어떤 의미였는지 현재의 눈으로 짚어 보고 싶다.

내게는 살아가는 하루하루가 고분자 예술이다. 일상을 꾸리는 수많은 감정과 기억과 추억까지도 고분자처럼 다양한 모습으로 구성되어 결국은 일과 사람, 가족에게 감사와 사랑을 빚는다. 다른 이들의 삶 또한 그러하리라 생각한다. 생명을 주고받고, 입고 사는 재료의 대부분이 고분자다. 그러니 사람의 한평생 또한 확정하거나 단정할 수 없는 고분자 예술이다. 시간이 한 손으로는 새로운 미래를 건네고 다른 한 손으로 그것을 전부 빼앗지는 않을 것이다. 변화를 만들어 내지 못하는 시간은 죽음뿐일 테니까. 그저 관찰하고 겸허하게 변화를 수용하며 살아갈 뿐이다.

지난 35년간 나는 아주대학교 교수로서, 또 학자로서 학생을 가르치고 물질의 변화와 변환에 흥미를 갖고 연구했다. 한길 인생을 걸어오면서 어느새 과학과 기술 연구활동 자체가 생존에 유리한 환경을 만들어 주는 자연선택이자 본질적 요소라고 믿게 되었다. 이어 삶 자체가 고분자 예술임을 자각하고, 평범한 과학자라도 기록을 남길 필요가 있다는 생각으로 출간을 결심하고 이 책을 쓰기 시작했다.

이 글을 쓰는 시간은 내 공적인 삶을 정리하는 과정이자 성찰의 시간이었다. 고희(古稀)를 눈앞에 둔 지금, 내가 그저 한 시기를 갈무리하는 생의 전환기에 있는지, 사실상 생의 코다(coda)에 있는지 확인하고 싶기도 했다. 나의 글로 많은 사람들이 삶에서 의미를 찾고 좀 더 풍요로운 삶을 꾸려 갈 수 있기를 기대하면서.

이 책은 화학자로서 평생 고분자를 연구하면서 내가 얻은, 시공을 넘나드는 생각들로 꾸려졌다. 부디 읽는 이들에게 지적 자극을 주고 정서적 공감을 불러일으킬 수 있다면 좋겠다. 또 그 속에서 누구나 자신의 모습을 볼 수 있기를 희망한다.

삶의 어떤 기록을 어떻게 글로 남겨야 할지 막막했다. 인품도, 기상도 드러나지 않는 주인 없는 글이 되지 않을까 두려웠다. 틀에 박힌 학술논문만 써 온 사람이라, 교수라는 직업의 삶과 의식구조를 맛깔나게 그려 낼 수도 없었다. 그래도 기억에서 살아남기 위해, 또 잊기 위해 진짜 이야기를 남기고 싶었다. 과거와 오늘이 차가운 기록으로 남는 것이 아니라 삶 속으로 한 걸음 더 들어가 온기가 도는 관계로 거듭나게 하고 싶었다. 이것이 내가 글을 쓰게 된 동기다.

드라마틱한 천재적 삶의 자취도 없고, 파란만장한 생애를 산 것도 아니다. 지켜 내야 할 명예가 있는 것도 아니다. 그저 학자로, 연구자로 한길을 살아온 현재를 마무리하고 새로운 내일로, 앞으로 나가기 위한 몸짓일 뿐이다. 단 한 줄이라도 사실과 전후 맥락을 살핀 진짜 이야기를 쓰려고 노력했다. 그래서 독자의 마음을 얻고 싶다.

이 글이 나의 이야기인 동시에 독자의 이야기가 되면 더 좋겠다. 또 내 가족과 이 책을 읽는 모든 사람이 이 책을 통해서 한 사람의 시작과 끝, 곧 일생을 종적으로 통찰하면서 시대상을 담고 있는 한 보편적 삶을 만날 수 있으면 좋겠다.

이 책은 전문 연구서도 아니고, 천편일률적인 연대기적 자기소개서도 아니다. 한 평범한 과학자의 소박한 삶의 이야기다. 나는 6 · 25 전쟁 통에 태어났으나 인류 역사상 가장 평화로운 시기를 살았다. 하지만 과학기술의 발전으로 생활의 변화는 그 폭과 깊이, 속도가 유례 없을 정도로 컸고, 미래는 아예 가늠하기도 버거운 시기였다. 지적인 삶을 추구하며 갇힌 세계에서 살았으니 꺼내 놓고 특정 주제를 부각하여 일별할 수도 없고, 사료적 가치가 있을 리도 없다. 판에 박힌 내용으로 생각해서 신선하게 다가오지 않을 수도 있다. 하지만 삶의 고비마다 맞닥뜨린 문제에 대한 경험과 생각, 성찰을 하나의 이야기에 담으려고 노력했다.

편안하고 여유 있게 나눈 이야기가 오래 남는 법, '보통 사람 이야기도 책이 되는구나.'라는 평이라도 듣는다면 소임을 다한 것이다. 산해진미 귀한 재료를 쓰지 않더라도 구수한 맛을 내는 음식이 만들어지기도 한다는 사실에 위안을 받으면서, 이제 독자와 공감할 수 있기를 바랄 뿐이다.

이 책에 실린 내용은 살아온 시기에 따라 4부로 나누었다.

제1부는 나의 뿌리와 가족 얘기로 시작하여 배움의 길에서 분주했던 학창 시절 이야기다. 고향 풍경을 담은 유소년 시절에 이어 중고교 시절의 성장기와, 대학에서 과학원을 거쳐 프랑스에서 박사학위를 받고 귀국하여 교수의 길에 들어서서 어떻게 연구하고 가르칠 것인지 열정으로 고민하던 시기의 이야기이다. 2, 3부는 교수로서의 삶을 시작하며 평생을 살아갈 터전을 다진다는 마음으로 오래 계획하고 열정적으로 진행한 집 짓기의 과정과, 대학에서 강의하고 봉사하고 연구하는 직업인으로서의 삶에 관한 이야기다. 젊은 교육자와 연구자로서 활발하게 일했던 때로 시작하여 정년에 이를 때까지의 강의와 연구 경험을 망라했다. 그리고 내 삶에 영향을 준 역사 속 두 인물인 박 대통령 부녀의 국가 통치행태와 국민의 삶을 생각했다. 역사적 맥락에서 그들의 삶과 나의 인생 무대를 조망함으로써 나의 역사관을 더듬어 보았다.

제4부는 과학자이자 교수로서의 경험과 성찰을 담았다. 연구자로, 또 교육자로 살면서 번아웃(Burnout) 되도록 일하며 깨달은 내용이다. 가르치고 배우는 학자의 삶에서 얻은 보람과 강단에서 얻은 경험의 깊이를 공유하고 싶었다. 대학 강의와 연구는 별개일 수 없다는 의미에서 바람직한 양자 관계를 다루고, 미래의 교육은 교육자 중심의 '티칭(Teaching)'이 아니라 묻고 답을 찾는 학습자 중심의 '코칭(Coaching)'이어야 한다는 소신을 얘기했다.

끝으로 지난 35년간의 고분자 연구를 결산하면서 배우고 깨달은 것과 생각을 정리해 보았다. 생명체는 화학적으로 연결된 고분자

DNA가 이어 주지만 개체의 삶을 지켜 내는 것은 개체 간 물리적 연결이다. 그리고 그 이면에는 몸과 마음의 화학적 연결이 존재한다는 것을 조심스럽게 이야기하고 싶었다.

시작은 내가 살아온 삶을 자식들에게 한 권의 책으로 남기고자 한 것이었다. 그런데 평소 품었던 생각을 글로 쓰다 보니 자주 화학 지식이 언급되고, 언뜻 보기에 책의 성격에 어울리지 않는 다소 도발적인 내용도 들어가게 되었다. 특히 지난 35년 화학자로서 가졌던 인식의 틀로 인해 귀에 거슬렸던 '결정론적 환원주의'나 '이기적인 유전자', 그리고 '초인간'이라는 괴물 인공지능에 이르기까지 몇 가지 쟁점에 관한 나름의 성찰과 견해를 밝히고 싶은 충동이 나를 놓아 두지 않았다.

변화의 기반을 닦는 물리학이 효용성을 추구한다면 변화에 적응하는 생물학은 다양성을 이해하고 보전한다. 두 학문을 동시에 아우르는 학문인 화학은 복잡계의 변화를 운용하여 물질을 창조한다. 학문으로서 화학반응의 인과 관계가 뒤바뀌는 동태적 특성을 강조하고 싶은 마음도 일면 작용했다. 여기에 백세시대를 살아갈 손자들과 함께하는 일이 잦다 보니 교훈을 강조하는 글이 되지는 않았는지 일말의 염려도 든다. 직업은 못 속인다. 독자들의 양해를 구한다.

내 삶은 이제 보고 보이는 것에서 뭐든 들어 주고 손 잡아 주는 것으로 바뀌었다. 나의 인생 경험과 지혜가 모든 독자에게 유익하리란 생각은 하지 않는다. 다만 이 책을 가까이 두고 펼쳐 볼 때 자신의 방식으로 삶을 살아 낸 한 화학자의 삶이 그려지면 좋겠다. 누구나 사랑하고 사랑받으며 세상이 알 수 없는 기쁨까지도 누리는 향기로운 삶을 누려 가기를 소망한다.

이 책이 세상 빛을 볼 수 있게 전체적으로 글을 읽고 조언을 해 주신 아주대학교 국문과 송현호 명예 교수님과 거칠고 딱딱한 원고를 다듬어 빛이 나게 해 준 차희정 박사님, 책을 출간해 주신 태학사 지현구 회장님과 편집과 교정 작업을 위해 애쓰신 조윤형 주간 및 태학사 편집진에게도 감사드린다.

끝으로 정년을 맞아 방황하는 사이 이 책을 쓰도록 격려해 주고 솔직하게 의견을 제시해 준 아내 안홍석과 두 딸 재은과 형은, 그리고 맏사위 김준수와 둘째 사위 이창민, 밝고 건강하게 자란 손주 윤수, 명진, 윤재, 하진 모두에게 고마운 마음과 사랑을 전한다.

코로나 바이러스가 세상 연결을 위협하는
2021년 5월에
관악산 기슭에서, 이석현

차례

이야기를 시작하며

화학자로 시작한 커리어

나는 대학에서 화학을 전공하며 화학자로 커리어를 시작했다. 화학자의 꿈은 늘 원자를 엮어 신기한 분자건축물을 만들어 내는 것이다. 그런데 화학자가 주목하는 것은 놀랍게도 원자 중심부가 아닌 변두리 전자다. 이들은 핵에서 멀리 떨어져 있어 다른 원자들과 전자를 쉽게 주고받기도 하고, 공유도 할 수 있다. 이들 전자를 매개로 원자가 상호 결합하면 분자가 만들어진다.

분자는 그 자체로 물성을 갖는 의미 있는 최소단위다. 이런 작은 단위의 분자들이 연결되어 고분자가 된다. 그러니 고분자가 되는 연결은 화학적 연결인 동시에 의미의 연결이기도 하다. 블록체인이 거래 장부를 엮듯 고분자 체인 하나하나가 분자를 엮어 의미를 담고 있고, 의미의 연결은 또 다른 의미를 낳을 수밖에 없다. 거대한 연결은 다양성과 역동성이 증가하면서 더 정교해지는 하나의 통로가 된다.

삶에 정해진 길이 없듯이, 고분자 구조와 형태도 정해진 틀이 없다. 고분자는 주위 환경과 상호작용하며 끊임없이 변해 간다. 어떤 모습으로 어떻게 바뀔지 알 수 없고, 결정할 수도 없다. 마치 세상을 떠돌아다니는 방랑자 같다. 내가 삶을 고분자가 펼치는 예술로 보는 까닭이다. 강물이 굽이굽이 낮은 데로 흐르며 주위에 생명이 깃들듯, 고분자는 에너지를 주고받으며 끊임없이 자신을 만들어 가는 생명활동의 근간에 존재한다.

생체고분자는 대부분 물이 나고 들면서 단위 분자들이 연결되거나 끊어질 수 있다. 연결할 때는 머리가 꼬리가 되는 과정을 반복하며 스스로 조직화하지만, 정작 연결된 고분자에게 머리와 꼬리의 의미는 퇴색된다. 직렬도 아니고 병렬도 아니며 존재와 관계, 너와 나의 구분이 의미를 잃는다. 중심이 따로 없는 상호의존형 복잡계 망상(網狀) 구조다. 이들이 일정 길이 이상으로 커지면 엉키고 매듭이 생겨 쉽게 풀리지 않는 네트워크가 되기 때문이다. 이런 형태의 고분자는 유연하고 움직임이 활발하면서도 질서를 가질 수 있다. 만일 이들이 어떤 원리에 따라 누적 선택되어 만들어진다면 자가 촉매작용으로 복제와 항상성도 가능해진다.

생체고분자뿐만 아니라 사슬로 길게 이어진 모든 선형 고분자는 물리적으로 네트워크 구조를 이룬다. 질서와 무질서가 공존하고, 끊임없이 움직이며 흔적을 남기는 이런 구조가 본질적으로 고분자의 역동성과 가소성의 바탕을 이룬다.

나는 여러 물질 중에서도 우리 실생활과 밀접한 고분자 물질의 본성을 탐구하는 것이 평생의 과업이라 여기며 지난 35년간 실용적인 고분자의 개념을 일구고 의미를 캐는 한길을 걸어 왔다. 그런데 사람들의 삶의 노력도 사실은 이런 고분자에서 나름의 의미를 찾고 또 의미를 부여하는 행위다. 예컨대 아침에 일어나 머리를 매만지고, 배고프면 라면을 끓이고, 옷감을 고르고, 집을 짓고, 때로는 여가활동을 위해 각종 용품을 선택하고 가공하는 일 등이 모두 그렇다. 의식주와 관련된 일상 행위뿐만 아니라 플라스틱, 섬유, 고무, 접착제 등 생활용 고분자나 우리 몸과 마음을 대상으로 하는 모든 연구가 내 눈에는 예술활동이다. 매우 난해하고 복잡한 지적 탐구이자 살을 먹고 살을 만들고 감정이 교류하는 생명활동의 일환이다.

내 인생 후반기 식탁은 '파니(PANi)'라 부르는 아닐린 고분자가 차지했다. 하루도 이를 붙들고 요리하지 않은 날이 없다. 하지만 내 삶에 고뇌와 기쁨을 안겨 준 이 재료를 평생 연구하고서도 아는 게 별로 없다. 동료 과학자들이 이 고분자에 대해서 질문하면 이러이러한 조건에서 끓이면 이런 맛이 나더라는 수준의 답변에서 벗어나지 못하고 있다.

목적을 가지고 시작하면 더욱 실망하게 된다. 그래서 어느 날부터는 사람들이 열매보다 꽃의 아름다움에 감탄하듯 그저 상상의 날개를 펼치며 물질세계의 오묘함으로 눈길을 돌려 버렸다. 나에게 고분자는 미시계와 거시계가 구분되지 않는 복잡계다. 떠오르는 생각들이 상관성에 멈추고 인과성으로 연결되지 못한다. 그래서 정밀분석과 예측보다는 장님 코끼리 만지듯 묘사에 기울게 된다. 고분자 세계의 유연성과 비선형성이 가져온 결과다.

"내가 그리지 않은 것은 내가 보지 않은 것이다." 괴테가 한 유명한 말이다. 과학자로서 부끄러운 고백이라고 해야 할까?

변화의 원리

사람 사는 세상도 고분자와 비슷하다. 사람은 나고, 죽고, 세상은 바뀐다. 아무리 큰 변화도 변방에서 시작하고, 삶을 크게 바꾸는 혁신도 작은 깨달음에서 비롯한다.

우주를 구성하는 물질변환 원리는 원자나 분자가 갖는 전자상태를 기술하는 파동방정식으로 잘 알려져 있다. 문제는 이 방정식으로는 커질수록 정교해지는 고분자를 풀어내기가 거의 불가능하다는 것이다. 변화의 원리가 음과 양이 펼치는 조화로운 파동방정식에 있고 이를 풀어낼 수 있다면 한 치의 오차도 없이 미래예측이 가능하겠지만, 현대의 지성으로도 세계가 어떻게 작동하는지는 알 수 없다.

디지털 시대에는 어떤 변화가 기다리고 있을까? 우리는 인과관계를 찾아 미래를 대비하기 위해 살면서 '왜'라는 물음을 던지지만, 미래를 예측하는 것은 불가능하다. 그렇다고 삶의 지평을 넓히는 노력을 멈출 수는 없다. 신물질을 만들고, 이 물질이 기존의 것을 밀어내고 그 자리를 차지하면서 끊임없이 삶의 변화가 일어난다. 사람이고 물질이고 변화하고 바뀌는 방식은 늘 그대로다. "이불변, 응만변(以不變 應萬變)"이다.

세상일은 저항을 부르고, 물질은 일단 산마루를 넘어야 한다. 기득권이나 관성은 변화를 싫어하고 저항의 몸부림이 강하다. 밀물과 썰물이 교차하고 파도가 출렁이듯, 전진과 후퇴가 불가피하다. 눈에 보이는 변화가 있으면 눈에 보이지 않는 변화가 태동하여 세상을 견인해 왔듯, 늘 불안정한 정점에서의 미세한 차이, 사소한 사건이 변화를 결정짓는다. 또 삶의 시간에는 방향이 있지만 변화는 방향성을 가지고 예단하기 어렵다.

미래도 예측 불가능한 방식으로 혁신을 담아낼 것이다. 우리가 꿈꾸고 만들어 갈 밝은 미래는 두 걸음 앞으로 나가면 뒤로 한 걸음 물러서며 다가올 것이다. 갈등과 분열이 아닌 균형과 조화의 관계로.

일찍이 장자는 "작은 것으로부터 큰 것을 보려 하면 끝이 없고, 큰 것으로부터 작은 것을 보려 하면 명확하지 않다."라고 말한 바 있다. 학문 연구에도 전자와 같은 상향식과 후자와 같은 하향식이 있다. 우리 몸과 마음에 대해서도 말단의 감각으로부터 의식과 마음을 알아채는 상향식 연구와 감정과 생각을 고찰하여 마음이나 뇌 기능에 접근하는 하향식 연구가 공존한다. 깃털 하나하나를 모사해서는 새가 하늘을 날아다니는 비행원리를 밝혀낼 수 없듯, 상향식으로 접근하는 데에는 한계가 있다.

하지만 물질 통계를 다루는 학자들은 끝이 없음을 무한대라는 개념으로 인식해서 실험적으로 구사하기 어려운 문제의 해법을 찾기도 한다. 예를 들면 작은 것을 무한 시간 관찰하여 얻은 시간 평균이 곧 큰 것과 질적으로 같은 앙상블 평균이 된다는 통계학적 원리가 있다. 부분적으로 발생 가능한 독립적 사건들의 총화로부터 전체를 구하여 개연성을 얻는 것이다.

이는 거대계의 복잡성 속에 존재하는 보편성을 찾는 방식의 하나로, 전체가 부분을 닮는다는 프랙털 구조와는 다르다. 불멸의 원숭이가 타이프라이터로 글자를 조합해 셰익스피어 작품을 만들어 낼 수 있다는 논리와 흡사하다.

인간사도 비슷한 방식으로 접근하면 보편성을 얻을 수 있을까? 나이가 들며 얻게 된 지혜는 세상 어딘가에는 검은 백조도 있다는 사실을 간과하지 않고 분별하게 된다는 것이다.

틈만 나면 학생들에게 했던 말

"죽은 후에도 나의 무언가는 살아남는다고 생각하고 싶군요. 그렇게 많은 경험을 쌓고 살았는데, 어쩌면 조금의 지혜까지도, 그 모든 게 그냥 없어진다고 생각하면 기분이 묘해집니다. 그래서 뭔가는 살아남는다고, 어쩌면 나의 의식은 영속하는 거라고 믿고 싶은 겁니다."

스티브 잡스의 말이다. 사람은 사라져도 그의 생각과 철학, 평생 얻은 지식과 지혜는 남아서 누군가에게로 계속 흘러갈 것이다. 이를 잊어서는 안 된다.

내가 강의실에서 틈날 때마다 학생들한테 했던 말이 몇 가지 있다.

자기 집을 지으라. 자기 길을 가되 그 길을 고집하지는 말라. 살아온 날이 더 많은 내 눈에는 균형 잡힌 사고가 후회를 줄이더라. 주체적인 삶의 첫걸음을 떼라. 외모, 학력, 경력과 같은 눈에 보이는 모습이 다가 아니다. 지금은 형편이 어려워 꿈도 꾸지 못하더라도 설계부터 시작하고 벽돌 한 장이라도 준비해라. 세상이 바뀌었다고 세상 탓하지 마라. 언제 상황 탓 안 한 적 있었더냐? 한국인 치고 흙수저로 태어나지 않은 사람이 없고, 지금은 온 국민이 금수저다. 인구의 절반 이상이 전쟁의 참화를 입고서도 단기간에 고도성장을 했고, 미래 4차 산업혁명 시대를 선도하는 나라로 세계 속에 우뚝 섰으니 말이다. 그러니 금수저다 흙수저다 자신을 약하게 하는 말은 한 귀로 듣고 한 귀로 흘려라. 우리 미래가 상상력과 불굴의 의지에 있다. 과거의 압축 성장 경험을 토대로 기술과 힘을 기르고, 인류 공동체에 기여하는 정서적 역량을 키우자. 서로 믿고, 소통하고, 공감하고 함께 협력해 나간다면 양극화를 줄이고 모두가 금수저인 사회를 만들어 갈 수 있을 것이라 확신한다.

학생들이 그중 어떤 말을 담았는지, 어쩌면 그냥 흘려버렸는지는 알 수 없다. 다만 퇴직 후에도 때마다 찾아오는 제자들을 보노라면 그동안 목청껏 했던 말들이 비단 전공지식만은 아니었던 것 같다.

학교를 떠난 지금, 한 시대를 살았던 선배로서 이제 대한민국 청장년들의 물음에 귀기울여야 한다. 불확실한 미래에 당황하고, 현실이 버거운 이들과 같이 걸어가고 싶다. 이제 내가 학생들에게 응답할 차례다.

내면의 집을 다듬으며

나는 30대 중반에 사회적 모습과 육신이 거할 집은 갖추었다. 살 집은 손수 지어서 지금까지 살고 있고, 아이들에게 고향을 만들어 주고 싶어서 이사는 한 번도 생각해 보지 않았다. 그런데 정작 내면의 집은 아직도 미완성이다. 그것이 인생관이든, 가치관이든, 가족관이든, 교육관이든 뼈대가 되는 골조를 가다듬고 기반이 약한 곳은 다지고, 미처 손쓰지 못한 곳은 손봐야 한다. 이 글 또한 삶의 작은 지혜라도 우러나기를 소망하면서, 사후 들어갈 관을 미리 짜 두는 심정으로 더듬고 다듬었다.

이 글을 마무리하고 보니 기쁨과 행복을 찾아가는, 인생이라는 경기의 마지막 승부차기에서 골을 놓친 기분이다. 그렇다고 인생이 이기고 지는 게임이라는 말은 아니다. 삶의 고비마다 주어진 과제를 극복하기 위해 최선을 다한 것만으로도 나는 행복하다.

이 책에서 나는 한 시대 한 사건 속으로 들어가 단락이 끝날 때마다 사실로 하여금 말하게 하되, 내 생각을 얹어 서사구조를 갖춰 보려 했다.

이 글의 이야기가 주인을 찾아서 그의 삶이 기쁜 향연이 되면 좋겠다. 삶의 순례길에서 그려진 크고 작은 봉우리와 골짜기, 그리고 능선이 의미를 찾아 지혜와 희망의 길로 이어지면 좋겠다. 누군가 비슷한 삶의 길을 자기 방식으로 헤쳐 갈 때 이 글을 읽으며 허심탄회하게 가슴을 열고 '그때도 그랬구나' 콧노래를 부르며 푸근한 마음이 될 수 있기를 소망한다.

내가 한국과학원, 그러니까 지금의 카이스트에서 석사학위를 이수할 때 당시 박달조 원장님이 하셨던 훈화 말씀이 귓가에 맴돈다. "100년 전 과학지식이면 어떤가, 단돈 1센트라도 원가를 낮출 수 있으면 그 지식과 기술은 국가 산업에 큰 기여를 한다." 나는 나의 학문 탐구가 국가 산업에 도움이 된다는 말씀에 뭉클함을 느꼈고, 이 말씀을 새기면서 실용학문을 하기로 마음먹었다. 나는 독창적인 연구를 하려고 노력했고, 앞이 보이지 않을 때 숨은 그림을 찾듯 진행한 열정이 녹아들어 겨우 영감의 우물을 찾아낼 수 있었다.

과거 우리나라가 산업화에 올인할 무렵 펼친 나의 연구 경험이 신진 인력에게 귀감이 되고, 학문의 길로 들어서는 이들에게 지적 자극을 줄 수 있으면 좋겠다.

파스퇴르와 하버, 과학자의 역할

　　과학자로서 우리 일상에 가장 큰 공헌을 한 사람을 들라면 나는 주저하지 않고 루이 파스퇴르와 프리츠 하버를 든다. 내가 박사학위를 이수한 대학이 프랑스의 루이 파스퇴르 대학이다.

　의사가 아닌 사람으로서 가장 많은 생명을 구한 사람, 파스퇴르. 그는 "과학은 국경이 없지만 과학자에게는 조국이 있다."라고 말했다. 또 세상을 떠나기 전 그는 가르치던 학생들에게 "너희들은 나에게 기쁨을 준다. 과학과 평화가 무지와 전쟁을 이긴다. 미래는 고통받는 인류를 위해 일하는 자에게 달려 있다. 이러한 굳은 신념을 지닌 사람들은 큰 즐거움을 느낄 수 있을 것이다."라고 말했다.

　그런가 하면 독일의 물리화학자 프리츠 하버(Fritz Haber)는 비료를 만들 수 있는 암모니아 합성법으로 인류를 빈곤에서 해방시켰다. 하지만 제1차 세계대전이 터졌을 때 최초의 독가스 실험을 감독하며 이런 말을 남기기도 했다. "평시에는 인류에게 봉사하지만, 전시에는 조국에 봉사한다." 독일은 칠레와 인도로부터 화약의 원료가 되는 초석의 공급이 막히자 하버가 발견한 암모니아를 이용해 산업적으로 화약을 생산할 수 있었다. 그럼에도 그는 '허공에서 빵을 수확했다'는 업적으로 1918년 노벨화학상을 수상하며 국제적인 인정까지 받았다.

기회는 준비된 자에게만 온다고 말하는 파스퇴르, 그는 노벨상이 제정되기 5년 전에 세상을 떠났다. 만일 인류에게 고통을 안겨 주는 전쟁에 대해서 그에게 '관찰하고 준비하는 과학자에게 어떤 기회가 오게 될지' 묻는다면 뭐라 대답했을까? 그도 생전에 이웃 나라 독일(프로이센)과 전쟁을 겪으며 적을 끔찍하게 증오했다. 국가를 위한 소신으로 자원입대까지 시도했으나 뇌출혈로 쓰러져 몸이 허락하지 않자 반신불수의 몸으로 죽는 날까지 실험실을 지켰다. 그리고 마지막 삶을 불태우며 닭 콜레라 항체를 발견하여 백신 개발의 거보를 남겼다. 백신이라는 용어를 처음 사용한 그의 업적은 현재 다시 조명받고 있다. 코로나19 바이러스가 국경을 넘나들며 인류의 삶을 위협하는 이 시대, 그가 프랑스를 넘어 인류의 학자로서 거듭날 수 있었던 까닭을 되새기게 된다.

오늘날 지식과 정보는 국경을 모르고 자유롭게 넘나든다. 빅데이터에 기반한 인공지능은 인과율을 벗어나 인간에게 새로운 통찰력을 요구한다. 『총, 균, 쇠』의 저자 재레드 다이아몬드(Jared Diamond)나 『사피엔스』의 저자 유발 하라리(Yuval Harari)의 역사 인식은 우리에게 미래를 예측하는 시야를 넓혀 주고 있다.

인류가 더 편한 생활을 추구한 결과, 변화의 동력은 얻을 수 있었지만 세상은 아무도 예상하지 못하고 희망하지 않았던 방향으로 전개되었다. 오늘날 지구는 규모를 들먹일 수 없는 하나의 촌락이다. 국지화도 세계화도 의미를 잃었다. 시공을 가로지르는 나비효과도 새로울 것이 없다. 우리는 지구촌 어느 한 지역의 원인 모를 작은 균열이 전 세계로 확대되고 재생산되는 위험 속에서 살고 있다. 하지만 미래가 어떤 모습으로 바뀌더라도 인류의 복지와 안녕을 책임지는 과학자의 역할은 달라지지 않을 것이다.

생의 한 길을 정리하면서 이 책을 통해 또 다른 길에서 만나게 될 사람들을 상상하면 지금 코로나로 인한 단절의 아쉬움쯤은 가벼워진다. 이제 다시 시작하는 내 생은 그 길에서 만나는 이들과 서로 토닥토닥 격려와 위로를 주고받는 기쁨과 감사로 채워질 것이다.

1부

성장과 배움의 시간

1장

받은 유산은 우애, 가진 재산은 사랑

나는 가난한 집의 막내아들로 태어났다. 나와 비슷한 시기에 태어난 사람들이라면 거의 시골의 가난한 집 출신이 많으니, 특별히 나의 가난이 지금의 나를 있게 한 배경이나 조건이 되었다고는 말하지 못하겠다. 가난을 극복하려고, 배고픔을 이기려고 고군분투했다거나 가난이 내게 특별한 동력이 된 것은 아니다. 다만 가난은 내게 스스로 살 힘을 길러 주었고, 우리 8남매에게는 서로를 향해 보살핌의 손을 보태도록 깨우쳤다. 그러니 가난은 부모에게 받은 유산이고, 내가 가진 재산임에는 분명하다.

우리 식구는 모두 집안 형편이 넉넉하지 못해 물질적인 제약에서 벗어날 수 없었다. 먹을 게 없어 쑥을 뜯어다 밀가루를 잔뜩 묻힌 쑥버무리를 먹거나, 산에 있는 봄나물과 고구마로 끼니를 때울 때가 많았다. 우리는 네 떡이 커 보인다고 서로 비교할 만큼 가진 적이 없었고, 각자 배를 채우기에 급급하였다. 그러나 '진짜 가난한 사람은 돈만 있는 사람'이라는 속담대로 많이 가졌어도 가난한 사람이 있고, 돈으로 살 수 없는 것도 있다는 것을 배웠다. 작은 물질에 감사하고 희로애락을 같이하려는 가족 분위기는 저절로 생기지 않는다. 이심전심이나 역지사지 같은 마음가짐은 가난 속에서 건져 낸 보화다.

정년을 맞은 나는 대부분의 시간을 혼자 집에서 보낸다. 주로 책 읽고 글 쓰고 산책하는 것이 일과다. 나는 내 안에서 즐거움을 찾는 데 익숙하고, 또 그것을 즐기기도 한다. 내가 지금도 홀로 있으면서 행복할 수 있는 것은 어릴 적 체험한 형제 간의 배려와 신뢰가 바탕이 되지 않았나 싶다. 가난한 집안의 8남매였지만 아귀다툼하지 않았고 그저 주어진 것에 만족하고 양보하며 살았던 때문인지, 혼자 있어도 외롭지 않고 무엇엔가 허기져 급급해 하지 않는다. 시간을 누릴 수 있는 것도 그 덕분이다. 나름 풍요롭게 마음 밭을 가꿀 수 있게 해 준 가족의 덕이 크다. 몸으로 전해지는 사랑의 체험이 소속감과 존재감을 키웠고, 이런 가족과 공동체의 맥락 속에서 형성된 자아가 스스로 정체성을 찾는 발판이 되었을 것이다.

우리 집 '원자가전자', 누나들

잠시 화학 얘기를 해야겠다. 화학자들은 늘 원자가 갖는 여러 전자 중에서 가장 바깥에 있는 서열이 낮은 전자에 주목한다.

'원자가전자'라 부르는 전자들은 물질의 변환을 주도한다. 이들은 가장자리에 있어서 다른 원자들과 전자를 주고받거나 공유하는 것이 가능하다. 그렇게 해서 결합이 이루어지면 새로운 화학물질이 만들어진다.

우리가 다 아는 예를 하나 들어 보자. 수소원자가 산소원자와 2:1로 만나서 겉껍질 전자 간 결합이 이루어지면 생명의 원천인 물이 만들어진다. 화학자들은 주로 이들 전자를 이용하여 온갖 물질을 만든다.

나의 네 누나들도 원자가전자와 같은 존재들이었다. 우리 가족이란 원자 속에는 부모님과 8남매가 각각 전자로 있었지만, 가꾸고 빚은 공로는 누나들이 크다. 누나들은 가족의 꿈과 도전을 북돋아 새로운 길을 내고 미래를 만들었다. 귀한 사람들이다.

나는 형님들과는 명절 때 의례적인 만남의 기억만 있을 뿐 교류나 두터운 정이 별로 없다. 가장 큰 원인은 형님들과 연배의 차가 크기 때문이다. 어린 시절 기억이 있을 때부터 형님들은 이미 도시로 나가 따로 살았다. 자연스럽게 서먹하고 어려웠다. 그러나 누나들은 다르다. 고희를 지나 팔순을 훌쩍 넘긴 지금까지도 오고 가며 정답다. 물론 이렇게 살 수 있는 것은 누나들의 역할이 크다. 나는 보살피며 자기 것을 나눠 주는 데 아낌없는 누나들 덕분에 할아버지가 된 지금도 돌아가신 어머니 같은 넉넉한 품을 느끼고 있다. 남녀의 역할이 달라서일까? 아니면 삶의 에너지를 만들어 주는 미토콘드리아가 딸로만 혈통을 이어 가기 때문일까? 조물주의 깊은 뜻은 참 신비롭다.

저마다 다른 빛깔을 가진 누나들

큰누나는 성질이 불 같다. 불의를 못 참고 대드는 바람에 부모님이 곤란한 적도 있었지만 한편으로는 가족들에게 의지가 되기도 했다. 오죽하면 내가 어렸을 때 동네 아이들과 놀면서 걸핏하면 "너희들, 우리 큰누나는 순사보다 더 무서워."라며 의기양양해 했겠는가. 의지가 강했던 큰누나는 집에서 학교에 못 보낸다고 해도 몇 학년을 건너뛰면서 기어코 초등학교를 마쳤다.

둘째 누나는 큰누나와 달리 너무도 유순하고 자기주장이 없어서 위로 언니에게 치이면서도 동생들을 도맡아 보살폈다. 그래서인지 지금은 지나온 세월을 가장 서러워한다. 부모가 하라는 대로 해서 자기만 배우지 못한 것이 한이 되었다며 하소연할 때면 미안한 마음을 둘 곳이 없다.

셋째 누나는 한없이 마음이 느긋하고 편안하다. 그래서 행동도 급할 것 없이 느려서 두 누나에게 걱정을 듣기도 한다. 그러나 매형이 재테크를 잘해서 경제적으로 어려움은 없는 것을 보면 부부간에 균형을 잘 맞춰 사는 것 같다.

막내 누나는 집안 형편이 나아지면서 누나 넷 중 유일하게 대학을 나왔다. 도전적이고 용기도 있어서 삶을 개척하며 사는 모습이 멋지고 존경스럽지만 때로는 마음 짠하다.

누나들은 자신의 방식대로 모두 열심히 살았다. 가난한 집에서 태어나 헐벗고 굶주린 시절에 자기 꿈을 펼칠 생각은 아예 해 보지 못했지만 다른 형제와 가족을 위한 희생은 주저 없이 받아들였다. 막내인 나를 살뜰하게 보살폈던 것은 물론이고, 궁핍한 살림에 생계를 위해 새벽부터 밤까지 일하는 부모님을 대신해 살림을 도맡아 하면서 농사와 바다 일도 거들었다. 그러면서도 억척스럽게 공부해서 학교를 졸업하고, 시집 갈 밑천을 마련했다. 누나들은 어디에서든 자신의 역할을 빛나게 감당하는 전사들이었다.

개척자 막내 누나 - 파독 간호사

누나들 중에도 1948년생인 막내 누나와는 터울이 적어서 공유하는 추억도 많다. 막내 누나는 그나마 집안 형편이 조금 나아져서 딸 중에서는 유일하게 대학 공부를 할 수 있었지만 형편이 어려워 4년제 정규대학은 가지 못하고, 3년제 국립 철도간호학교를 다녔다. 학비는 물론 기숙사까지 국가에서 제공하는 학교였다.

당시 용산에 있던 철도병원(지금은 중앙대부속병원)으로 찾아가면 용돈을 주고 밥도 사 주곤 했던 누나는 독일로 파견되고 나서는 내 대학 학비와 생활비까지 매달 꼬박꼬박 보내 주었다. 1960~1970년대 우리나라는 독일로 파병된 근로자와 광부, 간호사가 외화벌이에 나선 덕에 국제수지를 개선하고, 경제개발을 하여 근대화의 초석을 이루었다. 막내 누나도 파독 간호사가 되어 내 학비와 생활비를 도와주고 가난한 나라를 살렸다.

당시 독일은 3만 명의 간호사가 부족했고, 한국은 3천 명 간호사의 일자리가 부족했다. 1966년 처음으로 우리 간호사들이 독일에 파견되기 시작했고, 이는 1975년까지 지속되었다. 간호사들은 초반에는 항상 128명 단위로 파송되었다고 한다. 1차도 128명, 2차 3차도 128명이었는데, 그 이유가 재미있다. 당시 제트여객기 중에서 제일 큰 기종이 'DC 8'이었는데 좌석 수가 총 129석이었다고 한다. 좌석 확보를 위한 치열한 경쟁은 불을 보듯 뻔한 일이었으리라.

독일에서는 한국 간호사들의 친절함과 성실함이 널리 알려져 환자들이 한국 간호사를 환영했고, "주사를 언제 놨는지 모르게 순식간에 놓는다."라는 소문이 퍼져 한국 간호사에게 주사를 맞고자 늘어선 줄이 장사진을 이루기도 했다.● 그뿐이 아니다. 독일과 달리 한국 간호사들은 학력도 높아 독일인들이 간호사들을 '동양에서 온 꽃(Lotus Blume)'이라 불렀다니, 파독 간호사의 역할은 외화벌이에만 국한되었던 것이 아니다. 한국과 한국인의 위상을 보여 주었으니 그야말로 자랑스러운 애국 활동이라 하겠다.

그러나 조국을 위해 일하고 가족을 위해 헌신했던 간호사들 중에는 행복하고 편안하게 노후를 보내는 이들도 있지만, 또 한편으로는 독일에서 쓸쓸히 살아가는 이들도 많다고 한다. 이들이 뼈 빠지게 일해서 번 돈을 고국으로 보내 온 덕분에 가족들은 잘 먹고 잘 교육받아 번듯하게 살았지만, 정작 그 자신은 한국인도 독일인도

● 재독교포 김운경과 이수길 교수의 대담 중에서 발췌.

아닌 애매한 처지가 되어 이제는 한국 가족들보다도 못한 형편으로 외롭게 살고 있다는 소식을 듣노라면 내 친누나의 이야기처럼 미안하고 안타깝다.

막내 누나의 새 걸음, 미국 간호사

독일로 떠난 누나를 다시 만날 수 있었던 것은 프랑스에서 유학하게 된 뒤였다. 나는 학교가 있는 스트라스부르에 도착하여 배송 사고로 도착하지 않은 짐도 찾지 못한 채 독일 쾰른에 있는 누나를 만나기 위해 기차에 올랐다. 5시간 가까이 달려서야 마중 나온 누나와 반갑게 만날 수 있었다. 며칠 동안 제대로 된 식사를 하지 못했던 나는 누나가 데려간 근사한 식당에서 느긋하게 굶주린 배를 채웠고, 그곳에 머무는 며칠 동안 누나와 함께 쾰른 대성당도 구경했다. 이국 땅에서 만난 혈육은 그렇게 며칠을 서로 챙기고 응원하며 힘을 나누고 귀국 후의 삶을 꿈꿨다. 휴가를 끝내고 누나와 이별하려니 혼자 사는 누나가 외로워 보여서 마음이 쓰였다. 기차에 올라 스트라스부르로 돌아가면 프랑스 유학생이라도 찾아 누나에게 소개시켜서, 결혼하고 아이도 낳아 행복하게 살게 해 주겠다고 다짐했다.

누나는 간호사로 정년이 되기까지 평생을 밖에서 일했고, 매형은 집에서 홀어머니를 모시고 두 딸을 키우면서 전업주부로 살림을 맡았다. 그랬던 누나는 공적인 삶의 끝자락에 한 번 더 도전을 하게 된다. 정년을 2년 앞두고 미국 간호사 자격인 NCLEX-RN을 획득하기 위해 학원에 다니기 시작한 것이다. 미국에서 부족한 간호 인력을 충원하기 위해 취업 이민의 문을 열기 시작한 때였다. 경력직을 원하다 보니 연봉도 높고 근무환경도 좋았다. 밝은 미래가 보이는데 누나가 이 좋은 기회를 놓칠 리 없었다. 누나는 주경야독으로 공부하여 마침내 미국 간호사 자격증을 획득했다. 한국의 J 종합병원을 정년퇴임하자마자 미국 이민 길에 올라 정년 후의 새 삶을 씩씩하게 꾸려 갈 수 있게 된 것이다.

퇴임식에서 병원장의 축사는 누나의 그동안의 고생을 보상해 주었다. 모든 의사와 간호사들이 모인 자리에서 '인간 승리'라고 하면서 누나의 불굴의 정신을 치하한 것이다. 나는 미국으로 출발하는 누나에게 정착에 보태 쓰라고 적은 돈이나마 건네면서 새 삶을 시작하는 누나의 장도를 축하했다. 그러면서도 이제는 은퇴할 나이에 또 새 삶을 개척하러 떠나는 누나의 모습이 안쓰럽기도 했다.

뜻이 있으면 길도 있는 법, 누나는 5년 만에 미국 영주권을 받고 다시 5년 만에 시민권을 획득했다. 현재는 뉴욕 시립 소아아동병원에서 간호사로 일하고 있으며, 건강이 허락하는 한 일을 계속하고 싶어 한다. 자청해서 야간 근무를 하면서 기쁜 마음으로 밤에 일하고, 낮에는 여가를 즐기면서 산다. 또 코네티컷, 시카고, 워싱턴 D.C. 등지에 있는 친구들을 만나 간간이 여행도 하면서 여생을 즐기고 있다.

누나에게 지칠 줄 모르는 삶의 열정은 어디서 생기는지 물어 본 적이 있다. 누나는 주저하지 않고 '건강'이라고 했다. 주위 사람들과 비교해 보면 자기는 부모로부터 체력을 물려받아 타고난 것 같다는 것이다. 매사에 긍정적으로 용기 있게 살아가는 멋진 누나의 모습이었다.

형제애, 사람을 살리는 최고의 가치

잠언에 "어려울 때 도움이 되려고 태어난 것은 형제다." 라는 말이 있다. 요즈음 사회가 복잡하고 살기가 팍팍해지면서 가까운 가족에게 소홀하고 형제 간에 다투는 등의 안타까운 뉴스를 자주 접하게 된다. 그러고 보면 가족 사랑이든 형제 사랑이든 인류의 보편적 사랑이든, 도움을 주는 사랑은 힘없고 가난한 자의 전유물이지 않았을까 싶다.

근대 시민사회의 출발점이 되는 프랑스 혁명의 주역들이 외치던 3대 구호도 자유(Liberté), 평등(Égalité), 형제애(Fraternité)였다. 여기에서 형제애는 가족을 의미하는 것이 아니라 혈통이나 가치를 공유하는 가톨릭에서 자주 쓰는 형제님, 자매님 정도로 이해되지만, 절대권력 앞에 소외되고 가난한 민중이 외칠 말은 형제애임에 틀림없다. 가난할수록 나보다 가족과 형제를 먼저 생각하는 삶의 태도는 너무도 자연스러운 인간의 생존방식이고, 자기를 지키고 온 힘을 다해 살아남으려 애쓰는 본능적 태도일 수 있다.

가장 깊은 수준의 소통은 소통을 넘어선다. 말이 필요 없는 교감이다. 형제간은 눈빛만 교환해도, 목소리만 들어도 안다. 서로가 필요한 것을 채워 주고, 힘들 때 지켜 주고, 위급한 상황에서 달려가는 가족이 곁에 있다는 것이 어떤 느낌인지 말로는 설명할 수 없다. 나이가 들어갈수록 더 절실해지는 것이 가족이다. 누나들의 헌신적인 돌봄이 오늘 나를 만들었고, 지금도 이어지고 있다.

성묫길에 강진에 사는 누나들 집에 들르면 된장, 고추장과 고구마 등 제철 식품을 챙겨 주고, 김장 김치까지 보내 주신다. 사시사철 풍상을 겪고 피어나는 한 송이 국화꽃 같은 누님들, 제각각 빛깔도 향기도 다르지만 정이 많은 누님들이 곁에 계신 것만으로 든든하고 감사하다. 어머니가 돌아가신 이후로는 더욱 그렇다.

큰누님은 넉넉하고 손이 크시고, 작은 누님은 밭일을 하시느라 허리가 굽어 똑바로 걷지도 못하지만 곁에 계시기만 해도 마음이 포근하다. 셋째 누님은 순진하고 어리숙하지만 그 순수로 마음을 도닥여 주며, 넷째 누님은 진취적 기상과 긍정적 사고로 힘을 불어넣어 준다. 나는 이런 누나들의 보살핌으로 성장기를 건강하게 보낼 수 있었고, 지금의 노년 또한 풍요롭다. 돈이 아니라 형제간의 사랑과 헌신이 사람과 형편을 살리는 가장 큰 힘이었던 것이다.

어머니, 사랑하는 나의 어머니

1951년(신묘년, 辛卯), 한 해가 저무는 음력 섣달그믐을 며칠 앞둔 날, 하루 일과가 끝나고 어둠이 깔릴 즈음 어머니는 산기가 있는지도 모르고 볼일을 보러 갔다 오다가 아랫배가 아파 오며 출산하셨다. 늦은 나이였지만 다행히도 8남매의 막내인 나를 건강하게 낳아 주셨다. 큰형님은 이미 장가 들어 어머니께 손녀를 안겨 주었을 때였고, 나는 형수 젖을 먹고 컸다고 하니 요즈음에는 보기 드문 가족관계이다. 그러나 가족계획이 없던 당시에는 고부가 나란히 아이를 낳는 일쯤은 놀랄 일도 아니었다.

어머니는 1909년 전라남도 옥천면 봉황리 여흥 민씨 가문 5남매의 막내딸로 태어나셨다. 어머니에게 '어머니'란 항상 시어머니여서, 나는 외할머니와 외가댁 이야기를 들은 적이 별로 없다. 6·25 동란 때 친정 오라버니가 돌아가신 얘기만 자주 하셨다. 왜냐고 물으면 말끝을 흐리고 대답을 피하셨는데, 나중에 듣게 된 얘기로는 산속에 숨어 지내던 인민군이 밤에 내려와 외숙 댁의 돼지를 잡아 갔는데, 경찰이 왜 돼지를 주었냐며 총살했다고 한다. 전란이 끝나고 수년이 흘렀지만 동네 사람들은 아직도 쉬쉬했고, '다 먹고 살자고 하는 짓'이란 말들만 들려왔다. 아마도 한때는 가까운 이웃이었던 사이에 입에 담지 못할 일이 벌어졌으니, 서로 간에 상처가 컸기 때문인 듯싶다.

어머니는 제대로 교육을 받으신 것은 아니지만 한글도 깨우치고,

계산에도 능해서 살림하는 데 어려움이 없으셨다. 게다가 일손도 빠르고 성실해서 어찌 보면 가난한 집에 딱 맞는 여성이었다.

어릴 적 내가 본 어머니는 종일 바삐 움직이셨다. 바닷가에 살던 때는 굴 바구니를 머리에 이고 해질녘에 총총걸음으로 돌아오기도 하고, 밭을 갈고 일구어 씨도 뿌리고, 누에를 치고, 베도 짜고, 등잔불 밑에서 바느질하고, 개울가로 나가서 빨래하고…… 쉴 틈이 없었다. 나는 말린 빨래를 다듬이질하고 숯불 다리미로 다릴 때면 종종 불려가 옷의 한 귀퉁이를 잡아 드리곤 했다. 인근 성전이나 강진읍에 5일장이 서는 날이면 눈깔사탕 하나 얻어먹으려고 10킬로미터가 넘는 먼 거리까지 어머니를 따라나섰던 기억도 있다.

어머니는 매사 순종적이고 성품이 온화한 분이셨다. 가족들이 모일 때마다 형제자매의 우애와 화평을 강조하셨고, 우리 가문은 해남의 세 토반인 閔, 李, 朴, 3성(姓)이 결합한 보기 좋은 가문이라며 자식들이 자부심과 긍지를 갖도록 하셨다. 또 형제자매 간에도 해서는 안 될 말이 있다며 물음에 답을 안 하신 적도 여러 번이다.

나는 어머니가 아버지와 언성을 높여 싸우거나 자식을 야단치는 것을 본 적이 없다. 어머니는 겨울이면 홍시를 만들기 위해 대봉을 따서는 천장 밑 어두운 곳에 보관하셨는데, 나는 그것을 어머니 몰래 여러 차례 훔쳐 먹었었다. 어머니는 홍시를 팔아서 용돈을 마련해 쓰셨던 터라, 야단을 치실 만도 했지만, 매번 모르는 척하셨다. 또 어머니는 사리 판단이 분명하여 당시의 많은 사람들이 그랬듯 점쟁이를 찾아가거나 무당을 불러들이는 일도 없었고, 동네에서도 이웃과 두루 친하게 지내며 대소가 형님으로서 역할을 다하셨다. 스스로 언행에 신중하여 모범을 보이셨다.

어머니와 함께한 미국 생활

1975년, 내가 과학원을 졸업할 무렵 아버지가 돌아가셨다. 어머니는 광주에서 상경하여 서울에서 큰조카들을 뒷바라지하고 계셨다. 이후 내가 프랑스 유학 생활을 마치고 1981년 아주대 교수로 부임하면서 어머니를 모시게 되었고, 어머니는 2000년에 타계하실 때까지 20년간 나와 함께하셨다.

한국에서 올림픽이 열리던 1988년은 나에게 특별한 해였다. 안식년을 맞아 교환교수로 미국 동부에 있는 코네티컷 주립대에 가게 된 것이다. 박사후과정도 겸하고 있었기에 지원을 받을 수 있었고, 그것으로 온 가족이 1년 동안 생활하는 데 어려움은 없었다. 성신여대 교수로 재직 중이던 아내도 휴직하고, 같은 대학교 농과대학에서 연구를 계속했다.

그런데 출국 준비를 하면서 어려움이 생겼다. 직계 가족은 의료보험이 되었지만 어머니에게 별도 보험이 필요했던 것이다. 당시 80세로 고령이었던 어머니의 보험료는 엄청났기에, 만일 어머니께 무슨 변고라도 생기면 즉시 모시고 올 생각으로 보험에 들지 않고 버텼다. 어머니의 비자도 한 번에 나오지 않아서 다시 인터뷰 약속을 잡아야 했다. 그런데 손녀들이 할머니를 너무 좋아해서 꼭 모셔가지 않으면 안 된다고 사실대로 호소했더니 그 자리에서 비자를 내주었다. 비자 발급을 맡은 미국인 담당자의 인간적인 면모였다.

우리 가족은 하트포드에서 자동차로 40여 분 떨어져 있는 대학촌 스톨스에서 살았다. 하루 일과를 마치고 돌아오면 어머니는 시장에서 찬거리를 사서 저녁도 준비해 주시고, 부엌일이나 하수구 수리 같은 집안일도 말끔히 처리해 주셨다. 네팔이나 파키스탄에서 온 이웃집 아이들과도 친교를 가지고, 가끔 그들이 살아가는 모습을 전해 주기도 하셨다. 말이 안 통해도 이런 일들을 척척 해내시는 모습을 보며 나는 언어란 모르면 소통하는 데 조금 불편할 뿐, 기본적인 의식주 해결에는 크게 문제가 되지 않는다는 것을 깨달았다. 마음이 있으니 진심이 오고가는 데 언어가 장벽이 될 수는 없었다. 어머니는 그렇게 영어 한 마디 못 하시면서도 나와 아내보다도 빠르고 자연스럽게 미국 생활에 적응하셨다.

주일이면 어머니를 모시고 하트포드 교회에 다녔는데 어머니는 여기서 세례를 받고 기독교에 귀의하셨다. 그 후 주기도문과 사도신경을 큰 글씨로 뽑아 아크릴 필름으로 코팅하여 머리맡에 놓아 드렸는데, 어머니가 그것을 들고 보시면서 암송하는 것을 여러 번 목격할 수 있었다. 어머니 생전에 하나님께 어떤 기도를 하시냐고 여쭸던 적이 있는데 대답을 얼버무리셨다. 큰아들 내외는 불교를 믿고, 둘째 아들은 개신교 장로이고, 나를 포함한 다른 자식들의 종교가 다 달랐기 때문에 대답을 주저하셨던 것 같다. 모든 일을 그저 안으로만 품어 내셨던 어머니다운 모습이셨다. 짐작컨대 자식들이 무엇을 믿든 그저 저마다 건강하고 화평하기를 기원하셨으리라.

낭만 부자 어머니

지금 살고 있는 집을 지을 당시인 1986년 봄, 어머니는 손녀를 등에 업고 건축 현장에 자주 들르셨다. 여기는 누구 방인지, 부엌 위치는 어딘지 물어 보시고, 출입문과 계단은 삐거덕거리는 소리가 나지 않게 견고하게 하라고 당부하셨다. 그때 심은 감나무가 아이들과 키를 다투며 자랐는데, 지금은 정원에 우뚝 서서 계절을 알리는 전도사 역할을 톡톡히 하고 있다. 감나무뿐만 아니라 집안 구석구석에 어머니 숨과 손길이 닿지 않은 곳이 없으니, 이 집 또한 어머니와 함께한 시간을 기억하고 있을 것이다.

어머니는 돌아가시기 직전까지도 우리 아이들을 학교에 보내 놓고 가까운 슈퍼에서 찬거리를 마련하여 저녁 준비를 하는 것이 일과였다. 일주일에 하루는 늘 재래식 굴다리 시장에서 장을 보셨다. 90세를 넘기면서부터는 다녀오시는 길에 몇 번씩 벤치에 앉아 쉬셔야 했다. 이미 타계하신 지 십수 년이 흘렀어도 오랜만에 보는 가게 주인들은 어머니 안부를 묻곤 한다.

어머니도 나처럼 평소 몇 잔 정도 술을 즐기는 수준의 애주가셔서 저녁이면 종종 반주를 같이 했다. 요즈음 두 사위와 가끔 막걸리를 한잔씩 하다 보면 어머니 생각이 많이 난다. 하루는 어머니께서 호리병에 담긴 술을 따르는데 병을 한 번 흔들어 보라 하셨다. 왜 그렇게 했는가 여쭸더니 '출랑 3배(杯)'라 하신다. 출랑대는 소리가 나면 세 잔은 남아 있다는 것이다.

어머니와 나는 술 마실 때 일부러 작은 잔을 이용했다. 여러 차례 술을 따르며 잔을 채우는 재미를 놓치고 싶지 않아서였다. 어머니는 자신의 술잔을 먼저 따른 뒤에도 아들 마실 술은 남아 있는지 확인하고 싶으셨던 것 같다. 호리병을 흔들어 담긴 술이 얼마나 남아 있는지 짐작하는 삶의 지혜, 어머니의 생활 속 낭만은 어디에서 왔을까?

지금으로부터 20여 년 전 여름방학 때다. 어머님 미수(米壽)를 축하하기 위해 우리 가족은 도봉산 기슭 아내가 근무하는 성신여대의 생활관 난향원에 모였다. 온 가족이 함께 즐겁게 하룻밤을 보내면서 모인 자손을 세어 보니 무려 87명이었다. 모두 어머니 슬하 8남매로부터 탄생한 가족들이다.

이 많은 식구가 어떻게 다 같이 기쁜 마음으로 모일 수 있었을까 생각하면 모두 어머니 가르침의 열매 덕분이었다. 어머니는 혹시라도 가족의 평화를 깰 말한 말은 삼가셨고, 불평 없이 자신의 일을 찾아 하시면서 넉넉한 마음과 자기 분수를 아는 삶의 지혜를 배우게 하셨다. 그 덕분일까, 8남매 중 어느 한 집 특출나게 잘나가는 집도 없고, 그 반대로 형편이 어려워 동정받을 만한 집도 없다. 모두 그만

어머니 미수를 맞아 도봉산 기슭 난향원에 모인 8남매 가족들.

그만하게 살다 보니 서로를 잘 이해하고 만남에 부담이 없다. 이렇게 8형제가 모두 생존하여 각자 가족을 이루고 건강하게 어머니 미수를 맞이했다. 일제 침략과 6·25 전쟁이라는 전란을 겪으면서도 가족 모두가 온전하고 화목하게 지내고 있으니 보기 드문 축복이고 어머니 은덕(恩德)이다.

어머니와의 이별을 준비하며

이른바 Y2K라는, 연도 표기가 99에서 00으로 바뀌는 순간의 컴퓨터 오작동을 걱정하며 세상이 온통 요란스럽던 때다. 하루는 어머니가 정원 일을 마치고 거실로 들어오시며 지나가듯 말씀하셨다. "요즈음 가슴 있는 데가 답답하고 뱃속이 좀 불편하다. 어째 병원에 가 봐야 하냐?"

어머니가 자신 신상에 관해 말씀하신 것은 20여 년 동안에 처음 있는 일이었다. 돌이켜 보면 심한 감기로 동네 작은 종합병원에 하루 입원하여 고단위 항생제 치료를 받은 것이 전부였다. 흔한 감기약 한 번 드시지 않고 살아온 분이셨다. 어머니 가슴과 배 주위를 만져 보고 어떻게 불편하신지 여쭤더니 그냥 예전과는 조금 다르고 뭔가 막힌 것처럼 답답하다고 하셨다.

곧장 어머니를 모시고 대학병원으로 가서 진찰 받았다. 내과 주치의 소견은 위암 말기였다. 어머니는 92세로 연세가 많고 종양이 상복부에 넓게 퍼져 있어서 수술은 어렵다고 했다. 스텐트 시술은 가능하지만 그렇더라도 생명을 수개월 연장하는 정도에 불과할 거라는 이야기였다. 나는 그때까지도 여느 때처럼 어머니와 저녁식사 때면 반주도 한잔씩 하며 잘 지내 오던 터라 어머니의 병환을 전혀 눈치채지 못했다. 아흔을 넘기며 기력이 부쩍 떨어지신 것 같았지만 그래도 오래오래 더 사실 줄만 알았던 것이다.

'암이라니, 올 게 왔구나.'

어머니의 죽음을 기정사실로 받아들이고 어떻게 삶을 잘 마무리하시도록 할지 고심하고 고심했다.

몇 해 전에 죽음과 관련해서 베스트셀러로 주목받았던 책이 있다. 신경외과 의사 헨리 마시(Henry Marsh)가 쓴 『참 괜찮은 죽음(Do No Harm)』이다.* 한국어판 제목은 다소 도발적인 느낌이다. 죽음에도 괜찮은 죽음이 있을까? 행복한 가정은 모두 엇비슷하지만 불행한 가정은 모두 저마다의 이유로 불행하다는 말처럼, 어떤 죽음이 나쁜 죽음인지에 대해서는 사람들의 생각이 비슷하겠지만 어떤 죽음이 괜찮은 죽음인가에 대해서는 의견이 제각각일 것 같다.

평소에 나는 인간의 존엄성이 사라진 삶을 살 바에는 평화롭게 죽는 게 더 나을 수도 있다고 여겼기에, 어떠한 인위적인 생명 연장도 거부할 수 있다고 생각했다. 매일 온갖 형태의 삶과 죽음을 가장 가까이서 바라본 의사 헨리 마시의 의견도 나와 다르지 않았다. 그는 자기 어머니가 돌아가시고 10여 년이 지나 출간된 저서에서, "온전하고 평범한 일상으로 돌아갈 확률이 거의 없다면 과연 수술로 목숨만 살려 놓는 것이 그 환자를 위한 길인지 의문이 점점 커진다."**라고 했다. 인간은 어째서 그토록 간절하게 삶에 매달리는지. 어머니의 삶이 얼마 남지 않은 시점에서 나는 어떻게 죽는 것이 괜찮은 죽음일지 생각해 보지 않을 수 없었다. 만일 삶을 연장하더라도 고통으로 견디기 어려운 시간이 이어지게 된다면 어떻게 할까.

* 헨리 마시, 김미선 옮김, 『참 괜찮은 죽음』, 더퀘스트, 2016.
** 위의 책, 174쪽.

임종 순간의 어머니 말씀 "잘 살았다."

몸과 마음이 조화롭게 균형을 유지하고 있던 어머니의 신체는 이제 갈 길을 잃고 있었다. 암이라는 복병이 나타나 쇠락해 가는 생명의 마지막 기운마저 뽑아가 버렸다. 고통은 줄여 주고 일상은 유지하는 것이 최선인 시점이었다. 마침 종합병원 간호사로 있는 누나가 돌볼 수 있어서 우리 형제들은 어머니가 병원보다는 집에서 여생을 마치시는 것이 좋겠다는 데 의견을 모았다. 어머니께는 암이라는 사실을 말씀드리지 않았지만 당신은 직감적으로 알고 계셨는지, 매일을 아껴 보내며 순간순간마다 애정과 정성을 담아 내셨다. 하루가 다르게 떨어지는 기력을 인식하시면서도 표현하지 않고 몸과 마음의 평안을 잃지 않으셨다.

그렇게 두어 달이 지났다. 나는 가족들과 어머님 병환을 의논할 겸, 생전에 형제들이 함께하는 자리를 만들고 싶어 가족여행을 계획했다. 어머니와 상의하여 8남매가 해남 선산에 있는 아버지 묘소에 다녀왔다. 25년 전 아버지가 돌아가셨을 때 무덤을 만들면서 그 곁에 합장으로 모시기 위해 어머니의 자리도 함께 만들어 두었던 곳이다. 어머니는 추석 성묘 차 아버지 산소에 들를 때면 그 자리를 보면서 당신이 묻힐 곳이라고 말씀하셨는데, 그때마다 아직도 아버지 생각이 나시냐고 여쭀던 것 같다. 그러나 이제 죽음은 더 이상 멀리 있지 않았다. 이제는 형제들도 모두 어머니의 죽음을 온전히 받아들이고 있었다. 어머니는 묘소를 둘러보시면서도 아픈 사람답지 않게 전혀 흐트러짐이 없으셨다.

남아 있는 두세 달 동안은 누님들이 번갈아 가면서 어머니 곁을 지키기로 했다. 그런데 어머니는 돌아가시기 직전까지도 누워 계시거나 일상생활을 하는 데 자식들 부축이 필요하지 않았고, 약을 드시거나 주삿바늘 하나 꽂지 않으셨다. 간호사 누나가 통증을 완화하기 위해 구해 온 패치를 가슴에 붙여 드린 것이 전부였다.

어머니는 백발이 되어 버린 딸들과 함께 살아온 이런저런 얘기를 나누시면서 마지막 몇 달을 보내셨다. 돌아가시기 전 2~3일은 물도 넘기지 못하셨고, 별 말씀도 없으셨는데 어머니 곁을 지키고 앉은 자식들에게 "잘 살았다."라는 말씀은 자주 하셨다.

마침내 어머니 임종을 앞둔 날 온 가족이 집에 모였다. 평소와 같이 간단히 저녁식사를 하고 침소를 지키던 나는 잠시 눈을 붙였다가 새벽 2~3시경 다시 어머니 곁으로 와서 미동도 없이 누워 계시는 모습을 지켜보았다. 시원한 물 한잔을 가져와 입에 넣어드렸는데, 삼키지 못하셔서 물이 흘러내렸다. 그때 어머니는 마지막 힘을 내신 듯 내 손을 꼬옥 쥐었다 사르르 놓아 버리셨다. 몇 분이 흘렀을까, 호흡이 얕고 길어지면서 마지막 숨이 멈추었다. 생명이 그 원천에서 조금씩 분리되는 시간, 어머니는 성품대로 차분하고 조용하게 죽음을 맞아 안으셨다.

2000년 6월 25일 새벽, 어머니는 그렇게 가족들이 숨죽여 지켜보는 가운데 영면하셨다. 내가 늘 잠을 잘 자지 못해 고생하는 것을 아시고, 잠시 눈을 붙이고 오는 시간을 버티셨다가, 돌아오자마자 붙들고 있던 이생의 끈을 놓으셨던 것이다. 어머니는 그렇게 마지막까지 자식을 위해 자신을 태우셨다.

행복한 죽음

우리 어머니는 건강하게 장수하시고 8남매 중 어느 한 자식도 앞세우지 않고, 온 가족의 보살핌을 받으며 고요 속에서 숨을 거두셨다. 흔히 죽기 전에는 가쁜 숨을 몰아쉰다고 하는데 어머니는 마지막에 이르러서도 얕고 고요하게 숨 쉬셨다. 어머니 코끝에 손을 갖다 대고 날숨을 확인해 보고서야 호흡이 멈춘 것을 알 수 있었다. 편안히 가신 것이다. 어머니는 아쉽고 설움 없는, '참 괜찮은 죽음'을 맞으셨다.

헨리 마시도 자기 어머니의 임종을 지켜보고 '괜찮은 죽음'을 얘기했다. 그는 누구나 자신의 삶을 돌아보며 남기고 싶은 한마디가 고운 말이었으면 좋겠다면서 "멋진 삶이었어. 우리는 할 일을 다 했어."*라고 말했다. 전적으로 공감한다. 우리 어머니도 마지막에 "잘 살았다."라고 되뇌셨으니 그 죽음도 참으로 행복한 죽음이 아닐 수 없다. 그런 죽음 앞에서 어쩌면 암이라는 무서운 질병도 두려운 그림자이기보다 파란만장한 삶의 종지부를 찍게 하는 악곡의 코다 같

---

* 헨리 마시, 앞의 책, 275쪽.

은 역할이었는지도 모른다.

　나도 어머니처럼 내 자리에서 내 모습으로 생을 마치고 싶다. 삶이 흩어져 어디론가 사라져 버리는 바람결이 될지라도, 나는 '그 바람이 장미꽃 향기를 실어 오고 별과 바다를 씻기듯'[*], "얼음장 밑에서도 고기가 숨 쉬고 파릇한 미나리 싹이 봄날을 꿈꾸듯"[**] 노래하는 시인들처럼 과욕에 엉클어지지 않고 새로운 각오로 이 땅에서 아름다운 삶을 이어 가고 싶다.

　인간은 좋은 기억이 많을수록 더 행복하다. 기억이란 단순하게 뇌의 신경세포 간 화학작용이라지만 영어로 기억을 뜻하는 단어인 remember를 파생어 구성으로 보면, 다시 멤버가 된다는 것이라고 할 수 있다. 즉 관계가 마음으로 재탄생하는 것이 기억이다. 내 감정 시간으로 보면 어머니는 여전히 살아 계신다. 돌아가신 지 20여 년이 넘었지만 언제 어디서든 가까이 모셔 올 수 있다.

　'한 어미란 존재는 아이가 기다리는 한 전 우주의 희망이 된다'는 말이 있다. 누구에게나 어머니 얼굴에서 성인과 같은 무엇을 발견하는 때가 있을 것이다. 어머니는 구세주와도 같은 존재가 아니겠는가.

---

[*] 정지용, 「바람」 참조. 〈정지용문학관 https://www.oc.go.kr〉.
[**] 김종길, 「설날 아침에」, 『솔개』(한국대표시인 100선), 시인생각, 2013, 16쪽.

아버지 등을 보고 배웁니다

"아이는 부모 등을 보고 자란다." 2003년 고 노무현 전 대
통령이 일본 의회에서 연설하며 인용한 일본 속담이다.* 새삼 이 말
이 떠오른 것은 나 또한 아버지 등을 보고 자라 왔기 때문이다.

유난히 말씀이 적었던 아버지는 늦둥이인 나를 귀엽다시며 안고
이러저러한 말씀을 하신 적은 한 번도 없었다. 그러나 내 할 일을 알
고 게으르지 않게 살 수 있는 배움은 흠뻑 주셨다.

10여 년 전 러시아 상트 페테르부르크 대학을 방문할 기회가 있
었다. 화학자 멘델레예프가 주기율표라는 원소 운용상의 규칙을 만
들어 낸 역사적인 대학이다. 상트 페테르부르크에는 세계 3대 박물
관이라 부르는 예르미타시 박물관이 있다. 이 박물관에는 화가 렘
브란트의 유명한 작품 〈탕자의 귀향〉이 전시되어 있다. 성경의 내용
을 그린 것이지만 종교 밖에서도 큰 의미를 찾게 한다. 헨리 나우웬
(Henri Nouwen)이 쓴 같은 제목의 해설서는 렘브란트를 단순하게 신
앙심을 지닌 성서 작가에 매어 놓지 않고 지극히 인간적인 구원을
염원하는 한 인간으로 이해한다.

우리는 좌절과 고통을 겪고 나서야 참된 자아를 마주한다. 그리
고 하나님 품은 영혼을 덮고 있는 두터운 장막을 걷어 내야 보인다.
그림은 집을 나가 탕자로 살다 돌아온 작은 아들을 뜨겁게 반기는

---

* 노무현 대통령, '일본 국회 방문 및 연설', 「외교부 보도자료」, 003-06-09-00.

아버지가 서운했던 큰아들의 마음을 선명하게 보여 준다. 그러나 명암과 원근법을 통해 구체적으로 드러난 큰아들의 질투는 두 아들을 향한 절절한 부정을 이기지 못한다. 아버지의 양손과 발에 툭 불거진 힘줄은 사실적으로 묘사되면서 세상과 부대끼며 살아 낸 아버지의 수고와 그 안에 존재하는 부정을 말해 준다.

떠나신 아버지를 생각하니 새삼 렘브란트의 그림이 사무친다. 세상살이 고단함을 온몸으로 받아 내면서도 불평이나 어려움조차 표현하지 않으셨던 아버지의 침묵이 아픈 가르침으로 다가온다.

아비 잃은 아버지의 홀로서기

내 아버지는 청주 이씨 시조 이능휘의 32세손으로 1907년에 태어나셨다. 후에 보은파로 갈라져 나오면서 청주 이씨 보은파로 본적이 바뀌었다(청주 이씨 보은파 세보 참조). 현재 후손들은 충청북도 보은군과 전라남도 해남군의 여러 고을에 흩어져 자작일촌을 이루어 살고 있다.

내가 가지고 있는 족보는 250여 년 전 제작되어 후속 세대가 이어지면서 여러 차례 수정 증보 작업을 거친 것이다. 내가 보기에 우리 집안은 평판이 있는 집안은 아닌 것 같은데, 아버지가 양반 가문임을 강조하셨던 걸 보면 아버지한테는 양반이라는 자부심이 여전히 중요하게 작용했던 것 같다. 그러나 나에게 가문이란 뿌리 이상의 의미는 없다. 평범한 농부의 아들로 태어난 것이 전혀 나를 움츠리게 하지 않았기 때문이다.

아버지가 태어날 무렵 대한제국을 선포한 우리나라는 을사늑약으로 외교권을 박탈당했다. 이어 고종황제도 강제 퇴위되고, 날이 갈수록 일본의 침략 야욕과 기세가 하늘을 찔렀다. 마침내 주권까지 상실했던 1910년에는 우리 집안에도 비운이 닥쳤다. 증조할아버지는 고을 면장을 하시고 할아버지는 장래가 촉망되던 청년이었지만, 그런 할아버지가 27세에 돌림병으로 일찍 돌아가신 것이다. 아버지가 세 살 때다.

할머니는 부유한 권문세가인 밀양 박씨의 3남매 중 막내딸로 태어났다. 오빠들은 일본 유학도 하는 등 학문에 조예가 깊었다. 그런 집안의 규수였던 할머니가 23세에 청상과부가 된 것이다.

당시 미모의 할머니가 희롱하는 사내들을 피하려면 친정살이 말고는 선택의 여지가 없었다. 할머니는 혼자 살면서 보쌈이라도 당하지 않을까 염려되어 친정 가까운 곳으로 이사하셨는데, 이곳이 곧 나의 출생지이기도 한 해남군 산이면 덕송리다.

아버지는 어려운 형편이라 신식 교육은 받지 못했지만 한글을 읽고 소통하는 데는 전혀 문제가 없었다. 또 한문에는 조예가 깊으셨는지 내가 어렸을 때 천자문을 앞에 놓고 하늘 천, 따 지 노래 부르듯 가르쳐 주셨던 기억이 있다. 할머니의 집안은 비교적 벌족이라 할 수 있었지만 가세가 기울었다. 당연히 아버지가 살아가는 데 친가는 물론 외가의 도움도 없었다. 1928년 아버지가 결혼할 때도 물려받은 재산은 없었고, 아버지는 가족과 살아남기 위해서 동네 청년 몇 명과 의기투합하여 일본으로 떠나셨다. 돈이 있었다면 유학하여 좋은 직업을 갖고 편히 살 수 있었을 텐데, 오직 가족과 먹고살기 위해 일본에서 막노동 생활을 시작하셨던 것이다. 아버지가 평생 자식 교육에 집착하셨던 까닭을 짐작할 수 있다.

아버지는 일본에서 부두 노동자로 화물 운송과 같은 막일을 했다. 어렸을 때 아버지가 어깨가 아프다며 주무르라는 말씀을 수시로 하셨는데, 당시 무리하게 몸을 썼던 때문이었다. 아버지는 3년 동안 번 돈을 꼬박꼬박 집으로 부쳤고, 할머니와 어머니가 길쌈과 삯바느질을 하여 모은 돈을 합쳐서 6년 만에 논 3마지기와 밭 6마지기를 장만하셨다. 이제 먹고살 작은 터는 마련된 셈이었다. 아버지와 어머니, 할머니의 협동과 조화가 맺은 결실이었다.

뿌리를 찾아 고향 땅으로

내가 초등학교에 막 다니기 시작할 때다. 우리 가족은 산이면 바닷가에서 계곡면 산골로 이사했다. 공부하러 도시로 나간 형님들을 빼고 일곱 식구였다. 네 누나들은 더 이상 갯벌에서 자라는 파래와 감태를 채취하거나 매생이를 훑고 석화를 캐서 오빠들 학자금을 마련하지 않아도 되어서 무척 기뻐했다. 그러나 어머니와 누나들의 고된 하루는 사실 이전과 별반 다르지 않았는데, 한 가지 누나들의 위안은 드디어 남이 아니라 자신을 위해서 돈을 모으고 살림을 장만할 수 있게 되었다는 것이다. 그리고 계획대로 위로 세 누나들은 시집 갈 혼수를 스스로 마련하고 순차적으로 결혼하여 출가외인이 되었다. 지금 생각해 보면 누나들이 스스로 살림을 장만했어도 어린 아들인 나를 빼고 유일한 남성 인력이며 가장이었던 아버지가 진 짐의 무게는 결코 가볍지 않았을 것이다.

내 기억에 큰 누나의 혼사를 앞두고 있었을 때다. 어둠이 깔릴 즈음 아버지가 내게 옷을 두둑이 입고 따라오라고 하셨다. 어머니가 강진읍으로 장 보러 갔는데 해가 져도 오시지 않아 마중을 가자 하셨다. 자동차로 가면 20여 킬로미터의 거리지만 산길을 가로질러 가면 10여 킬로미터 정도였다. 집을 나서 조금 걸어 산속으로 들어갔더니 숲속이라 달빛도 소용없었다. 사방이 칠흑같이 어두워서 무서웠다. 산속 무덤 옆을 지나갈 때는 누군가 뒤에서 꼭 덮칠 것만 같았는데, 그때는 먼 산에 불빛만 보이다 사라져도 도깨비불이라고 하던 때라 가슴은 더욱 오그라들었다. 아버지는 내가 무서워하는 것을 아셨는지 이것저것 물으셨다. 아버지와 나눈 대화 내용은 기억나지 않지만 분명한 것은 아버지와 단둘이 한 시간 이상 말을 주고받은 것은 이때가 처음이자 마지막이었다는 사실이다.

무언지교의 가훈

나는 아버지와 정서적 교감을 나눌 수 있는 시간이 별로 없었다. 추억이나 기억도 많지 않다. 간직할 만한 사진도 없다. 아버지가 나에게 무얼 요구하거나 다그치신 적도 없어서 자유롭게 살아왔다. 아버지는 살아계셔서도 돌아가셔도 내 머리나 가슴 어디에도 큰 자리가 없었다. 그런 아버지가 어느 날 나를 찾아오셨다. 박사학위를 마치고 아주대 교수로 부임해 강의하고 연구하던 때였다. 대학신문 기자와 인터뷰하는 자리에서 좌우명이 무엇이냐는 질문을 받은 적이 있는데, 상투적인 질문이어서인지 퍼뜩 답이 떠오르지 않았다. 그 일 이후 나는 어떤 교육을 통해 내 자아가 형성되었는지 생각해 보았다.

나는 완전히 목가적인 분위기 속에서 자랐다. 가족 모두가 집안에서 서로 유대감을 쌓았을 뿐, 정해 놓은 가훈은 없었다. 집안 살림이 매우 궁색했던 것도 이런 수평적 가르침의 원인 중 하나였겠지만, 우리는 각자, 스스로 깨우치고 동기부여를 하며 자신의 능력과 상황에 맞게 행동하지 않으면 안 되었다. 8남매는 모두 그렇게 아버지와 어머니의 모습을 보고 어른이 되었다.

부모님은 손에서 일을 놓으신 적이 없었다. 그러면서도 힘들다거나 신세 한탄은 하신 적이 없다. 할 수 있는 일을 찾아서 최선을 다해 일하셨고, 주어진 것에 불평 또한 없으셨다. 그러니 누굴 탓할 것도 없었고 가진 것에 자족할 수 있었다. 남과 비교하여 자신을 깎아 먹는 어리석음에서도 자유로우셨다. 우리 8남매가 받은 위대한 유산이다.

아버지는 늘 자식에게 등을 보이셨다. 부모의 가르침은 말이나 표정이 아니라 행동이다. 아버지의 등은 묵묵하게 자신의 역할에 충실하라는 '무언지교(無言之敎)'의 가르침이었다. 나는 '큰 가르침은 말이 없다'는 노자의 이 말씀을 아버지가 주신 가훈으로 여기며 새기고 있다. 그리고 "언젠가 아들이 따르고자 하는 것은 아버지의 모범적인 행동이지 충고가 아니란 것을 이 세상 모든 아버지는 명심해야 한다(Every father should remember that one day his son will follow his example, not his advice)."라는 찰스 케터링(Charles F. Kettering)의 말을 생각하면서 스스로 경계하고 있다.

필립 톨레다노 사진집을 보며

런던에서 태어나 뉴욕에서 활동 중인 사진작가 필립 톨레다노(Phillip Toledano)의 『아버지와 함께한 마지막 날들』이란 책이 있다. 치매로 단기기억을 상실하여 고생하는 아버지와 3년을 함께하면서 찍은 사진을 중심으로 작성한 일기 형식의 책이다. 이 사진집에는 유난히 손에 주목한 작품들이 많았는데, 그중 98세의 나이에도 무언가를 이루겠다고 머리를 긁적이는 노인의 사진이 눈에 들어왔다. 사진 속 노인의 팔뚝과 손등에는 잔주름과 검버섯이 넓게 퍼져 있다. 그리고 시퍼렇게 멍든 주삿바늘 자국이 여기저기 선명하게 드러나 있다. 손과 발은 지나온 삶의 기록이다. 노인의 지난 삶을 듣지 않고도 알 수 있었다.

생존해 계신 내 장인은 산부인과 의사셨다. 산부인과 의사는 손씻기의 화신이라고 하던데, 장인은 손이 크지 않은 데다 마디가 굵지 않아 환자들이 좋아했다. 장인의 손은 섬세하고 매끄러우며 깨끗했다.

손에는 헤아릴 수 없이 많은 수식어가 따른다. 따뜻한 손과 차가운 손, 자비로운 손과 공의로운 손, 그리고 덥석 내미는 손과 보이지 않는 손도 있다. 코로나19는 여기에 하나의 손을 더했다. 바로 협력과 연대의 손이 아니라 바이러스를 옮길 수 있는 걱정과 염려, 두려움의 경계의 손이다. 이처럼 손은 인간관계 속에서 드러나는 또 다른 얼굴이다. 지나온 역사의 기록이자 미래 사회가 나아갈 바를 가리키는 길잡이가 되기도 한다.

아버지는 말년에 파킨슨병으로 가만히 있어도 손을 심하게 떠셨다. 희고 고운 장인의 손을 보면서, 렘브란트의 작품과 필립 톨레다노의 사진 속 아버지를 보면서 아버지를 생각하니 가슴 한쪽이 아리다. 생전에 따뜻한 손으로 아버지 손을 꼬옥 잡아 드리지 못한 것이 한없이 아쉽고 죄송하다.

아버지를 떠나보내고

1970년, 고등학교 졸업을 며칠 앞둔 시점이었다. 아버지는 당시 거동이 불편한 몸으로 학교에 직접 찾아가 처음으로 담임 선생님을 대면하셨다. 막내아들인 내가 서울대학에 합격한 사실을 확인하기 위해서였다. 나는 서울에 있는 셋째 형님 댁에 머물면서 대학 합격 소식을 들었다. 사실 소식을 듣고서 바로 아버지께 보내 드리는 약 봉투 안에 합격 소식을 적어서 우편으로 보냈는데, 아버지는 그것을 확인하지 못하셨던 것 같다. 막내아들의 합격 소식을 기다리다가 결국 학교로 찾아가셨던 것이다.

그때의 인연으로 아버지는 나의 고등학교 졸업식 날 내게 김 두 톳을 주시면서 담임선생님께 갖다 드리라고 하셨다. 아버지로서는 생애 처음이자 마지막으로 자식이 다니던 학교에 찾아가 담임선생님을 뵈었으니 보잘것없는 선물이라도 전하며 고마움을 표현하고 싶으셨던 거다.

내가 대학에 입학하면서 아버지는 파킨슨병에 걸려 바깥 외출은 거의 못 하셨다. 나는 나대로 학교 공부와 과학원 준비로 바빴고, 과학원에 합격하고서 석사 논문을 준비할 즈음에야 연구와 운동을 병행하며 비로소 마음의 안정을 찾았다. 그때가 1975년 8월이었다. 아버지는 내가 마음껏 미래를 준비하며 행복했던 그때, 떠나셨다. 오랫동안 파킨슨병으로 고생을 해 오셨던 터라 놀라지는 않았으나 임종을 지키지 못하고 아버지와 작별해야 했다.

집을 떠난 후 오랫동안 내 마음에 아버지 자리는 없었다. 늦둥이 자식이라 더 애닳고 아끼셨겠지만 그런 내색 한 번 없으셨고, 그렇다고 엄하지도 않으셨다. 묵묵하게 일하고 집 이곳저곳을 살피시는 아버지의 걸음과 손길, 그 등을 좇지 않았다면 아마도 아버지에 대한 기억은 더욱 흐릿했을지도 모른다.

그런 아버지에게도 시급히 돈이 필요했을 때가 왜 없었겠는가. 그런데 아버지는 자식의 학비다, 사업이다 해서 급전이 필요해 전답을 팔아치운 적도 없고, 평생 빚쟁이한테 시달린 적도 없다. 노름으로 밤을 지새우거나, 주벽이 있어 식구들을 괴롭힌 적도 없다. 그것만으로도 자식 앞에 부끄럽지 않은 아버지다. 마흔다섯에 얻은 막내는 그런 아버지께 따뜻한 밥 한 끼 사 드리지 못했다. 한때는 공부 잘하고, 귀찮게 해 드릴 일을 하지 않은 것만으로도 효자라 생각했다. 하지만 아니다. 릴케의 시처럼, 또 소설가 최인호가 자서전이라 할 소설 「가족」의 연재 마지막 회에서 "갈 수만 있다면 가난이 위대한 장미꽃이 되는 불쌍한 가난뱅이의 시절로 돌아가고 싶다."라고 고백한 것처럼, 시간은 되돌릴 수 없고 아버지는 다시 뵐 수 없다.

누구나 자신이 살았던 시대를 '인간이 살아온 역사 중에서도 가장 별스럽고 끔찍한 세기'였다고 평가한다. 나와 부모의 인연이나, 역사 한복판에서 영향력을 행사했던 인물들과의 인연이나, 동시대

● 「최인호 소설 '가족' 35년 만에 막 내려, "소설로 쓴 내 인생의 자서전 마칩니다"」, 『한국일보』, 이훈성 기자, 인터넷 기사, 2010. 01. 11. 01:12. https://www.hankookilbo.com/News/Read/201001110158416366

를 살아가는 우리에게는 모두 소중하고 각별하다. 인연으로 맺어진 삶은 어느 시대 어느 지역에서나 일어날 수 있는 인간 보편적 운명의 한 단면이니까.

아버지의 지나온 삶 속에는 한 가정을 일으켜 세우고 자식들을 건사하면서 남긴 발자취가 있다. 아버지처럼 평범한 삶을 살았다 해도 시대의 애환과 고민은 있다. 글을 통해서 더불어 살아가는 사람들을 소중하게 생각하고, 서로 공감할 수 있다면 한 사람의 삶을 글로 옮긴 노력도 헛되지 않으리라.

오늘날 아버지의 무게감은 바닥이다. 삶에 짓눌린 자기 자신의 무게를 감당하기도 어려운데, 스스로 무게를 잡지 않고 자식을 무게 있는 사람으로 키워 내야 하는 아버지의 역할은 더욱 견고해져야할 것이다. 아직까지 많은 사람들에게 아버지는 살갑고 친근한 존재가 아니다. 하지만 가족이란 이름으로 하나가 되는 데에는 아버지가 중심을 잡아 줘야 한다. 성공한 아버지만이 아니라 있는 그대로의 아버지, 세월이 흘러도 자식 앞에 다정하고 따뜻하게 다가오는 아버지, 가족을 화목으로 이끌기만 해도 존재감이 있는 아버지, 늘어나는 주름살을 위로받는 아버지, 그런 아버지라면 그 역할은 다한 것이다.

아버지를 생각하면 내 가슴을 파고드는 시구가 있다. 현대 중국 철학자의 딸 펑종푸(馮宗璞)가 그려 낸『나의 아버지 펑유란(馮友蘭)』에 인용된* 작자 미상의 옛 시구(古詩十九首)이다. 펑유란은 국공 내전과 문화대혁명 와중에 표변하고 또 표변하여 학계에서 논쟁이 분분한 학자이다. 그런데 박근혜가 대통령 당선인 시절 어지러운 세상을 헤쳐 가는 가르침을 준 사람으로 언급하면서 우리에게 알려진 인물이다. 그녀는 총탄으로 쓰러진 부모님이 그리워서 인용하였을까, 아니면 그의 철학을 좇으려는 것이었을까? 어찌되었든 홀연히 떠난 아버지를 그리워하는 딸의 마음에는 공감한다.

지금, 아버지가 사무치게 그립다.

푸르디푸른 언덕 위 측백나무	靑靑陵上柏
겹겹이 쌓인 냇가의 돌은 영원하지만	磊磊澗中石
천지 사이에 태어난 사람은	人生天地間
홀연히 먼 길을 떠나는 나그네 같네	忽如遠行客
거침없이 긴 시간은 흘러가고	浩浩陰陽移
사람의 목숨은 아침 이슬과 같구나	年命如朝露
인생은 덧없는 더부살이	人生忽如奇
그 목숨이 쇠나 돌처럼 견고하지 못하네.	壽無金石固

● 펑종푸, 은미영 옮김, 『나의 아버지 펑유란』, 글항아리, 2011, 114쪽.

한 걸음 1

사람을 잇고 사람다운 삶을 돕는 가족애

    나는 오늘날 우리 사회가 안고 있는 대부분의 문제는 가족제도 붕괴와 이로 인한 인구절벽에서 기인하는 것으로 보고 있다. 우리 가족 간에 나누었던 사랑과 누나들의 희생정신을 기리면서, 새삼 아이를 낳고 한 가정을 이루는 것이 인간됨의 기본이고, 사람이 사람답게 살아가는 첫걸음이라는 생각을 해 보았다.

    요즈음 젊은이들을 보면 휴대폰의 영향 때문인지, 자기중심적 성향이 강하다. 그래서인지 이혼율과 비혼율이 급격히 증가하는 등 가족 해체도 심각하다. 이들은 하나같이 '자유로운 생활과 의사결정'을 중시하고 여가 시간을 혼자 즐기고 싶은 욕구가 강하다.

    그러나 소셜 네트워크 서비스(SNS) 같은 얕은 소통방식은 문제가 있다. 몸은 남을 의식하지 않고 자유로운데 마음은 누군가와 연결된 반쪽 소통이기 때문이다. 이와 같이 얼굴 없는 인간관계는 건전하지 못하다. 이런 연결은 얼마 동안은 자아를 지켜 줄지 모르지만 주위 환경에 무방비로 노출된 뇌의 스트레스는 가중된다. 익명의 타인들로부터 날아드는 악의적 댓글은 생각만 해도 끔찍하다. 이런 디지털 기술이 제공하는 만남은 지속 가능한 관계가 될 수 없을뿐더러 건강까지 해친다.

사회 관계망과 행복의 척도

지난 반세기 사회관계망과 건강에 관한 주제의 연구가 자리를 잡아가면서 내가 접한 유의미한 연구결과가 두 가지 있다.* 그중 하나는 사회적으로 많이 연결될수록 더 오래 산다는 것이고, 다른 하나는 사회적 관계망이 우리 몸과 마음을 변화시킨다는 것이다. 여기서 사회관계(Social ties)는 부모 형제부터 가까운 이웃이나 친구, 그리고 교회나 동호회 모임 등의 조직 활동을 망라한다. 예를 들면 나이에 따라 차이는 있지만 사회적 관계에 따라 사망률은 1.8배에서 2.7배가량 차이가 났고, 감기를 유발하는 리노바이러스를 주입한 후 참여자들의 면역세포와 항체를 측정한 결과 사회적 관계가 많은 이들이 감기에 덜 걸렸다는 결과를 얻었다. 그러면 오늘날 영향력을 키워 가고 있는 카톡이나 페이스북과 같은 온라인 관계망은 어떨까?

소셜 미디어가 행복에 미치는 영향은 긍정적이지 않다

근년 수많은 연구에서 밝혀진 바에 따르면 미디어에서 보내는 시간

---

* 김승섭, 『아픔이 길이 되려면』, 동아시아, 2018, 252~267쪽.

이 길수록 행복도가 줄어드는 경향을 보인다.* 행복을 아래와 같은 간단한 공식으로 생각해 보면 이해가 쉽다.** 흔히 행복은 가진 것을 원하는 것으로 나누어 구한다. 나누기는 거듭되는 빼기이므로 자기가 가진 것에서 자기가 원하는 것을 순차적으로 제하고 나면 남는 것이 행복도가 된다. 이 척도로 보면 소셜 미디어가 행복을 해치는 것은 디지털 환경 변화에 적응해 가는 몸과 마음의 반응이 상황에 익숙해지면서 만족도가 기대에 미치지 못한 데 있다. 지속되는 긍정상태는 비교기준을 높이고 쾌감을 감소시킨다.

$$행복 = \frac{자기가\ 가진\ 것}{자기가\ 원하는\ 것}$$

젊은 사람들은 이렇게 얘기하는 나를 시대에 역행하는 '꼰대'로 볼지 모른다. 스스로 꼰대가 아니라고 우겨도, 아니면 내가 어쩔 수 없는 진짜 꼰대라 해도 할 말은 해야 한다.

물론 행복에는 질적인 측면을 부각시켜 '배부른 돼지보다 배고픈 소크라테스가 낫다'는 주장도 있다. 하지만 양적으로 보았을 때 우리가 행복을 위해 무엇을 얻으려 하는 순간 그 행복은 사라지고 손에 쥔 행복의 총량은 줄어들게 된다. 누구나 자신이 행복한지 물어 보면 쉽게 대답할 수 없는 것도 그런 이유가 아닐까? 그래서 나는 행복은 삶의 의미를

---

* 팀 보노, 정미나 옮김, 『괜찮아지는 심리학』, 알에이치코리아, 2019, 55~60쪽.
** 에드 디너, 로버트 비스워스 디너, 오혜경 옮김, 『모나리자 미소의 법칙』, 21세기북스, 2009, 164~165쪽.

추구하는 과정에서 간접적으로 드러난다고 믿는다. 욕망은 끊임없이 보채는 아이와 같다. 물론 이런 일시적이고 상대적인 욕망에 비례해서 한없이 행복도가 높아지는 것은 아니지만, 그래도 스스로 자기 삶을 평가하여 긍정적일 때 만족감을 느끼는 것은 당연하다. 헨리 데이비드 소로(Henry David Thoreau)는 "내적인 삶이 실패할수록 우리는 더 집요하고 절박한 심정으로 우체국을 찾는다."라고 말한다. 여기서 우체국을 휴대폰으로 바꾸면 여전히 유효하다.

오늘날 지위고하, 남녀노소를 불문하고 많은 사람들이 잠시도 가만히 있지 못하고 무언가와 연결을 시도한다. 내면의 성장을 위해 더 생산적인 일을 할 수도 있을 텐데 말이다.

우리는 늘 사랑하고 사랑받으며 행복하게 살아가기를 원하지만 자아성찰은 게으르다. 진정한 행복은 마음에서 만들어지고, 부의 원천은 풍요로운 내면의 세계에 있는데. 바구니와 지갑은 충만한 마음으로 채워가는 것이 현명하지 않겠는가?

가장 가까운 혈연관계

우리는 질병을 비롯한 여러 원인을 생활환경이나 유전자의 탓으로 돌린다. 부모와 자식 관계는 유전자를 각각 절반씩 물려받는 관계다. 하지만 형제들은 부와 모의 유전자를 온전히 물려받는다. 인정하기 어렵겠지만 부모와 자식 간이나 형제 간 근친도를 따지면 같다.[*] 이런 괴리를 도킨스는 '내리사랑'이라는 부모-자식 간 비대칭성으로 설명하나 이 또한 옹색해 보인다.**

형제의 중요성은 현대 의학에서 점점 더 커지고 있다. 가족력에 관한 정보가 중요하게 인식되고 있고, 형제가 많아야 이를 파악하고 도움받기도 쉽기 때문이다. 이렇게 진정한 사랑은 결국 가정에서 출발한다. 나는 우리 사회가 하루빨리 가정이 복원되고, 행복한 가정 속에서 모두의 꿈이 실현되는 사회가 되기를 바란다.

형제간 우애는 공정이 아닌 공평에서 자란다

피를 나눈 형제자매 간의 우애는 가난한 자의 전유물일까? 불화나 재산 다툼은 인류 역사만큼이나 오래된 얘기다. 자고로 형제애든 가족 간이든 뭉치고 흩어지는 이면에는 인간의 기본적인 조건인 자기애가 내재되어 있다. 그들이 특별히 이타적이거나 이기적이어서가 아니다. 세상에 태어나면서부터 돋보이고 싶은 인간의 자존감 욕구의 표출이자, 자신이 누구보다 소중하고 가치 있는 존재라는 항변이다.***

카인과 아벨, 에서와 야곱, 큰아들과 탕자는 기독교 신자가 아니라도 누구나 알 법한 형제들이다. 카인의 단어 뜻은 '얻었다'이고, 아벨이라는 이름의 뜻은 '허무'라고 한다. 땅을 물려받은 형 카인과 빈 들판에 버려진 동생 아벨, 누가 성공한 사람이고 누가 실패한 사람이며, 누구를

---

* 윌리엄 D. 해밀턴, J. Theor. Biol. 권7, 1~16, 17~52쪽.
** 리처드 도킨스, 홍영남 옮김, 『이기적 유전자』, 을유문화사, 2006, 6장, 173~199쪽.
*** 어니스트 베커, 노승영 옮김, 『죽음의 부정』, 한빛비즈, 2019, 35쪽.

미워할 수 있단 말인가? 먹고살 만은 한데 심적으로 공허해 다툼이 인다. 하나님의 선택은 물질이 아닌 생명, 생의 길이가 아닌 영혼의 깊이였다.*

"근심하는 자 같으나 항상 기뻐하고 가난한 자 같으나 많은 사람을 부요하게 하고 아무것도 없는 자 같으나 모든 것을 가진 자로다."(고린도후서 6장 10절) 지나치게 물질에 집착하고 쾌락을 추구하는 세태가 인간관계를 파괴하고, 형제자매 간에도 질투와 시기를 불러오게 된 것이다.

비교는 늘 가까이 있는 가족에서 시작된다. 형제간 경제력 차이가 나면 거의 예외가 없는 듯하다. 다툼의 근저에는 대개 '공평함'이 자리 잡고 있다. 누구 몫이 큰가 옆으로 눈을 돌릴 때 어김없이 공평의 문제가 나타난다. 어쩌면 불공평을 배척하는 것이 인간 본성일지도 모른다. 우리는 공평이나 공정함을 어떻게 이해하고 받아들여야 할까?

부모에게 자식은 합리성 너머에 있다

형제간에도 마찬가지다. 부모는 각자 가지고 있는 재능과 노력을 중시한다. 그렇지만 부모 마음은 늘 약한 자식에게 가 있고, 약한 자식을 우선적으로 배려한다. 공정한 기회는 물론이고 결과도 평등하기를 바란다. 승자독식 논리가 가족 간에는 더 이상 통하지 않는다. 자식들이 모두

---

* 이상준, 『가인 이야기』, 두란노, 2014, 103쪽.

인간다운 삶을 살길 바라기 때문이다. 이런 모습이 바로 이상적인 가족 관계가 아니겠는가?

그래서 부모는 형제간에 소소한 배려와 사랑을 가르친다. 집 나간 탕자가 집으로 돌아온 배경에는 공정이 아닌 이런 공평 분위기, 곧 아버지가 환대해 주리라는 믿음이 있었던 것이다.

보편적 가치

보편적 가치라고 하면 보통 자유, 평등, 박애를 이야기한다. 사회적 정의란 자유권, 행복추구권, 평등권 등 기본권을 누구에게나 '공정'하게 보장하는 것이다. 개인차를 인정하느냐 무시하느냐가 같이 살아가는 공동체 정의를 가르는 기준이 된다. 그러니 핵심은 공정성이다.

개인차가 있어 불평등이 존재하더라도 기회는 균등하게 주어져야 한다. 즉 공정은 기회의 평등이지 결과의 평등이 아니다. 서로 협력하고 경쟁하는 삶의 근저에는 인격의 이중성, 이기심과 이타심이 자리 잡고 있다. 공정한 사회로 가는 가장 큰 걸림돌 중 하나가 바로 이기심이다. 공평한 기회와 공정한 분배를 막기 때문이다.

지구촌 어디에서든 공정이나 공평을 부르짖지만, 다툼이 끊이지 않는다. "평등 없는 자유는 착취이고, 자유 없는 평등은 억압이다."라는 로자 룩셈부르크(Rosalia Luxemburg)의 말을 새겨들어야 한다.*

앞으로도 인간은 평등과 자유라는 두 가치 사이에서 스스로 얼굴을 바꾸며 균형을 이루어 갈 것이다. 동에도 서에도, 남과 북에도 가야 할 방식은 하나다. 모두가 공동체 속에서 제 역할을 찾고, 서로가 공감하고, 감동을 주고, 동행하는 아름다운 세상을 만들어 가도록 사람의 마음을 얻고 사람을 움직여야 한다.

화학기술은 가정에서 여성을 해방하는 것으로 끝나지 않았다

우리가 당면하고 있는 인구문제의 밑바닥에는 장기간에 걸친 화학자들의 연구 노력이 있다. 지난 세기 우리 삶에 가장 크게 영향을 미친 기술은 모두 여성의 사회 진출과 관계된 기술이다. 첫째가 1930년대의 암모니아 합성이고, 둘째가 1950년대의 나일론을 비롯한 범용성 플라스틱 발명, 그리고 셋째가 피임약 합성이다. 비료는 인류를 굶주림으로부터 해방시켰고, 스타킹으로 대변되는 플라스틱과 피임약은 여성을 가사 노동으로부터 해방시켰다.

1960년대 당시 미국은 인종 간 평등은 물론 성 평등의 대변혁기에 있었다. 여성해방운동의 바람이 거세게 불고 있었고, 모든 학문 분야에서 이에 동조하는 연구가 붐을 이루었다. 우리나라는 전쟁 직후 정부의 출산장려 정책으로 베이비붐이 절정을 이루다가 군사정부 들어서 피임약 수입이 자유화되면서 인구 억제정책이 시행되었다.

이렇듯 과학기술은 알게 모르게 우리 일상을 지배하고 있다. 여성의

● 이민규, 『나는 뉴욕의 초보 검사입니다』, 생각정원, 2019, 159쪽.

지위 향상은 가정을 지킨다는 면에서 양면성이 있다. 출산과 양육에 직접적으로 깊이 관여할 수 있는 사람은 여성이기 때문이다. 국가 차원에서도 중요한 문제다. 앞으로는 인류 역사에 제2의 모계사회가 도래하지 않을까 싶다.

손자 손녀와 함께하는 할머니 할아버지 삶으로

병든 사회는 비인간화에서 비롯된다. 생산성이 없다고 천대받는 사회는 미래가 없다. 외톨이가 된 은퇴자의 삶이 어떤 모습일지 그려지는가?

노인들이 그나마 우호적으로 인정받고 소중한 구성원으로 존중받는 공동체는 가족이다. 손주를 키워 주는 노인은 존중받고 산다. 손자를 키워 본 노인은 세상에 더 잘 적응한다. 아이들을 키우며 성장하는 모습을 지켜보는 시간은 보배로운 시간이다. 육신은 힘들어도 무엇으로 형언하고 비교할 수 없는 즐거움이다.

2세보다는 부부간 삶의 질에 집중하려 하는 청춘들에게는 전통적인 부부관계를 넘어 다양한 형태의 커플도 있을 수 있다. 어떤 결합 형태를 선택하든 가족의 본질은 변함없다. 설령 혈연관계로 맺어진 형제자매가 아니더라도 가족이라는 이름으로 모여 서로를 위해 주는 가운데 힘과 용기와 소망을 이루는 곳이 가정이다.

부부가 서로 사랑을 주고받는 가운데 행복하면, 아이들이 안정감 속에서 행복을 배우고, 그 아이들은 다시 누군가를 행복하게 한다. 나이

들면 누구나 이구동성으로 얘기한다. 결혼도 하지 않고 아이도 없이 할머니 할아버지가 되는 삶이 정말 괜찮을까? 일상의 작은 행복은 멀리 있지 않다. 그냥 밥값을 하고 살다 보면 저절로 오는 것이다.

며칠 전 나는 일곱 살짜리 손주와 내기를 했다. 우루과이와 우리나라 축구 대표팀의 경기 스코어를 알아내는 거였다. 나는 2대 1로 한국이 질 거라 예상했는데 결과는 그 반대였다. 결국 엉덩이로 내 이름을 써야 했다.

인격적인 삶과 죽음의 선택

오늘날 학문의 마지막 미개척지로 남은 것은 뇌과학이라 할 수 있을 것이다. 그와 함께 너도나도 뇌 만능주의에 노출되어 있다. 그러나 사람의 자아는 뇌란 물질로 환원될 수 없다. 또 의식이 어떻게 실재하는지 그 전 과정은 우리가 알 수 없다.

나는 인간 의식과 느낌이 한 개체의 뇌 속 어딘가에 온전히 가시화되어 그 안에 갇혀 있다고는 생각하지 않는다. 내가 어머니라고 부르는 순간 어머니는 나와의 관계 속에서 여전히 존재하고 내 마음속에 살아 있다. 그래서 돌아가시는 모습도 고통 속에서 죽음을 맞이하는 것보다 아름다운 추억으로 간직할 수 있기를 소망했다.

인간은 타인과 소통 없이 의식을 가질 수 없고, 몸과 마음은 분리되지 않는다. 어머니의 정신만을 분리해서 USB에 담아 나의 머릿속으로 가져온다거나 불멸의 존재로 만들어 보존할 수는 없다. 나는 자연과학자이지만 존재하는 모든 것을 자연과학으로 탐구할 수 있다고 생각하는 자연주의자는 아니다.* 한 사람의 뇌도 개별 특징이 있고 가소성이 있어 그 거동을 관찰하고 설명하기 어려운데, 하물며 사회와 상호관계 속에서 형성된 인간 뇌를 과학이 총체적으로 풀어내기란 거의 불가능하다. 뇌는 의식 있는 삶의 필요조건이지, 충분조건은 아니다.

나는 삶의 필요충분조건은 인간의 정상적인 사고와 존엄성에 있다고 믿는다. 어머니는 어머니 역할이 있고, 아버지는 아버지 역할이 있다. 인간은 한 인간으로서 자기 역할을 하고, 그 기회와 권리를 누려야 한다. 숨 쉬는 기계와 다름없는 삶에 도달하기 전에 인간 스스로 자기 죽음을 선택하는 기회가 주어져야 하는 이유다.

현대 의학은 죽음을 가르치지 않는다

치료 효과 없이 임종 과정에 든 환자의 생명을 연장하는 의료행위는 바람직하지 않다. 그런데 현대 의학 시스템은 환자의 생명 연장에만 온 정성을 쏟을 뿐 죽음의 선택에 대해 가르치지 않는다. 어느 정도까지 의학적 치료를 해야 하고, 어디에서 죽음을 맞이해야 하는지 다루지 않는다. 의사인 아툴 가완디(Atul Gawande) 박사는 『어떻게 죽을 것인가』에서 이렇게 말한다. "의사들은 환자가 비극적인 질병 앞에서 현명한 선택을 내리도록 가르치는 방법을 훈련받지 않는다. 우리는 언제나 생명을 지키고 희망을 불어넣어야 한다고 배운다. 따라서 우리는 환자에게 운명에 순응하지 말 것을 당부한다."● 하지만 정작 의사 자신은 환자에게 처방

● 마르쿠스 가브리엘, 전대호 옮김, 『나는 뇌가 아니다』, 열린책들, 2018, 17쪽.

하는 말기 치료를 받고자 하지 않는다. 스탠퍼드 의과대학 임상 부교수인 페리야코일(V. J. Periyakoil) 박사의 견해도 비슷하다. 영국 신문 『데일리 메일(Daily Mail)』과의 인터뷰 내용을 보자.

"현재 우리가 기본적으로 따르는 치료 원칙은 일단 '해 보자'는 것이지만 모든 중증 질환에는 고강도 치료가 기존에 앓던 질병보다 몸에 더 큰 부담을 안겨 주는 변곡점이 존재합니다."

그럼에도 왜 환자에게 고강도 치료를 실시하느냐고 묻자, 그는 이렇게 답했다. "우리는 의사들에게 (환자와) 이야기를 나누라고 가르치지도 않고 대화를 나누었다고 칭찬하지도 않습니다. 행동하라고 가르치고, 행동한 것을 평가하죠. 이런 시스템은 바뀌어야 합니다."

우리나라도 현행 의료시스템을 보완하면 좋겠다. 내 생각에는 의사들의 은퇴를 돕고, 은퇴한 의사들이 '인격 의학'**으로 전환하여 노령층 환자와 인간적인 관계를 맺고 예상되는 질병과 치료를 맡게 하면 어떨까?

아름다운 인생은 사회인식의 제고에서

화학요법이 인체에 어떤 영향을 주는지 누구보다 잘 아는 사람은 바로 암 환자를 치료하는 암 전문의일 것이다. 공개된 한 조사 결과에 따르면, 암 전문의들 중 만약 암 진단을 받는다면 화학요법을 '절대로' 받

---

* 메리 파이퍼, 서유라 옮김, 『나는 내 나이가 참 좋다』, 이퍼블릭, 2019, 113쪽에서 재인용.
** 폴 트루니에, 강주헌 옮김, 『노년의 의미』, 포이에마, 2015, 90~95쪽.

지 않겠다고 답한 비율이 압도적인 대다수를 차지한 것으로 나타났다. 해당 조사에는 1,000명이 넘는 의사가 참여했는데 그 가운데 88.3퍼센트라는 높은 비율로 현재 자신들이 환자들에게 일상적으로 실시하는 '고강도 집중치료'를 받지 않겠다고 답한 것이다. 즉 대다수 의사가 삶의 막바지에 고통스러운 치료나 인위적으로 생명을 연장하는 기계에 몸을 내맡기지 않겠다고 응답했다.*

생명은 때가 되면 나오는데 피해 갈 수 없는 죽음은 건강할 때 왜 미리 대비하지 않는가?

한편 천정부지로 치솟는 의료비는 국가 재정의 안정성을 위협한다. 한정된 재원이라면 마땅히 의사들도 현명한 선택을 해야 한다. 내게 짊어진 짐을 후손 어깨에 지울 수는 없다.

국문학자 김열규 교수는 저서 『노년의 즐거움』**에서 죽음을 바라보는 우리 조상들의 시선을 얘기한다. "한번 가면 그만인 인생! 저승이 멀다더니 대문 앞이 저승일세. 눈감으면 끝인 것을!" 허무가 짙게 밴 이런 독백도 하지만 "이래서는 죽어서 눈이나 감겠나?" 하며 살아남기 위해 아등바등하고 못다 이룬 삶을 이루려는 악착스러움도 갖고 있다는 것이다. 하지만 "저세상으로 간 그 많은 사람들이 하나도 돌아오지 않는 걸 보면 저승길이 그리 나쁘지만은 아닌 것 같다."라는 해학도 있어, 오히려 죽음을 대하는 무거운 마음을 가볍게 해 준다.

날로 발전하는 의술로, 죽음을 앞두고 임종 시기만을 연장하는 의료

---

* 타이 볼링거, 제효영 옮김, 『암의 진실』, 북새통, 2017, 186쪽.
** 김열규, 『노년의 즐거움』, 비아북, 2009, 63쪽.

행위는 끝이 안 보인다. 연명의료 시행 여부는 시스템이 결정하는 것이 바람직하다. 다행히 2018년부터 우리나라도 관련법을 제정했으니 이제는 환자가 스스로의 힘으로 삶을 떠날 수 있도록 의료진과 환자 간의 소통을 강화하고, 그 과정에서 내려진 결정을 존중하며 법적으로 이를 보호해야 한다.

삶은 몸과 마음이 챙긴다. 생명보험은 돈으로 들 수 있으나 감정 보험은 시간뿐이다. 생의 마지막 소중한 시간을 자기가 써야 하지 않겠는가? 나는 인간적인 삶의 필요충분조건은 사람이 사람 구실을 하면서 사람답게 살다 미련 없이 가는 것이라 믿는다. 박목월의 시구가 말해 주듯, '그믐달처럼 사위어지는 목숨', 구름처럼 바람처럼 살아야지.

2장

삶의 토양이 된 유년 시절

    나에게 어린 시절은 두 시기로 나뉜다. 산골에서 뛰놀며 생활하던 때와 중학교 입시를 앞두고 6학년 때 도시로 전학한 이후이다. 그때는 지금의 초등학교를 국민학교라고 불렀다. 나는 국민학교 5학년까지는 전기도 들어오지 않는 바닷가와 산골 오지에서 보냈다. 사방이 막힌 작은 마을에 갇혀서 해 뜨면 일어나 학교에 가고, 학교가 파하면 들판에서 뛰어놀다 어둠이 내려오면 잠자리에 드는 단조로운 삶이었다.

    그러던 생활이 중학 입시를 1년여 앞두고는 완전히 달라졌다. 광주 서석국민학교로 전학하면서다. 상상할 수도 없었던 가혹한 입시 환경이 나를 짓눌렀다. 담임선생님이 무서워 하루하루 학교 가기가 두려웠고, 어떻게든 상황을 모면하려고 허둥댔다. 그리고 그 결과는 중학교 입시 실패였다. 하지만 스스로 예상했던 결과라 그 일이 자존감 상실로 이어지지는 않았다. 오히려 어린 나이에 경험한 좌절은 내 삶의 든든한 기둥이 되었다. 승부 세계에서 지는 법을 알았으니 이기는 법도 알게 됐다. 중학교에 들어가서부터는 실패를 모르고 목적한 바를 이루며 성공의 길을 달렸다.

산이서국민학교 입학

1958년 봄, 나는 산이서국민학교에 입학했다. 애먼 나이를 먹어 여덟 살에 학교에 입학했다. 음력으로 섣달 스무이렛날 태어났는데 음력생일을 그대로 호적에 올려 버린 바람에 태어나고 3일 만에 두 살을 먹게 되었다.

당시 어떻게 학교에 다녔는지는 기억이 없다. 우리가 살던 곳은 바다로 불쑥 튀어나온 육지라, 삼면이 바다로 둘러 있어 마치 아인슈타인이 미소 대신 내밀었다는 혓바닥처럼 생겼다. 그러니 외부로 통하는 길도 외길이었다. 작은 고개를 넘으면 상공리가 나오고, 여기서 배를 타고 가면 목포까지 연결된다. 나는 이곳 바닷가 덕송리에서 태어나 여덟 살까지 어린 시절을 보냈다. 지금은 영암방조제와 금호방조제가 완공되어 벽해(碧海)가 상전(桑田)이 되었다. 바다는 오간 데 없고 평지보다 조금 낮은 간척지와 겉과 속이 따로 없이 담황색 건강한 토양을 뽐내는 황토밭이 대조를 이룬다. 고구마, 양파와 월동 배추 같은 고소득 작물과 거친 들판이 어우러진 부요한 땅으로 변한 것이다.

문득 프랑스 유학 시절의 점심시간이 생각난다. 대학식당에서는 금요일이면 생선이 주메뉴로 정해져 나왔는데, 프랑스 친구들은 생선이 비린내 나고 가시가 있어 싫다면서 이맛살을 찌푸렸다. 나는 생선요리 방식이 늘 정해져 있어 아쉽기는 했지만 이를 즐겼다. 기독교 문화권의 금육식에 생선이 포함되지 않은 것이 다행이었다.

신선한 해산물이 풍부한 곳에서 어린 시절을 보내면서 형성된 내 식습관은 지금까지도 변하지 않았다. 감사한 일이다. 그래서일까, 언제 어디서나 나의 1차적인 먹거리 선택은 항상 온갖 해초와 젓갈류, 그리고 생선이다.

어느덧 60여 년 세월이 흘렀다. 바닷바람 스치듯 지나온 내 삶의 기억 속 바다는 여전히 어머니의 생활 터전으로 또렷이 남아 있다. 어머니는 바닷물이 빠져나간 이른 새벽이나 저녁에 개펄에서 일하고 돌아오실 때가 많았다. 해 지고 어스름해지면 배가 고팠고, 고픈 배를 잡고 어머니를 기다렸던 아련한 추억이 맴돈다. 기형도 시인의 시 「엄마 걱정」* 중 일부를 내 어린 시절로 바꿔 음미해 본다. 기다림

---

* 기형도, 「엄마 걱정」, 『입 속의 검은 잎』, 문학과지성사, 1989. 134쪽. 원문은 다음과 같다.

열무 삼십 단을 이고
시장에 간 우리 엄마
안 오시네, 해는 시든 지 오래
나는 찬밥처럼 방에 담겨
아무리 천천히 숙제를 해도
엄마 안 오시네, 배추잎 같은 발소리 타박타박

에는 늘 불안 그림자가 아른거리는데, 이 시는 당시의 내 마음을 잘
대변해 준다.

굴 바구니 머리에 이고
바다로 나간 우리 엄마
안 오시네, 해는 시든 지 오래
나는 찬밥처럼 방에 담겨
아무리 천천히 놀이를 해도
엄마 안 오시네, 배추잎 같은 발소리 타박타박
안 들리네, 어둡고 어두워
금 간 창틈으로 고요히 빗소리
빈방에 혼자 엎드려 훌쩍거리던

아주 먼 옛날
지금도 내 눈시울을 뜨겁게 하는
그 시절, 내 유년의 윗목

안 들리네, 어둡고 무서워
금 간 창틈으로 고요히 빗소리
빈방에 혼자 엎드려 훌쩍거리던

아주 먼 옛날
지금도 내 눈시울을 뜨겁게 하는
그 시절, 내 유년의 윗목.

산이서국민학교에 입학하여 학교생활에 익숙해질 무렵 산이면을 떠나 계곡면으로 이사를 왔다. 집안 형편이 조금 나아지면서 아버지가 할머니의 친정 마을을 떠나 보은 이씨 자작일촌인 법곡리로 옮기셨기 때문이다. 나도 계곡면 소재지에 있는 성진국민학교로 전학하였다. 여기서 5학년까지 대부분의 '초딩 생활'을 한 셈이고, 나의 어렸을 적 추억 대부분은 이 시절에 머물러 있다.

비포장 신작로를 따라 학교가 있는 면 소재지까지 10리 길을 걸어서 학교에 다녔다. 멀리서부터 흙먼지 날리며 해남 완도와 광주 사이를 하루 몇 차례 오가는 무심한 버스, 이 버스는 기실 내 마음을 싣고 다녔다. 지금은 동네 들판을 가로지르며 높게 가설된 도로가 사람의 왕래를 단절시키고 꿈도 고향도 앗아가 버렸다. 애석하다 못해 세월이 야속하다. 막연한 소식을 기다리며 누군가 차에서 내려 반겨 줄 것 같은 생각에 버스가 지나갈 때마다 물끄러미 쳐다보았었는데.

형체도 없이 빛과 바람이 어우러진 단순한 체험이 이토록 정다워지는 까닭은 왜일까? 우리네 삶이 그리움이고 기다림의 연속인 때문이겠지.

눈에 삼삼한 고향 마을

어린 시절 나는 봄이면 누이들 따라 들로 산으로 나가 쑥도 캐고, 고사리도 꺾으며 산하에 흐르는 봄기운을 만끽했다. 한여름에는 뙤약볕도 아랑곳하지 않고 물고기 잡으러 냇가로 나갔다. 흐르는 맑은 물속을 헤집고 다니며 돌 밑으로 숨어드는 물고기와 숨바꼭질을 했다. 어쩌다 양손으로 더듬어 물고기를 잡는 날이면 짜릿한 기분이 하늘을 찔렀다. 초가을에는 들녘으로 나가 소 풀 뜯기다가 해질 녘 밥 짓는 연기가 피어오르면 소를 몰고 집으로 돌아왔다. 겨울이면 처마 밑 주렁주렁 달린 고드름을 따서 오독오독 씹어 먹기도 하고, 칼처럼 손에 쥐고 휘두르며 놀았다. 하얀 눈이 소복이 쌓인 날이면 숨소리마저 삼켜 버린 들판으로 나가 발자국을 남기면서 걷고 걸었다. 적막감은 어느새 사라지고 흥겨워졌다. 이렇듯 나이가 들어도 잊히지 않는 고향 정경은 우리가 삶을 살아가면서 경험한 첫사랑이다.

바닷가에서 내륙으로 이사를 오니 시도 때도 없이 달려들어 괴롭히는 '깔다구'라 부르는 곤충이 없어서 좋았다. 하지만 여름에 모기는 여전해서, 밤이 되면 마당에 연기 나는 모닥불을 피워 놓고 가족들이 평상에 둘러앉아 오손도손 얘기꽃을 피웠다. 연기로 눈이 매워서 견디기 어려울 때는 대나무 숲에서 속삭이듯 불어오는 바람이 날려 주었다. 한여름 밤에 바람 방향에 따라 요리조리 연기를 피해 가며 돌아눕고, 총총한 별을 하나둘 세어 가며 잠이 들었던 추억은 나에겐 행복이었다.

누구에게나 육신의 고향과 마음의 고향이 있다. 늘 그립고 가고 싶은 고향, 나에게 고향은 동심이 머물러 있는 곳이다. 산 밑에 옹기

종기 집들이 모여 있는 평화로운 동네가 위와 아래 둘로 나뉘고 동네 사이에는 맑은 시냇물이 굽이쳐 흐른다. 사방이 산으로 막혀 답답할 법도 한데, 그 산 위로 눈보라와 시원한 바람이 불어오고, 밤이면 밝은 달이 떠오르고 별이 쏟아졌다. 산 넘어 저쪽에는 외가가 있고, 이쪽으로 가면 광주로 서울로 가고, 마음은 늘 산 너머 세계를 넘나들었다. 아직도 마르지 않은 그리움이 곳곳에 남아 어린 시절 사이사이를 수놓는다.

우리 집은 동네에서 제법 떨어진 들판 중앙에 자리 잡은 외딴 집이었다. 집에서 나가면 오른 쪽에는 거북등만 한 작은 언덕이 있고, 언덕을 지나면 동네로 가고, 물 긷는 샘으로 이어지는 길이 나 있다. 뒤란에는 늘 푸르른 대나무 숲이 있고, 그 뒤로 작은 방죽이 있다. 그런데 고향 집, 고향 마을 어디에도 내 마음속에 간직한 소년 소녀가 없다. 초등학교를 같이 줄지어 다니던 몇 년간의 추억이 새겨져 있을 뿐, 정들었던 깨복쟁이 친구 이름이 기억나지 않는다.

마을에서 떨어져 살다 보니 남들 눈에 띄지 않고 살았다. 제기차기, 구슬치기, 딱지치기, 썰매 타기, 팽이치기, 연놀이 등 다양한 놀이로 동심을 키웠는데 같이 뛰놀던 개구쟁이가 없다. 아쉬움이 크다.

할아버지가 되어 손자들과 노는 즐거움

어린 시절을 회고하면서 자연스럽게 손자들을 떠올리게

된다. 오늘날 손자와 함께 노는 할아버지는 만물박사이자 만능 선수다. 손 안의 휴대폰이 모든 궁금증을 현장에서 실시간으로 해소해 주기 때문이다. 가상현실, 더 나가 증강현실 체험도 가능하고, 이런 영상을 이용하면 학습효과도 훨씬 크다. 내가 어릴 때와 비교하면 격세지감이 있다.

하지만 비판적 사고력을 길러야 하는 아이들한테는 너무 일찍 손에 휴대폰을 쥐어 주고 싶지는 않다. 몸으로 세상을 열어 가는 아이들이 온종일 의자에 앉아 게임에 빠지거나 정보의 홍수에 휩쓸려 허우적대는 모습은 생각만 해도 섬뜩하다. 스스로 생각할 수 있도록 질문을 던지고 대화를 하는 플라톤식 교육이 절실하다. 할아버지 역할이 어느 때보다 중요한 까닭이다.

앞으로는 사람 마음을 읽고 사람을 움직이는 시대가 도래할 것이다. 그러므로 호기심 많고 감수성이 예민한 유년기 교육은 가정에서 어렸을 때부터 시작해야 한다.

나는 어린 손주들에게 아무리 어려운 주제라도 질문을 하고, 답을 듣고, 또 내 의견을 거리낌 없이 얘기한다. 대개는 자연의 신비, 다양한 삶의 모습, 친구들과의 갈등 해소 등 생활 속에서 찾는 물음이다. 살아 있는 생태교육도 빼놓지 않는다. 생태계의 굳건한 토대는 공생이다. 인간이 자연을, 그리고 인간이 인간을 지배하려는 선택은 공동체를 병들고 죽게 한다. 아이들에게는 자존감을 키우면서도 자신의 이익과 삶이 타인의 것을 침해하지 않도록 어려서부터 가르쳐야 한다.

올해는 외손자 손녀가 모두 초등학생이 되었다. 자식을 키울 때는 모르고 지나쳤는데, 재기발랄하고 개성이 넘치는 손자들과 시간을 보내다 보면 시간 가는 줄 모른다. 부모와 달리 할머니 할아버지는 아이들을 원하는 방향으로 통제하지 않는다. 그냥 온전히 받아들이니 아이들은 깔깔대며 좋아한다. 어떻게 하면 이 애들이 복잡한 세상에 잘 적응할 수 있을지 곰곰이 생각하면서 나는 학교나 부모가 해 줄 수 없는 경험에 치중한다. 특히 무얼 하더라도 옳고 그른 것을 구분할 줄 알고, 옳은 것에서 즐거움을 찾는 방식으로 가르친다.

할아버지 역할은 어제 다르고 오늘 다르다. 감수성이 예민한 아이들이라 쑥쑥 커 가는 모습이 매일 새롭고, 할아버지의 겉모습도 하루가 다르게 변해 가기 때문이다.

내 손주들 이야기를 해 보겠다. 유일한 외손자 윤재는 살아서 움직이는 동식물이나 곤충에 지속적으로 관심을 보인다. 그러다 한동안은 장난감 자동차에 빠져 있더니, 지금은 축구에 전력을 쏟는다. 게다가 윤재는 몸동작으로 묘사를 잘해서, 그때마다 가족들은 모두 웃음 도가니에 빠진다. 누나를 위하고, 친구와 타인을 배려하는 마음이 지극해 작은 예수다. 오죽하면 유치원과 초등학교 3년 지기 친구 동규가 학기 중 짧은 방학을 이용해 시애틀까지 만나러 왔을까. 윤재는 험난한 세상을 헤쳐 갈 용기와 강인함을 키우면 좋겠다. 싸움에서 물러서지 말되 싸움을 걸지는 말라는 어느 아버지의 바람처럼. 남에게 피해를 주지 않으려는 성격을 살려, 위기에 처한 지구촌 생태계를 복원하고 살려내는 평화 전도사가 되면 어떨까?

가장 나이 어린 하진이는 애교가 넘치고 외모에 관심이 많다. 유치원 선생님이 가족 취미를 물었는데 하진이가 아빠는 먹보, 엄마는 잔소리, 언니는 재촉이라 대답했다 하여 박장대소했다. 나를 잘생긴 할아버지라고 부르며 나를 보자마자 품으로 달려와 안긴다. 외할머니한테는 "유치원에 올 때 머리는 이런 모양을 하고 어떤 옷을 입고 오세요." 하고 당부까지 한다. 하진이는 애교가 넘치고 아직 어리광이 남아 있지만, 세상을 보는 눈이 예사롭지 않기도 하다. 호불호가 뚜렷해 개성이 넘친다. 남을 배려하는 섬세함도 배워 가면 좋겠다.

하진이의 언니 명진이는 성격이 전혀 다르다. 매사에 야무진 것도 나를 꼭 닮았다. 누가 깨우지 않아도 새벽 6시경이면 일어나 책상 앞에 앉아서 그날 할 일을 먼저 해치우고 마음을 스스로 가볍게 한다. 계획하고 약속을 칼같이 지키는 모습이 한결같다. 책이 손에서 떨어지지 않고, 어휘 사용이 적확해서 놀란 적도 자주 있다. 명진이는 실수를 용납하지 않고 사리가 분명하다. 그래서 자신에게 더 관대했으면 한다. 시간이 흐를수록 부드러움이 강함을 이기니까. 이들 두 자매는 엄마 아빠 말을 안 듣거나 기대를 저버린 것을 한 번도 본 적이 없다. 할머니 할아버지는 이들이 어떠한 삶을 살든 묵묵히 지켜보면서 응원해 주고 싶다. 진정한 사랑으로.

네 손주들 중 맏이인 윤수는 자기 물건을 챙기거나 일을 처리하는 데 조금은 허점을 보인다. 그런데 사고가 유연하고 마음이 곱다. 천부적인 발상의 자유로움으로 순간순간 재치가 번뜩인다. 다행스럽게도 나를 닮지 않아서 음악과 미술 등 분야를 가리지 않고 다재다능한 데다, 성격이 밝아서 모두에게 호감을 준다. 맏언니로서 동생들을 창의적으로 이끌어 가는 리더십도 있다. 그림 솜씨가 수준급이라 마음의 풍경도 풍부한 상상력으로 잘 그려 낼 수 있을 것으로 믿는다. 장차 꿈을 만들고 신화를 만들고 사람을 고귀하게 만드는 아름다운 이야기꾼이 되기를 기대한다.

나는 어린 손주들과 놀면서 아이들이 무얼 하겠다면 그 의견을 묵살하거나 내 의견을 강요한 적이 없다. 내가 예전에 그랬던 것처럼 스스로 직접 체험해 보도록 한다. 아이들 가치관 교육도 따로 해 준 게 없다. 그저 꿈을 키우고, 이웃을 배려하고, 다른 사람의 행복도 함께 생각하는 양심 바른 사람으로 성장하도록 격려하고 가르친다.

주는 만큼 되돌려주는 것이 자연이다. 마찬가지로 더불어 사는 지혜는 자신이 살기 위해 남을 이용할 줄 모르는 생명의 고귀함과 존엄성에 있다. 그래서 여기저기 다니면서 생명체를 보고 만지고 냄새도 맡으며 오감뿐 아니라 온몸으로 자연을 받아들이고 생명의 신비를 느끼게 한다. 이보다 더 좋은 통합 학습이 없을 줄 믿는다.

얌전하고 흐트러짐 없던 아이

내가 다니던 성진국민학교는 내 걸음으로 집에서 30여 분거리였다. 냇가 두렁을 따라 만들어진 비포장도로를 걷다 보면 민가가 없고, 낮에도 그늘지고 으슥한 '말삼쟁이'라 부르는 C자형 굽은 길을 지난다. 혼자 걸어갈 때는 무서워서 발걸음을 재촉했던 곳이다. 이 모퉁이를 벗어나면 시야가 확 트여서 면 소재지와 학교가 보이고, 오른쪽으로는 도로에서 조금 떨어진 가파른 바위 절벽 아래 큰 소(沼)가 있다. 아이들이 미역도 감고 바위에서 뛰어내리기도 하는 여름 놀이터다. 하지만 성격 탓이었을까? 나는 수영을 못 해, 지나다니기만 했을 뿐 친구들과 헤엄치고 놀지는 못했다.

학교를 오갈 때는 책가방이 없던 시절이라 책을 보자기에 둘둘 말아 대각선으로 어깨에 메고 길을 따라 걸었다. 비 오는 날이면 포대 자루를 반으로 접어 머리에 쓰고 걸었다. 한 번은 면사무소 앞 도로변에서 약국을 경영하는 약사가 했다는 얘기가 내 귀에까지 들려왔다. 약국 앞을 오가던 학생들을 눈여겨보다가 '어떻게 어린애가 해찰 부리지 않고 일년 열두 달 하루도 흐트러짐 없이 얌전히 학교만 오가는지, 이런 아이 처음 봤다'면서 놀랐다는 것이다.

나는 키가 작아 출석번호가 늘 10번 전후였고 교실 단상에서 가까운 앞자리에 앉았다. 자연히 선생님들 관심이 집중되어, 야단을 맞거나 체벌을 받을 만큼 개구쟁이가 될 수 없었다. 거기에 천성이 순종적인 데다가 선생님 말씀 잘 듣고 공손하게 행동하는 것이 몸에 익었다. 흔한 욕지거리 한 번 입에 올린 적이 없다. 또 학교가 끝나면 운동장에서 아이들과 같이 놀지 않고 바로 귀가했다. 도서관에서 책을 빌려 읽거나 무슨 시험 준비를 해 본 적도 없다. 그래서 대부분 혼자 하교했던 것이 약사 눈에 그렇게 보였던 것 같다.

트랜지스터라디오가 내 손안에

이사 온 뒤에는 다른 호사도 누렸다. 라디오 전성기라 부르던 1950~1960년대에 나도 라디오를 가질 수 있었다. 광주 큰형님이 사서 보내 주셨는데, 손에 쥘 만한 조그만 라디오였다. 그런데 사는 곳이 산골이어서 전파 수신이 원활하지 않았다. 이에 생전 처음으로 내가 과학적 현상에 눈을 뜨는 실험을 시도했다. 초딩 수준으로 안테나를 직접 만들어 설치해 본 것이다.

먼저 라디오 방송을 틀어 놓고 철사를 길게 연결하여 수신이 잘되는 위치와 방향을 찾아 한쪽 끝은 라디오에, 다른 한쪽 끝은 마당 건너편 감나무에 고정하였다. 그러자 방송 수신이 잘되고 소리가 크게 들려, 어른들도 신기해 하고 나도 매료되고 말았다.

처음에는 호기심에서 출발했지만 나중에는 의문이 꼬리를 물고 일어났다. 보이지 않는 신호가 우리 집 마당을 지나고 있다는 사실에 놀라고 궁금증은 더해 갔다. 눈에 보이는 것보다 훨씬 긴 파장의 전자파가 존재하고, 그리고 이 빛에 신호를 얹어 말을 전하고, 그렇게 라디오가 나를 놀래고 세상을 변화시켰으니 말이다. 하지만 당시에는 이 현상을 이해하는 데에는 한 걸음도 앞으로 나가지 못했다.

전후 참혹한 광경을 목도하며

1950년대 말은 전쟁 직후라 팔이 잘리고 다리가 잘린 부상병들이 걸식하며 돌아다니는 비참한 광경이 어디에서나 목격되던 시절이다. 그런데 "이거, 실제 일어난 일인데…." 하면서 친구들이 모여서 하는 얘기는 지금 들어도 등골이 오싹하다. 팔에 까꾸리 (나뭇잎과 검불 따위를 긁어 모으는 데 사용하는 연장인 '갈퀴'의 사투리)를 한 상이군인이 아이들을 데리고 어디론가 사라져 버렸다거나, 문둥이가 어느 보리밭에 숨어 있다가 아이를 간단히 먹어치웠다는 등, 밑도 끝도 없는 얘기가 나돌았다. 어린 마음에 혼자서 들판을 다닐라치면 이런 얘기가 생각나 무서움에 떨었다.

1961년 5월 16일 박정희 소장은 정권을 장악하자마자 생활환경 개선을 내걸고 민초들의 삶 속으로 파고들었다. 재건국민운동본부를 발족시켜 이를 국민혁명으로 승화시키려 했다.

그때는 물자가 턱없이 부족하여 UN과 미국을 중심으로 많은 구호물자가 들어왔다. 혼 · 분식 장려운동으로 흰 쌀밥 도시락만 가져오던 애들은 교육청에서 시찰 나올 때면 황급히 도시락 뚜껑을 닫기도 했고, 식량을 아끼려고 쥐잡기 운동을 장려해서 쥐꼬리를 잘라 학교에 가져가서 검사를 받는 일도 있었다. 학교에서 간헐적으로 제공하는 간식거리는 주로 밀가루나 옥수수가루였고, 어쩌다 분유를 물에 개서 찐 딱딱한 과자 쪼가리나, 우유에 물엿을 섞어 만든 쫄깃쫄깃한 비거가 나오면 우리는 함성을 지르기도 했다.

박하강 선생님과 학교생활

  내가 성진국민학교를 다녔던 5년 동안 이름을 기억하는 선생님은 한 분뿐이다. 1학년 때 담임이셨던 박하강 선생님이다. 교대를 갓 졸업하고 부임하신 젊은 선생님이어서인지 더 애틋하게 떠오른다. 어린 마음에 선생님한테 잘 보이고 싶었고, 등굣길에 선생님이 살던 집 근처를 지날 때는 은근히 마주치기를 기대하면서 옷매무새를 단정히 고치기도 했다. 선생님이 내 마음을 훔쳐 가신 것이다.

  나는 초등학교를 다니던 내내 공부와 숙제를 혼자 했는데 학교에서 무슨 시험을 보았는지, 한글은 어떻게 배웠는지 구체적인 기억이 없다. 손가락을 세면서 사칙연산을 익히고, 의미도 모르고 구구단을 외웠던 기억뿐, 의문을 품고 무얼 물어보거나 골똘히 생각해 본 적 없다. 대신 마당에 말판을 그려 놓고 말을 움직이면서 상대방 말을 움직이지 못하게 하는 호박고누 게임에 빠져 시간 가는 줄 몰랐다. 호박고누는 일종의 수학적 추론을 통한 사고력 놀이인데, 혼자서는 할 수 없기 때문에 누나한테 매달리며 같이 곤을 두자고 졸라 대기도 했다.

  또 학교 대표로 글 읽기와 글짓기 대회에 나가기도 했지만, 재미있게 읽은 책에 대한 독후감 같은 것을 써 본 적도 없고, 누구한테 독서지도를 받은 적도 없다. 수업을 마치고 집에 돌아오면 곧장 들판으로 나가는 일과였다. 밤이 되면 호롱불을 밝히고 특별히 무슨 일을 한 적이 거의 없었다.

1960년대에는 전교생이 모여 국민체조도 했고, 반공이념을 고취시키고자 수시로 교내외에서 웅변대회가 열리곤 했다. 군사독재 시절이라 유난히 획일화된 행사가 많았고, 월요일 아침이면 으레 전교생이 운동장에 모여 교장선생님 훈시를 들었다. 학교 대표로 무슨 대회에 나가 상이라도 받고 단상에 오를 때는 어깨가 우쭐해진 적도 있었다.

나는 국어나 산수 같은 주요 과목의 성적은 좋았지만, 예능과목은 그보다 못했다. 게다가 형편이 어려워 음악이나 미술시간은 늘 부담스러웠다. 크레파스와 미술도구들을 갖추지 못해 옆자리 짝꿍에게 그림을 그려 주고 빌려 쓴 적도 많았다. 또 만져 볼 수 있는 악기라고는 음악실에 있는 조그만 풍금이 전부였을 때라 음악시간에 풀피리나 대나무를 깎아 만든 피리로 이런저런 소리를 내 보기도 하고, 분단별로 교실로 풍금을 들어 날랐던 기억들이 남아 있다.

빈약한 마음 밭

나는 학교 다니는 동안 공부를 목표로 정해 열성적으로 해 본 적이 별로 없다. 그래서 누구한테 이기고 져 본 적이 없다. 막내라서 집안일 무엇에도 매이지 않았지만 그렇다고 꿈의 날개를 한껏 펼칠 수 있는 환경은 아니었다. 내 처지는 사방으로 꽉 막혀 버린 손바닥만 한 들판에서 자유로이 풀을 뜯고 있는 우리 집 소나 별반 다를 바 없었다.

어렸을 때는 하얀 종이 위에 장래희망과 꿈을 그리고 지우기를 반복하면서 내면세계를 넓혀 가야 할 텐데, 나는 그런 즐거움을 가져 보지 못했다. 진짜 적성이 무엇인지, 무슨 재능을 가졌는지도 모르고 살았다. 마법도, 우정도, 용기도, 그 가치가 무엇인지 싹이 자라야 할 마음 밭이 불모지로 남았다.

그처럼 어린 시절에는 넓은 세상 구경을 못 했지만 그래도 구속받지 않은 생활환경 덕분에 나중에 성인이 되어 과학자로서 가져야 할 자유로운 발상의 즐거움을 누릴 수 있지 않았나 생각해 본다. 진정한 자유란 무엇일까? 단지 속박이 없는 상태나 속박에서 벗어나는 자유라기보다는 내가 누구인지 알아 가고, 나를 만들어 가는 과정 속에서 누리는 자유가 아닐까.

하지만 시골에서의 이런 목가적인 생활도 그리 오래가지는 않았다. 성진국민학교에서 5학년을 마치고 나는 중학교 진학을 위해 광주 서석학교로 전학하였다. 그리고 큰형님이 살고 계시는 광주로 거처를 옮기면서 내 삶은 180도 달라졌다. 형님들과 부모님은 나름대로 공부를 잘 시켜서 나를 광주서중으로 보낼 생각이었겠지만, 당사자인 나로서는 너무 당황스러웠다. 미리 의논이라도 해 줬다면 마음의 준비라도 되었을 텐데, 그렇지 못해 아쉬움이 컸다. 그리고 그때부터 비로소 집 떠난 설움이 시작되었고, 삶의 격랑이 일기 시작했다.

전학 후 어려웠던 공부와 학다리 문제

  도시의 학교는 시골 학교와는 비교도 되지 않는 별세계였다. 광주로 올라와 새로운 환경에 적응하느라 정신이 없는 상황에서 매일같이 시험을 보니 결과는 참담했다. 거기에 담임선생님까지 무서워서, 어린 내 마음은 갈피를 못 잡고 흔들렸다.

 내가 기억하는 마원중 선생님은 호랑이 선생님이셨다. 가르쳤던 문제를 틀리거나 무슨 장난이라도 치고 떠들면 체벌을 했고, 심하면 굵은 전깃줄로 발바닥을 후려치셨다. 또 시골 학교에서는 지금까지 나름대로 주목을 받으면서 편안한 마음으로 학교생활을 했는데, 이제는 존재감도 없고 두려운 마음이 앞서 학교 가는 게 재미없었다. 학교 수업도 개념을 설명해 주고 이해시키는 것보다는 다양한 유형의 문제를 택해 요점 정리하는 방식이어서 한계가 있었다. 갑자기 들도 보도 못했던 어려운 수학 문제가 나오는데, 단기간에 풀어내기에는 너무 촉박하여, 무조건 밑줄 치고 외우면서 요령껏 시험에 임했다. 이런 식으로 기억에 의존하는 공부를 하면서 처음으로 한계에 봉착한 문제가 소위 '학과 거북이 다리 문제'였다.

 이 문제는 학과 거북이의 마릿수와 다리 합계를 알려 주고 각각 마릿수를 구하는 문제다. 이런 문제는 중학교에서는 보편적인 방법인 대수적으로 방정식을 세워 한꺼번에 해결할 수 있다. 하지만 국민학교에서는 방정식을 가르치지 않기 때문에, 문제에 따라 개별적으로 풀어야 한다. 여기에 함정이 있었다. 변형시켜 응용하는 문제가 수도 없이 많이 나와서, 그때마다 외우는 것도 불가능하고 나로서는 도저히 감당할 수 없었다. 당시 이 문제가 얼마나 나를 괴롭혔으면 지금까지도 트라우마로 남아 있을까.

나중에 알고 보니 성적이 좋아 선망의 대상이 되었던 친구들은 대부분 국어와 수학 등 주요 과목은 과외공부를 하고 있었다. 그만큼 중학교 입시가 치열하던 때였다. 나는 혼자서는 학습 내용을 이해하지도 못했고, 그저 진도를 따라가기 바빠 시험에 더욱 불리했다. 만일 선생님이 학생들한테 '만약 거북이 다리가 2개라면'이라고 상상하도록 유도하여 가르쳤다면 쉽게 풀 수 있었을 텐데, 누구도 그렇게 지도해 주지 않았다. 물론 다리가 2개인 거북이는 세상에 없다. 그래도 문제를 풀기 위해 이런 놀라운 사고를 해 보는 발상과 체험이 산수를 공부하는 묘미이자 본질이다.

치열한 중학교 입시

당시 중학교 입시는 나뿐만 아니라 전국 국민학교 6학년 학생들에게 '국6병'이라는 말이 생길 정도로 가혹했다. 서울에서는 객관식 문제 정답 오류로 '무즙 파동'이라는 사회문제까지 일어날 정도로 입시 혼돈이 극에 달했다. 중학교 입학이라는 관문을 통과하기 위해 사회 전체가 몰두했기 때문에 빚어진 현상이다.

오늘날의 입시제도는 어떤가? 물론 내가 국민학교를 다니던 때와는 교육환경이 크게 달라졌다. 인구감소로 콩나물시루와 같은 과밀 학급은 자연스럽게 해소되었고, 의무교육은 늘고 무상교육으로 바뀌었다. 그렇지만 학생들을 가르치고 평가하는 방식은 별로 달라지지 않았다. 학부모들의 높은 교육열은 여전하고, 교육 관료들의 형식적 공정성에 매몰된 안이한 사고방식은 그대로다. 하루가 다르게 발전하고 있는 에듀테크(EduTech)는 제쳐 두고, 학교 수업은 예나 지금이나 정해진 틀에 따라 움직이는 주입식이다.

이제 우리 사회도 좋은 대학을 나와야 좋은 직장에 취직하는 패턴이 조금씩 바뀌고 있다. 실질적 공정성을 담보할 수 있는 변혁이 가능하도록 아이들 개개인의 사고능력을 키우고, 조기에 진로를 탐색하는 방향으로 교육내용이 바뀌어야 한다.

디지털 기술문명으로 금융, 물류, 유통, 의료, 교육 등 우리 삶의 모든 분야가 급변하고, 학생들의 자기 선택권도 넓어지고 있다. 학생들은 자기 주도적으로 문제를 해결하고 교사는 과정 중심으로 평가하며 다원적인 교육의 기회를 제공할 수 있는 개혁이 시급하다. 그러기 위해서는 교사의 역할도 어느 때보다 중요할 것이다.

조선대 부속 중학교로

부모와 떨어져 객지 생활을 하면서 내 삶도 달라졌다. 서석국민학교로 전학하고 또래 친구들과 비교하다 보니 비로소 내 처지가 보이기 시작했다. 점심때나 방과 후 교문 앞에서 도시락을 준비해서 기다리는 엄마들을 보면 나의 가정환경이나 집안 형편이 새삼 느껴졌다. 게다가 조카가 나보다 한 학년 위였으니, 내가 8남매의 막내라는 사실이 실감 났다. 공부하다 모르는 부분이 나오면 누구한테라도 도움을 요청해 이해하고 넘어갔어야 하는데, 그럴 형편이 아니었다.

결국 1년 내내 제대로 학습하거나 배우지 못하고 흉내만 낸 채 6학년을 보냈다. 그랬으니 중학교 입시는 보나마나였다. 당시 전라남도에서 가장 좋다는 중학교가 전기 전형에서는 광주서중, 후기는 북중이었는데 나는 전후기 시험에서 모두 떨어졌다. 하지만 그렇게 연이어 낙방했어도 낙담하거나 크게 좌절하지는 않았다. 제대로 공부한 적이 없었던 데다, 실력에 맞추기보다 등 떠밀려 마지못해 지원했기 때문이다. 나로서는 실패가 예견된 것이었고, 단지 기분만 얼떨떨했다.

이후 내가 고등학교 3학년 때인 1969년에 중학교 입시는 무시험 전형으로 바뀌어 명문 중학교는 사라졌지만, 정작 나의 상처는 이때부터 도드라져 가슴 한곳에 자리 잡게 되었다. 고등학교에 들어가니 서중을 나온 학우들의 자부심이 대단했고, 이것이 나를 움츠러들게 했던 것이다.

이렇듯 나는 전후기 입시에 실패했지만 재수는 생각할 수도 없었다. 야간이라도 원서를 내야 했다. 그래서 조선대학교 부속중학교, 사람들이 '부중'이라 부르는 중학교에 입학했다.

상위권으로 마친 학교생활

중학교에서는 과목마다 다른 선생님이 들어와서 그런지, 나는 학교 수업이 점점 재미있어졌다. 영어 선생님인 담임선생님은 나를 귀엽게 봐 주셨고, 나는 열심히 공부해서 차츰 주목받기 시작했다. 결국 한 학기가 지나자 야간으로 입학했지만 주간으로 옮겨 주셨다. 성적이 우수하니 학교에서 배려해 준 것이다.

야간에서 주간으로 옮겨 학교생활도 자리가 잡혔고 형님 댁에 얹혀살던 생활도 점차 안정되었지만, 학자금을 낼 때마다 형수 눈치를 살펴야 하는 어려움은 남아 있었다. 부모님은 농사 지은 것을 형님께 올려 보냈고, 나는 생활비와 학비를 형님께 의탁했었다. 박봉에 조카들 학비 대기도 빠듯한데, 나까지 형수한테 손을 내밀려니 선뜻 말이 나오지 않았다.

이때는 또 한참 크는 때라 잘 먹어야 했지만 고구마 줄기를 다듬어 만든 김치와 보리밥을 먹었던 것만 생각난다. 군것질도 못 하고 영양가 높은 육식이라곤 닭죽이 전부이던 시절이다. 아무리 밥을 먹어도 돌아서면 배가 고팠고, 허기가 최고의 반찬인지라 이것저것 가리지 않고 배를 채웠다. 그러니 과식으로 위가 아래로 처진 것이다. 아마도 평생 고생하고 있는 위하수 증세가 이때 생긴 듯하다. 소화 기능이 약해질 수밖에.

누구에게나 중학교 시절은 이성에 눈뜨고 감수성이 예민한 시기다. 좋아하는 배우나 선망의 대상을 찾아 미래의 꿈을 키워 보기도 한다. 나도 사춘기 때라 여학생에 대한 그리움이 스멀스멀 올라왔지만, 숙맥이라 연애도 하고 돌진도 할 용기가 없었다. 사귀고 싶은 여학생이 나타나면 먼발치에서 몰래 보았을 뿐 직접 말을 건네지도 못했다. 사귀어 본 여학생이 한 명도 없었으니 달콤했던 풋내기 사랑 얘기도 없다. 사춘기는 나에게 있는 듯 없는 듯 지나간, 흔적도 없이 사라져 버린 아침이슬이었다.

중학교 때 공부는 대체로 상위권이었다. 2학년 때는 학교 대표로 수학학력경시대회에 나가 우수상을 수상하고, 부상으로 스테인리스 반상기 세트를 받아서 형수께 갖다 드린 적도 있다. 학교에서는 우수반 제도를 운용하여 학생들을 열성으로 가르쳤고, 나도 준비그룹에 들어가 충실히 공부해 일류고등학교인 광주제일고에 합격했다. 같이 공부했던 친구들은 많지 않아서 지금까지도 자주 만나며 두터운 우정을 나누고 있다.

그렇게 중학교 3년을 마치고 고등학교로 진학하면서 나는 인생의 더 큰 꿈을 꾸게 되었다.

실패는 살아갈 힘

중학교 입시 실패가 내게 덤으로 가져다준 덕목이 있다. 보다 더 겸손하고 진솔해졌다는 점이다. 성장기가 지나면 자기 약점을 보완하는 일에 얽매이기보다는 오히려 자기 장기를 십분 발휘할 수 있도록 많은 시간을 할애해야 한다. 다가오는 미래는 홀로 설 수 없는 협력의 시대다. 디지털 세대는 더욱 더 자신의 강점에 주목해야 할 것이다.

나는 학문 세계에서 누군가를 대할 때도 열린 자세를 취한다. 상대방이 아무리 유명한 학자라도, 또는 내가 지도하는 석박사 학생이라도 출신이나 신분에 구애받지 않고 그들 의견을 진지하게 듣고, 고정관념이나 선입견으로 대하지 않는다.

성인이 되어 돌이켜 보면 입시 실패의 원인은 갑자기 바뀐 환경에 있지 않았나 싶다. 경쟁을 모르고 태평하게 자라던 시골뜨기가 갑자기 휘몰아치는 입시지옥에 떨어져 허겁지겁 정신을 못 차렸으니 말이다. 주어진 조건에 맞춰 논리적인 방법으로 답을 구해 내는 문제 풀이 훈련이 필요했지만, 주위 시선이 두려워 모르는 것을 아는 것처럼 감추기에 급급했다. 게다가 더 심각한 문제는 창의적 학습의 즐거움을 상실해 버렸다는 것이다. 그래도 다행스럽게 중학교에 들어가 제대로 학습하면서 공부하는 즐거움을 다시 찾을 수 있었다.

중학교 입학시험의 실패는 아팠다. 하지만 교훈이 있었기에 실패는 성장의 밑거름이 되었다. 공부하는 방식을 되돌아보았고, 재능의 한계를 발견할 수 있었다. 자신을 알고서 방편이 아닌 본질을 좇아야 후회가 없다. 실패에 대한 내성도 이른 나이에 생겨 그 폐해가 크지 않았다.

우리나라 현행 교육제도는 대학 입시까지 성적으로 줄 세워서 학생들에게 좌절감을 안겨 주고 있다. 누구나 어릴 때부터 열심히 도전하고, 역경에 맞설 끈기를 길러 재기할 기회가 많아지면 좋겠다. 진짜 자존감은 주위의 칭찬보다는 역경의 극복에서 길러진다. 부모도 어렸을 적에 자식들이 스스로 살길을 찾도록 놓아 주면, 여기저기 부딪히면서 자신과의 대화를 통해 강점을 찾고 발전할 수 있을 것이다.

요즈음 손주 윤수와 명진이를 온통 마법의 세계로 빠져들게 하고 있는 소설 『해리 포터』 시리즈의 작가 J. K. 롤링이 2008년 하버드 대학 졸업식에서 한 축사의 한 대목을 인용하여 내 어렸을 적 실패가 어떻게 인생 성공과 행복의 핵심요소로 자리 잡게 되었는지 알리고 싶다.

여러분은 나처럼 큰 실패를 하지 않을 수도 있다. 하지만 인생의 실패는 피해 갈 수 없고, 실패 없이 살 수도 없다. 설령 실패하지 않으려 조심하고 조심해서 살아 실패 없는 예외의 삶을 살 수도 있겠지만 그런 삶은 그 자체로 실패다.(You might never fail on the scale I did,

but some failure in life is inevitable. It is impossible to live without failing
at something, unless you live so cautiously that you might as well not have
lived at all – in which case, you fail by default.)•

　롤링은 노숙자 수준의 극빈층으로 어렵게 살면서도 대학을 졸업할 무
렵에 정작 두려웠던 것은 가난이 아니라 실패였다고 한다. 하지만 젊었
을 때 잦은 실패의 경험은 실패가 아니라면 결코 터득할 수 없었을 많은
가르침을 주었다고 고백한다.

　그렇다, 내게도 실패는 살아갈 힘이었다. 두고두고 새겨 둘 만한 몇
가지 덕목으로 정리해 보면, 실패는 1) 삶에서 불필요한 것을 제거해 목
표를 하나로 하여 여기에 온 힘을 쏟게 해 주었고, 2) 실패의 두려움으
로부터 자유롭게 해 주었고, 3) 내 자신이 의지가 강하고 절제와 자기관
리가 뛰어난 사람이라는 것을 알게 해 주었고, 4) 보석보다 값진 친구를
찾게 해 주었고, 5) 무엇보다도 역경으로 인해 더 강인하고 더 지혜로워
졌음을 알아보는 분별력이 생겨, 어떤 역경이 닥쳐도 살아남을 수 있는
능력의 안전판이 되었다. 세상은 우리 맘대로 되지 않는다는 사실을 겸
손하게 깨달으며 높은 자존감을 형성했고, 두려움 없이 내 삶을 살 수
있었다.

　나와 해남 동향이자 동년배인 황지우 시인은 "고향은 제일 처음 밥을

• J. K. Rowling, "Text of J. K. Rowling's Speech," Harvard Gazette, June 5,
2008. http://news.harvard.edu/gazette/story/2008/06/text-of-j-k-rowling-
speech/

주었고, 언어를 주었다. 고향은 세계를 보는 눈을 주었고, 세계관을 형성
시켜 주었다."라고 말한다. 갯벌 바위에서 석화를 채취하던 어머니 일터
에서 나도 말과 글을 배우고, 세계를 향해 첫걸음을 떼었다. 그리고 지
금, 고향을 떠난 지 60여 년 만에 이 글을 쓰며 생을 돌아보고 있다.

고향을 떠난 생의 첫 시련은 혹독했다. 큰형님의 도움으로 집을 떠나
대도시 광주로 와서 등 떠밀려 중학교 입시에 도전했다가 낙방했다.

그래도 주눅 들지 않고 좌절의 긴 세월을 인내하며 견뎌 냈다. 흔들리
지 않는 결단력으로 오로지 한 가지 목표에만 전념했다. 누구도 두려워
하지 않았고, 호남 최고라는 고등학교에 도전하여 목표를 이루었다. 그
결과 내 생애 가장 자랑스러워하고 머물고 싶은 때가 도래했다.

하지만 야망이 꿈틀거리는 삶은 아직도 내 것이 아니었다.

3장

기개가 하늘을 찌르던 학창 시절

중학교를 졸업하고 고등학교에 들어가니 학교의 역사와 전통이 무겁게 다가왔다. 광주제일고는 미국 북동부 명문대학 연합 아이비리그를 연상케 한다. 선배들로부터 전해 온 기상이 마치 사지를 뻗어 온몸으로 담장을 휘감고 있는 아이비 덩굴처럼 후배들 가슴에까지 면면히 이어져 온 학교였다.

2019년에는 아침 조회나 행사 때마다 불렀던 교가가 바뀌었다.[•] 교가를 작곡한 이흥렬이 친일인명사전에 오른 인물이어서 모교에서 친일 잔재 뿌리 뽑기 차원에서 교체한 것이다. '무등산 아침 해같이'로 시작하던 교가가 이제 '무등의 햇살 아래'로 시작하게 되었다.

무등산의 무등(無等)은 평등, 평화의 광주 시민정신이다. 무등산

• 「무등산 아침해」, 광주서중일고 『총동창회보』 58권, 2019, 6쪽.

은 해발 1,200m가 넘는 산으로 전국에서 대도시를 품고 있는 유일한 산이다.

"보라 산은 무등산 그대가 앉으면 만산이 따라 앉고, 그대가 일어서면 만파가 일어난다." 김남주 시인의 「무등산을 위하여」의 한 구절이다. 언제 읽어도 그 웅장한 기상이 눈에 보이는 듯하여 가슴이 뻥 뚫린다.

대학에 들어가니 대학 선배 중에 예비고사 전국 수석도 있었고 그동안 모르고 살았던 전국 각지의 명문 고등학교 출신들도 많았는데, 이들과 어깨를 나란히 하면서 나에게도 젊음의 호방한 기상과 기개가 치솟았다. 그야말로 푸르른 청년의 기상이 하늘을 찌를 듯했다.

학창 시절을 떠올리며 고등학교 졸업앨범을 찾아 펼쳐 보았다. 앨범 속 추억을 떠올리는 것만으로도 힘이 솟고 그때의 결의가 떠오른다. 막연하지만 과학자로 성장하여 국가 발전에 매진하겠다는 다짐을 했던 것도 이때였던 것 같다. 자신감으로 충만했던 그 시절이 아련하다.

광주일고가 자랑하는 기상

일고 학생들은 누구나 학교에 들어서는 순간 저절로 옷깃을 단정히 하고 입구에 선 기념탑에 머리를 조아린다. 교훈이 새겨진 기념석과 함께 선배님들의 숭고한 항일독립정신을 기리기 위해서다. 1953년 11월 3일에 건립된 이 기념탑은 학교 자랑이다. 우리는 매일 아침 등교할 때마다 불의와 타협하지 않고 정의를 외면하지 않은 광주일고 정신을 가슴에 새기고 정신을 가다듬었다. 기념탑 앞면에 새긴 글과 뒷면 건립기에 쓰여 있는 글 일부를 옮겨 그 숙연한 마음을 기억하고 선배들의 용기와 신념에 경의를 표한다.

  우리는 피 끓는 학생이다.
  오직 바른 길만이
  우리의 생명이다.
  그날 그들이 높이 들었던 정의의 횃불은 그대로 역사에 길이길이 타오르나니
  어허!
  여기 흐르듯 고인 그들의 피와 눈물은 천지와 더불어 영원히 마르지 않을 것이며 또한 여기 서린 채 깃들인 그들의 넋과 뜻은 겨레의 갈 길을 밝히 비치리로다.

선각자 송 홍 선생 기념상에 눈길이 갔다. 선생은 을사늑약이 체결되자 일제 침략의 부당성과 매국노들 죄상을 규탄하는 상소를 하다 옥고를 치렀고, 1919년 3·1만세운동 때는 「동포에게 보내는 격문」을 지어 배포하다가 체포령이 내려지자 미국으로 망명하였다. 그 후 선생은 광주고등보통학교가 세워지자 귀국하여 한문을 가르

치시면서 후학들에게 민족혼을 일깨워 주었다. 선생의 뜻과 실천은 곧이어 생명력이 강한 일고 정신으로 발전하였다. 그리고 1929년 11월 3일, 그의 감화를 받은 제자들이 주동이 되어 역사적인 광주학생 독립운동이 시작된 것이다.

시인이신 주기운 선생님과 나의 독서편력

"내 마음 후인 가지에 첫 설움이 꽃 필 때. 너와 나의 만남은 마침내 꽃이 되는 것일까, 돌이 되는 것일까. 잊혀지지 않을 오래인 만남은, 지금 어디에 황홀한 노래를 듣고 있는가."

고등학교 졸업앨범 3학년 4반 편에 쓰여 있는 글귀다. 담임선생님이 국어선생님이셔서 문장이 시적이다. 그 밑에 네모 안에는 반 학우들이 각자 남기고 싶은 말을 한마디씩 손수 쓰고 서명한 글들이 빽빽하게 채워져 있다. 내가 써넣은 글귀도 눈에 띄었다. "좁은 문으로 들어가라."

부끄러운 고백이지만 고등학교 졸업 때까지 이 글귀가 성경구절인지 모르고 단지 출세를 위한 좁은 길로만 알고 썼던 것 같다. 고등학교 졸업 후 어물어물 파스칼의 『팡세』를 읽으며 비로소 성경책을 펼쳐 보고 이 글귀의 의미를 새기게 되었다.

여하튼 학창 시절 나의 독서편력은 시험과 점수라는 틀에 갇혀 매우 빈약했다. 부모님이 한글을 읽고 쓰는 신학문을 접한 사람이 아니어서 많은 책을 읽지 못했고, 이는 부끄러워해야 할 일도 아니었다. 그러기에 책을 읽으라고 나를 다그치지도 않았다. 그나마 글을 배운 형님들은 도시로 떠나 버리고, 누가 독서를 권하거나 재미있는 얘기를 해 준 적도 없다. 내가 가장 아쉬워하는 부분이다.

나는 글자를 배우고 책을 읽기 시작하는 어린 나이에 재미있는 이야기에 빠져든 적이 거의 없다. 지금은 그림으로 형상화하여 아이들의 예술성과 상상력을 고취하고, 주의력을 집중하게 만드는 책들이 넘쳐난다. 손자들과 같이 놀면서 그 많은 그림책들을 보다 보면, 내가 어렸을 때와는 너무 대비된다. 대부분의 유소년기 책에 등장한 인물들은 상상력을 자극하면서 소위 '아동 엔트로피'라 부르는 자유로움의 극치를 누린다.

나는 책 속에서라도 좌충우돌하며 일탈을 경험하고 자기중심의 삶을 실현해 보는 기회를 가지지 못했다. 사소한 복장 규정부터 머리카락 길이까지, 너무 일찍 학교에서 요구하는 모범생으로 길들여졌다고나 할까. 중고교 시절의 독서는 교과서에 실린 고전 명작들을 깊게 읽고 음미하며 독서기록을 남겨 보는 정도였다.

화학의 아버지라 불리는 라부아지에(Antoine Laurent Lavoisier)는 세관원으로 돈을 벌어들였다. 그 돈으로 화학실험을 했고 '질량 보존의 법칙'을 발견하여 화학의 토대를 닦았다. 그의 직업이 하루하루 걷은 돈과 나간 돈을 계산하는 일이라, 화학반응에도 같은 방식을 적용하여 반응 전후의 질량 변화에 주목했을 게다. 또 콜럼버스는 지도 파는 가게를 운영하면서 항해사의 꿈을 키웠다. 반면 나는 매우 단조로운 생활 속에서 중고등학교 청소년기를 보냈으니, 직접이든 간접이든 경험을 통해서 평생 간직할 소중한 기회를 발견할 수는 없었다.

당시에는 오로지 대학만 들어가면 뭐든 다 열리는 것으로 생각했다. 사춘기를 보내면서도 소설 속 주인공과 동일시하며 자극적인 구절들을 통해 성적 충동을 느끼거나 나만의 내적 환상에 몰입하지도 못했다. 책이 주는 최고의 효과는 독자로 하여금 자발적으로 행동하도록 자극하는 것일 텐데, 나에게는 누구에게 기대지 않고 스스로 삶을 꾸려 가야 하는 현실의 굴레가 더 컸기에 그렇지 않았나 싶다.

성적표는 계급장이 아니다

나에게 성적표는 계급장이 아니었다. 학교에 다니기 시작하면서 누구한테 성적표를 보여 주거나 누가 볼까 봐 감추어 두거나 한 적이 없다. 어떠한 간섭도 없고, 딱히 기억에 남는 경쟁 그룹도 없다. 그저 내가 지나온 길의 이정표 정도일 뿐이었다.

그런데 일고에 들어가서는 달랐다. 특히 대학 입시를 앞둔 3학년 때는 시험이 끝날 때마다 전체 학생의 성적 순위를 복도에 써서 붙여 놓곤 했는데, 내 성적은 상위 10퍼센트 이내에 들기도 버거웠다. 수학 성적은 늘 기대 이상이었지만 국어와 영어 과목은 평범했다. 실망한 때도 자주 있었지만 특별히 부담감이 밀려오지는 않았다. 그만큼 성적으로 나를 옭쥔 사람이 없었기 때문이기도 하다.

영어 선생님 두 분이 기억에 남는다. 작은 키에 야무지게 보이는 김정기 선생님은 자로 우리 손바닥을 때리면서 발음을 교정해 주었다. 덕택에 영어로 읽고 말하기가 촌스럽지 않게 되었다. 특히 b 와 v, l 과 r, p 와 f 같은 발음에 나는 지금도 긍지를 갖고 있다. 박관순 선생님은 하와이 대학을 나온 엘리트였다. 당시만 해도 선생님으로서는 좀 파격적인 스포츠머리를 하고, 특유의 유머로 영어시간 내내 우리를 배꼽 잡게 했다. 남학생만 있는 교실이라서 "목욕탕에 들어가면 물건이 붕붕 뜨는데 말야." 하시면서 은밀한 얘기를 꺼내기도 하고, 학생들의 발음이나 표현이 마음에 안 들면 "쪼깨 깡깡하게 들린다 잉" 하고 말씀하셨는데, 그때마다 우리는 너무 크게 웃어서 옆반 수업 분위기를 해칠까 불안할 정도였다.

우리가 3학년으로 진급하던 해에 선생님은 경기여고로 전근 가셨고, 더 이상 "소감이 어떠냐 물으면 영광스럽고 법성포스럽다." 같은 개그 아닌 개그를 듣지 못하게 되어 아쉬웠다. 언젠가 라디오 방송을 듣는데 진행자인 양희은이 재미있는 선생님 한 분으로 박관순 선생님을 소개하는 것을 듣고, 거기서도 여전하셨구나 생각했다.

이제 선생님은 연세가 90세 가까이 되셨을 텐데, 그 해학과 풍자가 어떻게 바뀌었을지 근황이 사뭇 궁금하다. "우열의 가치를 결과로만 가늠해서는 안 된다."라고 하시던 선생님의 넉넉했던 가르침과 철학이 우리를 이끌었다.

치열하지 못했던 공부

　　지금까지 매사 나는 내가 옳지 않다고 믿는 일은 하지 않았다. 공부에 있어서도 흥미가 없는 과목은 숙제처럼 딱 필요한 것만 해 왔다. 그러니 늘 전 과목에 1등 하는 친구들을 부러워하면서도, 나 자신이 치열하지 못한 것에 대해 불편해 하지도 않았다. 세상에 나보다 남이 더 잘할 수 있는 일은 분명히 존재하고, 그런 일은 내가 직접 시도하지 않는 것이 현명하다.

　　고등학교 2학년 때로 기억한다. 내 옆자리에 단짝 친구가 있었다. 그는 분노를 붙일 대상을 찾지 않아 늘 평온하고, 변화가 없이 한결같아 재미없는 나 같은 사람에게 대리만족을 주는 친구였다. 그는 아버지가 의사인 부유한 가정에서 성장하였는데, 체구는 나보다 작고 통통한 몸매였다. 늘 머리카락은 짧게 깎고, 모자는 챙을 반으로 꺾어 바지 뒤쪽 호주머니에 넣고 다녔으며, 학교에서 소문난 주먹 패의 일원이었다. 당시에 나는 그가 들려주는 뒷골목 세계 얘기를 듣고 호기심도 해소하고, 내가 못해 본 행동들을 이야기로 들으며 흥미를 가지기도 했다.

　　지금은 멋진 의사가 되어 병든 이들을 돌보고 있는 그 친구는 내게 때로는 터부시되는 금기를 깨는 친구이기도 하고, 때로는 힘들고 지친 마음에 서로 위안을 주고받기도 하며, 에너지를 발산하는 창구가 되어 준 친구였다.

서울대학교 문리과대학으로

 고등학교에서 대학으로 이어진 길은 너무도 단순했다. 학교 선생님은 전라남도 내 최고 실력과 열의를 가진 분이었다. 도의 명예를 걸고 가르치셨기 때문에 우리는 학교 수업만 충실히 하면 진학이 가능했다.

 학교생활의 전환점은 두 가지 질문에 대한 대답을 구하는 것에서 비롯되었다. 먼저 문과와 이과의 선택 갈림길에서 나오는 질문이다. 나는 문과의 핵심인 국어나 윤리, 사회과목에 흥미를 느끼지 못했다. 알베르트 아인슈타인은 철학서를 읽을 때면 입안에 들어 있지 않은 무언가를 삼키는 기분이라고 말했는데, 나는 수학책을 들고 있을 때면 그런 기분이 들지 않았다. 문과가 아니라 이과를 택한 배경이다.

 그다음 질문은 공과대학과 문리과대학 이학부, 그리고 과 선택이다. 먼저 서울문리대 정치과를 졸업한 형님께 조언을 구했다. '문리대는 대학의 대학이다. 교수가 되어 학자로 성공하고 싶거든 문리대로 가라.' 그뿐이었다.

 나는 공학과 이학의 차이도 살펴보지 않고, 오직 교수라는 직업에 끌려 일단 공대에는 거리를 두었다. 당시 동급생 친구들 대부분은 실용학문을 하는 공과대학을 선호했지만, 나는 엔지니어로 공장에 취직하는 미래가 그려지지 않았다. 결국 문리과대학 이학부로 정했다. 그런데 지구과학이 생각보다 어려워 따라가기 힘들었고, 그래서 천문학이나 물리학이 아닌 화학을 택했다.

1970년 대학입학 학력고사는 대학별 본고사 이전에 보는 시험이란 뜻에서 예비고사라고 불렀다. 대학 진학을 희망하는 수험생들은 예비고사를 먼저 치르고 일정 점수 이상의 '커트라인'을 통과해야 대학에 지원할 수 있었다. 대학 입시에 그 성적이 반영되지 않았던 때다. 그래서 친구 중에는 오후 시험을 치르지 못해 두 과목의 점수가 0점 처리되었는데도 대학입학자격을 획득한 경우도 있었다.

내가 지원했던 서울대학은 그때 입시 과목이 처음으로 제2외국어를 포함해 14과목으로 늘어났다. 그런데도 고등학교에는 여러 과목을 수강하면서 체계적으로 전공을 결정 짓게 하는 과정이 마련되지 않았다. 마찬가지로 지원하는 대학도 신청서에 구체적으로 요구하는 사항이 없이 천편일률적이었다. 결과적으로 자신의 취향이나 장단점, 한계를 고려하여 전공을 선택하지 않고, 오로지 학교 성적에 맞춰 대학 학과에 지원하는 것이 일반적이었다. 담임선생님의 조언이나 권고가 결정적인 이유이기도 하다.

나는 원서 쓰는 데 별 무리가 없었고 선생님의 격려 말씀만 있었던 것으로 기억한다. 그해 화학과는 지원자가 많지는 않았지만 나는 독일어 점수 덕분에 입학성적도 상위권이었고, 등록금 감면 혜택도 받았다. 여름방학 동안 친구 김정현이 자신의 독일어 과외 노트를 빌려 주어서, 그것을 베낀 다음 달달 외운 결과였다. 간신히 책상 하나 놓을 수 있는 문간방에서 땀 뻘뻘 흘리며 노트 베끼던 일이 어제 같다.

그때는 큰형님이 아버님 회갑을 계기로 살림을 합치면서 동명동으로 이사를 하게 되어, 그나마 코딱지만 한 공부방이라도 생겼다. 독일어를 가르쳐 주신 김중태 선생님은 독일어 입학시험 출제 경향을 꿰고 있었고, 우리는 선생님의 가르침을 따르기만 하면 되었다. 그때 노트를 빌려 줬던 친구 김정현도 서울의대에 진학했고, 한양대 의대 교수로 재직하다 정년퇴임하였다. 새삼 고마움을 전하고 싶다.

화학과 입학과 무더기 휴학

1970년 봄 서울대학에 합격하고 무작정 올라온 서울은 낯설기만 했다. 나는 신설동의 어느 부유한 가정집에서 고등학교 2학년인 그 집안의 장남을 맡아 가르치는 입주 가정교사로 서울 생활을 시작하게 되었다. 덕분에 숙식이 해결되었고, 교양과정이 다행히 공릉동 캠퍼스에 설치되어 있어, 학교 다니기가 수월했다.

1970년대에는 한일협정 무효나 유신헌법 철폐 같은 묵직한 국가적 이슈들이 줄을 이었고, 대학가에도 시위와 데모가 끊이지 않았다. 그런데 우리 화학과에는 이와는 전혀 다른 바람이 불었다. 입학통지서의 잉크도 마르기 전에 10여 명이 휴학을 했다. 일부는 재수해서 법대 같은 타 대학으로 가 버렸고, 몇몇은 군대에 가서 과 분위기가 어수선했다. 물리학과에 다니던 한 고등학교 선배도 어느 날 갑자기 나에게 자기가 아끼던 고급미적분학 원서를 주면서, 전공이 적성에 맞지 않아 바꾼다고 했다. 그 선배는 후에 경제학과 교수가 되었다.

발단은 일반화학 실험이었다. 정원이 30명이 채 되지 않던 우리 과 학생들은 일주일에 하루는 동숭동 캠퍼스에서 흰 가운을 입고 밤늦게까지 실험실에 남아 실험을 하고, 리포트를 제출한 후 귀가하 곤 했다. 그러다 보니 무더기 휴학과 전과는 어쩌면 예견된 일이었 다. 많은 학우들이 강요된 실험에 흥미를 잃고 전공에 대한 실망이 커서 전과했던 것이다.

이것은 결국 학생들이 스스로 전공을 선택하지 않고 등 떠밀려 점수에만 맞추어 지원했기 때문이다. 사회로부터 물려받은 인습과 부모의 강요에서 벗어나지 못했던 결과였다.

공릉동 이프섬 캠퍼스 시절

2019년 7월, 변호사인 둘째 사위가 워싱턴대학교 법대로 유학을 떠났다. 하루는 딸네 식구들과 자동차 여행을 하던 중에 큰 손녀 윤수가 소설 「몽테크리스토 백작」을 이야기해 주었다. 이름이 낯설어 기억하기도 어려울 텐데, 10여 명이 넘는 주인공 이름을 늘 어놓으며 재미있게 이야기했다. 내 발가락을 간지르고 장난만 치는 줄 알았더니, 어느새 이야기꾼이 되어 있는 손녀의 이야기를 들으며 주인공 몽테크리스토 백작이 갇혀 있던 이프 섬을 상상하고 대학

생활을 떠올렸다.

나는 대학에 들어가 동숭동 문리대 캠퍼스가 아닌 공릉동 캠퍼스에서 공부했다. 여기서 교양과정 1년을 공부했는데, 청량리에서 스쿨버스를 30여 분 타고 가는 길이 마치 배를 타고 유배지 이프 섬으로 가는 기분이었다. 교통도 불편하고 삭막하기까지 했던 캠퍼스라 분위기는 썰렁했지만 소설 속 에드몽 당테스가 그러했듯이, 나도 여기서 진귀한 보물을 찾았다. 50년을 해로한 친구를 만난 것이다.

같은 과의 박환, 김준영, 지질학과 함철호는 마치 이프 섬과 같은 공릉동 캠퍼스에서 해질 녘까지 함께 보낸 'SA8반' 친구들이다. 나는 입주 가정교사로 매여 활동이 자유롭지는 못했지만 친구들 덕분에 마음만은 풍요로웠다. 청춘의 낭만을 구가하던 아름다운 시절, 친구들과 어울려 서울대학교 배지가 달린 교복을 입고 다방이다, 당구장이다, 영화관이다, 음악 감상실이다 하며 여기저기 돌아다니는 자체가 좋았다. 대학 입시의 중압감에서 해방된 데다 남들의 부러워하는 시선까지 느끼며 지칠 줄 모르고 몰려다녔다. 지금은 모두 손자를 둔 할아버지가 되었지만 진정한 우정은 조금도 변하지 않았다.

준영이는 캐나다로 이민 가서 컴퓨터로 전공을 바꾸어 은행에 근무한다는 소식을 듣고, 북미 화학학회에 참석하던 길에 토론토에서 만났다. 그때 만날 수 있어 반갑고 기뻤다. 지금은 한동안 소식이 끊겼지만 그가 선물한 사진집, 『A Day in the Life of Canada』는 서가에 남아 추억을 되새기게 한다.•

철호는 대한항공 중역으로 일한 후 지금은 은퇴하고 여러 회사를 경영하기도 하고 자문하느라 바쁘게 지내고 있다. 그는 동숭동 캠퍼스에서 엎드리면 코 닿을 곳에 살아서, 우리는 자주 그의 집에 들러 배고픔도 달래고 음악도 들으며 청춘의 낭만을 함께 누렸다. 철호는 나와는 다르게 장남이다. 어머님이 젊고 늘 우리들을 자식처럼 스스럼없이 대해 주셔서 마치 우리 어머니인 것처럼 정이 들었다.

환이는 한국타이어 중역으로 은퇴한 후 지금은 잘나가는 IT 기업의 중역이다. 아직도 현역에서 중요한 직책을 수행하고 있고, 요즘 회사 가치가 날로 상승하여 내가 큰 부자가 된 듯 흐뭇하다.

나는 청춘의 소중한 추억을 오랫동안 간직하고 싶다. 앞으로도 지금처럼 남은 여로를 모두들 건강하게 함께 가기를 소망하면서 당나라 왕발(王勃)의 시구를 떠올려 본다.

천하에 나를 알아주는 친구 있으면   海內存知己
하늘 끝에 있어도 곁에 있는 것 같으리   天涯若比隣[**]

우리 세대에 대학 생활이라고 하면 필수 코스였던 미팅 얘기를 빼놓을 수 없다. 같은 반끼리 하는 반팅, 동문 선배가 마련해 주는 그룹미팅, 개별적인 소개로 하는 소개팅 등 종류도 다양했다. 우리의 단골 미팅 파트너는 이화여대생이었는데 이리저리 한두 다리

---

[*] 『A Day in the Life of Canada』, Collins, Toronto, 1984.
[**] 유병례, 『당시 30수』, 아이필드, 2003, 19쪽.

건너면 연결이 되었다. 미팅에 나가기 전에는 누가 나올지 기대가 한껏 부풀었는데 미팅이 끝나고 나면 '혹시나'가 '역시나'가 되곤 했다.

당시 미팅의 명목은 쌍방 간에 축제 파트너를 구하는 것이었는데, 정작 문리대 학림제를 제대로 즐겨 본 적은 없다. 오히려 이화여대 '메이데이' 축제에 갔던 기억이 또렷하다. 아카시아 꽃이 필 무렵이었는데 평소 소매가 닳도록 교복만 입고 다니다 모처럼 멋을 내느라 옷을 가볍게 입었다. 낮 동안은 한껏 분위기에 들떠 좋았지만 밤이 되니 갑자기 기온이 떨어져서 체면 차릴 새 없이 덜덜 떨며 돌아올 수밖에 없었다. 나와 동년배로 문리대 국문과를 나온 김영철 교수가 당시 대학 생활을 재미있게 그려 냈는데[•] 마치 내 숙제를 멋지게 대신해 준 기분이다.

스무 살, 대학 입학 첫 해 청춘의 열기는 금세 끓어오르다 식어 버리기를 반복했다. 그렇게 1년을 보내고 유서 깊은 동숭동 캠퍼스로 왔다.

라일락 향기와 최루가스가 비커를 채우고

매년 4월과 10월, 개강하고 달포가 지나면 어김없이 소요

[•] 김영철, 『시간의 향기』, 문학바탕, 2019, 113쪽.

사태가 찾아온다. 동숭동에서 시작된 민주화 투쟁 데모가 전국으로 번지니 그 머리부터 쳐야 했을까. 서울 문리대 캠퍼스 어디를 가도 화염병과 눈과 코를 파고드는 최루가스가 그득했다. 교정에 몇 그루 있는 마로니에의 신선한 녹음과 라일락 향기마저도 계절을 외면하고 비커 속으로 숨어들었다. 우리들의 꿈과 열정은, 이를 펼칠 교정을 송두리째 빼앗긴 채 밀고 밀리는 시위대와 경찰의 진압 속에서 짓이겨지고 버려졌다.

이런 캠퍼스 분위기와 절묘하게 어울리는 시가 있다. 20세기를 대표한 T. S. 엘리엇(Thomas Stearns Eliot)의 「황무지」다. 이 시는 잘 몰라도 4월이 '잔인한 달'이라는 말은 많은 사람이 들어 보고 입에 올렸을 것이다. 유명한 시구, "4월은 잔인한 달(April is the cruellest month) 죽은 땅에서 라일락을 키워 내고(Lilacs out of the dead land)"는 반세기가 지나도 퇴색하지 않는다. 데모로 얼룩진 돌 더미에서 무슨 새 나뭇가지가 자라기를 기대할까만은 계절은 그에 아랑곳하지 않았다.

3월 학기 초 어느 날이었다. 고교 선배들이 베푸는 신입생 환영회로 기억한다. 선배들한테서 받아 마신 막걸리가 과했던지, 내 생애 최초로 소위 필름이 끊기는 인사불성을 경험했다. 그 후로도 1년에 몇 차례는 명동으로 진출하여 국립극장 골목길에 있던 '카이자 호프'에서 생맥주를 마시며 호기를 부렸다. 암울한 현실 앞에서 취기가 오르면 태생적으로 노래를 못하는 나도 〈아침이슬〉이나 〈선구자〉를 부르며 우울함을 달래기도 했다.

그렇지만 화려했던 목련 꽃잎이 핏빛으로 발에 밟히고, 그 땅에서 짙은 라일락 향기가 피어오르듯, 무상과 영원 사이의 갈등 같은, 응당 대학생으로서 가져 볼 만한 사유와 감정의 호사는 누리지 못했다. 문리대를 대학의 대학이라 부르는 까닭은 학문 본령에 폭넓게 다가갈 수 있는 인문계와 자연계가 모여 순수학문을 하는 대학이어서일 텐데. 우라질! 대학 생활 내내 캠퍼스는 늘 굳게 닫혀 있었다.

"법은 물 흐르듯 막힘이 없어야 한다. 법은 최하위의 도덕이다." 당대 최고 학자로 꼽는 황산덕 교수의 법학통론 과목에서 배운 내용이다. 이런 법 정신은 상식을 넘어 나의 인격에도 밑바탕이 되었다.

헌데 그 법은 늘 강자의 전유물이 아니던가? 지금의 마로니에 공원에 위치한 문리대에서 축제가 열릴 무렵이면 캠퍼스에는 당시 우리가 '짭새'라 불렀던 사복 경찰이 버젓이 활보했고, 시위 중에는 정문으로 밀고 나가려는 시위대와 전경의 충돌이 빈번했다. 정의를 거스르는 권력에 분노하고 좌절하던 때다. 계엄령이다 위수령이다 철 따라 찾아오는 불청객이 교문을 걸어 잠그면 언제 다시 열릴지 아무도 몰라, 나는 학교를 빼앗기고 집마저 잃은 설움에 또 한 번 울분을 토하며 방랑생활을 시작할 수밖에 없었다.

대학교 3학년 2학기 때다. 종로 5가에서부터 전경들이 통행을 막았던 때라 학우들과 같이 설악산 종주 여행을 떠났다. 무려 5일 동안 깊은 산속에서 지내며 도합 9일간을 강원도와 경기 북부를 누비고 다녔다. 그렇게라도 내 나라를 다니며 국민으로서 자유를 맛보고 싶었다.

여행 중에 봉정암 근처에서 어느 돈 많은 중년 신사를 만났던 일이 있다. 그는 다짜고짜로 우리와 통성명을 하고 같은 일행이 되었다. 우리 일행이 순박하고 장래가 훤해 보이는 청년들이어서 그랬을까? 함께 천불동 계곡으로 내려와 속초에 다다르자 그는 우리를 속초 횟집으로 안내했다. 그리고 2차를 서울에서 갖기로 약속하고 헤어졌는데, 약속대로 명동 카이자 호프에서 다시 만나 마무리까지 후한 대접을 받았다. 자기는 조금은 부정한 방식으로 돈을 벌기 때문에 그렇게라도 돈을 써야 마음이 편하다는 그의 말을 듣고, 세상에는 별의별 사람도 다 있구나 했다. 어떻게 돈을 버는지 물을 수도 없고, 대가를 바라지 않고 베푸는 호의를 거절할 수도 없어 그와의 만남은 어정쩡하게 끝났다.

나만이 보고, 느끼고, 아는 대로

어느 해든 계절이 11월 만추로 접어들고 교문이 열리면 그동안 못했던 밀린 수업을 마무리하느라 정신이 없었다. 온갖 유언비어가 난무하던 때였고, 교수 얼굴도 못 본 채 리포트를 내라는 말이 들려오면 급조하여 내고 출결 처리를 거치면 학점이 나왔다.

나는 전반적으로 대학 성적이 안 좋은 데다 교양과목에서 F학점도 있어 졸업이 걱정되었지만, 학칙을 꺼내 이수학점을 따져 보니 겨우 졸업요건이 갖추어져 안도하였다. 그 와중에 학과 대표이기도 해서 사은회도 준비해야 하고 후배한테 인수인계도 해야 했다. 그러나 시국이 어수선한 때라 교실에서 진행되는 수업이 없어서 학우들과 연락조차 어려웠다.

지금은 대학가에 사은회가 사라졌지만 1970년대에는 과대표의 임무 가운데 첫 번째가 사은회 준비였다. 각기 다른 은사님들 성향을 파악해 조심스럽게 준비하지 않으면 호된 질책을 받기도 했다. 지금도 사은회 생각만 하면, 짧았던 생각으로 준비했던 기억을 지울 수 없다.

나는 당시에 선물로 무엇을 마련할까 고심하다가 겨우 자개로 된 담배 케이스를 준비했다. 아는 만큼 보이고, 보이는 만큼 느낀다고 했던가. 선배들은 지금까지 어떤 선물을 마련했고, 다른 과는 어떻게 했는지 물어보고 결정한 것이었지만, 사람 생각은 거기서 거기라 남들이 보지 못한 것을 볼 수는 없었다. 지금처럼 담배가 해롭다는 인식이 자리 잡지 못했던 때이긴 하지만 교수님들 입장에서는 깊게 생각해 보지 않았고, 결국 오랫동안 지니고 쓸 수 있는 선물이 되지 못했다는 생각에 지금도 아쉽다.

나와 내 아내는 교수로 35년을 보내 왔기에, 명절 때면 잊지 않고 선물을 보내 주는 고마운 제자들이 있다. 대부분 홍삼 같은 건강보조식품이나 과일, 생선 같은 과하지 않으면서 정성이 깃든 선물이다. 하지만 받는 입장에서는 여러 제자들이 비슷한 선물을 보내 주다 보니 이를 어떻게 해야 할지 솔직히 부담이 될 때도 있었다. 이웃들과 나누자니 명절 한복판이라 시기적으로 맞지 않고, 겉포장을 뜯고 다른 곳으로 보내자니 예의에 어긋난다. 지금은 우리가 받은 선물임을 밝히고 대소가 지인들과 나누고 있지만, 제자들한테는 미안한 생각을 떨칠 수 없다. 상대방 입장에서 생각을 조금 더 넓고 깊게 하면 나만이 보고 느끼고, 나만이 아는 그 무엇이 보일 수도 있을 텐데.

풋풋했던 한때, 삶의 선물

당시 대학생의 일과는 대동소이했다. 다방과 당구장을 빼면 기억나는 장소가 없을 정도다. 우리도 강의가 비어 있는 자투리 시간에는 인근 당구장에서 4구나 3쿠션 당구를 치곤 했다. 그때는 당구가 청춘의 일탈이나 가벼운 놀이 정도로 치부되었지만, 요즘에는 당구가 은퇴 노인들의 인기 취미생활로 되살아나고 있다고 한다. 체력적으로 무리가 없는 데다 머리를 써야 하는 스포츠이니, 나와 같은 당구 1세대는 이를 놓칠 리 없다. 참 재미있는 인연이다.

그 당시 청춘들은 누군가를 만나기 위해 약속을 하거나 시간을 보낼 요량으로 다방에 가면 컨트리 음악이나 팝송을 쪽지에 적어 디스크자키에게 건넸다. 운이 좋아 자신의 신청곡이 선곡되어 들려오면 그것이 또 묘한 흥분을 만들기도 했다. 우리는 〈렛잇비〉, 〈스카보로의 추억〉, 〈험한 세상 다리가 되어〉 등을 신청했는데 음악이 흘러나오면 따라 부르며 시간 가는 줄 몰랐다.

나는 예체능에 재능도 소질도 없었지만, 취미로라도 음악을 가까이하고 싶어 종로에 있는 르네상스 음악 감상실에 들러 시간을 보낼 때가 있었다. 클래식 음악을 접할 수 있는 몇 안 되는 곳이었다. 그 외에도 헐리우드극장, 단성사, 중앙극장, 대한극장에서 상영하는 영화 대작들은 거의 놓치지 않고 보았다. 〈십계〉, 〈벤허〉와 같은 종교적 배경의 영화들은 감동이 크고 울림이 있었고, 〈바람과 함께 사라지다〉, 〈러브 스토리〉 같은 청춘영화는 당시 우리의 외롭고 쓸쓸한 마음을 파고들었다. 마음껏 누려 보지 못한 청춘이라 더 빨리 지나가고, 그래서 더 아름답고 애틋한 마음일까. 청춘은 어제의 행운처럼 아쉽고 또 아쉽다.

어느덧 노년기에 접어들었다. 내가 갖는 이런 흥미로운 감정이 이제 단지 추억의 대상만은 아니다. 젊은 감정이 다른 모습으로 탈바꿈하여 나를 지배하고 있다. 은퇴하고 제일 먼저 한 일이 디지털-아날로그 변환기를 이용하여 올드 팝송이나 CD 악곡을 집에 있는 오디오로 듣는 일이었으니 말이다. 그뿐이랴. 아이피티브이(IPTV)로 보는 명화들도 대부분 젊은 날 가슴 찡했던 영화들이다. 나탈리 우드와 워런 비티가 열연한 영화 〈초원의 빛〉도 그중 하나다. 대학교 2학년 때 종로 2가 낙원아케이드 2층 헐리우드극장에서 본 것으로 기억한다. 내가 박사학위를 받던 해 세상을 떠난 비운의 나탈리 우드, 그녀가 영화 마지막 장면에서 읽어 준, 청춘을 찬미한 시 「초원의 빛」은 여전히 내 마음 깊은 곳에서 그녀와 함께 있다. 이렇게 시작한다.

한때는 그리도

찬란한 빛이었건만

이제는 속절없이

사라져 버리고

초원의 빛이여!

꽃의 영광이여!

다시는 되돌려지지 않는다 해도

서러워 말지어다

차라리 그 속 깊이 간직한

오묘한 힘을 찾으소서.

— 윌리엄 워즈워스, 「초원의 빛」●

황량한 사막에는 오아시스가 있다 하지 않던가. 최루탄 연기 속에서 구가했던 청춘인지라 가슴 설레고, 그래서 더욱 매력적인 추억들이다. 그러나 돌이켜 보면 나는 시대를 고민하고 미래를 설계하면서 사회 부조리나 혐오스러운 진실 앞에 정면으로 맞서지 못했다. 어깨를 펴고 활보할 수도 없는 젊음을 흘려보냈다. 그로부터 다시 반세기가 지나, 우리는 피 한 방울 흘리지 않고 촛불의 힘으로 대통령을 권좌에서 내려오게 했다.

뒤늦게 생각해 본다. 진정한 데모는 전경들한테 돌멩이를 던지는

● 윌리엄 워즈워스, 장영희 옮김, 「초원의 빛(Splendor in the grass)」. 김점선 그림, 『축복』, 비채, 2005, 139쪽.

것이 아니었다. 밑돌을 하나하나 깔아 길을 내고 다져야 했다. 자유와 정의가 걸음걸음 놓인 민주화(花), 그 꽃을 사뿐히 지르밟고 오시도록.

기나긴 내리막길에 들어선 나이가 되니 더 높은 곳으로 올라가기 위해 조급해 하느라 미처 손쓰지 못했던 것들도 하나둘씩 떠오른다. 삶이란 결국 영원히 누릴 수도 없는 세월의 선물이런가.

학창 시절 추억은 마르지 않는 샘이 되어 풋풋하고 순수했던 삶의 추억을 선사한다. 나탈리 우드가 낭송한 워즈워스의 시는 노년의 하루를 싱그러운 초록빛으로 물들인다. 그가 얘기했던 소중한 순간들이 여러 겹으로 무너질 수 없는 성을 쌓고, 견고한 성으로 갇힌 시간의 점(spots of time)들이 어느새 낭만과 자유의 별이 되어 여기저기서 반짝거린다. 가슴 깊은 곳에서 사랑을 길어 올리고 비상도 꿈꾼다. 하루하루가 여전히 푸르르다.

4장

교수로 가는 길목에서

사람은 태어나서 생계를 위해 일을 하고, 소망을 품고 미래를 설계한다. 한 치 앞도 모르는 것이 삶이기에, 미지의 행로를 열어 가는 데에는 마음 길잡이가 필요하다. 우리는 자북(磁北) 방향을 가리키는 나침반의 역할을 지혜에서 구한다. 지혜의 공간과 깊이를 헤아리는 탐구는 과거에서 미래를 건져 올리는 작업이고, 아마도 여기에 가장 충실한 직업이 대학교수일 것이다. 앞선 교육과 연구의 토양에 발 딛고 새로운 교육과 연구의 틀을 세우고 집을 짓는다. 그래서 나는 대학교수가 되고 싶었고, 그 꿈을 좇아 이뤘다.

그런데 대학을 졸업하고 과학원에 들어가 보니 내가 그토록 바라고 염원하던 교수라는 직업이 과학원 친구들한테는 꿈도 바람도 아니었다. 그들은 강단에 서서 학생을 가르치고 연구하는 삶이 따분하고 하찮다 생각하는 것 같았다. 순수 학문을 하는 문리대와 실용 학문을 다루는 공대의 분위기가 그렇게 달랐다.

과학기술의 발전 속도가 너무 빨라 하루 앞을 내다보기도 어려운 지금, 케케묵은 과거를 들춰 내 무엇 하나 싶기도 하지만, 당시 과학원에서 석사학위를 이수하면서 어느 길로 가야 하나 고민하던 시기를 돌이켜 보면서, 직업의 세계를 들여다보고 미래의 일자리를 그려 보고 싶다.

한국과학원 입시 준비

대학에 들어가 학교 공부를 제대로 따라가지 못한 채 교양과정을 마치고 3학년이 되었다. 전공 핵심과목들이 기다렸다는 듯 수강과목으로 올라왔다. 비로소 전공에 입문하게 된 셈이다. 나는 물리화학, 유기화학, 무기화학, 생화학 등 여러 과목을 열심히 공부했고 그 결과 과거보다는 꽤 나은 성적으로 3학년 과정을 마쳤다. 졸업이 1년밖에 남지 않자 비로소 장래 문제가 머릿속을 파고들기 시작했다. 군대 문제로 쉽사리 진로를 정하지 못하고 있는데, 누적 성적마저 발목을 잡았다.

전공과목에 흥미가 있는지는 성적으로 어느 정도 판단할 수 있었지만 대학원에 진학할 정도의 성적인지는 회의가 들었다. 학교 성적은 기복이 심했고, 공부할 때는 남보다 배로 더 했지만 안 할 때는 전혀 하지 않기도 했다. 무엇보다도 기라성 같은 선배들의 학업성적과 다방면의 재능을 보니 좌절감이 밀려와 스트레스가 더했다.

당시 우리나라는 일자리가 생겨나던 시기였다. 공부하기 싫으면 회사에 취직하여 엔지니어 또는 연구원으로 일할 수 있었으니, 취업의 길은 항시 열려 있었다.

다행히 복잡한 생각 속에서도 주저하지 않고 앞으로 나아갈 수 있는 길이 열렸다. 바로 과학원 도전이었다. 일단 과학원에 합격하면 국가 지원으로 기숙사에서 숙식을 해결하면서 석사학위를 이수할 수 있었고, 군대도 해결되니 장래 문제는 그때 걱정해도 늦지 않다고 생각했다. 문제는 시험에 합격할 수 있는지였다. 그렇지만 어려울수록 의지와 힘이 솟는 법, 목표가 정해졌으니 이제 달리기만 하면 되었다.

3학년을 마치고 겨울방학을 맞았을 때 관악산 아래로 학교 캠퍼스 이전이 구체화되었다. 우리가 지금의 종로구 동숭동 대학로 마로니에 공원 자리인 동숭동 캠퍼스에서 강의를 듣고 졸업하는 마지막 기수가 된 것이다. 그러니 철 따라 바뀌는 캠퍼스의 전경도 새삼 소중하게 다가왔다. 대학이라고 하면 문리대, 속세와 단절된 상아탑, tour d'ivoire를 연상하던 시대, 이곳은 당대 최고 지성과 낭만주의자 선배들이 즐겨 찾던 캠퍼스였다. 그들은 캠퍼스 앞을 흐르는 개천을 센 강, 그리고 정문으로 이어지는 다리를 미라보 다리라 부르며 낭만을 구가했다.

캠퍼스 내 일본인 교수가 심었다는 일본 칠엽수, 이 나무가 모양이 비슷한 마로니에(maronier)로 불린 것은 대학의 낭만 때문만은 아닌 듯싶다. 프랑스의 역사적 중심인 개선문에서 대통령궁으로 연결되는 중심 도로가 샹젤리제 아닌가. 이 길가에 늘어선 가로수가 마로니에다.

교정에서 짙은 녹음을 뽐내며 우뚝 선 몇 그루 마로니에는 학문의 전당에서 꿈을 키우는 문리대 학생들을 닮았다. 또 격정의 청춘을 상징하며 국가의 미래를 책임지고 나아가려는 문리대생의 자부심을 키우고 지켰다. 하지만 지금은 공원 한쪽에 보존되어 있는 본부 건물과 그 앞에 서 있는 마로니에 외에는 모두 기억 속 공간으로만 남았으니 안타깝다. 황현산 선배님이 번역한 기욤 아폴리네르의 「미라보다리」는 이렇게 시작한다.

미라보 다리 아래 센 강이 흐른다
우리 사랑을 나는 다시
되새겨야만 하는가
기쁨은 언제나 슬픔 뒤에 왔었지

방학 내내 방황했던 진로를 일단 과학원으로 정하니 그제야 앞길이 보이고 계획을 세울 수 있었다. 4학년 수강신청을 끝내자마자 과학원 선배들을 찾아 대학원 분위기를 탐색하고 시험 준비에 매진했다. 중앙도서관에 들러 고정 자리를 봐 두고 과학원에 재학 중인 선배를 찾아갔다.

1973년 처음으로 실시된 과학원 입학시험에는 549명이 지원하여 106명이 합격했으니 5:1의 만만치 않은 경쟁률이었다. 이들 1회 선배들은 입학식은 예정대로 하였으나, 교사 등 준비가 늦어져 실제 수업은 반년 늦게 시작되었다. 대학 선배 중 1년 위인 도영규, 최선희, 2년 위인 박준택, 임홍 선배가 이미 석사과정을 밟고 있었다.

나는 도영규, 최선희 선배를 찾아가 구체적으로 시험 경향을 묻고, 공부하는 방향도 물었다. 이들이 작성한 전공 실험 리포트나 어려운 문제의 답안을 학기 중에 어렵게 입수하여 이를 참고하여 과제를 제출하기도 하였으니, 우리에게는 구세주와 같은 존재였다. 모범생에다 평소 후배들을 잘 챙겨 주었던 마음 좋은 선배로, 늘 본받고 싶은 이들이었다. 물리화학은 교재의 문제를 풀어 보고, 유기화학은 발견한 사람 이름이 붙여진 소위 '인명 반응'과 같은 단위반응 위주의 암기가 필요하다는 등의 조언도 받았던 것으로 기억한다.

학기 중에는 주로 과학도서관을 찾아 리포트를 작성하거나 참고도서를 열람했는데 중앙도서관에 앉아 시험 준비를 해 보기는 처음이었다. 낮에는 수강과목에 집중하고, 고3 학생들의 화학 과목 그룹 지도도 하고, 짬을 내어 과학원 시험 준비를 하다 보니 주경야독의 생활이었다.

그렇게 1년이 훌쩍 지나갔고, 1차 필답고사 후 2차 면접시험이 있는 날이었다. 나는 오전 면접자 중 마지막 순서로 배정되었다. 긴장 속에 땀을 뻘뻘 흘리면서 면접고사장을 나오는데, 전무식 교수님이 바로 따라 나오시면서 들어오거든 자기 연구실로 오라고 말해 주셨다. 그 말씀을 듣고는 크게 숨을 들이켰다. 답답하고 긴장했던 기운이 날숨과 함께 빠져나가며 편안해졌다. 당시에는 혼자서 속으로만 기쁨을 만끽했다.

과학원에서 이론물리화학을 전공하다

이듬해 3월 나는 화학 및 화학공학과 화학전공으로 과학원에 입학하고 곧바로 강의를 들으며 석사 논문 준비에 들어갔다. 과 교수님이 여섯 분 계셨는데 이미 선배를 통해 교수님 개개인이 무슨 연구를 하는지 다 알고 있었기에 지도교수를 정하는 일은 어렵지 않았다. 교수님의 권유대로 결국 전무식 교수님 실험실로 들어갔다.

우리가 '물방'이라 부르는 이론물리화학 연구실에서는 생명수인 물의 구조뿐만 아니라 헨리 아이링(Henry Eyring)이 제안하고 전무식 교수님이 발전시킨 SST(Significant Structure Theory of Liquids)라 불리는 이론을 다양한 액체에 적용하는 연구가 진행되고 있었다. 나는 SST를 산소-오존 액체 혼합물에 적용하여 상분리현상을 이론적으로 규명하는 일을 맡았다. 당시는 컴퓨터가 활용되는 초창기라 일단 포트란(Fortran) 언어로 프로그램을 짜고, 이를 펀치카드로 만들어 중앙전산소의 컴퓨터에 입력한 후 계산 결과를 출력물로 받아서 검토하였다.

재미있는 사실은 물질도 어느 한 성분의 함량이 월등할 때 다른 한 성분은 동화되는 방향으로 쉽게 섞이지만 두 성분이 엇비슷할 때는 잘 섞이지 않고, 이론적으로도 조성이 절반이 되는 근처는 예측이 번번이 빗나간다는 것이었다. 마치 양당제 정치가 자기주장이 강해 밤낮으로 싸우면서 생산성이 형편없이 낮아지는 이치와 비슷하다. 이런 결과는 미국의 권위 있는 학술지 『PNAS(Proccedings of the National Academy of Sciences)』에 실렸다. 물론 논문은 교수님이 다 쓰시고, 나는 하라는 일만 했을 뿐이다.

자연과학 분야 석사학위 과정에서는 이렇게 지도교수가 시키는 일을 하면서 일련의 연구과정을 섭렵하며 배우게 된다. 물론 지도교수에 따라 연구주제를 제시하는 정도에서 세세한 연구방법론까지, 개입하는 정도는 각양각색이다. 하지만 어떤 연구도 지식의 경계선에서 미지의 세계에 한 발을 들여놓기 위한 지도를 그려 가는 작업이므로, 그것이 만리장성 축조에서 돌멩이 하나 올려놓는 역할이라 할지라도 성취감을 느낄 수 있고 연구의 즐거움을 깨닫게 된다.

생애 처음으로 논문을 쓰면서 나는 그 의미를 캐 보고 싶었다. 우리가 살고 있는 자연계에 존재하는 삼라만상이 가질 수 있는 상태는 크게 고체, 액체, 기체의 세 가지 상태이다. 물론 액정처럼 중간상이 없지는 않지만. 3상 중 고체와 기체는 잘 전개된 이론이 뒷받침하고 있어 다양한 물리적 현상을 이해할 수 있고, 이를 실생활에 응용할 수 있다. 고체는 원자나 이온 또는 분자들의 내부질서가 완벽하여 주기성이 있고, 기체는 완전히 무질서한 계를 이루기 때문에 인간이 수학적으로 접근하기 쉽다. 그렇지만 액체상태는 적용할 이론을 찾기가 어렵다. 질서가 흑도 백도 아닌 회색지대라 전자, 원자, 분자와 같은 미시세계와 일이나 열과 같은 거시세계를 연결해 줄 분배함수를 구성하기가 매우 어렵다.

그런데 대부분의 화학반응은 액상에서 일어난다. 이론적으로 액체상태를 잘 기술할 수 없으니 물질변환의 이해도가 낮을 수밖에 없다. 의약, 화학 신물질 기술수명이 정보통신기술에 비해 월등하게 긴 것은 이 때문이다. 세상에 손해만 보라는 일은 없다. 화학자들이 물질세계를 재창조하기 위해서는 많은 노력과 인내심이 요구되지만 그 보상도 오랜 기간에 이루어지므로 공평한 것이 아닐까.

존경하는 이태규 박사님을 가까이서 뵙고

석사 논문을 준비하고 있을 때 큰 행운을 누렸다. 짧은 기간이지만 이태규 선생님께 논문지도도 받고 교수가 되겠다는 확고한 소망도 다질 수 있었던 것이다. 우리 화학계의 선각자이신 이태규 선생님은 나의 롤모델(role model)이셨기에 나의 미래에도 확신이 있었다.

이태규 선생님은 1955년 미국 유타 대학에 계셨을 때 헨리 아이링 교수와 공동으로 '비뉴턴유동이론' 논문을 발표하였고, 이 논문은 학계에서 흔히 '리-아이링 이론(Ree-Eyring Theory)'으로 불리며

이태규 교수님과 함께. 과학원 졸업앨범에서.

주목을 받았다. 이론적 접근이 어려워 아무도 엄두를 내지 못했던 액체 유동을 다루고 있다는 점에서 독보적이었다. 이들 두 사람은 학문하는 데 있어 뗄 수 없는 관계였다. 먼저 아이링 박사가 이론으로 큰 그림을 그리면 나중에 이태규 박사가 꼼꼼하게 디테일을 갖추면서 완성해 나갔다. 마치 마리 퀴리와 피에르 퀴리, 그리고 우리가 잘 알고 있는 비틀스의 멤버 폴 매카트니와 존 레논처럼, 성격이 다른 두 사람의 파트너십이 창의성을 이룬 결과였다.

얼마 전 이 글을 쓰면서 과학원 졸업앨범을 보다가 박사님과 함께 산보하는 사진 한 장이 눈에 들어왔다. 사진 아래에는 "예, 할아버지 따라 산보 가는 중이에요."라는 문구가 씌여 있었다. 이태규 교수님은 당시 우리가 하늘같이 바라보았던 교수님들의 은사이시니 분명히 두 세대 위이다. 하지만 고희를 넘기신 연세에 과학원 교수로 초빙되신 덕분에 직접 배울 수 있었다.

나는 선생님을 강의실에서 처음 뵈었다. 얼마나 꼼꼼하시던지 깨알 같은 정중한 글씨로 여백마다 의견을 빼곡히 적어 리포트를 돌려주시고, 세미나에 참석하면 늘 앞자리를 지키셨다. 한번은 학생들이 자유주제 연구를 발표하는 자리에서 내 주장을 두둔해 주셔서 선배들의 질문 공세를 피해 갈 수 있었다. "이 군!" 하며 부르시던 그 음성이 귓가에 들려오는 듯하다. 다시 이 자리를 빌려 존경을 표하며, 그때의 추억을 오래오래 간직하고 싶다.

무엇이 되어 어떻게 살 것인가?

지혜는 자기성찰의 산물이다. 2년간의 과학원 생활은 정신적으로나 물질적으로 내 삶에서 가장 여유 있었고 미래를 그려가는 데 확신에 찬 시기였다. 폴 고갱(Paul Gauguin)의 〈우리는 어디에서 오고, 우리는 무엇이고, 어디로 가는가('D'ou Venons Nous? Que Sommes Nous? Ou Allons Nous?')〉라는 그림이 있다. 생애 말기의 작품이라 더 의미심장하고, 작가의 고민이 작품을 감상하는 이들에게도 날카롭게 전달된다. 어떻게 살 것인가, 어떤 화학자와 교수가 될 것인가, 생각과 고민은 내게도 평생의 친구가 되었다.

나는 교수가 되겠다는 소망을 갖고서부터 나 자신뿐 아니라 세상을 향해서도 똑같은 질문을 했다. 대학교수가 되고 싶었다. 그러자 어떤 교수가 되어야 할까, 하는 정체성에 관한 질문이 이어졌다. 가까이서 뵌 이태규, 전무식 교수님은 오로지 연구에 몰입할 뿐 세상과는 단절된 삶을 살고 계신 것처럼 보였다. 낮이나 밤이나 지칠 줄 모르고 학문의 즐거움에 매료되어 사생활은 없었다. 두 분 선생님께 일과 삶은 둘이 아니었다. 일을 즐기고 있으면 일은 곧 삶이 된다. 하지만 이는 일에서 벗어날 수 없는 삶이기도 하다. 교수라는 직업의 명암이다. 가족, 친구들과 소통도 교류도 없이 스스로 섬이 되어 외롭다.

근래는 일과 삶의 균형을 찾는 '워라밸(Work & Life Balance)'을 중시하는 사람도 많아졌다. 나는 연구에 골몰하는 과정에서 잠을 자지 못해 괴로웠던 날이 많았고, 이 때문에 교수란 직업에 회의가 들 때도 있었다. 그런데 지나온 삶을 돌아보면 노심초사 밤잠을 설칠 때는 늘 열정이 지나쳐 집착하게 될 때였다. 곰곰이 생각해 보니 두 분 교수님들처럼 내게도 세상에 연구보다 더 재미있는 건 없었다. 그렇게 된 원인이 무엇일까? 혹여 형편이 어려워 이러저러한 놀이에 빠져 보지 못하고 공부만 했기 때문일까? 나는 노래도, 운동도 잘 못한다. 한마디로 놀 줄 모른다. 재주가 없으니 한눈 팔 데도 없었다. 그렇더라도 한눈 팔지 않고 살아오게 된 다른 원인도 있을 것이다.

대부분의 전후 세대는 각자 가진 끼의 발산도 단순히 놀이가 아닌 성공을 위한 도구로 활용하며 성과 중심, 목표 지향적으로 살아왔다. 그렇다 보니 일이 주인인 인생 궤도를 달렸다. 그게 옳다고 믿으며 혹여 잠시라도 궤도를 이탈하는 것은 생각조차 하지 않았던 것 같다. 그것은 무책임하고 성실하지 못한 것이라며 스스로를 나무랐다. 그리고 무엇보다 일을 게을리하면 먹고사는 일도 어려웠다.

내가 아는 어느 프랑스인 부부는 유럽권 배드민턴 클럽에서 활동하며 주말이면 인근 나라까지 가서 운동하고 오고, 어느 부부는 취미인 스쿠버다이빙을 즐기기 위해 이스라엘 같은 곳에 1주일 여행을 다녀오기도 한다. 어느 해는 어디 해변에서 어떻게 보내겠다고 평생 계획을 짜 놓은 것도 보았다. 부자도 아닌 이들의 여유로운 시간과 마음이 부러웠다. 이렇게 무엇에도 매이지 않고, 자신의 시간을 아끼고 보살피며 충만하게 채워 가는 삶이야말로 '어떻게 살 것인가'에 대한 답이 될 것이다. 그리고 이는 그 무엇으로도 자신을 옭

아매지 않는 일로부터 시작될 수 있으리라.

재미있고 행복한 삶을 찾아

내 또래 사람들이 만나면 이구동성으로 하는 말이 있다. "하루 놀면 이틀은 쉬어야 한다." 껄껄대고 웃으며 말하지만 비로소 놀이 자체가 목표가 되는 삶의 여유가 배어 있는 말이다.

나는 이틀을 쉬어야 할 정도로 몰입할 수 있는 놀이를 찾지 못해서 허둥댄 적이 많다. 과학원 홍릉 캠퍼스(현재 카이스트 서울 캠퍼스)는 교수와 학생 모두 학업과 연구에만 몰두하도록 설계되었다. 여러 부속 건물들 중 놀이시설로는 기숙사와 연구 실험동 사이에 있는 2면 테니스 코트가 유일했다. 덕분에 석사학위 논문을 쓰면서 테니스를 배웠다. 사람이 쉬지 않고 일만 할 수는 없다. 강의 듣고 연구에 지친 나머지 기분전환으로 찾은 테니스 코트였다. 테니스 치고 맥주 한잔 하던 즐거움은 잊을 수 없다. 일로 지친 나를 위한 보상이었다.

그런데 프랑스 유학 시절 알게 된 유럽인들의 삶은 우리와 사뭇 달랐다. 대학 등록금이 거의 없고 오히려 학생증이 있으면 생활비가 절감되는 나라인데, 왜 학생들이 대학에 들어가지 않고 바로 엔지니어가 아닌 테크니션과 같은 기능직 일에 만족하는지 물은 적이 있다. 그들은 주저하지 않고 여름휴가 보낼 여행경비를 마련하기 위해서 일한다고 말했다. 남들 대학 가서 4~5년 공부하는 동안 일하면서 돈도 벌고 경력도 쌓게 되면, 결과적으로 평생 돌아오는 소득은 비슷하다는 생각이었다. 그래서 골치 아프게 하기 싫은 공부를 할 필요가 없다는 것이다. 직업의 귀천이 전혀 없는 것은 아니지만 그들은 대부분 자기 일을 천직으로 받아들이고 열과 성을 다해 일하고, 휴가는 휴가대로 즐기면서 살고 있었다. 그런 그들의 삶도 나름대로 의미 있어 보였다.

나는 뭔가를 읽지 않으면 마음이 편치 않고 무력감에 사로잡히고 만다. 그래서 책 한 권을 집어 들면 혹시라도 다 읽어 버리지 않도록 일부는 아껴 둘 정도다. 나는 또 격식을 끔찍하게 싫어한다. 겉모습 보다는 내용을 숭상한다. 지난 35년 동안 정장을 하고 넥타이를 매고 강의한 날이 손으로 꼽을 정도다. 게다가 누구 간섭도 없이 성장했다. 그래서 위계질서가 있는 조직에 구속되거나 매이는 것을 견디지 못한다.

결국 내가 잘할 수 있는 일이 연구라서 계속했고, 거기서 즐거움을 찾았다. 학문의 세계에서 흔히 볼 수 있는 일종의 자기도취 증세지만, 자아실현 수단으로 받아들였다.

우리가 추구하는 궁극적 가치는 재미있고 행복한 삶이다. 빅토르 위고(Victor-Marie Hugo)는 "무지가 사라질 때, 비로소 자유가 시작된다."라고 말했다. 생각의 자유를 마음껏 누릴 수 있는 교수라는 직업이 나에게 매력적으로 다가온 까닭이다. '내가 누구인가'에서 이제 '나는 어떤 교수가 되어야 하는가'로 물음이 옮겨 갔다.

실용학문을 평생 업으로 갈망하며

　　무엇이 되고 싶은가, 라는 물음에서 벗어나니 이번에는 어떤 연구를 할까 하는 질문이 떠올랐다. 석사학위 과정을 공부하며 나는 이론적으로 물질을 탐구하는 것이 현실과 동떨어졌다는 생각에서 순수 학문에 회의감을 느꼈다. 사람들은 종종 '실사구시'를 말한다. 말만 하지 말고 실제 나타난 현상을 보고 무엇이 진리인지 구하라는 의미이다. 과학자도 그런 점에서 비슷하다. 자연현상을 관찰하고, 측정한 데이터를 해석하기 위해 모형을 세우고, 다시 이 모형을 적용하여 새로운 현상을 예측하고, 이를 토대로 다음 대책을 수립해 간다.

　　과학기술의 종착역은 미래의 창조라고 할 수 있다. 새로운 물질에 대한 탐구가 지속적인 열정으로 나타나기 위해서는 본질에 다가가야 하고, 자신과 자기 성취에도 긍지를 가질 수 있어야 한다. 이론보다는 무언가 실용적인 연구가 필요했다. 친구들이 밤늦게까지 실험실에서 장치를 만들고, 반응시키고, 거기서 얻은 화학물질을 분석하고, 그러면서 물질을 재창조해 가는 모습이 부러웠다.

　　과학에서 이론과 실험의 관계는 두 바퀴로 움직이는 자전거와 같다. 연구의 한 축인 이론이 다른 한 축인 실험을 끌기도 하고 밀기도 한다. 이 둘이 서로 맞물려 가야 연구가 재미있고 성과도 크다. 나는 1년 동안 전산소만 드나들면서 계산에 힘쓴 결과, 학위논문을 쓰는 데 필요한 데이터는 확보했지만, 마음은 다른 일을 찾고 있었다. 박사과정에서는 보다 더 실용적인 학문을 해 보고 싶었다.

마지막 학기 논문을 끝내고 나니 다들 직장을 구하느라 여념이 없었다. 나는 과학원에서 박사과정에 들어가고 싶지는 않았다. 이론 물리화학 분야보다는 공학 분야로 전공을 바꿔 보고 싶었기 때문이다. 여기에는 2대 원장이셨던 재미교포 박달조 박사의 말씀도 한몫했다.

박달조 박사는 불소화학공업의 개척자로 널리 알려진 산학협력의 산 증인이다. 대학원 과정에서는 미국 제너럴모터스(GM) 냉장 부문에서 산학협력 경험을 쌓았고, 듀퐁에서 프레온 가스와 테플론 플라스틱을 산업화하는 데 핵심 역할을 하여 많은 특허도 보유하고 있었다.

테플론은 무언가 달라붙지 않게 하는 데 제격인 고분자다. 그래서 로널드 레이건 대통령을 두고 '테플론 대통령(teflon president)'이라는 말도 생겼다. 재임기간 8년 동안 숱한 논란과 문제를 자신으로부터 떼어 놓는 놀라운 능력의 소유자였던 그를 점잖게 비꼰 별명이다.

박달조 원장님은 한국말이 서툴어 늘 영어로 연설을 하셨다. "제군들! 100년 전 화학이라도 좋다. 우리 실생활에 유용한 화학물질의 제조원가를 다만 1센트라도 낮출 수 있는 기술을 개발하면 국가에 막대한 부를 가져올 수 있다." 당시 67세의 노교수는 기회가 있을 때마다 이런 산업화 연구를 강조하셨다. 나에게는 신선한 충격이었다. 시대를 앞서가는 거창한 화학만 생각하던 내가 공업화학에 눈을 뜬 계기가 되었으니 말이다.

알베르 카뮈(Albert Camus)는 "노동하지 않으면 삶은 부패한다. 그러나 영혼 없는 노동은 삶을 질식시킨다."라고 말했다. 신자유주의가 열어 놓은 성과 중심 사회, 이에 따른 양극화가 시대의 골칫거리로 등장한 오늘날에 더욱 음미하고 싶은 말이다.

나는 영혼이 담긴 일을 하고 싶었다. 천직은 찾는 게 아니라 스스로 만드는 것이란 말도 있다. 하고 싶은 일에서 이제 할 수 있는 일, 가슴 뛰게 하는 일을 위해 준비하고 실력을 쌓겠다고 다짐했다. 때마침 석사 졸업을 앞두고 수원 아주공대로부터 뜻밖의 기회가 찾아왔다.

아주공대 조교로 새로운 출발을 하다

아주공대가 과학원 졸업생 중에서 조교를 채용하여 프랑스로 유학을 보내 주고, 학위를 마치면 조교수로 임용한다는 소식을 알게 되었다. 1976년부터 매년 10명씩 5년간 50명의 인재가 교수요원이라는 명칭의 프랑스 정부 장학생으로 파견된다는 것이다.

프랑스가 과학원 졸업생한테 이런 특별 장학금을 제공하는 데는 이유가 있었다. 원자력 발전 기술이나 해양 분야 등 협력이 필요한 시점에서 당시 대한항공이 프랑스가 만든 에어버스 여객기를 구매하고, 나중에는 한국이 또 프랑스의 초고속열차 TGV를 들여와 운

용한 후 수출하는 등 한국 대 프랑스의 무역 역조가 점점 더 심해지
자 프랑스 정부가 기술협력을 확대하는 차원에서 보답한 것이다.

실용학문을 연구하고 싶던 내게는 이러한 시대와 산업 배경이 행
운이었다. 또 한 번의 기회가 찾아온 것이다. 나는 당시 조순탁 과학
원장님의 추천과 김현남 아주공대 학장님과의 면접을 거쳐 임용 소
식을 애타게 기다리고 있었다.

그로부터 한 세대가 지난 지금은 투잡과 쓰리잡을 가진 이들이
많아졌고, 아예 '창직시대'라는 말도 한다. 내가 직장을 구할 때는
'평생직장'이라 하여 신중에 신중을 기했는데, 어느 때부턴가 직장
을 평생 6번 바꾼다더니, 요즈음은 자기만의 직장을 만들어 내라고
한다. 1997년 IMF 금융위기가 몰고 온 여파다.

지금은 평생 고용이 평생 복지를 담보해 주지 않는 시대이고, 더
이상 세계적인 추세를 거스를 수 없다. 거기에 더하여 디지털 기술
의 발전이 경제 패러다임을 바꾸고 있다. 경제의 중심이 노동과 자
본에서 지식기반 산업으로 이행함에 따라 산업의 부침도 어느 때보
다 심하다. 인공지능이 인간지능을 위협하고, 지능형 자본인 로봇이
일자리를 빼앗는다.

미국이 존경하는 링컨 대통령, 그가 노예해방을 부르짖었던 데
에는 이유가 있었다. 산업혁명과 남부에서 밀려오는 노예노동력
때문에 북부 철강 노동자들의 생계유지가 어려웠다. 남과 북이 일
자리 투쟁에 직면할 수밖에 없는 현실에서 링컨의 어쩔 수 없는 선
택이었다.[*] 이처럼 인류 역사는 일자리 전쟁의 역사라 해도 과언이

아니다.

2018년 가을, 잡코리아가 대학생 및 구직자, 직장인 1,155명을 대상으로 '정규직 취업을 위한 첫 이력서 작성 시기'에 대해 조사한 결과, 전체 응답자의 첫 이력서 작성 시기는 평균 24세(남성 응답자는 평균 25세로 답해 여성 응답자원 평균 23세보다 2세 높았다)이며, 정규 신입직으로 처음 지원한 기업에 합격한 응답자는 10명 중 3명(34.3퍼센트)에 그친 것으로 나타났다.** 취업이 어려운 청년의 현실은 안타깝고 무겁다.

나도 이력서와 이태규 교수님 추천서를 들고 충남대학에 가서 면접을 보고 온 적이 있었는데, 박사학위 없이 대학에 교수직을 구하기는 벽이 높다는 사실만 확인하고 임용에 실패했다. 그러던 차에 1976년 3월, 아주대 조교로 임용되었다는 소식을 들었다. 내 나이 20대 중반, 염원하던 교수가 되는 길이 비로소 열리게 된 것이다.

그렇게 과학원을 갓 졸업하고 아주대 일반화학실험 조교로 임용되어, 직장인으로서 처음으로 월급을 받아 보았다.

조교가 하는 일은 예나 지금이나 다르지 않다. 나는 동료 셋과 함께 흰 가운을 입고 오전에는 실험에 필요한 시약이나 기구를 준비해 놓고, 오후에는 학생들의 실험 시간에 들어가 그룹별로 실험 지도를 했다. 내가 대학 다니던 시절에는 우리가 시약 등을 직접 만들

---

* 케네스 데이비스, 이순호 옮김, 『미국에 대해 알아야 할 모든 것, 미국사』, 2004, 560쪽.
** 신승엽 기자, 『이뉴스투데이』, 2018. 9. 21.

어 실험했기 때문에 밤늦게까지 실험 준비를 하거나 실험 실습을 하는 날이 많았었다. 공과대학에서는 전공을 불문하고 모든 학생이 일반화학실험을 수강했다. 수강 인원이 많아 이들이 한정된 시간 안에 실험을 마치려면 조교가 미리 준비해 놓고 기다려야 했다.

당시 일반화학실험 담당 교수는 프랑스에서 파견된 홉스(Dr. Hobbs)라는 분이었다. 그는 한국말을 못 해서 조교인 우리에게 실험 관련 내용을 전달했고, 우리는 학생들의 실습과 과제물 검토 등을 맡았다. 나는 프랑스 유학 준비가 시급했던 때라 적극적으로 내 역할을 했던 것 같다. 교수와 프랑스어로 소통하면서 실험 교재도 만들었고, 학생들에게 전달할 내용이나 학생들의 건의 사항 등도 애써 프랑스어로 말하곤 했다. 실험 조교 일이 녹록지 않았지만 유학을 위한 프랑스어 공부의 기회로 생각하며 열심히 했다.

그때만 해도 우리는 프랑스어라고 하면 농담으로라도 '드숑', '마숑' 하면서 건배사를 제의하는 등 부드럽고 우아한 말씨를 떠올렸다. 내가 대학입시를 치르던 해부터 제2외국어가 추가되어 고등학교에서 독일어를 공부했지만 프랑스어는 배운 적이 없었다. 그래서 프랑스 문화원(Alliance française)에 등록하여 프랑스어 교본인 모제(Mauger) I, II와 아주대학교에서 드 뷔브 브와(De Vive Voix)를 배우면서 밤낮으로 문법과 회화를 익혔다. 조교 일을 하면서 어학 공부하는 것이 쉽지 않았지만, 교수요원이라는 신분이었기 때문에 유학을 준비하는 데 눈치 볼 일도 없었다. 프랑스 유학은 아주대학교와 프랑스 정부 간에 맺은 협약 관계로 가능했고, 학교에서도 프랑스어

반을 별도로 운영하여 우리를 도와주었다.

1960~1970년대 한국은 빈곤에서 탈출하고자 경제개발 5개년 계획이 한창이었다. 정부는 이 계획의 실현을 위해 과학기술 도입에 적극 나섰고, 유럽 선진국과도 교류를 증진하려 했다. 반면에 프랑스는 1959년 국제외교 무대의 거인 드골이 대통령으로 취임한 직후 미국과 소련 양대 세력권 사이에서 독자적인 목소리를 내기 시작하면서 제3 세력권의 지도국 자리를 넘보고 있었다. 프랑스가 개발도상국과의 경제협력 방식으로 그 기회를 창출하는 중에 우리나라와 기술협약을 맺게 된 것이다. 두 나라의 이해관계가 맞아떨어지면서 학교법인 유신학원 박창원 이사장이 1973년 3월 '아주공업초급대학'을 설립하기에 이른다. 이 무렵 프랑스는 IUT(Institut Universitaire de Technologie), 전문대학 제도를 만들어 생나제르, 낭트, 낭시 등 세 도시에 설치하고 새로운 학제 정착을 위해 많은 노력을 쏟던 중이었다. 한·불 기술초급대학도 프랑스 정부의 지원으로 이루어져 IUT를 모델로 삼았었다. 그렇게 해서 초급대학이 설립되었고, 1년 만에 4년제 공과대학으로 승격한 것이다.

그런데 1977년 제1회 졸업생을 배출할 무렵 프랑스 정부는 유신학원의 지원 규모에 불만이 많았다. 또 프랑스 정부의 지원이 널리 알려지길 바랐다. 결국 프랑스 정부의 강력한 요청으로 정부는 학교 운영을 맡을 수 있는 다른 기업을 물색하게 되었다. 김우중 당시 대우실업㈜ 사장은 기업이윤의 사회 환원이라는 차원에서, 그리고 세계적 기업으로 발돋움하던 대우실업에 걸맞은 일이라 생각하고 흔쾌히 아주대 인수를 수락하였다. 결국 1977년 3월 21일 학교법인 대우학원이 설립되어 오늘에 이르게 된 것이다.

초창기 아주대 설립에는 두 분의 열정과 노력을 빼놓고 얘기할 수 없다. 프랑스 대표단의 한 사람이었던 낭트 대학 물리학과 민선식 교수님과 이 대학에서 물리학을 배운 아주대 초대 학장 김현남 박사님이다. 특히 김현남 학장님은 내가 교수로서 뜻을 펼칠 수 있도록 교수요원으로 뽑아 주신 분으로, 나의 큰 은인이시다.

섞임 시대와 미래 일자리

너와 나의 관계가 존재에 선행한다. 이제는 인간의 지능(intelligence) 마저도 너와 나의 생각으로 묶인다. 이는 스마트한 아이디어들을 연결해 가치를 창출하려는 데서 비롯된다. 노벨경제학상 수상자인 제임스 헤크먼(James Joseph Heckman)이 말한 '외지능(extelligence)시대'이다. 그뿐만이 아니다. 인공지능과 인간지능의 섞임도 이루어진다. 오직 '결과' 만을 내놓아 인과관계를 파악할 수 없는 인공지능과 그 원인을 파악하여 이를 활용하려는 인간지능이 협력하지 않으면 안 된다. 지금 진행되고 있는 '아톰(atoms)'이라는 현실세계와 '비트(bits)'라는 가상세계의 섞임도, 그리고 디지털과 아날로그의 공존도 결국 더 살기 좋은 환경을 만들자는 것이다.

인간과 인간의 생각, 또는 인간과 사물, 그리고 사물과 사물들을 엮어서 나타나는 변화를 선도하기 위해서는 인간의 통찰력과 용기가 앞서가야 한다. 다양한 환경에서 복잡한 의사결정 문제를 슬기롭게 풀어야 하기 때문이다. 세상에 예외 없는 법칙이 없고, 결함 없는 완벽한 기술은 없다. 복잡함 속에 숨어 있는 위험성은 더 파악하기 어렵다. 기술에만 의존할 수 없음은 자명하다.

우리가 익히 보아 왔듯, 가상세계의 역할이 증대되면 될수록 노동의 양은 줄고 질은 높아질 것이다. 그러니 노동의 절대적 가치를 예단하기는 어렵다. 하지만 분명한 것은 사람의 마음을 읽고 사람을 한아름 껴안는 따뜻한 기술, 곧 아름다운 기술은 살아남을 것이란 사실이다. 불확실한 미래가 도사리고 있다지만 직업의 본질은 달라지지 않을 것이다. 개개인이 사회화에 의해 억압될 수 있는 영혼을 되찾고, 직업을 통해 평강과 기쁨을 누릴 수 있으면 된다. 그러려면 변화무쌍한 기술 환경의 중심에 사람이 있어야 하고, 사람이 이 기술을 적극적으로 활용해야 한다.

21세기로 접어들면서 K-pop이 세계로 진출하여 교두보를 마련하고 터를 잡아 가고 있다. 이는 우연이 아니다. 1960년대 미국 젊은이들의 히피 문화와 프랑스 학생들의 68혁명이 촉발된 시대상황에서 디지털 기술이 싹텄음을 상기해 보면 이해가 쉬울 것이다. 한국의 방탄소년단이 세계적인 스타로 발돋움한 데는 그들의 재능과 진정성, 열정과 함께 사람 개개인을 엮는 디지털 기술이 있었기 때문이다. 디지털 네트워크는 경계가 없다. 국경도, 종교도, 언어와 인종도 뛰어넘는다. 그러니 젊은이들 꿈과 현실, 좌절과 분노가 하나로 어우러지는 글로벌 감성 시대의 도래는 필연이다. 세계 젊은이들이 BTS의 〈러브 유어 셀프〉 같은 노래를 듣고 공감하고 열광할 수밖에 없다. 한국 젊은이들이 세계 디지털 기술을 선도하고 있는 것이다.

하지만 과학은 다른 면도 일깨워 준다. 구심력이 크면 원심력도 크다.

디지털 네트워크가 많은 사람을 공감하게 하는 데 적격이기는 하지만 붙잡고 있던 끈을 놓아 버리는 순간 열정과 활동을 빠르게 희석하고 분산시키기도 한다. 그래서 늘 깨어 있어야 한다.

　기계도, 기업의 이윤추구도, 노동도 그 어느 것도 사람 위에 있을 수 없다. 디지털화가 지향하는 감성적 기술은 빈부격차와 불평등을 해소하고, 더불어 잘살 수 있는 아름다운 세상을 만들어 줄 것이다. 내가 기쁜 마음으로 세상을 섬기고 다가올 유토피아를 기다리는 까닭이다.

5장

프랑스 유학을 떠나며

아주대학에서 조교로 두 학기를 근무하면서 군에 입대하여 3주 간 훈련을 받고, 프랑스에서 무슨 전공을 선택하고 어떻게 공부할지 를 고민하고 계획하면서 유학 준비를 마쳤다. 과학원 졸업생은 특례 보충역으로 편입되어 징집이 면제되지만 3주간의 훈련은 받아야 했고, 3년간은 국내에 있어야 했다.

1976년 4월 3일이던가, 머리를 빡빡 밀고 태릉 인근 군부대에서 훈련받던 일이 잊히지 않는다. 단체 기합을 받을 때 요령을 피운다고 조교가 내 얼굴을 발로 걷어차 생애 처음으로 입에서 피를 뱉어 보기도 했고, 사격 훈련이 있는 날은 유난히 뺑뺑이를 돌려 진이 빠지기도 했다. 또 사역하러 나간 날은 큰 솥단지에 라면을 삶아서 양푼에 퍼 주면 마파람에 게 눈 감추듯 먹어치워 위가 늘어날 정도였다. "내가 너희처럼 3주 훈련으로 병역을 마친다면 거꾸로 매달아

놔도 견디겠다."라면서 유독 혹독하게 과학원 출신 훈련병을 대했던 조교들도 잊을 수 없다. 그들 덕분에 같은 하늘 아래 각기 다른 세계에 사는 사람도 있음을 깨달았다.

힘들고 괴롭던 시간이었다. 하지만 훈련을 마치고 돌아오니 아이러니하게도 몸무게가 54킬로그램으로 생애 최고였다. 내 인생 전무후무한 체중이었다. 단순하지만 규칙적인 생활이, 어쩌면 살아남기 위해 몸부림쳤던 시간이 몸을 살찌게 했던 것 같다.

대한민국 국민으로서 병역의 의무를 마치려면 입영 훈련 외에 아직 국내 체류 의무 기간이 남아 있었다. 우리는 학장님 추천으로 병무청 허가를 받아 출국할 수 있어 다행이었지만, 유학 생활 내내 해마다 출국 허가를 갱신해야 했다. 칼로 자르듯 예외가 있을 수 없는 병무 행정을 잘 아는 우리로서는 배수진을 치고 박사학위 과정에 임할 수밖에 없었다.

스트라스부르 대학으로

3주 입영 훈련을 마치고 짧았던 머리가 보기 싫지 않을 정도로 자랐을 때다. 나는 오랫동안 고심해 왔던 전공 분야를 '고분자'로 결정하고 홉스 교수와 상의하여 스트라스부르 대학으로 유학을 결정했다. 당시 홉스 교수는 일반화학실험 과목을 맡아 가르쳤을 뿐 아니라 교수요원의 프랑스 유학을 돕는 코디네이터 역할도

했다.

1970년대 말 프랑스의 기술력은 몇몇 분야에서는 세계 최고였다. 미국의 콧대를 의식했던 그들이라 "우리는 달에 못 가는 게 아니라 가지 않는 것일 뿐"이라고 미국의 달 착륙을 평가절하하고, 대신 최초 초음속 여객기 콩코드를 시장에 내놓았다. 또 몇 년 후에는 한국에 초고속 열차 TGV를 수출했다. 프랑스는 세계 최고 원자력 발전 기술과 해양 기술 등도 가지고 있었다. 한 국가의 과학기술은 대학과 연구소에서 나온 결과물일 터인데, 프랑스도 예외는 아니었다. 프랑스에는 세계적 명성의 연구소와 대학이 즐비했다. 알자스는 프랑스에서 세 번째로 큰 과학 허브였고 화학 분야는 1위였다. 고분자 분야는 스트라스부르 대학과 연계된 국립연구원(CNRS) 산하 고분자 연구소인 샤를 사드롱 연구소*가 세계 최고의 명성을 가지고 있었다. 학교를 결정하고 유학을 위해 구체적인 계획과 준비를 하면서부터 부담과 두려움도 생겼지만 설렘이 컸다. 새로운 세상과 만나는 일, 우리나라 과학 발전을 위한 배움이라 생각하니 벅찬 감정이 뒤따랐다.

연말이 가까워지면서 학생들 실험 성적을 제출하고 출국을 서둘렀다. 출국 전에 대사관 요청으로 파불(派佛) 교수요원 프랑스어 테스트가 시행되었다. 다행히도 나는 언어 훈련을 별도로 받지 않아도 되는 수준이어서 곧바로 학위과정에 들어갈 수 있었다. 대부분의 다

---

* Institut de Charles Sadron, 1954년 신설된 CRM(Centre de Recherche sur les Macromolecules)와 EAHP가 당시에는 분리되어 있었음.

른 사람들은 비시(Vichy)로 가서 6개월간 집중 어학훈련을 받은 후 소속 대학으로 갔었다. 지난 1년 조교로 근무하면서 홉스 교수와 같이 프랑스어로 대화를 나누었던 경험이 나에게 큰 도움이 되었다. 아무튼 6개월이라도 먼저 연구를 시작할 수 있게 되니 그만큼 시간을 벌어 놓은 기분이었다.

1976년이 저물어 가는 12월 말 며칠간은 기록적인 한파가 기승을 부리고 있었다. 제주국제공항 활주로에 두께 5센티미터가량 빙판이 생겨 4일간 공항이 폐쇄되는 지경이라, 나는 김포공항에서 이륙을 기다리며 조마조마했다. 생애 처음으로 타 보는 비행기였다. 궁금한 것도, 신기한 것도 많았다. 프랑스 정부가 비행기 표를 보내 준 터여서 프랑스 국적기인 에어프랑스를 탔다. 당시는 공산권 국가의 하늘길이 막혀 있을 때라, 프랑스에 가려면 북극 상공을 통과해 앵커리지에서 한 시간 기착한 후 연료 주입하고 총 열다섯 시간을 날아가야 프랑스에 도착할 수 있었다. 한국에서 출발하면 다음 날에야 파리에 도착하는 것이다.

초짜 여행객을 알아봤을까, 수화물로 부친 짐 가방이 어디론가 사라져 버렸다. 어설픈 불어와 영어를 구사해 가며 문제를 어렵사리 해결한 후 곧바로 파리 동역으로 향했고, 거기서 기차를 타고 목적지인 스트라스부르로 이동했다. 프랑스 들판이라고 하면 밀레의 〈만종〉이나 〈이삭줍기〉에서 보던 풍경이 그려지는데, 그날 기차 안에서 본 모습은 하얀 눈으로 덮인 설국의 풍경이었다.

네다섯 시간을 달려 프랑스 북동쪽, 우리에게는 알퐁스 도데의 단편소설 「마지막 수업」으로 잘 알려진 알자스 지방의 중심도시 스트라스부르에 도착했다. 서울에서부터 시작된 긴장감이 꼬박 이틀 간이나 이어진 끝이었다.

해질 무렵 스트라스부르에 도착한 나는 중앙역 맞은편 호텔에서 하룻밤을 보내고, 날이 밝자마자 중심가에 있는 정부장학생 사무소를 찾았다. 화려한 조명으로 크리스마스 축제 기간의 들뜬 분위기가 느껴졌다. 다행히 정부장학생을 관리하는 기관에 한 분이 자리를 지키고 있어서 정착하는 데 어려움은 없었다. 여기에서 기본적인 생활이 가능하도록 안내를 받았다. 나는 묻고 또 물으면서 해야 할 사항을 메모하고 그대로 따르기만 하면 되었다. 시급한 기숙사부터 배정받고, 장학금을 수령할 은행 계좌를 열고, 병원이나 약국을 이용할 수 있도록 학생사회보장제도(Sécurité Sociale)에 가입하는 등 제반 행정 절차를 밟았다. 학교 직원이 체크 리스트를 확인하며 도와주었는데, 그 덕분에 낯선 곳에서 무사히 정착할 수 있었다. 사노라면 따뜻하고 감동적인 도움도 많다.

우여곡절을 겪으며 도착한 학교, 그곳에서 나의 4년여의 유학 생활이 시작되었다. 유학 시절은 내 인생의 가장 중요한 일들이 펼쳐진 때이기도 했다. 박사학위 취득과 결혼 등 내 삶의 토대가 이 시기에 이루어졌다. 내가 공부할 스트라스부르 대학(Universite de Strasbourg)은 당시 I, II, III대학으로 나뉘어 있었는데, 우리는 루이 파스퇴르 대학(Université Louis Pasteur), 줄여서 'ULP'라 불렀다. 그중 스트라스부르 I대학이 내가 고분자 분야 전문 지식을 배우고 연구 경험도 쌓으면서 학자로서 기반을 다진 곳이다. 먼저 ULP와 학위 과정이 연계된 고분자 전문화 에콜(EAHP, École d'Application des Hauts Polymères)에서 2년 과정을 마친 후 플라스틱 엔지니어 학위(Diplôme)를 획득했고, 이어 고분자 과학 분야 이학국가박사학위를 받았다. 코스웍이 끝나고 학업에 대한 부담감이 줄어들자 결혼도 했다. 젊은 날의 넘쳐나는 열정과 창의성으로 긴장과 설렘이 교차하던 시절이었다.

EAHP 졸업

프랑스 대학은 캠퍼스가 따로 없다. 행정기관이 있는 본부는 에스플라나드(광장)에 있다. 그 밖의 여러 주요 기관들은 도시의 여기저기에 산재해 있다. EAHP와 CRM은 오랑주리 공원 근처에 있었다. 크리스마스 방학(Vacances de Noël) 중인데도 방드레 교수가 나와서 반갑게 맞아 주었다. EAHP는 프랑스 학생들이 대학이나 그랑제콜을 졸업하고 입학하여 고분자공학 분야로 2년간 공부하고 연구하며 전문가가 되는 과정이다.

프랑스는 고등학교 졸업 후의 대학 입학이 이원화되어 있다. 일반 대학과 국가 엘리트층 양성을 위한 전문교육기관 그랑제콜이 그것이다. 학문 위주의 석·박사 학위 과정은 대학에 설치되어 있다. EAHP 학생들은 학위 과정 중 산업체 연구 프로젝트를 수행하면서 경험을 쌓고, 해당 기업은 학생들이 연구를 수행해 준 대가로 장학 금을 주고 있었다. 나는 EAHP에서 프랑스 정부 장학금을 받으며 플라스틱 연구 프로젝트를 수행했다.

연말에 도착하니 마침 이듬해 2월 초에 시작되는 2학기 등록이 가능했다. 첫 수업은 고분자물리화학 과목이었다. 강의는 나를 포 함해 20여 명이 수강했다. 빛 산란 분야의 세계적 학자인 앙리 브누 아(Henry Benoit) 교수가 한 손에는 파이프를, 다른 한 손에는 분필을 들고 교재도 없이 수식을 흑판에 써 내려가며 강의를 했다. 파이프 를 입에 물고 우물우물 말을 하니 도무지 한마디도 알아들을 수 없 었다. 다른 과목도 마찬가지였다. 심지어 강의 제목이 무엇인지조차 알기 어려웠고, 숙제가 있었는지는 다음 시간에 누군가 나와서 문제 푸는 것을 보고서야 알았다.

몇 주간 수업을 들어도 도무지 나아질 기미가 보이지 않았다. 교 재라도 있으면 미리 예습을 할 텐데 그럴 수도 없었다. 프랑스 학생 들은 내가 "교재를 살까?" 하고 물으면 부르주아라며 손사래를 쳤 다. 대부분이 달랑 노트 몇 권 들고 도서관을 드나들며 공부했고, 지 정된 교재란 아예 없었다. 교수가 각자 자기 연구 분야 중심으로 강 의를 하다 보니 교재나 텍스트가 필요하지 않았던 것이다.

이전까지 경험해 보지 못한 새로운 방식의 공부였기에 나는 적잖 이 당황했다. 그러나 이제 막 연구자의 길을 걷기 시작하면서 스스 로 답을 찾는 훈련이 되기도 했다. 거듭되는 실험, 그리고 예상과 기대와는 다른 실험 결과를 맞닥뜨리는 화학자에게 무엇보다 필요한 정신력과 의지를 다질 수 있었으니 말이다.

앙리 브누아 교수의 강의가 인연이 되어 1983년에는 그를 고분자 학회 연사로 초청할 수 있었다. 학회를 마치고 속리산에도 같이 다녀왔는데 거기서도 에피소드가 있었다. 교수님이 배탈이 나서 곤혹스러워하였다. 설사약을 권해 드리니 처음에는 거절하였는데, 제조사가 바이엘인 것을 확인하고는 비로소 약을 들었다. 1983년, 그들 눈에 비친 한국은 미지의 세계였던 것이다.

아무튼 교과 학습을 무사히 마치기 위해서는 뭔가 특단의 조치가 필요했다. 교수님 말씀만으로 진행되는 교과 수업은 언어 장벽이 높아 과감히 수강을 포기하고, 학위논문 관련 실험에 착수했다. 그리고 5월 말 학기가 끝나자마자 미리 알아 둔 글씨체 반듯한 학생에게 노트를 빌려 필사하며 다음 학기 수강에 대비했다. 방학 동안에 핵심 과목은 모두 이런 방식으로 만반의 준비를 한 셈이었다.

그러나 이듬해 수강도 어렵기는 마찬가지였다. 노트를 보며 강의를 듣는데도 여전히 따라가기 힘들었다. 학생들이 강의 내용을 신속하게 받아 적느라 노트에 그들만의 약자를 너무 많이 써서 무슨 내용인지 도무지 파악할 수 없었던 것이다. 할 수 없이 교수님 허락을 얻어 강의 내용을 녹음한 후, 이를 반복해 들으면서 암호 해독하듯 노트 속 한 단어 한 단어를 해독했다. 이런 과정이 곧 예습과 복습이 되어 학기 중반부터는 한결 강의 듣기가 수월해졌다.

문화 충격도 있었다. 고분자물리 강의는 EAHP 학장이신 콩스탕

고분자학회에서 초청한 브누아(H. Benoit, 빛 산란 법을 발전시켜 고분자 크기와
분자량 관계를 개척한 세계적 학자) 교수와 한국과학기술연구원 김정엽 박사님.

비플러(Constant Wippler) 교수가 담당했는데, 수업 시작 전 대학원 과정 학생들 모두가 일어나서 목례를 하고, 교수가 앉으라 하면 비로소 앉은 후 강의가 시작되었다. 자유로운 나라라고는 하지만 교수와 학생 간의 격식이 엄격히 지켜지는 모습이었다. 프랑스 교수와 학자들은 자신들만의 전통과 집단 문화가 있고 스스로 품위를 지켜 나가므로, 학생들 지도에도 정당한 권위가 부여될 수 있었다.

이런 일도 있었다. 한번은 내가 앞에 나가 흑판에 무슨 문제를 풀다가 '그러므로' 대신 무심코 삼각형 꼭짓점의 점 세 개를 찍어 식을 마무리하니까 학생들이 나를 '아메리깽'이라 놀려댔다. 그들 눈에는 이런 표현 방식이 미국식 기호라 썩 마음에 내키지 않았나 보다. 긴 시간도 아니었건만 대한민국 교육은 이미 미국식 방법을 따랐고 나 또한 당연하게 수용해 왔음을 깨달았다.

공부할 방법을 찾으니 어떻게든 답을 찾을 수 있었고, 열심히 공부한 결과는 성취감을 맛보게 했다. 중간, 기말 시험은 수강 과목 모두 필답고사와 구술고사로 치러졌다. 내가 받은 평균 성적은 수(Très Bien), 20점 만점에 16점이었다. 2년간 우여곡절을 겪으며 주요 과목을 수강하고 마침내 1979년 5월, 전 과목을 통과하여 프랑스 고분자전문학교(EAHP)에서 엔지니어 자격을 획득했다.

129년 세월의 강을 건너 파스퇴르의 삶을 귀감으로

인류 역사상 의사가 아니면서 가장 많은 목숨을 구한 사람은 프랑스가 자랑하는 '루이 파스퇴르(Louis Pasteur)'다. 그는 에콜 노르말(École Normale)을 나와 1849년 1월 스트라스부르 대학의 교수가 되어 화학을 가르쳤다. 27세에 학장의 딸인 마리 로랑과 결혼하여 청년기를 알자스에서 보냈다. 코흐와 함께 '세균학의 아버지'로 불리는 그는 입체화학 분야의 기초를 구축하고, 발효와 부패에 관한 연구를 개척했으며, 공기 중 미생물이 부패를 일으킨다는 사실을 실험으로 확인하여 자연발생설을 부인하였다. 또 탄저병, 누에 미립자병, 닭콜레라, 광견병의 백신을 발명하고, 저온살균법을 발견하여 프랑스 포도주 양조업계의 위기를 구하기도 하는 등 실생활과 밀접한 연구를 다방면에 걸쳐 수행하여 인류에 큰 공헌을 하였다.

파스퇴르는 "지식은 인류에게 속해 있기 때문에 과학은 조국을 모른다."라고 말했다. 또 세상을 떠나기 전 학생들에게 "너희들은 나에게 기쁨을 준다. 과학과 평화는 무지와 전쟁을 이길 것이며, 미래는 고통받는 인류를 위해 일하는 자에게 달려 있다. 이러한 굳은 신념을 지닌 사람들은 큰 즐거움을 느낄 수 있을 것이다."*라는 말을 남겼다.

그런가 하면 독일의 물리화학자 프리츠 하버(Fritz Haber)는 비료

---

* 루이즈 E. 토빈스, 이승숙 옮김, 『미생물의 발견과 파스퇴르』, 바다출판사, 2003, 185쪽.

를 만들 수 있는 암모니아 합성법으로 인류를 빈곤에서 해방시켰다. 하지만 제1차 세계대전이 터지자 최초로 독가스 사용 실험을 감독하며 이런 말을 남겼다. "평시에는 인류에게 봉사하지만, 전시에는 조국에 봉사한다." 심지어 그는 '허공에서 빵을 수확했다'는 업적으로 1918년 노벨화학상도 받았다. 국제적인 승인까지 받은 셈인데, 과학자로서 책임 있는 자세를 지닌 사람은 과연 어느 쪽일까?

국가의 도움으로 석사를 마치고 교수의 길로 들어선 나는 파스퇴르의 말을 금과옥조(金科玉條)로 되새기지 않을 수 없었다.

"저희 집안은 부자는 아닙니다. 그렇지만 매우 화목합니다. 우리 집 재산은 5만 프랑도 되지 않습니다. 이마저도 모두 누이들에게 나누어 주기로 오래전에 마음먹었습니다. 제가 가진 것이라고는 건강과 자신감, 그리고 저의 일뿐입니다." 파스퇴르가 장인이 될 스트라스부르 대학 학장에게 했던 말이다. 결혼하고 35년이 흐른 1884년, 그의 헌신적인 아내가 아들에게 쓴 편지 한 토막을 소개한다.

"너희 아버지는 자신 생각에 몰두하셔서 거의 말씀이 없으셨으며, 거의 주무시지도 않았고, 새벽에 일어나셨으며, 그리고 35년 전 내가 너희 아버지를 만난 이후로 이러한 생활을 오늘까지도 지속하고 계시단다." 그는 일과 삶이 일치했다. 실험실 밖 화학자는 무기 없는 군인과 같다는 자신 말마따나 왼쪽이 마비되는 반신불수 시련에도 불구하고 기력이 완전히 소진될 때까지 그는 줄기차게 연구하였다.●

과학을 향한 그의 끝없는 열정에 감동했기에 그의 삶은 곧 나의 롤모델이었다. 공교롭게도 129년이 흐른 후 나도 파스퇴르처럼 12월 27일에 태어나 27세에 결혼했고, 35년의 교수 생활을 마치고 은퇴했으니, 이런 별것 아닌 동질성도 내 삶을 견인하는 촉매 역할을 했다고나 할까? 나도 그와 똑같이 "가진 것이라고는 건강과 자신감, 그리고 저의 일뿐입니다."라는 말로 고려병원 산부인과 의사이신 장인께 결혼 승낙을 얻어냈다.

처음 프랑스 땅을 밟고 그곳의 친구들과 어울릴 무렵, 그들은 내가 먼 가난한 나라에서 프랑스까지 무얼 배우러 온 걸로 보아 아프리카 어느 부족이나 부유한 왕가의 한 사람쯤으로 여겼다. 그러나 당시 내게는 전혀 돈이 없었고, 월 2천 프랑의 장학금이 전부였다. 다만 내가 할 수 있는 일과 미래의 꿈이 있었기에 주눅 들지 않았던 것 같다. 소 2~3마리는 끌고 가야 장가든다는 줄루족이었다면 나는 결혼을 아예 단념해야 했을 것이다.

혼자 그리다 둘이 일구는 삶으로

스트라스부르에 도착하자마자 나는 기숙사 독실을 배정받아 머물렀다. 끼니는 주로 대학식당을 이용했고, 아침은 주로 바

● 르네 뒤보, 이재열 옮김, 『파스퇴르』, 사이언스북스, 2006, 45쪽.

게트를 먹었던 것 같다. 저녁이면 EAHP 동급생 학우들과 탁구도 치고 식당도 같이 다녔으며, 부활절 방학 때는 일주일간 스키를 타러 스위스 주네브 근처 알프스에 다녀오기도 했다. 그렇게 이들과 어울리며 언어도 배우고 삶의 방식도 익혀 갔다.

그런데 주말이나 기나긴 여름 방학 때는 기숙사에 거의 외국인들만 남아 있었다. 특히 방학 때는 기숙사가 폐쇄되고, 외국인을 위한 기숙사가 지역별로 돌아가면서 열리기 때문에 그때마다 짐을 싸서 옮겨 다녀야 했다. 생경했던 학기 말 종강 파티도 스케일이 크고 낭만이 가득했기에 기억에 남는다. 졸업할 무렵 20명이 채 안 됐던 우리는 차로 1~2시간 정도 거리의 보주 산 깊숙이 들어가 포도주와 메슈이(양의 껍질을 벗기고 마늘을 사이사이 집어넣은 후 향신료를 발라 통째로 쇠꼬챙이에 꽂아 돌려가며 2~3시간 굽는 요리)를 즐겼다. 메슈이가 익는 동안 우리는 배구도 하고, 배드민턴도 치고, 기타 치고 노래도 부르며 즐거운 시간을 보냈다. 잠시 향수를 잊고 달랠 수 있는 시간이었다.

몇 해 전 일이다. 하루는 2층 거실 벽에 걸어 둔 〈안개 바다 위의 방랑자〉 프린트 액자가 눈에 띄었다. '인생의 단계들'로 유명한 독일의 낭만주의 화가 카스파르 다비드 프리드리히(Caspar David Friedrich)가 그린 작품인데, 둘째 사위가 이사 가면서 남겨 두고 간 것이었다. 아마도 총각 때 애지중지했던 그림이라 버리지 않고 계속 가까이 두었던 듯싶다. 서재를 오르내리며 가끔 눈길을 두던 그림에서 유학 당시의 내 모습이 그림 속 방랑자와 겹쳐졌다.

당시에는 기숙사에서 혼자 지내며 외롭기도 했고, 성적 욕망을 분출하지 못해 고뇌에 차기도 했다. 과연 시험에 통과할 수 있을지 불안했고, 장래가 불투명하다고 생각될 때는 우울과 걱정이 그림자처럼 따라다녔다. 독일 그라모폰에서 나온 음반 〈방랑자-환상곡〉의 겉표지 그림처럼 안개 속에서 격렬하게 파도치는 바다를 내려다보고 서 있는 방랑자가 곧 나였다. 당시 즐겨 들었던 〈겨울 나그네〉라든가 〈방랑자-환상곡〉과 같은 슈베르트의 곡은 여전히 나를 사로잡고 있다. "골짜기에는 안개가 자욱하고 바다는 파도치고, 나는 방랑자, 조그만 기쁨도 없이 탄식하면서 어디인가 찾아 헤맨다…."

그러나 고독이 파도치고, 희망과 절망이 교차하고, 눈보라 치는 겨울 속에서도 봄은 왔다. 강의 듣고 시험 준비하고 바쁘게 학교생활을 하는 와중에도 나는 아내와 연애편지를 주고받았다. 언젠가 슈베르트의 피아노 5중주 〈숭어〉를 들으며 내가 동경하던 삶을 얘기했던 적이 있다. 그런 마음이 아내에게 통해서였는지, 나는 드디어 방황하는 고독한 방랑자의 우울함으로부터 벗어날 수 있었다. 드디어 독신 탈출이다.

미래는 요구가 아니라 약속대로

1978년 EAHP 첫해 주요 핵심과목 강의를 잘 넘기면서 어느 정도 자신감이 생겼다. 이듬해 여름 EAHP를 졸업하고 강의 부담에서 자유로워지자 유학 생활이 눈에 들어오고 비로소 앞날이 그려졌다. 내 인생의 계절도 초여름에 접어들고 있었다. 나무들이 연두색 새 옷으로 갈아입고 녹음을 준비하듯 새 삶을 준비했다.

결혼을 하기 위해서 일시 귀국하고, 여름방학 두 달을 서울에서 보냈다. 양가 가족이 모인 가운데 평창동 처가에서 간략하게 약혼식을 올린 후 8월 19일 출판회관에서 당시 아주대 학장이셨던 이한빈 박사님의 주례로 결혼식을 올렸다. 아내와 나는 큰누이 소개로 만나 1년여 가까이 편지를 주고받으며 서로를 알아 갔고, 함께 미래를 그리며 조율했다. 서로에 대한 믿음과 확신이 있었기에 결혼은 당연한 수순이었다. 박사학위 관문이랄 수 있는 엔지니어 학위 과정을 통과하고 비로소 큰 부담이 사라지면서 결단을 내렸을 뿐이다. 연보랏빛 라일락 향기에 취했나 싶었는데 어느새 쏟아지는 아카시아 향기가 짙게 배어나는 아름다운 계절에 내 인생은 또 다른 전환기에 돌입했다.

그즈음 아내도 연세대 식품영양학과를 졸업하고 대학원 석사과정 논문을 준비하고 있었다. 학위를 마치면 프랑스에서 박사학위를 할 수 있을 것으로 생각되어 결혼을 서두르기도 했다.

우리 세대는 아내가 이국땅에서 오직 남편 뒷바라지만을 위해 희생하는 그런 시대는 아니었다. 나는 기왕이면 배우자도 공부하면서 유학 생활을 공유할 수 있기를 원했다. 그것은 처음 물에 띄워 놓은 메주에서 서서히 간장이 우러나듯, 내 삶의 가장 소중한 시기를 동고동락함으로써 그 경험이 우리가 살아가는 데 두고두고 진한 맛과 깊은 멋을 더해 주리라 믿었기 때문이다.

어느 아일랜드 민요에는 "미래는 요구대로 이루어지는 게 아니라 약속대로 이루어지는 것으로 생각하라."라는 가사가 있다. 하나님 약속을 잘 지키면 하나님이 복을 주신다는 의미일까? 우리 부부는 결혼과 더불어 장밋빛 미래를 꿈꾸었다. 아내와 나는 미래를 위해, 꿈을 위해서 믿음과 약속을 키워 갔고 온 힘을 다해 노력했다. 그리고 마침내 흑자 인생을 만들어 냈다.

아내도 비자가 나오자마자 프랑스로 유학 와서 루이 파스퇴르 대학에 등록하고, 의과대학 생리학 교실에서 파스칼 아브레이(Pascal Haberey) 교수 지도로 임산부 영양 분야의 연구에 매진하였다. 아내는 나와 비슷한 시기에 대학에서 주는 박사학위를 받았고, 귀국한 후 2년여의 시간강사 시기를 거쳐 1983년 성신여자대학교 교수로 임용되었다. 우리 부부는 마침내 소망을 이루었고 부부 교수로서 새롭게 출발할 수 있었다.

우리는 지금까지 40여 년간 부부로 살아오면서 결혼 날짜보다는 결혼을 약속하고 내가 귀국하여 처음 만났던 그 시기를 더 소중하게 챙긴다. 매년 그 즈음이면 계절의 변화를 알리는 5월의 꽃향기가 어김없이 더 진한 감동으로 돌아오고, 일 년 사계절 아내한테는 그 향기가 가슴속에서 사라지지 않는다. 언제나 처음처럼, 그리고 순수하게.

나는 한술 더 뜬다. 결혼기념일 기대하지 말라, 나한테는 1년 365일이 결혼기념일이니까.

알자스에 새겨진 신혼

프랑스 대학생들은 대부분 자력으로 기숙사 생활을 하면서 수업을 받는다. 긴 여름방학 동안 공장에서 일하거나 포도 수확기에는 포도 등을 따면서 돈을 벌어 저축한 후 이듬해 다시 대학을 다니는 경우도 있다. 그래서 학위취득 나이가 30, 40대로 다양하고 신학처럼 역사가 오랜 학문은 평생 준비하는 학생이나 직업인도 있다. 그것이 가능한 이유는 대학 수업료가 거의 무료이기 때문이다. 그 자유로움 때문에 아주 오랜 시간이 지나도 학적을 그대로 유지하는 사람도 있다.

학생이 쓰는 비용이라고 해봐야 자신의 생활비, 보험료 그리고 책값뿐이다. 게다가 학생증이 있으면 저렴한 대학식당을 이용할 수 있고 사회 보장 보험료도 싸다. 교통기관에서 요금할인도 받을 수 있다. 이런 혜택 때문에 대학에 들어오려는 외국인도 많다. 나는 독신자 기숙사를 나와 스트라스부르 교외의 오트피에르(Hautepierre)에 신혼 보금자리를 꾸몄다.

방이 하나인 스튜디오지만 최소한의 살림도구가 갖추어져 있어 공부와 생활이 가능했다. 우리는 점심은 각자 학교에서 해결하고, 아침은 주로 바게트, 저녁은 한국식 식사를 했다. 주말에는 근처 슈퍼마켓에서 시장을 보고 일주일간 먹을 음식을 장만해 놓았다. 학기에 한두 번 토요일에는 시내버스를 타고 독일 켈(Kehl)로 건너가서 한국 배추를 사다 김치를 담가 먹기도 했다. 아내와의 주말 데이트

스트라스부르 오랑주리 공원 조세핀관 앞에서 아내와 함께.

는 유학 생활 중 누리는 소소한 행복이었다. 혼자가 아닌 둘이서 함께하는 일상은 더 많은 의미를 만들고 기쁨을 만들었다.

　스트라스부르는 독일과 라인강 지류인 일(Ⅲ) 강을 경계로 이루어진 도시이다. 사람들은 주유를 하러 국경을 넘어 다니는 것이 일상이었다. 알자스 지방은 전통음식인 슈크루트(choucroute)와 이 지방에서 생산되는 크로낭부르 맥주가 유명하다. 크로낭부르는 프랑스에서 유일하게 역사를 자랑하는 맥주로, 1664년에 양조장이 세워졌다. 독특한 향이 있어 300년이 넘는 긴 시간을 사랑받아 온 맥주다.

　아내와 나는 김치가 생각날 때면 가끔 레스토랑에 가서 식초에 절인 양배추에 소시지와 찐 감자를 곁들인 슈크루트 요리를 즐겼다. 주말이면 대다수 유학생들이 테니스 코트에 모여 시원한 크로낭

부르를 마시면서 스트레스도 날리고, 고국에서 들려오는 소식들을 같이 나누기도 했다. 지금 생각하면 소박한 외식 정도였지만 유학 생활에서 누린 여유롭고 부유한 몇 가지 일 중 하나였다.

알자스 지방 사람들 중 나이가 지긋하신 분들 얘기를 듣다 보면 이 지역 역사가 훤하게 그려진다. 알자스는 1, 2차 세계대전을 겪으며 강대국들 틈에 끼어 밀고 밀리는 가운데 지역민의 국적이 여러 차례 바뀌었고, 종교 갈등도 유난히 심했던 지역이다. 역사의 격랑에 휩쓸린 이들의 역사 덕분에 유럽의회 의사당이 이곳 스트라스부르에 세워졌다고 한다.

스트라스부르는 관광지로도 널리 알려져 있다. 사실 나는 알리앙스에서 프랑스어를 배울 때 교재인 모제 II에서 스트라스부르의 랜드마크인 대성당에 관한 글을 읽어 본 적이 있었다. 첨탑이 하나여서 유명해진 이 고딕식 성당은 1015년 건축이 시작되어 무려 400여 년이 넘는 기간 동안 계속되었으나 다른 한쪽 첨탑은 끝내 미완성이다. 근처가 늪지대라 지반이 약해서 더 이상 건물을 올리지 못했던 것이다. 오랜 건축 기간 탓에 근처 보주 산에서 가져온 돌들의 색깔이 위와 아래가 확연히 구분된다.

어느 때부턴가 나는 이 성당을 볼 때마다 『대학(大學)』에 나오는 경구, "物有本末 事有終始"를 떠올린다. 무릇 일이란 시작과 끝이 있을 터, 일의 선후를 살피라는 말인데 나는 오히려 끝을 귀하게 여겨 종시(終始), 즉 끝이 먼저니 마무리하지 못할 일은 아예 시작도 하지 말라는 의미로 새긴다. 당시 공학적 건축설계 기술이 따라가지 못해

양쪽 균형을 맞추지 못한 건축물이 되었으니 이를 보는 눈이 남다를 수밖에 없었다.

그밖에 도심에는 라 프티트 프랑스(La Petite France)라는 잘 보존된 중세 도시가 있고, 인쇄술을 처음 시작한 구텐베르크의 동상도 있다. 또한 이곳은 1770년 괴테가 공부하기 위해 유학 와서 2년여간 머무른 곳이기도 하여 많은 독일 관광객이 찾는 도시다. 그런데도 한국 유학생은 몇 안 되어, 우리는 철따라 근처 보주 산으로 일일 여행도 같이 가고, 포도 수확기 축제가 열리면 인근 예쁜 마을을 찾아다니기도 했다. 특히 콜마르(Colmar)에서 가까운 카이저스베르크(Kaysersberg)의 슈바이처 생가나 리크비르(Riquewihr)는 지금도 눈에 선하다.

나와 같은 유학생 동료들 말고도 그곳에서 만난 한국인과의 따뜻한 우정도 잊을 수 없다. 파독 광부 이정주 씨와 이수영 목사님은 가끔 한국 유학생들을 초대해 제대로 된 한국 식사를 대접해 주셨다. 아내와 나도 기꺼이 초대에 응하며 즐거운 시간을 보냈다. 이정주 씨는 파독 간호사와 결혼하여 정착하신 분으로 자동차 정비 일을 하고 있었고, 이수영(전 새문안교회 담임목사) 목사님은 칼뱅 연구로 박사학위 과정을 밟고 있었다. 초대받은 날은 어김없이 신학 등 많은 학문적 이야기로 시작하여 한국 정치 이야기로 끝나곤 했는데, 파리 대사관에서 보내 준 한국 신문을 통해 10 · 26사태나 광주민주화항쟁 소식을 듣고 조국의 앞날을 함께 걱정했다. 타국에서 한마음으로 조국에 대한 사랑과 걱정을 나누던 순수했던 그때가 그립다.

또 나보다 먼저 유학 온 선배들로부터 특별한 선배 이야기도 들었다. 주인공은 김현 교수였다. 그는 서울 문리대 불문과를 마치고 스트라스부르에서 짧게 유학 생활을 하다 어느 날 아내의 전화를 받고 곧바로 짐을 싸서 귀국해 버렸다고 한다. 김현 선배는 프랑스의 사상과 문화 예술에 깊은 식견을 가지고 있었는데, 그가 프랑스의 문화 예술을 분석적으로 인식하여 저술한 『예술기행』은 예술 분야의 독보적인 저작으로 알려져 있다. 서구의 기능적 지식이 지닌 반인간성과 후진국 지식인의 운명, 그리고 무엇보다 사물과 사유의 뿌리와 숨은 구조를 깊게 다루고 있는 책이라는 평을 받고 있는데, 그보다는 감성적이고 거침없는 그의 행동이 나를 사로잡았다.

이제 내 인생의 대부분은 과거가 되었다. 지금의 나를 있게 하고, 에너지 넘치는 노후 삶의 양식이 되어 준 것은 유학 생활의 마지막 열정이었다.

프랑스의 학위제도가 도전의식을 낳다

프랑스는 모든 면에서 인간적인 면모가 넘치는 나라다. 대학은 대부분 국립으로, 등록금 부담이 거의 없다. 합격률이 80~90퍼센트에 이르는 바칼로레아라는 고등학교 졸업자격 시험을 통과하면 누구나 대학에 입학할 수 있다. 물론 의과대학이나 법과대학처럼 경쟁이 치열한 대학은 탈락하는 학생이 부지기수다. 그러나 상위 1~2퍼센트의 학생들이 준비학교를 거쳐 입학하는 그랑제콜의 경쟁은 차원이 달라서, 준비했다는 사실만으로도 의미를 부여받고, 졸업하게 되면 엔지니어로서 대우도 좋다.

입시 경쟁이란 면에서는 우리나라와 비슷하게 보이지만, 학교 다니다 중간에 실패한 사람들 입장에서는 전혀 다르다. 제도적으로 구제받고, 자발적으로 걸어 나간다는 점이 핵심이다.

우리나라 대학은 학년 구분이 명확하지 않고, 만일 학생이 졸업을 앞둔 시점에서 필수과목 중에서 한 과목이라도 F학점을 받으면 학위를 받을 수 없다. 그러니 어떤 교수가 낙제 성적을 주거나 탈락시킬 수 있겠는가? 그러나 프랑스는 대학 2, 3, 4년을 마칠 때마다 'BAC+2', 'BAC+3' 또는 DEUG, License, Maîtrise 같은 학위가 주어지므로 실패해도 1년 정도의 시행착오일 뿐이다. 게다가 평가도 대부분 절대평가여서 학생 스스로 길이 아님을 깨닫게 되면 미련 없이 떠날 수 있다.

박사학위도 마찬가지다. 주어진 여건에 따라 여러 과정이 있고, 거기에 걸맞는 학위로 만족할 수 있다. 예컨대 흔히 3기 박사라 일컫는 학위를 이수하기 위해서는 대학 졸업 후 1년간 DEA과정을 면제받거나 거쳐야 한다. 나는 EAHP 엔지니어 자격이 있어 공학박사 이상 프로그램에 바로 들어갈 수 있었다.

참고로 지금은 유럽이 경제적으로 통합되면서 프랑스의 박사학위 제도가 이웃 나라와 형평을 맞추고 호환되도록 개정되었다. 하지만 그 본질은 달라지지 않았다. 프랑스는 어려서부터 자유, 평등, 박애의 이상을 가지고 각자 능력에 맞게 살아가도록 철저하게 교육시키고, 빨강, 하양, 파랑의 삼색기로 만들어 도처에 펄럭이고 나부끼게 한다. 특히 시민혁명으로 표출되는 평등사상과 국가권력의 억압에서 해방되려는 자유의 정신은 국민의 뼛속까지 스며들어 아직도 끊임없이 시험대에 오르고 있다.

이학국가박사학위를 마치고 아주대 조교수로 부임하다

가슴 설레던 유학 생활도 1981년 초 박사학위를 마치면서 끝을 맺었다. 해남 계곡면 산골에서 도시인 광주로 올라와 중학교 입시 실패를 경험한 후 18년이라는 학창생활이 마침내 막을 내렸다.

오늘이 있기까지 줄곧 달려온 길을 돌아보면 깃대가 보이는 장거리 육상 경주가 연상된다. 나는 목표지점에서 한시도 눈을 떼지 않고 달렸다. 아니, 눈을 떼지 못했다. 눈을 떼면 이런저런 장애물만 보인다는 말이 맞다. 장애물이 있어서 때로는 분발하고, 장애물이 있어서 때로는 우회하느라 거북이 걸음이었지만 어떤 장애물도 가는 길을 가로막지는 못했다. 그것은 목적이 분명했기 때문이다. 배움의 열정을 불태운 결과 목적을 이루었으니 고진감래라 해야 할까?

나와 아내는 내 논문 발표날짜를 받아 두고 홀가분한 마음으로 로마 여행을 떠났다. 유학의 결실을 자축하고 그동안의 수고를 위로 하려는 목적이었다. 그런데 여행이 시작되면서부터 아내의 몸이 좋지 않았다. 헛구역질을 하면서 괴로워했는데 그 이유를 알 수 없었다. 어쩔 수 없이 일정을 단축하고 돌아와서 오트피에르 시립병원에 들러 진료를 받았다. 오! 아내는 아픈 것이 아니었다. 아내는 우리의 첫 아기를 임신했던 것이다.

학위 취득부터 가족계획까지 순조롭게 이루어졌던 행운은 귀국 직후 교수 임용까지 이어졌다. 당초 예정된 아주대학교 공과대학 조교수로 임용되면서 만사가 순풍에 돛 단 듯 흘러갔다. 내 생애 가장 행복한 시절이었다. 돌아보기만 해도 흐뭇하다.

옥에 티라면 나는 국가박사를 하느라 다른 동료들보다 반년에서 1년 정도 늦게 귀국했는데, 상응하는 대우를 못 받고 조교수 임용이 늦어진 일이다. 때문에 정년 후 받는 근속 훈장의 색깔까지 달라졌는데 그리 섭섭한 일은 아니라고 생각하고 있다. 왜냐하면 국가박사란 타이틀만으로도 지금도 가슴 뛰게 하고, 자긍심을 주기 때문이다. 이러저러한 일은 이에 비하면 하찮은 것이어서 나는 학교에 아무런 이의를 제기하지 않았다. 교수로서, 학자로서 나를 만들어 준 아주대학교에 무한한 감사를 드리며 프랑스 유학 생활을 정리하였고, 정년퇴직 또한 같은 마음이었다.

창의력과 의식·무의식이 교차하는
통합공간

박사과정은 보통 박사 자격을 갖추는 단계와 논문을 쓰는 두 단계로 이루어진다. 일단 코스워크(Coursework)가 끝나면 자격시험을 보고, 자격시험에 통과되면 논문을 쓴다. 누구나 논문 단계에서는 탈락이라는 심적 부담이 적어 조금 더 여유를 갖고 유학 생활을 즐길 수 있다. 특히 이공계의 논문은 미지의 현상을 관찰하고 이를 기술하는 과정만으로도 7부 능선을 넘었다고 할 수 있다. 그러니 실험실에 들어가 땀 흘려 일만 열심히 해도 학위 요건을 어느 정도 갖출 수 있다.

1970년대 후반, 내가 유학하던 당시에 스트라스부르에는 한국에서 온 박사과정 학생이 총 6명이었고 전공은 신학, 국제정치학, 불문학, 핵물리학, 경제학 등이었다. 당시 파리에는 유학생들만 500여 명이 넘었고, 북한 쪽 교민도 많아, 중앙정보부에서 특수 교육도 받고 출국했을 정도였지만 지방으로 내려오니 손으로 꼽는 정도였다.

1976년 말 나는 프랑스에 도착하고 대학과 EAHP에 등록하자마자 바로 실험실로 들어가 박사 논문 준비부터 했다. 유학 오기 전 홉스 교수와 학장이신 비플러 교수가 입학허가를 내 줄 때 서로 편지로 나에 관한 정보를 주고받았기에 가능했다. 그리고 마지막 프랑스어 테스트에 통과해 어학연수를 거치지 않아도 되었기에 대학으로 직행할 수 있었다.

내 박사논문 주제는 비플러 교수가 제안하여 정해졌다. 미국 칼텍에서 박사후과정을 마치고 부임한 다니엘 프로이리히(Daniel Froelich) 조교수와 팀을 구성하여 실험이 진행되었다. 나중에 박사심사위원회(Committee)도 이 분들이 중심이 되어 구성하게 된다.

연구 분야 선택은 의외로 어렵지 않았다. 당시 EAHP는 바로 옆 건물에 들어 있는 CRM(Centre des Recherches sur les Macromolecules)과 연계되어 세계적으로 학문을 선도하는 몇 가지 분야에 연구가 집중되었다. 나는 그중 하나를 택했는데, 3년이라는 한정된 기간에 학위를 받아야 했기 때문에 실험실 체제가 비교적 잘 갖추어져서 성과를 내고 있는 분야를 택했다. 결국 박사논문 주제는 '블록 공중합체 스티렌-이소프렌-스티렌 미세구조가 유동장 하에서 어떤 방식으로 배향되는지 그 메커니즘을 규명'하는 연구로 정해졌다.

고분자 분야로 전공을 정한 계기가 실용적인 학문을 해 보고 싶어서였는데, 연구대상 물질이 전통적인 고무를 대체할 산업계 신소재라 만족스러웠다. 핫 멜트라 부르는 이 고분자물질은 플라스틱 탄성체로도 잘 알려져 있다. 그런데 많은 중요한 과학사적 발견이 그렇듯 이 물질도 1960년대 중반 셸 사의 엔지니어들에 의해 우연히 개발되었다. 내가 학위를 마친 후에도 비슷한 주제로 수많은 연구가 이루어져, 여러 종류 블

세계적으로 처음 출시된 고가의 레오메트릭스 유변학 실험기기를 듀폰 사가 학교에 설치해 주어 내가 제일 먼저 사용하는 행운을 안았다.

록이 만드는 구역구조와 물성 관계가 상당한 수준에서 이해되고 있는 데, 2000년대 나노물질 연구가 학계에 들불처럼 번지면서 다시 각광받는 소재로 부상했다.

크리스마스 휴가가 끝나고 새해가 시작되자 나는 곧장 연구실부터 구경했다. 연구실에는 광학물성 측정 기기들이 빽빽하게 들어차 있었는데, 나는 그 규모와 전문성에 압도당했다. 박사학위를 받고 조교로 남아 있는 선배와 곧 학위를 받게 될 선배 두 분이 자세히 연구실을 안내해 주었다. 학위과정 중 내가 주로 사용하게 될 실험기기들을 보여 주고 그 사용법도 자세하게 설명해 주었으며, 읽어야 할 논문과 참고 서적도 알려 주었다. 나는 X-선이나 빛 산란 실험 장치와 당시 듀폰 사가 구입하여 학교에 설치해 준 장비 한글명 레오메트릭스(Rheometrics)를 주로 사용할 계획이었다. 실험실에는 내가 태어나기 전부터 있었던 오래된 장치부터 시험용으로 최근에 개발된 것까지 수많은 기기들이 망라되어 있었다.

1950년대 선배들이 남기고 간 누렇게 색 바랜 논문들을 보면서 장비 사용법을 익히고 실험에 착수했다. 놀라운 것은 대학교 때 강의실에서 어려운 수식만을 보고 이해하기 힘들었던 내용들이, 먼저 실험을 하고 나서 책으로 수식을 따라가니 훨씬 이해하기가 쉬웠다는 사실이다. 과학기술 연구에 있어서 실험이 중요한 까닭이다. 백 마디 강의보다 눈으로 한 번 보고 직접 관찰해 보는 것이 먼저다.

특히 레오메트릭스는 세계적으로 개발된 지 얼마 되지 않은 고가 기기였다. 당연히 이를 이용하여 얻게 되는 유변학적 물성은 내가 제일 먼저 검토하고 발표하게 되는 것이어서 우쭐했다. 한편 엑스레이 산란 실험은 오랜 기간 계속되었는데 나는 6개월에 한 번 의무적으로 피검사를 받으며 적절한 적혈구 수치를 확인해야 했다. 실험실 안전이 일상화된 그곳의 연구 환경은 기기만큼이나 앞섰다. 2년여 동안 지도교수와는 한 달에 한 번 정도 면담하며 실험을 진행했다. 흥미로운 데이터를 산출하고 이를 해석하고 설명하는 과정이 반복되었다.

1980년은 5·18 광주민주화운동이 한창일 때다. 계획했던 실험이 어느 정도 끝나갈 무렵 나는 지금까지의 실험 결과가 학위논문으로 가능한 수준인지 먼저 프로이리히 교수와 상의하였다. 하지만 그는 즉석에서 대답하지 않았다. 프랑스 교수들은 지도교수는 어디까지나 조력자 중 한 사람일 뿐, 학위논문은 오직 연구자의 몫이라고 생각했다. 내 논문이고 내가 받는 학위였기에 내가 주도적으로 움직여야 했다. 밀착 지도를 맡았던 프로이리히 교수도 실험상 애로사항을 해결해 주고 어려운 문제에 대한 의견을 피력하는 정도였다.

한 달 후 정규미팅 때 그가 나에게 공학박사 논문으로 정리해 보면 어떻겠느냐고 물었다. 그래서 다짜고짜 국가박사 논문이 되려면 뭐가 부족한지 여쭤 보았다. 프로이리히 교수는 실험 결과를 설명할 이론적 틀이 갖추어지지 못했다고 했다. 내가 관찰해서 얻은 현상의 유변학 실험 결과를 미시적 수준에서 심도 있게 설명해야 한다는 말이었다.

어떻게 할 것인가? 나는 아직 병역혜택 해외 체류 기간이 1년 정도 남아 있었기에, 도전해 보기로 했다. 지금까지 발견한 실험 결과를 종합한 귀납적 추론의 한계를 극복하려면 연역적 탐구를 해야 한다. 실험 결과가 이론적으로 뒷받침될 수 있도록 먼저 데이터를 면밀히 검토하고 이를 분자 수준에서 해석하기 위한 모형 만들기에 주력했다.

창의성은 과연 신이 준 영감일까?

박사학위 논문을 쓰던 때로부터 100년 전으로 거슬러 올라가 보자. 1878년 파스퇴르는 콜레라라는 병을 일으키는 미생물을 연구하기 시작했다. 그 무렵 프랑스에는 전체 닭의 10퍼센트가 병으로 죽어 가고 있었다. 그는 닭고기 수프에 그 세균을 길러 닭에게 주사했다. 그러자 며칠 안에 닭들이 죽고 말았다. 그 후 파스퇴르는 조수들과 함께 여름 휴가를 즐기기 위해 여행을 떠나면서 콜레라 배양균을 실험실 구석에 한동안 처박아 둔 채 잊어버렸다. 돌아와서 그것을 버리려던 그는 생각을 바꾸어 암탉에게 주사하기로 했다. 그런데 주사를 맞은 그 암탉은 약하게 앓더니 놀랍게도 곧 회복되었다. 이것이 인류를 죽음의 병이라고 알려진 광견병이나 탄저병 같은 병으로부터 구하게 된 백신의 발견이다.

흔히 과학적 관찰 영역에서 행운은 오직 준비된 자가 기회를 만나는 지점에서 찾아온다. 과학적으로 중대한 발견이나 발명이 우연히 이루어지는 사례는 무수히 많다. 일종의 세렌디피티다. 이 말은 휴 월폴이 쓴 동화 「세렌딥의 세 왕자(Three Princes of Serendip)」에서 왕자들이 뜻밖에 뭔가를 발견했다는 데서 유래한 말이다.

플레밍이 실수로 푸른곰팡이 같은 잡균이 배양액 속에 침투해 페니실린이라는 항생물질을 발견하게 된 것이나, 케쿨레가 벽난로 앞에서 깜빡 잠들었는데 그때 뱀이 꼬리를 물고 뱅뱅 도는 모습이 꿈속에 나타나 이를 벤젠고리 파이전자들의 양태에 적용함으로써 학계의 난제를 해결하고, 오토 레비가 꿈속에서 개구리의 빨간 심장이 펄떡펄떡 뛰는 모습을 보고 오늘날 뇌과학에서 중요한 신경전달물질인 아세틸콜린을 발견한 것 등이 세렌디피티의 예로 잘 알려진 일화들이다.

나도 학문을 연구하면서 무슨 문제든 벽에 부딪히면 불철주야 이를 붙들고 씨름한다. 이 당시 나는 밤잠을 설치며 고심하기도 하고, 그러다 보면 새벽녘에 아이디어가 섬광처럼 번득이기도 했다. 그래도 만족스러운 결과가 나오지 않아 콧수염을 기르고, 생전 처음 파이프를 입에 물고 뻐끔 담배도 피우면서 매달렸다. 어떤 이들은 마음을 이완시켜 스트레스를 풀기 위해서 술을 잔뜩 마시기도 한다. 하지만, 나는 논문의 내용이 국가박사 수준으로는 부족하다는 것을 곰곰이 생각하면서 좌절 속에서 일탈을 시도했던 것이다. 아니, 직관의 통로로서 영감이 번득이는 또 다른 나를 찾기 위한 몸부림이었을지도 모른다.

2~3개월이 지났다. 유럽 지역은 부활절 전후로 날씨도 부활한다. 부활절 방학이 지나고 화창한 봄날이었다. 여느 때처럼 새로운 아이디어가 떠오르는 때는 늘 3~4시간 초벌 잠을 잔 후 깨어날 때였다. 새벽 2~3시경 비몽사몽간에 일어난 일로 기억한다. 의식이 완전히 돌아오지 않은 모호한 상태에서 갑자기 아이디어가 스쳐 지나갔다. 입자나 막대 또는 널판과 같은 형상을 갖는 물질은 자체적으로 블록을 이루어 구역을 만들고, 그런 복합계가 흐를 때는 낱개로보다는 유속에 맞는 크기로 소집단을 이루며 유동이 일어날 수 있다. 이를테면 흐르는 강물에 목재를 흘려보내면 그들은 속도에 맞게 흐름 방향으로 떼를 지어 움직이게 되는 이치와 유사하다. 이런 아이디어를 모델로 정립하여 이론을 만들어 실험데이터에 적용해 보았다.

결과는 대만족이었다. 지난 6개월 노심초사하며 전력투구했던 문제를 단숨에 해결하였다. 논문을 보완한 후 다시 지도교수에게 의견을 물었다. 때마침 노벨 물리학상을 받은 피에르 질 드 젠느(Pierre-Gilles de Gennes) 교수가 스트라스부르에 내려와 있어, 그의 의견도 참작하고 그런 다음 최종적으로 국가박사 승인이 떨어졌다. 나는 날아갈 듯 기쁨을 감추지 못하고 덩실덩실 춤을 추었다. 마침내 1981년 1월 8일 구술발표(soutenance)를 했고, 이를 이학박사(Docteur ès Sciences Physiques) 학위논문으로 완성하여 제출하게 되었다.

이렇듯 내가 국가박사 학위를 받을 수 있었던 것은 기적처럼 떠오른 창의적인 아이디어가 뒷받침해 주었기 때문이다. 물론 그뿐만 아니라 중학교 입시에 실패했던 어렸을 때의 경험도 절치부심하며 최고로 향하려는 집념을 갖게 하는 데 일조했다. 당시 국가박사는 프랑스에서 주는 최고 학위이고, 이를 받은 사람은 동료들 중 내가 유일했으니까.

두 번째 잠, 어둠과 고요가 성찰을 낳았다

지금에 와서 박사과정 논문을 쓰던 시기를 돌아보니 새벽녘 의사무사한 상태에서 아이디어를 건져 올린 경우가 여러 번 있었다. 그 후로도 연구를 계속하면서 잠에서 깨어나는 순간 생산적일 때가 많았다. 막스 베버는 아이디어는 책상 앞에 앉아 고민하고 구할 때가 아니라 예상치 못한 순간에 찾아온다고 했고, 에머슨은 깨어 있을 때 알 수 없었던 것을 꿈의 도움을 받아 종종 기억해 내곤 한다는 비슷한 얘기를 했다.

이때는 전두엽이 비활성화되어 지금까지의 고민이나 문제의식에서 끊겨진다. 어느 때보다 생각이 잘 정리되고, 애써 찾으려 했던 어휘나 개념이 술술 올라와 마치 퍼즐을 맞추는 것처럼 기분 좋게 들어맞는다. 나는 나이가 들어갈수록 2~3시경 눈이 떠지고 이 시간을 활용하는 수면 리듬이 일상화되어 갔다. 녹초가 되어 잠에 빠져들었다가 깨어난 후라 두 번째 수면단계는 기력이 회복되고 더욱 균형 잡힌 상태가 되었다. 여기에 눈과 귀가 닫힌 이후의 어둠과 고요가 가세하여 성찰을 강화시켜 주었다.

파스퇴르는 우연히 백신을 발견한 후 이렇게 말했다. "기회는 준비하고 있는 마음에 은혜를 베푼다."

150여 년이 흐른 지금 나는 무슨 말을 할 수 있을까? 준비하고 도전하는 마음은 여전하다. 하지만 지성이면 감천이라는 말로만 끝내기에는 무언가 아쉽다.

창의성의 원천

지금부터 100년도 훨씬 전인 1902년 미국 심리학의 아버지 윌리엄 제임스가 묘사한 매우 사실적인 설명을 읽어 보면 곧바로 공감하게 된다. 조금 길지만 아래에 그대로 옮긴다.

기억이 가물가물한 이름을 떠올리려 애쓰면 어떻게 되는지 잘 알 것이다. 보통 그 이름과 연관된 장소, 사람, 사물 등을 머릿속에 떠올리는 식으로 기억을 되살려 보려 할 것이다. 하지만 이런 노력은 종종 실패로 돌아가고, 노력을 기울이면 기울일수록 이름을 떠올릴 가능성이 줄어드는 것처럼 느끼게 된다. 그 이름이 어딘가에 꽉 끼인 것처럼 (jam). 기억을 떠올리려고 가하는 압력이 오히려 그 기억을 더 내리누르는 것처럼 말이다. 그리고는 정반대 전략을 취했을 때 오히려 우리는 종종 성공을 거둔다. 떠올리려는 노력을 완전히 포기하고 전혀 다른 것을 생각하라. 그러면 떠오르지 않았던 이름이 반시간도 못 되어,

에머슨 표현처럼 청을 받은 적도 없다는 듯 무심이 머릿속으로 어슬 렁거리며 들어온다. 이름을 떠올리려 했던 노력으로 인해 우리 안에서 무언가 알 수 없는 활동이 일기 시작했고 노력이 멈춘 뒤에도 계속되 어, 마치 저절로 일어난 일인 듯 그 이름이 떠오른 것이다.[*]

오늘날 뇌과학도 잠이 든 상태에서 창의성이 고양된다는 설을 정설 로 받아들인다. 아직은 어떤 생각이 뇌의 어느 부위를 활성화하는지 추 측하는 수준이다. 하지만 내 경험을 통해 한 걸음 더 나가 보고 싶다.

하나의 기발한 아이디어는 의식과 무의식이 교차하는 통합공간에서 문제 분석과 같은 목적적인 사고와 이와 전혀 관계없는 직관의 파트너 십이 작용하여 섬광처럼 떠오른다. 여기서 직관이란 논리적 판단에 의 한 추론과는 거리가 멀고, 지금까지 장기기억 속에 축적된 자신의 경 험이 순간적인 사고와 어우러져 나타나는 '딱 보면 아는 것'이다. 바둑 으로 보면 국부적인 수가 아니라 전체적인 모양에 해당하는, 그런 생 각이다.

내면 장기기억에 질서를 부여하며 튀어나온 생각, 자유롭고 기발한 생각이 문제의 내면을 꿰뚫는 능력으로 발전하여 흔히 얘기하는 통찰력 이 싹튼다. 하지만 이런 통찰력도 열정이 앞서야 한다. 집요하게 붙들고 있는 화두가 없었다면 의식과 무의식이 함께 춤추는 멍석도 깔리지 않 았을 테니까.

---

[*] 윌리엄 제임스의 설명, 1902년 글. 앤드류 델반코, 이재희 옮김, 『왜 대학에 가는가』, 문학동네, 2012, 83쪽.

물질계의 화학 반응도 물질을 나누고 합성한다는 점에서 유사하다. 반응물과 생성물이 공존하는 산마루에서 이도 저도 아닌 일종의 활성화된 화학종이 만들어진 후 반응이 안정적인 쪽으로 이동하면서 신물질이 탄생한다.

케이팝의 군무나 볼룸 댄스 같이 정해진 동작이나 춤은 의식적인 노력으로 배울 수 있다. 하지만 본능적인 감각에서 신명 나게 추는 춤은 따라 하기 어렵다. 무당은 춤을 배우지 않는다. 춤은 생각이 아니라 그냥 느낌에서 나온다. 이런 춤은 우리가 라틴 댄스에서 보듯 자기만의 리듬을 살려내 창의적인 율동으로 개성화했기 때문에 더 흥이 난다. 이들 몸동작 하나하나는 우리 마음속 깊은 곳에 자리 잡은 무의식이 관객을 만나 의식적인 춤과 통합되면서 표출된 것이다. 작곡자에게도 의식을 갖고 악곡을 분해하고 영감을 받아 다른 각도에서 재구성하는 작업이 창의력의 근간이라 한다. 너무 비약적인 추론일지 모르나 아무튼 흥미롭다.

인공지능이 인간지능과 협력도 하고 경쟁도 하는, 창의성이 화두인 시대다. 나의 개인적인 경험이지만 소위 영감이라 말하는, 도무지 구체화하여 붙잡기 어려운 생각도 일정 부분 이를 체계화하여 교육시킬 수 있는 가능성이 커지고 있다. 장차 창의성을 고양하기 위한 교수법과 학습법이 현실화되면 우리 아이들에게 밝은 미래를 가져다주리라 확신한다.

나는 4년여 기간 동안 한 주제를 꺼내 관측한 현상을 다듬고 해석하고 기존 학설로 설명하여 박사학위 논문으로 완성하였다. 논문을 작성하는 데는 가까이서 나를 지도한 다니엘 프로리히 교수의 도움이 컸다. 서투른 프랑스어 때문에 부족했던 표현과 내용을 보충해 주었고, 심사위원들과의 교감에도 도움을 주었다. 끝으로 일탈한 나를 말없이 지지해 준 아내의 내조도 컸다. 감사의 마음을 전하며 이들 모두에게 나의 국가박사 학위를 바친다.

2부

삶의 터전 가꾸기

1장

생활의 터, 세월과 꿈을 담은 과천 우리 집

봄꽃이 저마다 피고 지고 계절이 바뀔 무렵이면 한 그루 나무에서 분홍 꽃망울들이 올라와 마치 이어달리기 하듯 100일을 피고 지는 나무가 있다. 배롱나무, 일명 백일홍이라고도 부르는 나무다.

우리 집 현관 입구에 서서 그늘이 필요할 때 그늘을 주고, 늘 화사한 꽃으로 반갑게 맞아 주는 가족 같은 나무였는데, 나무의 키가 자라면서 거실에서는 정작 꽃을 볼 수가 없고, 떨어진 붉은 빛 꽃잎이 돌계단에 들러붙어 잘 지워지지도 않았다. 거기에 갖가지 곤충이 모여들어 지저분하기까지 했다. 그래서 수년간 농약도 치지 않고 방치했다. 그런데 작년 태풍 링링의 세찬 바람으로 흔들리는 나무 줄기가 부러질 것 같아 어쩔 수 없이 내 손으로 베어 버렸다. 밑동을 베고 보니 속은 이미 벌레가 파먹고 빈 껍데기만 남아 있었다. 내가 원인을 제공한 거라 가슴 한구석이 짠하고, 미안한 마음에 허전함이 더했다. 아내와 나는 뿌리는 아직 살아 있으니 2대째를 키워 보자며 마음을 달랬다.

과천에 정착하여 산 지 벌써 40여 년이 흘렀다. 1986년 봄에 이 집을 손수 지었다. 오래전부터 꿈꾸어 오던 내 집 마련 계획의 완결이었다. 이후 집은 우리 가족과 오랜 시간을 함께했다. 아이들이 자라는 것도 함께 지켜보고, 어머니도 천국으로 보내 드렸다.

2000년에 어머님이 돌아가시고 난 뒤에는 구조를 조금 변경하고 도배를 새로 하였다. 또 2층 베란다를 개조하여 천장을 강화유리로 덮고, 여기에 서가를 만들고 탁자와 의자를 놓았다. 제법 밖으로 열린 산중 서재와 같은 곳이 새로 생겼다.

2010년에는 두 딸이 장성하여 결혼하고 우리 곁을 떠났다. 부부만 남은 데다 둘이 정년을 맞게 되니 집의 구조변경이 필요했다. 생애 마지막 구조변경이 될 듯싶었다. 아내와 나는 더 단순하게, 더 평화롭게 살자고 이야기했던 터라 각자의 공간을 마련하고 그에 맞게 동선과 문턱 등을 변경하는 마지막 단장을 진행했다.

이 집은 내 삶 전부를 담고 있다. 가족 모두의 웃음과 추억, 이야기를 담아 안는 장소이기도 하다. 터를 마련하는 일에서부터 토대를 만들고 기둥을 세우고 지붕을 얹어 완성하기까지, 나를 비롯한 가족 모두의 애정과 땀이 깃든 집이다.

이렇게 삶의 중요 시기마다 하나씩 만들어진 건축물은 마음속에 살아 숨 쉬는 조형물이요 사랑의 보금자리다. 사람은 집을 짓고 그 집은 다시 사람을 만든다.

이 집을 지은 과정을 여러분에게 소개한다.

반포 3단지 주공 아파트에서 시작한 전세살이

박사학위를 취득한 이듬해 봄, 귀국하여 아주대학교 공과대학 조교수로 부임하였다. 구반포를 지나 과천을 거쳐 수원 아주대로 운행하는 출퇴근 버스가 있었으므로 우리는 이 노선에서 가까운 반포 3단지 주공 아파트에 전세를 얻어 서울 생활을 시작했다.

당시 16평형 아파트의 전세금은 700만 원이었다. 수중에 저축해 놓은 돈도 없고 물려받은 재산도 없으니 할 수 없이 처가에 들러 사정 얘기를 했다. 결혼과 동시에 유학을 떠나서 살림살이는 귀국하면 마련해 주시기로 했었는데, 이 틈을 파고 들어 장모님께 세간살이는 월급을 받으면서 차차 마련할 테니 집 얻는 것을 도와 달라 어렵게 말씀드렸다.

그렇게 귀국 후 첫 살림이 시작되었다. 새로운 시작, 새로운 삶이었지만 이전처럼 성실하게 매일을 살았다. 임신 중인 아내도 시간강사로 이 대학 저 대학 출강하고 나도 아침에 출근하면 저녁에 퇴근하며 바쁘게 보냈다. 1학기를 마치고 7월 방학이 되자 만삭이던 아내가 큰딸 재은이를 낳았다. 장인이 산부인과 과장으로 계시던 고려병원의 김성도 박사님이 아기를 받아 주셨다. 그동안 장성한 큰손주의 뒷바라지를 하시던 어머니가 오셔서 아이도 보고 살림도 해 주셔서 이후 생활도 안정을 찾았다.

그런데 기쁨도 잠시, 재은이가 백일을 지나 뒤집기를 할 무렵이었다. 육아에, 강의 준비에, 시간이 어떻게 지나가는지 정신도 못 차릴 지경이던 그때, 집주인이 1년도 채 안 되어 전세금을 올려 달라는 것이었다. 얼마나 살았다고 벌써 올려 달라고 하는지 화도 나고, 주인의 마음 씀이 괘씸하기도 하여 집을 사기로 마음먹었다. 여기저기 알아보고 나니 출퇴근길에 매일 지나다니던 과천 지역이 마음에 들었다. 그래서 빚을 내 3층 연립주택을 샀다. 내 생애 처음으로 소유한, 첫 집이었다.

당시 27평형 아파트의 매매가는 2,250만 원이었다. 과천은 정부청사가 들어오는 계획도시라 인기가 높았고, 이미 투기 광풍이 수도권까지 휩쓸고 간 시점이라 집값이 주위에서는 오를 대로 올랐다며 모두 만류했지만 나는 '사는 게 우선이다.'라는 평소 소신대로 밀어붙였다. 과천은 아주대로 가는 버스의 마지막 승차장인 데다 산으로 둘러싸여 주거환경이 좋았다. 주저할 이유가 없었다. 어렵사리 잔금을 마련해 이듬해 내 명의의 집으로 등록 이전했다. 생애 첫 내 집을 마련한 감격스러운 순간이었다.

나는 거실에 양팔을 벌리고 큰 대자로 누워 한없이 기뻐했다. 집 없이 떠돌아다니던 시절이 파노라마처럼 스쳐 지나갔다. 과천으로 이사 오고 나서 경사도 겹쳤다. 아내가 성신여자대학교 전임 교수가 되었고, 1984년 정초에는 둘째딸 형은이가 태어났다.

단독주택 신축을 계획하다

아파트는 마련했지만 그곳에서 평생 살겠다는 생각은 없었다. 어디에서 어떻게 살지 머리 아픈 고민이 끝난 것은 아니었다. 그때만 해도 아파트에 살면 자주 이사 다니지 않으면 안 되었다. 그도 그럴 것이 대부분 건축물이 부실해서 몇 년 살고 나면 문틀이 뒤틀리고 낡아 버리기도 하고, 아이들이 크면 학군 좋은 곳의 더 넓은 집으로 옮겨야 했다.

게다가 예나 지금이나 아파트는 재산증식의 수단이다. 평수를 늘려 가는 데 아파트 시세가 오를 것으로 예측되면, 시세보다는 분양가가 더 적은 비용이 든다. 그래서 많은 사람들이 살던 아파트를 팔고 일시적으로 무주택자가 되어 새 아파트를 마련하는 것이다.

나는 더 큰 평수의 아파트를 사려는 노력보다는 세상에 하나밖에 없는 우리 가족의 집을 짓기로 결심했다. 처음 아파트를 사면서 얻은 빚은 4년에 걸쳐 다 갚았기에 욕심을 낼 수 있었다.

내 손으로 집을 짓기로 마음을 굳히고 허리띠를 졸라맸다. 땅을 마련하는 일부터 발품을 팔고 예산 계획을 세웠다. 열세 살에 부모 곁을 떠나면서 집 없는 설움을 절감했던 터라 더 집에 매달렸는지도 모른다. 한편 어떤 이유로든 과천을 떠나지는 않기로 했다. 과천은 내가 출퇴근하기에 좋고, 당시 지하철 4호선 개통이 예정되어 있어서 아내도 학교가 멀지 않았으므로 우리 내외에겐 최적지였다. 또 몇 년 살아보니 공기도 좋고, 조용하고, 주거지로 안성맞춤이었다.

부모님 계신 집을 떠나 살면서 해가 뉘엿뉘엿 넘어갈 때면 나도 모르게 어머니 품이 그리웠다. 서쪽 하늘이 붉게 물들고 땅거미가 질 때면 집 생각이 났지만, 반갑게 맞아 줄 집이 없었다. 쓸쓸하고 어머니가 그리웠다. 어찌 이뿐이겠는가. 입주 가정교사로 남의 집에서 살았을 때는 어색하고 불편한 마음에 일부러 밖에서 서성이며 시간을 보내다가 밤이 깊어서야 들어가곤 했다. 밖에서 떠돌던 생활이 사무쳐서인지, 가족이 기다리던 집의 따뜻함을 생생하게 기억해서인지, 집을 꾸리고 장만하는 일은 어느새 내 삶의 목표가 되었다.

마침 행운도 따라 주었다. 아파트를 사고 나서 얼마 지나지 않아 집값이 요동치더니 거의 두 배로 뛰었다. 이를 팔아 인근 1단지 주택지를 먼저 사들였다. 건축비는 전혀 없었지만 거액의 빚이라도 내서 주택을 손수 지을 작정이었다. 어느 때부턴가 젊은이들 사이에서 '욜로(YOLO, You Only Live Once)'라는 말이 유행인데, 절묘하게도 그 의미가 당시 내 생각과 일치한다. 한 번뿐인 나만의 인생, 우선 저지르고 본 것이다.

1986년 봄, 내 나이 서른여섯이었을 때다. 빚을 갚느라 우리 부부 월급을 몽땅 저축하면서 아끼고 아껴 6년이 걸렸지만, 그 시간이 힘들고 괴롭지는 않았다. 젊었고, 또 꿈을 이루는 과정이었기 때문이다. 지금 생각해도 무모한 계획이었지만 안정된 직장이 있어서 감당할 수 있었다.

비벼 댈 언덕이 있어서

쇠뿔도 단김에 빼라 했는데 건축자금 마련으로 머리가 무거웠다. 그런데 쇠뿔도 뿔이 날 즈음에는 송아지가 유난히 언덕에 머리를 박고 비벼 댄다. 사람이 이가 날 때면 잇몸이 근질근질하듯 소도 머리가 가려워서 비빌 언덕을 찾는 것이다. 자식에게 부모는 소가 비벼 댈 언덕 같은 존재가 아닐까. "소도 비빌 언덕이 있어야 비빈다."라는 속담은 마치 우리 집짓기를 두고 한 말 같았다. 처가에서 직접적으로 금전적인 도움을 준 것은 아니고, 애초에 도움받을 생각도 하지 않았지만 장모님이 비빌 언덕이 되어 주실 수 있다는 사실에 기댄 것은 분명했다. 일단 자금을 융통할 수 있는 길이 보여서 어렵지 않게 결단을 내릴 수 있었으니 말이다. 그 은혜에 진심으로 감사드린다.

어찌 됐든 나는 30대에 내가 살고 싶은 집을 지어 보고 싶었는데, 그 계획을 차근차근 실행에 옮겼다.

집이라는 보물상자로 눈을 돌리다

우리 집은 마음속에서 먼저 지어지고 공간 속에서 그 모습을 드러냈다. 나는 집이 단순한 공간이 아니라 멋진 보금자리가 될 수 있도록 철저히 준비했다.

삶의 시기에 따라 현재 살고 있는 집이 살고 싶은 공간으로 다시 태어난다면 금상첨화다. 사람이 살아가면서 중요한 고비마다 정성스레 꾸미고 그때마다 자족감으로 행복할 수 있는 집이 곧 르 코르뷔지에(Le Corbusier)가 말하는 '보물상자'일 것이다.[*]

우리 부부는 아이들이 성장하면서 각자에게 방을 마련해 주었고, 딸들이 결혼하고 나서는 한동안 빈 방을 그대로 두면서 함께했던 지난날의 삶을 떠올리며 그리운 마음을 달랬다. 지금은 손주가 4명으로 늘어 집에 다녀갈 때면 나이에 맞게 변화를 주기도 한다. 마치 마당의 봄꽃들이 순서대로 피고 지듯 집안 살림 하나하나가 그 등장 시기마다 우리 인생살이에 흔적을 더해서, 집은 정든 건축물이 되었다.

이렇게 꾸며진 집은 다시 우리 삶을 받쳐 준다. 그래서 우리에게 집은 세월의 가치가 듬뿍 담긴 삶 자체이고, 부부의 사랑이고, 가족들의 평안이 일상 속에 뿌리내린 공간이다.

산수가 아름다운 천혜의 주택지

앞으로 청계산, 뒤로 관악산, 옆으로 우면산이 둘러싸고 그 사이로 양재천이 흐른다. 전국 75개 기초 시 중 과천의 주거환

---

[*] 최효찬, 김장권, 「르 코르뷔지에의 작은 집」, 『집은 그리움이다』, 인물과사상사, 2018, 96쪽.

경이 최고라 한다. 녹지가 풍부하고 교통까지 좋아서 더 바랄 것이
없다.

관악산 자락에 단독주택을 지어 이사 온 지 어언 30여 년이 지났
다. 가는 세월이 도무지 실감이 나지 않는다. 흔히 시간은 자기 나이
속도로 지나간다고 말한다. 생체 흐름은 나이와 더불어 느려지기 때
문에 상대적으로 시간은 빨리 흐른다. 집짓기는 생애 한 번 있을까
말까 한 인생사인지라 마음속 시간은 엊그제 같다. 집을 짓기 위해
동분서주했던 그 시절이 파노라마 사진처럼 이어질 수밖에. 법정 스
님의 책에서 읽은, 학명(鶴鳴) 선사가 쓴 글귀가 떠오른다.

묵은해니 새해니 분별하지 말게
겨울 가고 봄이 오니 해 바뀐 듯하지만
보게나, 저 하늘이 달라졌는가.
우리가 어리석어 꿈속에 사네.●

허허! 단지 속세의 삶이 희로애락과 더불어 세월에 실려 갈 뿐,
무엇을 붙들고 일장춘몽이라 할 수 있겠는가. 더 이상 잃을 것도 별
로 없는 나이다. 마하트마 간디(Mohandas Karamchand Gandhi)는 일찍
이 "이 세상은 우리 필요를 위해서는 풍요롭지만 탐욕을 위해서는
궁핍한 곳이다."라고 말했다.●●

● 법정, 『홀로 사는 즐거움』, 샘터, 2010, 177쪽.

나와 아내는 단독주택을 신축하면서 우리 식구가 살기에 딱 맞는 실용적이고 소박한 집을 짓자, 그리고 우리 아이들한테 고향을 심어 주자고 다짐했다. 그런데 어느덧 주인공이 바뀌고 있다. 한동안 두 딸이 훌훌 떠나갔을 때는 집이 텅 빈 것 같았다. 그때는 텅 빈 집을 마련하느라 이렇게 힘들었나 싶기도 했는데, 이제는 손자들이 숨바꼭질하며 뛰어놀기에 좋은 집이 되었다.

어른들을 피해서 2층으로 올라간 손주들은 큰손녀 윤수가 감독 겸 연출과 주연, 1인 3역을 하고 동생들도 배역이 결정되면 연극을 시작한다. 명진이는 언니 얘기를 충실히 따르는 편이라 한 편 단막극을 잘 소화해 내는데, 막내 하진이는 시큰둥하다가 손위 오빠 윤재와 슬그머니 대열에서 이탈한다. 그들만의 소꿉놀이가 기다리고 있기 때문이다.

이렇게 지금의 우리 집은 온통 아이들의 독무대다. 온갖 장난감과 레고 블록이 구석구석 채워지고, 그림책과 인형이 여기저기 얼굴을 내밀고 있다. 아이들이 돌아가고 나면 발 디딜 틈도 없이 널려 있는 장난감을 제자리에 정리해 놓는 일은 우리 부부 몫이다. 이 또한 행복이다.

◆◆ 이광천, 『내 삶을 빛내는 행복 잠언 3000: CBS 1분 묵상 모음집』 제3권, 창과현, 2018, 167쪽.

계절을 알려 주는 정원의 초화와 나무들

우리 집은 담장이 낮아 정원이 동네에 개방되어 있다. 동남향 앞마당이라 햇볕이 잘 들고 시선이 확 트여, 오며 가며 드나들 때마다 계절의 변화를 만끽할 수 있다. 화초들이 산뜻한 봄소식을 전해 주나 했더니 곧 앙상했던 감나무의 잎들이 무성하게 자라 시원한 그늘을 만들어 준다. 빨간 홍시가 익을 때면 소나무에는 겨울나기 가지치기를 해 준다. 사방으로 뻗어 나간 가지와 그루터기가 눈에 들어오고, 잔가지 하나하나가 정겨움을 넘어 사랑스럽기까지 하다. 때로는 감나무에 사다리를 받치고 아이들과 홍시를 따서 늦가을을 맛보기도 하고, 한겨울 벽난로에 불을 붙일 때는 어린 시절 시골에서 군불 땐 뒤 남은 숯불에 군고구마 구워 먹던 옛 추억을 되살리곤 한다. 계절 따라 손자들과 추억이 깃든 집이다. 두 딸에게도 유년시절을 보냈던 집은 영원히 돌아가고 싶은 곳이리라 믿는다.

먼 훗날 나와 아내가 세상을 떠난 후라도 집이 단지 기억 속의 집으로만 남지 않고 곳곳에서 우리 보화가 드러나는 질그릇이 되기를 바란다. 이 집이 두 딸에게 우리 가족 행복의 속살을 하나하나 드러내 보여 준다면, 기쁘고 행복할 것이다.

집이 다시 우리를 품는 삶으로

"건축은 우리가 만들지만, 그 건축은 다시 우리를 만든다."
윈스턴 처칠이 어느 인터뷰에서 했던 말로 기억한다. 이 말처럼
건축이란 단지 집이라는 하드웨어를 짓는 것으로 끝나지 않는다. 이
미 자리 잡은 하드웨어라도 늘 바뀐다.

지금은 사물과 사람, 혹은 사물끼리 말을 주고받는 IoT(Internets of
Things) 시대다. 대세가 된 스마트 하우스는 앞으로 에너지 절약이나
홈 자동화와 같이 편리하고 기능적인 기술에만 머물지 않고, 사람과
교감하는 스마트 홈으로 발전해 나갈 수 있다. 새로운 형태의 가족
이 구성되고 있기 때문이다. 반려동물이나 로봇과 대안 가족을 만들
기도 하고, 소셜미디어를 통한 가족의 형태도 출현하고 있다.

나는 언제부턴가 IoT와 IOT(Internets of Old Technologies)는 동전의
양면처럼 붙어 다니는 것이라고 생각해 왔다. 기술 발전 속도가 너
무 빨라 기술이 살고 죽는 것이 손바닥 뒤집는 듯해서다. 앞으로는
굳이 사람과 대면접촉을 하지 않더라도 인공지능을 입혀 사회성 발
달이 기대되는, 진짜 같은 사물과의 교감도 가능할 것이다. 하지만
간단히 구매하여 설치할 수 있는 하드웨어, 날로 업그레이드되는 하
드웨어와 과연 어떤 정을 주고받을 수 있을까? 신기술은 우리와 함
께 어떤 집을 만들어 가게 될까?

우리는 아파트 이사 다니는 것이 싫고, 두 딸이 고향을 갖고 커
가기를 소망하며 집을 지었다. 우리 부부가 소망했던 대로 아이들

은 모두 엎드리면 코 닿을 거리에서 초중학교까지 마쳤다. 집을 떠나 봐야 집의 고마움을 안다고 하는데, 그동안 집이 가져다준 선물은 많다. 저마다 자기다운 꿈을 꾸고, 용기와 위안을 얻고, 뜻한 바를 이루고, 모두 건강하고 충만한 삶을 살게 되었으니 고마울 뿐이다.

2000년에 어머님이 돌아가신 뒤에는 방 배치도 달리하고, 거실도 라디에이터식 난방에서 바닥 난방으로 바꾸었다. 열에 견디는 쪽마루 원목 시공이 가능해서 전통 마루로 바꾸었더니 자연스러움이 더했다. 딸들이 출가하고 또 정년을 대비하면서 2015년부터 2년간은 마지막 구조변경을 하였다. 지붕에는 3킬로와트 태양전지를 설치하여 전기는 손수 생산하여 쓰고, 2층부터 큰딸 방은 내 서재로, 중간층 방은 아내의 공간으로 꾸미며 각자의 대학 연구실을 옮겨 놓았다. 그리고 1층 부엌과 거실 칸막이는 걷어 내서 아파트처럼 생활하는 데 편리한 구조로 바꾸었다. 이렇게 우리 집은 여러 번 대대적인 구조변경을 통하여 그때그때 우리 생활에 맞게 만들어진 셈이다.

우리 부부는 젊은 날 꿈을 간직하며 목숨이 다하는 날까지 이 집에서 살자고 다짐했다. 아무리 깨끗하고 고급스러운 요양원이라도 사랑의 온기를 느끼며 우리가 살아온 삶의 방식을 유지하기란 불가능하다. 무엇보다도 삶에 대한 주도권을 잃고 싶지 않다. 그래도 자식들에게는 부모를 요양원에 보내는 것을 어려워하거나 마음속에 부담을 가져서는 안 된다고 말한다. 우리 부부 중 한 사람이 아프면 그때는 건강한 이가 부축하고 보살피겠지만 그조차 여의치 않다면 어떻게 자식들이 이를 감당하겠는가. 버티다 안 되면 선택지에 올릴 수밖에.

정년 후 삶을 채우는 여가 활동

2016년 정년퇴직을 하고 집수리를 마친 후 제일 먼저 착수한 작업이 두 가지 있다. 하나는 어머니께서 돌아가시고 나서 사용하지 않던 스토브의 먼지를 닦는 일이고, 다른 하나는 자리를 못 찾아 여기저기 보관해 오던 아날로그 오디오시스템 복원이었다.

서울 올림픽이 열리던 1988년이었다. 집 짓고 살 만하자 우리 가족은 미국 북동부에 있는 코네티컷 주립대로 다시 유학을 떠났다. 박사후과정 펀드를 받고 1년을 근무했다. 이때 마음먹고 장만한 살림살이가 스토브와 오디오 하이파이였다. 주물로 만든 스토브라 대단히 무거운데, 버몬트 주까지 가서 사 온 것이다. 이것을 어렵사리 이삿짐으로 가져와서 벽난로를 개조한 자리에 설치하고 혹독한 겨울 추위를 대비했다.

내가 스토브에 이렇게 집착한 것은 뒷산에 널려 있는 땔감 때문이었다. 어렸을 적 여기저기 산속을 헤집고 다니면서 갈퀴로 소나무 밑 낙엽을 긁어모아 들고 오던 기억이 생생하고, 산에 오를 때마다 이런 나무를 가져다 겨울을 나면 좋을 텐데 하고 생각했었다. 그런데 우연히 들른 강남의 유명한 건축자재 수입상에서 미국에서 환경

규제로 판매 금지된 싼 스토브를 수입하여 비싼 가격으로 판매하고 있는 것을 보았다. 그래서 수소문하여 멀리 버몬트 주까지 가서 환경보호국(EPA) 기준에 부합하는 스토브를 사 온 것이다. 우리나라는 미국보다 훨씬 밀집된 주거환경에서 살고 있어 벽난로에서 배출되는 연기라도 그 공해가 주택가에 심각하다. 벽난로 연기를 규제하는 법이 제정되어 잘 지켜지고 있는지 궁금하다.

아날로그 오디오세트와 디지털 시대

나는 어려서부터 음악과는 거리가 먼 삶을 살았다. 그저 눈 뜨면 자연의 소리, 자연의 리듬에 맞추어 살아갈 뿐 악기나 오디오 장비를 접해 볼 기회가 없었다. 그러니 음악적 소질도 소양도 있을 리 없다. 그런데 대학교 1학년 때 민석홍 교양학부장님이 클래식 음악을 소개하면서 들려준 드보르작의 〈신세계 교향곡〉은 잊을 수 없다. 2악장의 선율은 여전히 귓가에 맴돌고, 지금 다시 들어도 생생하다.

그때부터 시간 날 때마다 무교동에 있는 르네상스 같은 클래식 음악 감상실을 종종 드나들었다. 음악의 아름다움을 감상하고 즐기려는 열정의 시작이었다. 그러다 동숭동으로 오니 '학림' 다방이 클래식을 들려주었다. 강의가 비는 자투리 시간에는 가끔 혼자 구석에 앉아 고전음악에 빠져 시간 가는 줄 몰랐다.

반세기가 흐른 이 나이에도 그 열정은 식지 않았다. 첫눈이 오는 날이면 늘 멘델스존의 바이올린 협주곡을 듣고, 연말이면 베토벤의 교향곡 〈합창〉을 즐기고, 새해를 맞으면서는 빈 음악회의 연주를 듣는다. 미국 생활 중에 시간적인 여유가 있을 때 남들처럼 골프에 빠지고 싶지는 않았고, 만만한 게 오디오 장만이었다. 우리는 차를 몰고 뉴햄프셔 주까지 가서 야마하 엠프, 카세트, CD플레이어, 그리고 튜너로 구성된 오디오 세트와 클립쉬 스피커를 사 왔다. 결코 비싸지 않은 하이파이 장비들이었다.

사물의 내재된 가치를 가격이 아니라 내가 그것을 얻기 위해 지불한 대가로 매긴다면 이들 오디오 세트와 음반의 가치를 매기기는 어렵다. 디지털 시대가 되고 보니, 아날로그-디지털 변환기술 덕분에 원하는 때 언제라도 조그마한 외장하드에 뒤죽박죽 담겨 있는 CD 2,500여 장을 손쉽게 들을 수 있다. 하지만 이제는 곡명이 무엇인지, 작곡자가 누구인지 알려 하지 않는다. 그저 손가락 끝에 달려 있는 선율에 몸을 맡길 뿐이다. 예전처럼 LP 판이나 CD를 들고서 담긴 곡뿐만 아니라 이 음반을 어디에서 어떻게 샀는지 머릿속에 떠올려 보고 흐뭇한 감정을 느낄 수 없는 것이 아쉽다. 진짜 세계에서 오는 즐거움이 반격한다. 데이비드 색스가 아날로그의 반격, 'The Revenge of Analog'을 외칠 만하다.

디지털은 왜 가짜 같은 느낌을 줄까? 혹여 정당한 노동의 대가가 들어 있지 않아서일까? 만일 그렇다면 판화도 프린트 매수에 비례해서 가격을 매기듯 창작물에 대한 디지털 내려받기도, 복제도 모두

수량 한계를 설정하고 가격을 매기면 어떨까? 그러면 아날로그의 반격이 아니라 아날로그와 디지털이 상생하는 신구의 조화도 가능할 것이다. 하드웨어와 소프트웨어가 공생하는 관계로 발전해 가야 지속 가능한 세계가 열린다.

노후를 벗할 공간으로

나뭇잎만 보면 쇠락에 이른 것 같지만 그 아래 씨앗들이 떨어져 새로운 삶이 움트듯, 세월이 사람을 만나 오가도 꿈이 서린 과천 우리 집은 늘 푸르다.

지금까지 한 집에서 30년 넘게 살아오면서 계절의 역설을 절감한다. 과천 집들은 담장이 낮아 사생활 침해를 우려하는 사람들도 있었다. 그렇지만 우리 집은 담장이 낮아 오히려 동네 사람들의 삶 속 통로가 되어 주었다. 직접 눈인사를 안 해도 누가 이사 오는지, 누가 이곳을 떠나 갔는지 알게 되고, 사람들과 소통하게 된다. 우리 어머니가 노후에 혼자서도 시간 가는 줄 모르고 동네 어른으로 외롭지 않게 지낼 수 있었던 것도 우리 집이 안팎으로 시야가 열려 있었기에 가능했다. 집은 소유가 아닌 향유다.

내려가는 삶은 이제부터 시작이다

애당초 집을 신축할 때 대지가 넓지 않아 가능한 한 정원 면적이 커질 수 있도록 건물을 앉혔다. 그랬더니 정원에 감나무, 모과나무, 소나무, 향나무, 배롱나무 등 제법 다양한 정원수들을 심을 수 있었다. 활엽수는 건물 가까이, 상록수는 조금 더 멀리 담장 곁에 심어서 여름에는 꽃과 그늘을 선물받고 겨울에는 따사로운 햇볕으로 즐거웠다. 이 나무들이 처음에는 우리 아이들과 키 재기를 하며 자랐는데, 30여 년이 지난 지금은 어느새 아름드리 거목으로 성장하여 우리 집을 받쳐 주고 있다.

그사이 할머니 등에 업혀서 집 공사장을 드나들던 큰딸 재은이는 유아교육과 교수로 대학에서, 작은딸 형은이는 외국계 은행 행원이 되어 일하고 있다. 지금은 각기 컴퓨터공학 박사 엔지니어와 변호사 신랑을 만나 결혼하고, 아이 둘씩 키우면서 바쁘게 산다.

아내는 정년을 맞고 나자 손바닥만 한 정원에 온갖 꽃들과 허브를 심고 매일 안부를 묻고 가꿔 주면서 사랑을 나누고 있다. 나는 아내와 함께 아침 커피를 즐기는 시간을 갖고 나면 곧장 2층으로 올라간다. 거실에 발을 딛는 순간 시야가 확 트인 넓은 창문으로 관악산 정상이 보이고, 방송국 안테나와 기상 관측 돔도 눈에 들어온다. 집을 지었을 때 이 창을 '미래가 보이는 창'이라고 이름 붙였는데, 그 이름에 걸맞게 창 앞에 앉아 미래를 생각하고 계획한다. 여기서 읽고, 생각하고, 쓰고, 여행을 구상하고, 세상과 교류한다. 『노년의 의미』를 쓴 폴 투르니에가 회상한 시는 바로 그런 나를 그리고 있다. 조부모와 3대가 살고 있던 시절 그의 아버지가 지은 「할아버지의 자리」라는 시 한 편이 유명해지고, 아이들은 크리스마스가 다가오면 이 시를 암송했다고 전해진다.

지금도 기억나네.

할아버지께서 낡은 안락의자를 놓고 앉아 있곤 하시던 벽난로 옆의 그 자리.

할아버지는 벽난로 망에 두 발을 올려놓은 채로 낮에는 책을 읽고 저녁에도 여전히 그 자리에 앉아서 꾸벅꾸벅 졸았지.

할아버지가 지금도 그 자리에 계신 것만 같아….

할아버지는 누구에게나 마음을 열었지.

누구든 할아버지 이마에선 평온함을, 눈빛에선 친절함을 읽을 수 있었지.

할아버지의 입술에 미소가 떠오르면 하늘을 환히 밝히는 한 줄기 빛처럼 보였지.

아아, 할아버진 내게 얼마나 잘해 주셨던가!●

나는 세상을 관조하며 살려 한다. 세상에 등을 지거나 얽매이지

● 폴 트루니에, 강주헌 옮김, 『노년의 의미』, 포이에마, 2015, 149쪽.

않는 노후를 살고 싶다. 요새는 2층 거실에서 독서와 글쓰기로 대부분 시간을 보낸다. 내가 선택한 삶이라 혼자 있어도 외로움을 느끼지 않고, 고립감도 들지 않는다. 뒷집 감나무 가지에 주렁주렁 매달린 감이 빨갛게 익으며 과육으로 부풀어 간다. 약한 가지가 무게에 눌려 매일 조금씩 아래로 처지면서 땅으로 돌아갈 채비를 한다. 그 가지에 새가 날아와 앉아 부리로 감을 쪼아 대는 모습을 보고 새들과 인사를 나누기도 한다.

아쉬운 부분도 있다. 내가 살아온 그 짧은 세월에 봄을 알리는 전령이 사라져 버렸다. 집을 신축하고 얼마 안 있어 제비가 2층 처마 밑에 집을 짓고 새끼를 낳고 길렀는데, 1990년대 말에 주변에 아파트가 빽빽하게 들어서면서 어디론가 가 버렸다. 또 5월 말 아카시아가 필 무렵에는 관악산 입구에 벌통이 즐비하게 놓여 있었는데, 이것도 더 이상 볼 수 없다. 벌이 멸종하면 식물 수정이 안 돼 인류도 멸망할 거라고 하는데, 묘책은 없을까?

수억 년 형성되어 왔던 생태계가 불과 수십 년 사이에 파괴되는 현실이 안타깝다. 지구의 미래를 생각하면 경제성장을 향한 무분별한 개발, 이를 뒷받침하는 과학기술문명의 폐해가 끝이 보이지 않을 지경이다. 넘치지 않는 삶이야말로 아름다운 대자연의 모습이다. 소박한 삶이 우리를 살리고 지구를 구할 것이다.

산다는 것은 늙어 가는 것이다. 죽음을 대신하는 것은 이 세상 어디에도 없다. 그러니 죽음 속에 생명이 들어 있다는 역설을 받아들이기는 쉽지 않다. 하지만 현실을 그대로 인정하고 충만하게 살기로 하면 비로소 자신과 하나 되는 지점에 도달하고, 진정 자유로운 삶을 누릴 것이다. 우쭐대는 자아가 어느 순간 시들어 가며 자유로운 영혼이 찾아오기를 기대해야지. 우리는 떨어지고 있고, 누군가 떨어지는 우리를 부드럽게 받아 주리라는 그 손길의 은총을 기다리면서. 마치 릴케가 시 「가을」에서 노래하듯, 계절 순환이 말해 주듯, 내 마음이 새로우면 우리 집은 늘 새로울 것이다.

역설의 계절을 음미하며●

이파리는 많아도, 우리는 하나
거짓으로 보낸 젊은 시절 동안
햇빛 아래에서 잎과 꽃들을 흔들어 댔지
이제 나는 진실을 향해 시들어 가네.
— 윌리엄 버틀러 예이츠

그런데 세상에 좋은 일만 일어나지는 않는 모양이다. 호사다마(好事多魔)라 해야 할까, 새집으로 이사하고 얼마 지나지 않아 생활이 안정되니 '괴짜 친구'가 찾아왔다. 물질적 풍요가 정신적 빈곤을 불렀는지, 불면으로 마음 편치 않은 날이 잦아졌다. 새로운 도전이 시작된 것이다.

● 파커 J 파머, 김찬호·정하림 옮김, 『모든 것의 가장자리에서』, 글항아리, 2018, 107쪽, 224쪽.

사람이 아무리 노력해도 성공한다는 보장이 없는 것이 잠이다. 잠의 세계는 우리의 통제를 벗어나 있다. 그래서 잠은 경이와 감사의 원천이 되기도 한다. 불면에 지독하게 시달렸던 사람이라면 깊이 공감할 것이다.

나는 붙잡으려 하면 할수록 더 멀리 달아나 버리는 잠을 붙잡으려고 수면 경험을 기록하고 또 기록했다. 그도 모자라 손자병법의 전략까지도 탐구했다. 30대 중반을 넘어서면서 찾아온 난면(難眠)이란 불청객을 다스리기 위해 지극정성으로 할 수 있는 일은 다 해 보았다. 그 시간을 지나고 보니 의외로 답은 가까이 있었다. 그저 졸릴 때 자고 배고플 때 먹으면 되는 일이었다. 이런 경험을 나누고 싶어서 지금까지도 계속되는 나의 '면로역정(眠路歷程)'을 별도의 책으로 엮어 보려는 생각이다.

2장

내 손으로 집짓기 — 설계에서 완공까지

집짓기의 백미는 공간 구성이다. 필요에 따라 공간을 나누고 배치하면서 마음속 꿈을 구체화할 수 있다. 실내 어디에 무엇을 배치할지 결정하는 데는 생각이 길어졌지만, 살면서 고쳐 가기로 하니 의외로 쉽게 끝냈다. 이렇게 평면도를 완성하고 나서 설계 단계로 들어갔다. 우리는 장인의 청주고교 동기동창인 연대 토목과 이원환 교수님께 부탁하여 '신신건축'(대표 김봉훈)을 소개받고 설계를 맡겼다. 먼저 원하는 가옥 구조를 알려 주고, 설계사가 대지와 주위 환경을 살핀 다음 몇 가지 구체안을 제시하면 우리가 선택하는 방식으로 진행했다.

건폐율과 용적률을 고려하여 건물을 배치하고 주택 모양과 평면 등을 정한 후 몇 번 수정을 거쳤다. 최종적으로 결정한 건축양식은 2층 연와조였다. 집이 산수에 어울리고 주변 환경에도 모가 나지 않도록 향은 동남향, 기초는 철근콘크리트, 외벽은 붉은 벽돌, 지붕은 콘크리트 위 오지기와로 마감하는 큰 틀에 합의했다.

장기간 집을 비울 때를 대비해서 한 세대가 살 수 있는 지하 공간도 마련하였다. 반지하라 지하층 통풍과 방습이 중요했는데, 지하 건물 외측에 옹벽을 설치하여 드라이 에어리어(dry area)를 두고 창문은 정상적으로 설치하기로 했다. 창문이 위에 달리면 환기가 원활하지 않을 뿐만 아니라 외부에서 보기에 흉하다. 이렇게 설계를 하니 정원이 도로 면에 있지 않고 거실 높이 가까이 올라와 거실과의 일체감이 커졌다. 아내가 강력하게 주장하던 미적 감각이 토대가 된 설계였다. 살면서 두고두고 잘했다고 생각하는 부분이다.

드디어 설계를 의뢰한 지 2개월이 지나 1986년 1월 17일 최종적으로 설계도가 완성되었다. 주택 신축에서 설계는 단지 주택의 외양만 결정하는 것은 아니다. 엔지니어들이 상세설계도를 만들면 이 설계도가 시공 기준이 되고, 마지막 준공까지 성공적인 건축으로 이끄는 시방서가 된다. 우리는 설계비로 180만 원을 지불했다, 총 공사비 3퍼센트의 금액을 썼으나 결코 아깝지 않은 비용이었다.

하나하나 배우며 시작한 집짓기

당시 과천 대지는 모두 주택공사에서 토지를 수용하여 상하수도나 전기, 가스 등 기반시설 공사를 끝내 놓았다. 부지매입과 건축 인허가는 일반택지와는 절차가 달랐다. 일단 부지는 주공에서 분양받은 사람 명의로 사고, 집을 지은 후 명의를 변경해야 했다. 투기를 억제하기 위해 부지전매를 공식적으로 허용하지 않았기 때문이다.

우리 부부의 첫 번째 고민이 시작되었다. 우리가 원하는 부지는 대부분 몇 번 전매를 거친 물건들이었는데, 이를 사서 전 재산을 투입하여 타인 명의로 건축한다는 사실이 선뜻 내키지 않았다. 주변에는 부동산 중개업소가 난립하고 도처에 사기행위가 도사리고 있을 때인지라 고민과 부담은 날이 갈수록 커졌다. 그런데 인근 연립주택에서 살아 보니 마음에 드는 부지 몇 군데가 금세 눈에 들어왔고, 집도 여기저기 들어서기 시작했다.

견물생심이라 했던가. 결국 용단을 내렸다. 불안하기는 했지만 원매자는 현재 여의도에 살고 있고 신속히 건축을 끝내면 6개월 이내에 소유권을 이전할 수 있으리라 믿고 집짓기를 추진했다.

그런데 우리 내외는 물론 가족 중에도 건축 경험이 있거나 시공에 관해 조언을 해 줄 사람이 없었다. 어디에 맡겨서 집을 지어야 할지 막막했다. 사람들은 대지 실물가치와 주택의 가치가 엇비슷하게 되도록 건축에 투자하라고 했다. 생각이 많아졌다.

당시만 해도 집이라면 비 안 새고, 바닥에 물 스며들지 않고, 결로현상으로 벽에 곰팡이 끼지 않고, 바람이 잘 통하면 일단 합격이었다. 이것은 마땅히 갖추어야 할 기본 요건이었다. 욕심 같아서는 멋진 집을 짓고 싶었지만, 마련된 자금에는 한계가 있었다. 소유의식의 과잉이 사치를 낳는다 했던가. 우리는 편안히 머무를 공간만을 생각하면서 욕심을 줄였다.

평당 단가를 어느 정도로 해야 하나 고민하면서 시공업체를 알아보았다. 먼저 현대건설 주택사업부를 찾아가 담당자와 상의도 하고 견적서도 받았다. 마침 현대건설에서 시공한 주택이 과천에 있어서 찾았더니, 건축주가 한양대 교수로 계시는 화학과 대학 선배였다. 이번에는 건축주 입장에서 그의 의견을 들어 보고 여러 궁금한 사항을 물으며 기본 지식을 쌓았다.

견적서에 명기된 주요 단계별 공사, 예컨대 기초공사(땅을 다지고 단단하게 한 후 철근 콘크리트 타설), 골조공사(지하 기둥과 벽 슬라브, 그 위에 올리는 층마다 슬라브 거푸집 및 철근 배근), 외부 단열 및 조적조 마감공사, 창호공사, 미장 타일 등 내부공사로 이어지는 단위공정을 하나하나 배워 나갔다. 그밖에도 사람의 혈관에 해당하는 전기, 급수와 난방 설비 배선 및 배관 설계 관련사항도 꼼꼼히 챙겼다. 2층으로 올라가는 파이프라인을 한데 모아서 핏트(pit)라는 별도 공간을 만들어 설치하면 나중에 수리하기 쉽고, 하수관에서 올라오는 냄새도 잘 배출할 수 있다는 사실도 참고했다. 이렇게 다각도로 면밀하게 집짓기 과정을 살펴보면서 엔지니어로서 어느 정도 공사 개략도가 그려졌다.

그런데 총공사비가 문제였다. 설계를 해 준 신신건축이나 현대건설 모두 평당 130~140만 원 수준이어서, 우리가 도저히 감당할 금액이 아니었다. 그래서 전문업체에 일괄 의뢰하는 도급계약을 배제하고 손수 집을 지으면서 경험도 쌓고 경비도 절약하는 방법을 선택했다. 시공 경험이 많은 도목수와 상의해서 집을 지어 가면 아무래도 건축비도 절약할 수 있을 것 같았고, 그 예상은 적중했다. 자재도 필요할 때 어떤 자재를 얼마만큼 살지 능력에 맞게 구매해서 일시에 거액의 자금이 들지 않았다.

물론 이 방식은 도목수의 역할이 매우 중요하다. 그가 인부들을 데려와 현장을 지휘하면서 건축이 시방서대로 진행되도록 감독해야 하기 때문이다.

도목수를 정하고 사전 준비를 끝내다

나는 집을 지으면서 일의 선후가 얼마나 중요한지 알았다. 때에 맞춰 전기배선이나 설비 배관 작업에 필요한 공간이 사전에 확보되어져야 하고, 벽체가 만들어져야 외장공사와 미장, 창호공사가 가능하며 그 후에야 인테리어 작업이 가능하다. 이들 단위공정 중 어느 하나 순서를 거스를 수 없다.

문제는 인부들의 작업 태도가 불성실하고 도무지 약속 이행이 잘되지 않는 것이었다. 일정이 빈틈없이 짜이고 착착 진행되는데 어느 한 팀이 예고도 없이 현장에 나타나지 않으면 후속공정이 모두 헝클어질 수밖에 없다. 당시만 해도 수중에 돈이 떨어져야 공사장에 나오는 인부들이 많았다. 믿고 일을 맡길 수 있는 사람은 목수뿐이었다.

우리는 다방면으로 수소문하여 시공 경험이 많은 고향 선배인 박성규 형을 도목수로 추천받았다. 그는 목수 출신으로 성실하고 건축 경험도 풍부했다. 그래도 신중을 기하느라 그가 지었다는 집을 직접 눈으로 보고 검증을 해 보고 싶었다. 마침 돈암동에 10여 년 전에 건축한 집이 있어서 주인의 양해를 구하고 아내와 함께 방문했다. 비나 물이 샌 흔적이 있는지, 문짝은 튼튼한지, 계단은 삐거덕거리지 않는지 등 아주 현실적인 문제를 확인해 보았고, 건축기간은 어느 정도이고 견적서대로 예산은 소요되었는지 등등을 메모해 가며 살폈다.

집 건축은 목수에서 시작하여 목수 일로 끝난다. 집을 보니 그가 고용했던 일급 목수의 기량이 마음에 들었다. 주저하지 않고 견적서를 받아 검토한 후 계약을 체결했다. 참고로 건평은 지하 16평 포함 65평, 건축비는 평당 100만 원 수준이었고, 인건비는 일당 도목수 3.5만 원, 일급 목수 2.5만 원, 잡부 1.5만 원이었다. 이제 건축자재와 공사 기간에 따라 지불되는 인건비로 소요예산이 결정된다. 그러니 인력관리가 매우 중요하다. 대략 공사기한과 공사순서를 파악하고 시공일자를 잡는 일만 남았다.

1986년 3월 21일, 드디어 착공하다

터파기 공사가 시작됐다. 74평 내외 대지 경계는 주택공사에서 구획을 그어 놓기는 했지만 주위에 집들이 없어서 정밀측량이 필요했다. 감리자 요구로 대지 측량(건당 6만 원)을 끝낸 후 우물을 파고, 전기를 끌어 와 주변 정리부터 했다. 콘크리트 타설을 위해 포크레인과 레미콘 계약을 하고 나니, 기초공사와 골조공사에 필요한 거푸집을 만들 목재가 필요했다. 인천 남동공단으로 가서 필요한 목재로 나왕, 미송, 각재 등을 직접 구입했다.

철근을 구입할 때는 각별히 더 신경이 쓰였다. 시공자들이 철근 개수를 줄이거나 지름을 속여 자재비를 절약한다는 뉴스가 왕왕 있었기 때문이다. 공학적으로도 철근 굵기는 하중을 떠받치는 데 매우 중요하다. 목수가 도면에 따라 지면에 측량 및 먹줄 작업을 하고, 철근을 배치하여 엮은 후 거푸집을 제작하고, 콘크리트를 타설한 뒤 거푸집을 해체하고 정리하면 끝난다.

단독주택은 구조형식에 따라 몇 가지로 나뉘는데, 당시 대부분의 단독주택은 튼튼하고 경제적인 조적조였다. 이 구조는 벽돌을 쌓아 집 층층이 올라가기 때문에 다양한 색상의 벽돌을 쓸 수 있어, 쌓는 방식에 변화를 주면 개성 있는 집을 지을 수 있다. 그리고 내구성이 좋아 바람, 습기 등 외부 환경에 강하고 화재에도 비교적 안전하다. 하지만 지진에는 취약한 점이 있다. 우리는 조적조 주택을 선호해서, 약한 횡력을 보강하기 위해 대각선 방향에 설치되어 있는 굴뚝

집 건축 현장에서 두 딸이 다정하게 아이스크림 콘을 먹고 있다.

두 개를 철근콘크리트로 제작하고 이를 바닥과 연계된 기둥으로 활
용하였다.

5월 20일, 마침내 상량단계로 볼 수 있는 마지막 구조물을 끝냈
다. 공사를 시작하고 두 달이 경과할 즈음이었다. 다행히 날씨가 좋
아서 2층 지붕 슬래브를 치고 방수 후 보호 모르타르를 채워 모든
골조공사를 마무리했다. 이렇게 지붕을 마무리하게 되니 기와는
미관상 모양으로 얹어 놓을 뿐 방수는 콘크리트 슬래브에서 이루
어졌다.

우리네 전통가옥을 신축할 때는 집의 마지막 형태가 완성되기 전
에 보통 상량식을 갖는다. 기둥을 세우고 보를 얹은 다음 마룻대를
올리는데, 이 마룻대에 서까래를 걸고 기와를 올리면 구조가 완성된

다. 결국 상량식은 기능적인 구조물의 최종 단계를 기념하는 조상들의 의식인 것이다. 서예가가 상량문을 써 주면 제주가 이를 낭독하고, 목수들이 마룻대를 무명천에 묶어 당겨 올려 끼우는 것으로 끝난다. 우리는 목조주택이 아니어서 대들보도 없는 데다 집의 번영을 비는 형식적인 절차 같은 것은 끔찍이도 싫어해서 상량식은 생략했다. 대신 기념 수건을 제작하여 목수들에게 건네며 노고에 감사를 표했다. 그 밖에 공사 인부들뿐만 아니라 동네의 몇 안 되는 이웃들한테도 수건을 전하고 조촐하게 음식을 장만하여 자축했다.

준공과 등기를 마치고

골조가 완성되고 기와가 올라가고 내부 벽체와 창문 공사도 마무리되니 집이 제 모습을 드러냈다. 설비공사와 전기통신공사, 그리고 파이프를 묻고 바닥 공사를 끝낸 후 도배를 하여 내부공사를 마무리했다. 설비 파이프는 당시 최고급 자재였던 두께 1.2밀리미터의 풍산 동파이프를 사용하였다. 그런데 2016년 정년 퇴임 후에 구조변경을 하면서 이 파이프의 상태를 알아볼 기회가 생겼다. 파이프 일부를 잘라 내고 그 단면을 육안으로 관찰했더니 부식이 심하지 않고 온전한 모습이었다. 30여 년이 경과했는데도 파이프 상태가 양호하여 안심했다.

그 밖에 대부분의 인테리어 자재는 필요할 때 을지로 4가 일대에 있는 건축자재 판매상에 들러 구매했다. 마지막으로 앞마당 주차장 부분은 철망을 깔고 콘크리트를 부어 바닥을 다지고, 현관 돌계단과 정원 경계석 작업을 끝낸 뒤 고운 마사토로 돋워 정원을 만들었다. 마지막으로 담장을 두르고 철제 대문을 다는 것으로 전 공정을 끝냈다. 이때가 1986년 7월 초였다.

공사를 시작한 지 4개월 만에 준공검사를 받고 건축물대장을 받았다. 그럼에도 마음은 기쁘기는커녕 돌덩이처럼 가라앉았다. 보존등기를 내 명의로 하려면 가옥대장과 토지대장, 그리고 원매자의 주민등록등본과 인감증명이 필요했다. 여전히 긴장 상태가 지속되었다. 원매자가 자신이 대지를 팔았을 때보다 시세가 껑충 뛴 데다 집까지 지어져 있으니 무언가 강짜를 부리지 않을까 싶어 걱정을 했는데, 모든 게 기우였다. 그는 별다른 문제를 제기하지 않고 필요한 서류를 구비해 주었다.

이렇게 해서 내 인생 최고의 공사, 우리 부부와 두 아이, 그리고 어머니가 함께 사랑하며 정답게 살아갈 집의 공사가 비로소 마무리되었다.

나는 골조공사의 전 공정을 거치며 특히 눈에 보이지 않는 부분들은 모두 사진을 찍어 보관하고, 시공단계마다 세세하게 기록을 남겼다.

사소한 부주의도 있었다. 거푸집 내부에 나무토막을 남겨 두고 콘크리트를 채우는 바람에, 비가 오니 이 나무가 물을 먹어 마치 비가 새는 듯 벽체가 젖어 있었다. 그뿐만이 아니다. 외장에 쓰는 붉은 벽돌은 당시 고급 벽돌로 알려진 이화벽돌을 쓰고 온갖 주의를 기울였으나 백화현상이 나타날 기미가 보여, 할 수 없이 전체 외벽을 실리콘 방수액으로 발라야 했다.

공사가 마무리되고서는 예상치 못한 심각한 문제가 발생했다. 집 안에 열려 있는 하수구 여기저기에서 역겨운 냄새가 올라오는 바람에, 원인을 찾고 보수하느라 진땀을 흘렸다. 마당 한쪽에 만들어 놓은 맨홀 뚜껑을 덮으면 실내의 냄새가 더욱 심해지고, 열어 놓으면 정원에 서 있기가 어려울 정도였다. 유트랩 부착 같은 통상의 악취 차단 트랩은 효과가 없었다. 2층 통기관 끝에 팬을 달아 보기도 하고, 맨홀 뚜껑에 구멍을 내서 PVC관을 연결하여 굴뚝처럼 높이 올린 후 강제로 환기시켜도 만족스럽지 않았다.

그런데 의외로 간단한 데 해답이 있었다. 집에서 나가는 하수관이 맨홀 내부 상단에 노출되어 하수도 본관에서 올라오는 냄새가 스며든 것이었다. 맨홀 깊숙이 하수관을 묻어 고여 있는 오수 속에 잠기게 하니 깨끗하게 해결되었다. 잊지 못할 좋은 경험이었다.

매사 심각한 문제에 부닥치면 어려운 방법들만 동원하며 고민하고 해결을 위해 애썼던 것 같다. 하지만 해답은 늘 아주 간단한 데 있었다. 학문 연구에서도 종종 이런 경험이 있었다. "진실은 평범한 일상 속에 감춰져 있고, 위대한 법칙일수록 단순하다."라는 사실, 언제나 새겨 둘 만한 말이다.

집을 세 번은 지어 봐야 세상 물정도 알고 만족스러운 집을 지을 수 있다고 한다. 건축 인허가와 관련된 온갖 비리가 불법 건축물을 양산하고, 용적률을 높이려고 준공 허가가 떨어진 뒤에야 다시 건축이 시작되기도 한다. 복마전 그 자체다. 우리가 소위 '집장사 집'이라 부르는 집은 눈에 보이는 데는 여러 가지 마감재를 써서 튼튼해 보이도록 눈속임하지만, 내부는 부실하기 짝이 없다. 그러니 지은 지 2년도 안 되어 문짝이 뒤틀리고, 비가 새기도 하고 벽체에 금이 간다. 날림 공사의 문제점은 이루 말할 수 없다.

나도 여러 가지 어려움을 경험했다. 타지에서 설계가 들어오니까 감리는 온갖 구실을 들어 괴롭히고, 마지막 준공 신청을 할 때는 이유 없이 차일피일 미루기도 했다. 우리는 등기가 나와야 은행에서 자금을 빌릴 수 있었는데, 그때 속 끓인 일은 지금 생각해도 먹먹하다. 얼마나 애타고 힘들었는지 다시는 집을 짓지 않겠다는 생각을 수없이 했다.

일용직 인부들도 각양각색이었다. 믿고 일하기에는 도무지 책임감이 없었다. 도목수가 강압적으로 폭력을 사용하기까지 했다. 이 사람 저 사람 만나 일을 해 보면 세상 물정을 안다는 말이 빈말이 아니었다.

그야말로 우여곡절을 겪으며 땀과 고민을 쏟아부어 완성한 나의 집, 우리 집. 고요한 가운데 서재에 있노라면 집이 품어 낸 온갖 이야기들이 봄날 아지랑이처럼 솔솔 피어오른다.

3부

지식과 지혜의 샘을 찾아서

1장

대학생활 35년, 지식에서 지혜로

35년이란 세월은 강산이 세 번 바뀌고도 남는 시간이다. 나는 1981년 아주대 조교수로 부임하여 35년간 줄곧 교수로 봉직하고, 2017년 2월 정년퇴임했다.

35년은 무언가 이룰 수 있는 충분한 세월이다. 그사이 대한민국은 민주화를 이루고 선진국 대열에 진입하여 전 세계에서 유일무이한 고도성장 국가로 우뚝 섰다. 이런 성장을 뒷받침한 요소 중 가장 원천적인 동력은 인력이었고, 당연히 고급인력 양성을 뒷받침했던 대학도 그 변화의 중심에 있었다. 사회 전반의 산업화로 인한 변화의 폭과 깊이는 헤아리기 어려울 정도였다. 그런데 나는 교육에서도 연구에서도 크게 내세울 만한 업적이 없으니 후배 교수는 물론 내 손자들한테도 이를 드러내고 싶지 않은 심정이다. 이 책을 쓰는 것을 주저한 이유 중 하나도 바로 이것이다. 그럼에도 펜을 든 것은 격변하는 대내외 환경 속에서 나름 잘 버텨 왔다는 안도감과, 학문적으로 아쉬움은 있으나 주어진 여건에서 최선을 다해 가르치고 연구해 왔다는 자긍심이 있어서다.

대학생활 35년을 돌아보면 잘 사는 길은 멀리 있지 않았다. 잘 사는 것은 지혜를 사랑하고 실천하는 구도자적 삶에 있었고, 교수의 본분은 불확실성이 넘쳐나는 시대, 젊은 대학생들과 함께 자존감을 지켜 내며 자신만의 색깔로 변화를 만들어 가는 것이다. 마르크스는 "인간은 역사를 만든다. 그러나 자신이 만들고 있는 역사를 알지 못한다."라고 말했다. 평생 가르치고 연구하고 배우면서 대학인으로 한 길을 걸어왔지만 "자식에게 물려줄 밝은 미래가 있는가?"하고 자문자답해 보지 않을 수 없다. 대학의 시대적 소명도 언제나 질문 속에 있었다.

국가는 앞장서서 젊은이에게 다양한 배움의 기회를 주고 각자 능력을 최대한 발휘할 수 있게 해야 하고, 대학은 교육을 통해 수준 높은 시민을 양성해야 한다. 젊은이들이 조국을 부끄러워하면 미래가 없다. 지금은 서로 신뢰하고 마음을 얻어 공감하고 동행하는 시대다. 미래지향적이며 혁신적인 대학 교육의 변화가 필요한 이유다.

4차 산업혁명의 시대, 이제 또 한 번의 도약을 위해 대학이 나서야 할 때가 도래했다. 대학은 기초부터 다시 세우고 거듭나야 하고, 지식을 통해 미래를 선도해야 한다.

지식을 통해 무엇을 얻는다는 것은 새로운 이치를 묻는 질문의 탄생을 의미하기도 한다. 대학은 학생들이 삶 속에서 꾸준히 묻고 답하며, 배우고 알아 가는 지식을 전수해야 할 것이다. 그리고 학생은 몸으로 부딪혀 터득하는 지혜를 스스로 배우고 쌓아 가며 미래를 준비해야 한다.

지혜가 이치에 따라 행동하는 것이라면 우리는 말이 아닌 실제 보고 만지는 사물에 주목해야 한다. 지혜로운 자가 파도의 원리를 알아 물결을 타고 넘는다면, 지식인은 과학적 이해를 바탕으로 파도를 거슬러 갈 배를 만들어 낸다. 결국 지식을 배워 살길을 찾는 중에 이치를 얻게 된다는 말이다. 그런 지혜는 보편성을 갖게 된다. 워런 버핏(Warren Buffett)은 『월 스트리트 저널』 기자와의 인터뷰에서 자기 육체는 감가상각이 다 되어 이제는 거의 쓸모없게 되었으나 인간 본성에 대한 이해만큼은 일생 동안 계속 발전하고 있어, 지금 자신은 젊은 시절보다 더 현명해지고 있다고 말했다. 그와 함께 점심식사를 하면서 2~3시간을 보내기 위해 거액을 쓰는 사람들은 과연 그로부터 무엇을 얻고 싶은 것일까? 아마도 돈 버는 방법이나 기가 막힌 투자 정보를 얻으려는 것은 아닐 게다. 지혜의 나눔, 그것이 워런 버핏과의 점심시간이지 않을까?

흔히 대학교수의 임무를 교육, 연구 그리고 학교봉사 내지 사회에 대한 봉사 등으로 단순화하여 말한다. 이런 책무를 수행하면서 나는 무슨 생각으로 무얼 했으며 어떤 결과를 얻었는지 돌아보고, 또 격변기에 대학교수로 살며 내가 체험한 대학의 여러 모습을 진솔하게 기록으로 남기고 싶다. 그래서 후손, 후학들이 살아가는 데 참고가 된다면 감사한 일이고, 그렇지 않더라도 한 세대를 정리하는 보람은 있으리라 생각한다.

대학가 변화의 바람

내가 대학을 다니던 시절은 문리과대학이야말로 학문의 전당이며 대학생이라고 하면 '지성인'이란 말이 당연하게 받아들여졌다. 그 밖의 대학은 실용 학문을 하는 곳으로 직업학교와 같이 조금은 격이 떨어지는 것으로 생각했다. 인문학자들이 지성인이란 말을 독점하던 때다.

나는 '자유로운 인간'이라는 이상을 품고 평등, 박애를 생활화하면서 살아가는 프랑스에서 박사학위를 받았다. 그리고 귀국하자마자 대학 강단에 섰다. 대학교수요원으로 선발되어 유학을 다녀온 처지라, 교수직에 대한 열망은 겉으로 드러나지 않았다. 그래서였을까? 부임하고 강단에 서니 무엇 하나 갈피를 잡을 수 없었다. 내가 막연히 꿈꾸던 강의하고, 연구하고, 사색하고, 나만의 자유를 흠뻑 구가하는 생활은 현실과는 꽤 멀리 떨어져 있었다.

지난 35년간 대학가에는 여러 차례 큰 변화가 있었다. 내가 강단에 서기 시작한 1980년대 초는 5·18광주민주화운동이 촉발된 직후라 교정에 화염병과 최루탄이 난무하였다. 대학이 우후죽순처럼 생겨나며 양적 팽창도 심화되었다. 졸업정원제란 이름으로 면학 분위기를 조성하여 학생들의 관심을 강의실에 묶어 두려는 대학당국의 움직임이 눈에 보였다. 그러나 학생들이 교정에 갇히기는커녕 학생운동은 들불처럼 전국 단위로 확대되었다. 대학 총학생회 연합체, 소위 '전대협'이 결성되었고, 대규모 운동권 학생들의 민주화와 통일에 대한 열망이 시대정신을 압도하였다. 마침내 1987년 6월 민주항쟁으로 학생들의 저항은 절정을 이루었고, 그 결과 6·29 선언으로 한 시대가 매듭지어졌다. 곧이어 올림픽을 치르며 차츰 캠퍼스도 안정을 찾아 갔다.

이 무렵 대학은 전두환 정권 때 시행되었던 본고사를 폐지하고 졸업정원제에서 입학정원제로 다시 돌아갔고, 학부제가 고개를 들었다. 재수생 문제를 해결한다고 먼저 입학정원을 30퍼센트 늘려 놓고, 절대평가를 하지 않고 상대평가를 하니 학생과 교수 모두에게 압박감이 컸다. 일생이 좌우되는 대학 졸업을 걸고 어떻게 일률적으로 30퍼센트의 학생을 중도에 탈락시킬 수 있겠는가?

결국 문민정부 과도기를 거치며 1994년 대학입학정원 조정은 정부에서 대학으로 이관되었다. 교육 여건에 따라 대학이 자율적으로 정원을 조정할 수 있게 되자, 초기에는 학생 수가 늘어 캠퍼스에는 학생들이 넘쳐났다. 그런데 채 10년도 안 되어 상황이 역전되었다. 2004년 입학자원 감소로 정원감축을 유도하기 위한 정부 인센티브가 주어지기 시작했다. 또 학문 다양성을 수용하고 경쟁력 있는 인력을 공급한다는 목적으로 학부제가 시행되었다.

마지막으로 국민의 정부가 들어서면서 대학원 교육이 활기를 띠기 시작했다. 1999년에는 세계적 수준의 대학원을 육성하고 학문

후속 세대인 우수한 연구인력을 양성하려는 목적으로 국가가 대학에 집중 지원하는 '두뇌한국 BK21' 사업이 실시되었다. 한편으로는 전공부실화란 미명하에 다시 종래 학과로 회귀하는 대학과 전공이 늘어났다. 게다가 국가가 IMF 위기를 맞으며 대학가에도 신자유주의 열풍이 몰아치기 시작했다. 학생들과 막걸리를 마시며 인생을 논했던 캠퍼스는 어느새 지식기반 경제라는 틀 속에서 취업을 위한 전쟁터로 바뀌었다.

이러한 변화의 바람은 대학가를 흔들었다. 수요자인 학생을 배제하고 국가와 학교, 교수가 함께 일으킨 공급자 중심 흔들기였다. 시대가 요구하는 지식과 기술을 교육한다는 명분이 앞섰지만 결과는 늘 제자리였다. 하지만 대학이 처한 내외환경이 달라지면서 강의하고 연구하는 교수의 일상도 바뀌어 갔다.

나는 완전히 다른 길을 걷기로 작심했다. 매사 교수 중심에서 학생 중심으로, 강의 방식도 지식에서 지혜로, 연구주제도 시류에 편승한 연구에서 물질 본성을 추구하는 진리 탐구로 그 중심을 이동시켰다. 지식은 기본 개념과 원리를 토대로 쌓아 가야 한다는 믿음에서였다.

지난 35년간 교육의 본질은 달라지지 않았는데 학생들이 들어오고 나가는 교육정책만은 관료들 입맛 따라 수도 없이 바뀌었다. 이런 교육환경 속에서 대학생을 가르치고 연구해 온 하루하루가 어느새 35년이 되었다.

나의 하루, 그리고 반평생

아주대 캠퍼스는 수원 원천호수 근처에 있다. 내가 부임
했을 때는 주위가 아직도 딸기밭이었고, 학교 건물도 손으로 꼽을
정도의 5~6개 규모였다. 그럼에도 조교수로 임용되자 서관에 7평
남짓한 교수연구실이 배정되었다. 연구실에는 기본적으로 필요한
책상과 책장, 캐비닛 하나와 응접세트가 딸려 왔다. 학생 상담과 외
부 방문객을 접대하기 위한 사무용 가구다. 교수들은 여기에 커피와
차를 나눌 수 있게 자비로 음료기구를 갖춘다. 나도 즐거운 차 한잔
으로 하루를 시작했는데, 그렇게 반평생이 하루같이 지나갔다. 출퇴
근 시간이 따로 정해져 있지 않지만 늘 같은 시간에 연구실에 나와
강의 준비를 하고, 강의하고, 실험실을 살피며 대학원생들과 얘기를
나누다가 퇴근한다.

나는 햇병아리 교수인데도 혼자 쓰는 연구실을 배정받아서 곁불
을 쬐지 않는 특권의식도 살짝 누리며 자유를 만끽했다. 가까운 일
본은 2000년대 중반에서야 1인 1실 연구실이 배정되었고, 유럽 대
학은 대부분 직급에 따라 차등을 둔다. 교수진이 10여 명 되는 과 규
모라면 교수(professor)는 한둘이고 나머지는 대부분 강사(lecturer)다.

이런 사정을 아는지라, 하늘같이 높아만 보이던 지도교수 밑에서
고생고생하다가 책상 앞 회전의자에 앉아서 강의 준비를 할 때면
나도 모르게 어깨가 절로 우쭐하였다. 게다가 우리나라 대부분의 대
학과 비교해도 월급도 상위 5위권으로 높았다. 사기가 충천했고 커

리어 출발은 산뜻했다.

외국 대학의 교수는 어땠을까? 경쟁에서 살아남기 위해 교수가 피나는 노력을 한다는 말이 대학가에 무성했다. 하지만 1980년대 초부터 1990년대 중반 캠퍼스가 안정을 찾기까지 한국 대학의 사정은 아직 먼 산 불구경이었다. 학생들이 폭발적으로 늘어나고 졸업 이수학점도 많아서 대부분 교수는 강의하는 것만으로도 허덕였다.

나는 1981년 조교수로 임용되고 나서 4년 후 부교수로, 그리고 또 5년 후 정교수로 별 어려움 없이 승진했다. 나중에는 승진요건이 점차 강화되어 갔지만 그때는 저자 단독으로 환산하여 1년에 1편 정도 논문을 쓰면 교수직이 위협받는 일은 없었다. 임용 초기에는 5~7과목의 강의 준비에, 여러 학회에 불려 다니느라 정신이 없었지만, 학생 지도와 강의에 이력이 붙으면서 곧 여유를 찾았다.

당시는 컴퓨터 이용이 아직 보편화되기 전이라 일상적인 삶이 지금과는 판이하게 달랐다. 강의 노트도 강의도 모두 손으로 직접 써서 하고, 행정사무도 직원을 찾아다니며 만나서 해결하고, 참고문헌을 보려면 중앙도서관에 가서 일일이 들추어 봐야 했다. 만일 찾지 못하면 직원에게 부탁하여 타 대학 소재지를 찾아 의뢰하고, 논문이라도 작성하려면 타자기를 동원했다. 몸을 움직이고 느긋하게 기다리는, 요즈음 말하는 전형적인 아날로그적 삶이었다.

문명의 이기가 잡무를 줄여 주고 생활을 편리하게 하는 것은 부인하지 못한다. 하지만 예나 지금이나 젊은 교수는 과중한 업무에 바쁘기만 하다. 논문 써서 승진도 해야 하고, 가정에서 아이도 돌보아야 하고, 게다가 몸으로 때워야 하는 학교 봉사 등에도 빠질 수 없었다. 그래서 교수들은 대부분 개인 연구와 같이 중요한 일들은 그때그때 처리하지 못하고 일단 방학으로 미루어 놓고 학기 내내 버텼다. 그러나 막상 성적 처리를 끝내고 숨을 돌리려 하면 방학도 끝났다. 곧 여름학기가 시작되고, 미뤄 두었던 학내외 각종 위원회도 수시로 참석해야 했다. 학생 유치와 취업을 돕기 위해 고등학교도 방문하고 기업체나 공공기관도 몇 군데 다녀와야 한다. 사람들은 교수라고 하면 모두 여유 있고 편하게 시간을 보내고 방학은 아예 노는 것으로 생각하지만, 그렇지 않다.

교수 생활 7~8년이 되면서 나에게도 느린 시간이 찾아오기는 했다. 대학원 교육이 활성화되지 않아서 언감생심 연구는 바라지도 못하고, 강의 시간에 맞추어 적당히 강의하면 그만일 때였다. 학부 실험실의 준비실 한편에 연구 장비를 갖추고 손수 실험을 하는 교수도 있었지만 그런 공간도 원로 교수한테나 가능했다. 졸업학점이 160학점이던 시절이라 주당 강의 시간이 15~18시간 정도 되니 중간 자투리 시간에는 무얼 할 수도 없었다. 그러다 1988년 박사후과정으로 미국 코네티컷 주립대학에 다녀오면서 교수 생활은 이전과 달라졌다.

코네티컷 주립대학 교환교수로

1988년 겨울, 나는 교환교수 자격으로 코네티컷 주립대학(UCONN) 물질연구소(IMS, Institute of Materials Sciencs)로 떠났다. 연구하던 액정고분자 분야 박사후과정에 동시에 지원했는데 다행히 통과되어 1년에 2만 2천 달러의 지원금도 받을 수 있게 되었다.

뉴욕과 보스턴의 중간쯤에 위치한 작은 대학도시 스톨스(Storrs)에서 가족과 함께 1년을 살았다. 아내도 미국 대학을 살펴보다가 코네티컷 주립대의 모성영양학 분야 연구가 비교적 활발한 것을 알고 기뻐하였다. 유학 생활처럼 박사후과정도 아내와 함께 할 수 있게 되어 기뻤다. 모시고 살던 어머니의 비자가 거부되면서 작은 어려움도 있었지만, 아이들이 할머니를 무척 사랑한다는 말에 즉시 발급받을 수 있었다. 그때 큰딸 재은이가 초등학교 1학년, 둘째 딸 형은이는 유치원 다닐 때였다.

당시 대부분의 한국 교수들의 교환교수 생활은 보기에 따라서는 시간이나 주어진 과제, 연구 등에 부담이 없는 편안한 생활이었다. 이때 골프에 입문하고 미국 대륙을 횡단하는 사람도 있다고 하는데, 매월 급료 형식으로 지원받고 있던 나는 그런 여유 없이 매일 출근부에 서명하며 다녀야 했다.

나의 박사후과정 연구과제는 IMS(Institute of Materials Science) 고분자 프로그램의 수장인 로버트 와이스(Robert Weiss) 교수가 제프리 코버스타인(Jeffrey Koberstein) 교수와 협의해서 결정하도록 계획되어 있었다. 나는 곧 그와 상의하여 몇 가지 주제 중 하나를 택했는데, 그의 제자가 미해결 과제로 남겨 두었던 '중성자산란 실험 자료를 분석하여 블록공중합체 미세구조를 파악'하는 연구였다. 그래서 직접 실험은 하지 않고 이미 확보한 데이터를 가지고 컴퓨터를 이용하여 분석하는 연구만을 수행했다. 이 연구결과가 좋아 그도 만족해 하고, 나중에 이를 고분자 분야의 간판 학술저널인 『Macromolecules』에 게재할 수 있었다.

공식적 신분은 박사후과정생이지만 인간적으로 나를 교수로 대해 준 두 교수 덕분에 틈틈이 미국 여행도 할 수 있었다. 특히 제프교수의 배려가 기억에 오래 남는다. 4월에는 출장차 미국표준연구소 NBS(National Bureau of Standards)에 다녀오면서 마침 도그 우드(꽃산딸나무)가 만발한 근처의 수도 워싱턴을 방문했고, 또 가을에는 캐나다 토론토에서 열리는 북미 화학회에 참석하면서 가는 길에 나이아가라 폭포를 구경하는 기회를 가질 수 있었다. 고마운 마음을 전하고 싶다.

지성인과는 거리가 먼 대학생들의 행태

교수 생활 10년차인 1990년대에 들어서자 지식 밑천도 고갈되고 교수직에도 회의감이 들었다. 강의에도 흥미를 잃어 갔다. 그때 대학문화의 부정적 현실이 세세하게 인식되기 시작했다. 이 무렵은 또 내 생애 처음 불면이 따라붙는 시기이기도 했다.

반평생을 대학에서 보낸 사람이 대학의 주역인 대학생을 폄하하고 비판하려니 마음이 내키지 않는다. 하지만 이런 현실 인식이 내 대학 생활의 기조를 바꾸는 계기가 되었기에 불편한 마음으로 몇 자 적어 보겠다.

제일 먼저 마음에 거슬린 것은 학생들의 배움의 자세였다. 특히 전공이 시작되기 전 1, 2학년 학생들의 수업 태도가 매우 나빴다. 대학에는 왜 들어왔는가 묻고 싶을 정도로, 도무지 강의에 대한 열의도 없고 뒷좌석에 앉아 졸거나 시간만 때우기 일쑤였다. 그나마 군대를 다녀와 복학한 학생들은 품행은 방정했지만, 이들은 취업을 앞두고 학점에만 매달려서 진도를 따라가는 데도 힘에 부쳐 아우성이었다.

학생들은 기초적인 생활예절도 부족했다. 강의실에서 모자 쓰고, 슬리퍼 신고, 떠들고, 아무 데나 담배꽁초 버리고, 침 뱉고 등등 이루 다 열거할 수 없을 정도로 대학생들의 일거수일투족은 도저히 지성인의 모습과는 거리가 멀었다. 학생들의 자유분방한 태도는 시간이 흐를수록 더욱 심각해져서, 허락도 없이 강의 시간에 교실을 드나들고, 노골적으로 책상에 엎드려 자면서도 너무도 당당했다. 반면 교수의 권위는 땅에 떨어졌다. 강의하고 월급 받는 것만으로 만족하기에는 미래가 너무 암담했다.

교수직을 염원할 때는 학생들과의 즐거운 생활을 예상했지만 현실은 그렇지 않았다. 실망감은 높아 가고 열정은 식어 갔다. 이 무렵

이직도 고려했고 소위 명문대로 갈 기회도 있었으나, 직장을 옮기는 것은 아무래도 부담스러웠다. 생계 문제가 해결되니 조금은 사치스러운 생각이 지배했던 것은 아니었는지 돌아본다.

할 일이 없는 것은 그 자체가 고통이 아니다. 젊어도 한창 젊은 나이에 자신의 능력과 한계를 시험할 수 없다는 사실이 더 고통스러웠다. 전성기를 낭비하는 것은 아닌지 심각하게 고민했다. 그리고 내가 할 수 있는 일부터 하자고 마음을 가다듬었다.

학생들의 수업 태도가 부실하고 강의 내용을 이해하지 못한 책임은 일차적으로 교수에게 있다. 학생들이 학교 문턱을 밟은 순간부터 누적된 학습 태도가 대학 강의실에서 자연스럽게 표출되고 있는 것이리라.

예나 지금이나 교육은 학생들이 스스로 무엇을 원하고 배우고 싶은지, 그리고 무엇을 잘하는지 답을 찾도록 도와 주어야 한다. 또 초중고 과정에서 기본적인 인성교육에 실패했다면, 대학은 그 나름의 권위에 안주하지 말고 이를 받아들이고 부족한 부분을 채워 줘야 한다.

20여 년을 감옥에서 보낸 신영복 교수의 말씀은 새겨 둘 만하다. 사람을 설득하거나 지식을 주입하려 해서는 안 된다는 것, 사람의 생각은 자기가 살아온 삶의 결론이라는 것, 그래서 "강의 상한은 공감"이라 한다. 대학생들에게 적용해도 지당한 얘기처럼 들린다.

관점을 바꾸고 시선을 학생에게로 돌려 보자. 변화의 원천은 무엇이고 어떻게 변화될 수 있을지 모르지만, 일단 학생들을 존중하고 그들의 공감을 얻도록 하자. 사람이라면 자극받고 깨달음을 원할 것이다. 시대가 요구하는 창의성은 개별적 천재에서 개개인 상호협력의 산물로 옮겨 가고 있지 않은가. 학생들 간 신뢰와 소통을 강화하고 교수와 학생 협력의 네트워크를 구성하여 강의를 수요자 중심으로 옮겨 보자. 내가 만족하는 강의가 아니라 학생들이 스스로 만족하는 강의를 시도해 보자. 이런 생각으로 마음을 다잡았다.

『고분자의 구조와 형태학』을 저술하다

대학교수는 학문을 연구하고 학생들에게 수준 높은 강의를 해야 한다. 또한 학생들이 지덕을 갖춘 교양인의 길을 가도록 교육해야 한다. 주어진 현실을 그대로 수용하니 평소 보이지 않던 것들이 보였다.

학과 원로 교수이신 목영일 교수님의 소개로 학술총서 발간을 지원하는 대우재단의 문을 두드렸다. 비록 대학원이 부실하고 연구 여건이 구비되지 않아서 직접 실험을 통한 연구는 할 수 없었지만, 문헌 고찰을 해서라도 전문지식을 섭렵하고 전수해 보자는 의도에서였다.

다행히 '고분자 구조와 형태학'이라는 주제로 600만 원의 지원금을 받게 되었다. 자료 수집하고 원고 쓰는 비용으로는 적지 않은 금액이다. 코네티컷 대학에 교환교수로 있으면서 코버스타인 교수와 나눈 많은 학술적 토론과 스트라스부르 박사학위 과정 중 들었던 강의 노트를 근간으로 삼아 도서관을 드나들며 구체적 지식으로 살을 붙여 정리했다.

고분자란 물질은 거대하고 길다. 겉모양인 형(形, shape)과 속 모양인 태(態, form)를 명확히 구분하기 어렵고, 변화의 폭과 깊이가 무한하다. 책을 쓰다 보니 '큰 모양은 정해진 꼴이 없다(대상무형, 大象無形).'라는 노자의 가르침이 떠올랐다.

나무를 보자. 같은 소나무라도 기후환경과 토양, 인근 나무와 더불어 성장하는 상호 관계에 따라 나이테라고 부르는 속 구조가 달라진다. 생장 연륜과 역사를 품고 있기 때문이다. 단위세포 속 DNA가 달라서인지, 아니면 단지 세포가 성장하면서 생기는 생장 차이인지, 형과 태가 동의 중복처럼 보이지만 속 구조는 각양각색이고 난해하다.

생물고분자뿐만 아니라 합성고분자 구조도 이와 유사하다. 분자의 덩치가 크고 길어서 아무리 온도를 높여도 날아다닐 수 없다. 고분자는 결코 기체가 될 수 없는 물질이다. 그렇다고 고체상 경계가 뚜렷한 것도 아니다. 시간에 따른 움직임이 끊이지 않고, 소재가 점점 굳어지면서 변한다. 나는 이런 고분자 고형물질의 다양한 계층구조와 형태를 그려 보고자 했다.

책을 쓰는 작업이 연구과제로 선정되어 있었으므로 정해진 시간표에 따라 움직여야 했다. 일단 학술총서 초고를 부랴부랴 끝낸 후내가 인용한 학술자료의 게재 허가도 받고 관련 학자들의 학문적 견해도 들을 겸 해외 유명 연구실을 방문했다. 영국 브리스톨 대학의 켈러 교수실이나 뢰딩 대학 바세트, 그리고 내가 박사학위를 이수했던 스트라스부르 고분자연구소 롯츠 박사와 비트만 박사 연구실 등이었다. 이렇게 책을 쓰고 자료를 갖추며 바쁘게 2년을 보냈다.

마침내 1992년, 430쪽 분량의 책을 완성하여 출판을 의뢰했다. 그리고 곧 흰색과 주황색 면이 가로로 위아래 반씩 나뉘어 디자인된, 눈에

나의 첫 저서 『고분자의 구조와 형태학』(대우학술총서 자연과학 78, 민음사, 1992).

익은 겉표지의 대우학술총서가 드디어 세상에 나왔다.* 손에 쥐니 가슴이 뿌듯했다. 이 책은 그후 1995년에 다시 증보판을 냈다.

시기를 놓친 인생은 빈 지갑과 같다고 한다. 돌아보면 시의적절한 노력의 결실이었다. 학회에서 만나는 연구자들이 책 내용이 좋았다고 인사할 때마다 보람과 자부심이 느껴졌다. 책이 발간되자마자 마침 대학원 교육도 본격화되면서 이 책을 교재로 쓰기 시작했다. 학생들 앞에 내가 쓴 책을 들고 서니 비로소 학자로서 한 발짝 내디딘 기분이었다.

---

* 이석현, 『고분자의 구조와 형태학』, 민음사, 1992.

"모든 노력은 단지 바다에 붓는 한 방울 물과 같다. 하지만 만일 내가 그 한 방울의 물을 붓지 않았다면 바다는 그 한 방울만큼 줄어들 것이다." 마더 테레사가 한 말이다. 이것이 변화를 일구어 가는 바른 자세일 것이다. 학문의 세계에서도 이런 생각이 들 때가 가끔 있다. 당장 월척부터 낚으려 하면 좌절하거나 실패한다. 시작은 늘 미미하다. 모든 움직임에는 모멘텀이 축적되어야 하기 때문이다.

나는 고분자 구조와 형태학에 관한 많은 학술논문을 숙고하며 읽었다. 이를 다시 내 안목으로 엮은 후 학술적으로 그 가치를 살폈다. 이렇게 나름대로 지식을 간추린 책이 완성되어 나오자 긍지를 갖고 학교 생활에도 충실할 수 있었다. 시류에 흔들리지 않는 나만의 진정한 연구, 그 시작을 알리는 팡파레였다. 이 책은 30여 년이 흐른 지금도 내용이 충실하고 핵심을 잘 짚었다고 자평할 수 있다. 정년 후 내 서가를 빛내 주는 책 중 하나가 된 이유다.

교수 생활 마지막 10년을 보내고

교수 생활 10년을 돌아보면서 어떤 자세로 가르치고 연구할 것인가 다짐했던 각오들을 되새겨 볼 겨를도 없이 또 다른 10여 년이 흘렀다. 1999년에 시작되었던 두뇌한국21(BK) 사업 1단계 7년이 끝나고 단장직에서 해방되니 정년이 머지않았다. 나이가 비슷한 동년배끼리는 열 손가락으로 꼽아 가며 남은 기간을 가리키고 웃곤

했다. 내려가는 삶의 시작이다.

전문 분야의 지적 호기심이 줄고 연구 의욕도 꺾여 갔다. 학회 활동이나 회의 참석 같은 공적 활동도 뜸해졌다. 지식을 창출하여 학술적 업적을 쌓아 가려는 노력보다는 학생들을 잘 가르치는 일에 더 관심을 갖게 되었다. 지(知)는 배움[學]과 가르침[敎]을 통해서 얻는다는 말이 새삼 중요한 의미로 인식되었다.

무슨 일이든 일은 사람이 하는 것이다. 학생들을 가르치고, 사물의 이치를 탐구하는 것이 별개가 아니다. 나를 알고, 학생을 알고, 인간의 본질을 알면 지혜가 보인다. 워런 버핏이 평생 주식투자를 하면서 주식에만 통달했겠는가? 그는 주식의 역사를 꿰뚫고 더 나아가 삶의 전 분야를 아우르는 통찰력이 남다를 것이기에, 사람들이 그와 식사를 하면서 그런 지혜를 전수받고 싶어 하는 것이다.

나는 학문의 즐거움을 다시 새기며 이제는 삶과 유리되지 않는 폭넓은 지식을 추구하고 싶었다. 지혜로운 자, 현자 되는 것이 내 마지막 과제이자 목표가 된 것이다. 지식에서 지혜로 그 틀이 설정됨에 따라, 하고 싶었고 또 해 보고 싶은 강의와 연구가 마지막 10년 과제가 되었다.

정년이 몇 년 앞으로 다가오자 은퇴란 말이 유독 자주 들렸다. 모두들 이구동성으로 은퇴는 헌 타이어를 새 타이어로 갈아 끼우는 것이라고 했다. 영어 단어 retire의 한 의미만을 부각하여 앵무새처럼 반복해서 들었던 말이다.

물론 나도 새 타이어를 굴리고 힘차게 다음 삶을 향해 첫걸음을 내딛고 싶은 마음은 굴뚝 같았다. 하지만 미래는 안개 속에 있었다. 무엇을 어떻게 시작하고 또 목표로 할 것인가 분명하게 정리되지 않아서 답답하기만 했다. 무언가 변화가 필요했다. 고민 끝에 해외 여행을 계획하고 다녀왔다.

우리 시대의 위대한 과학자라고 하면 누구나 주저하지 않고 뉴턴과 아인슈타인을 꼽는다. 하지만 나는 다른 두 사람도 같은 반열에 올리고 싶다. 지동설과 진화론을 주장한 코페르니쿠스와 다윈이다. 두 학자는 지구가 우주의 중심도 아니고, 인간이 지구의 주인도 아니라고 말한다. 두 사람 다 지구와 우주 사이를 갈라 놓는 심연을 걸어 냈다. 사고의 전환이 너무도 대담하고 그 영향이 지구촌 사람들에게 미치는 훌륭한 과학자다.

정년 여행을 구상하고 코페르니쿠스의 나라 폴란드부터 다녀온 까닭도 이러한 이유에서였다. 지정학적 위치가 우리나라와 흡사한 폴란드는 동서로 러시아와 독일이라는 강대국의 틈바구니에서도 끈질기게 역사와 고유문화를 간직해 온 강인한 나라다. 우리에게 잘 알려진 교황 요한 바오로 2세와 과학자 마담 퀴리, 음악가 쇼팽 등 세계적인 인물들도 모두 폴란드 태생이다. 폴란드가 어떻게 걸출한 음악가와 과학자를 배출할 수 있었는지 궁금했다. 마침 전공 분야가 같은 폴란드 대학교수의 정년 기념 학술대회가 있어 참석하는 김에 역사적으로 유명한 두 과학자의 발자취를 따라가 보고 싶었다. 또 폴란드에서는 유태인 학살 현장인 아우슈비츠도 방문했다. 펜데레츠키가 작곡한 〈히로시마 희생자를 위한 애가〉에는 대량학살의 참상에 대해 분노하고 아픔을 공감하게 하는 메시지가 함축돼 있다.

두 번째 여행은 우리 민족의 시원을 찾아 러시아 시베리아 횡단 열차를 탔다. 시베리아 횡단 여행은 블라디보스토크에서 기차를 타고 이르쿠츠크에 내려서 인류 기원과 관련된 비밀을 간직하고 있는 바이칼 호를 돌아 보는 것이었다. 한겨울이라 꽁꽁 얼어붙은 호수가 장관이었다. 호수 수면 위를 걷고 걸었다. 우리 민족의 조상 격인 코린 부랴트족의 탄생설화가 있는 알혼 섬과 부르한 바위도 밟아 보았다.

나에게 여행은 시간과 공간이 새롭게 인식되는 계기이다. 때로는 과거로, 때로는 미래로. 현재 어느 길로 가야 할지 더 이상 알 수 없을 때, 그때가 바로 여행의 시작이다.[*]

정년 소회

개성 있는 목소리가 매력적인 김필이라는 가수가 있다. 〈청춘〉이라는 노래를 부르는데, 목소리 때문인지 들을 때마다 진한 울림이 있다. 이 노래는 내가 교수로 임용되던 해인 1981년에 김창완의 록 밴드 '산울림'이 발표한 곡이다. 제목도 '청춘'이라 그립고 애달프다. 이 글을 쓰는 내내 블루투스 스피커로 듣고 있는데, 듣고

---

[*] 류시화 엮음, 『사랑하라 한 번도 상처받지 않은 것처럼』, 오래된미래, 2016, 108쪽. 나짐 히크메트 시 「여행」의 마지막 구절 참조.

또 들어도 좋다. 청춘의 순진한 푸른빛이 담긴 듯하고, 그 향기가 기억과 감정을 다시 부른다. 아름답고 애잔한 곡조가 정년 소회에 젖어 있는 내 마음을 감싸 준다. 지나온 삶, 꿈같은 여정에 나를 비껴 간 세월이 무정하기만 하다.

정년의 소회를 묻는 아주대 학보사 기자와의 대담에서, 나는 학생들이 성적에만 매달리는 것이 안타까워 스토리텔링을 만들어 가라는 이야기를 꺼냈다. 젊음이란 자기에게 주어진 한계를 하나하나 벗겨 가면서 새로운 것에 도전하는 것이니, 추락을 겁내지 말고 날아 보라고 말이다.

날아 봐야 실패도 하고 성공도 한다. 젊었을 때 여기저기 부딪쳐 보고 앞으로 나가면서 자기 삶 얘기를 진솔하게 써 나가라고 당부했다. 대학은 이렇게 도전하는 젊은이를 응원하며 사고와 가치의 한계를 극복하고, 타인을 배려하고, 공익에 기여하는 사람으로 성장하도록 자극을 주고 도와주는 곳이다.

자아를 찾아 나서는 인생길에는 정년이 따로 없다. 돌이켜 보건대 아쉬움이 있다면 나 자신의 스토리텔링이 빈약했다는 것이다. 교수라는 직업에 안주하다 보니 변화를 일구는 데 소홀했다. 말은 쉽지만 실천하기가 어려운 것이 도전하라는 말인데, 학생들한테 너무도 헤프게 이 말을 하지 않았나 가끔 후회된다.

사실 학습과 탐구를 업으로 하는 교수만큼 실패를 밥 먹듯 하는 사람이나 직업은 없을 것이다. 실패 없이는 독창성 있는 연구가 나올 수 없기 때문이다. 그래서 실패가 새로운 정보를 가져올 것으로 믿고 이를 두려워하지 말라고 자주 말했는데, 미래가 불확실한 학생들에게는 이것도 가혹한 말일 수 있다. 취업하기까지 평균 30통의 이력서를 쓰고 최소 5번의 시험을 보아야 한다는데, 현실을 모르고 무슨 한가한 말을 하느냐고 되물으면 말을 거두어들일 수밖에 없는 딱한 처지다.

"도전은 계속된다, 멋있게 이기는 것보다 잘 져야 한다".[*] 이것은 이기고 지는 것을 업으로 하는 박항서 축구 감독이 선수들한테 해 준 말이다. 무슨 의미일까? 계속되는 승부 세계에서 일희일비하지 말고 배움의 자세를 견지하라는 것이다. 매 경기 이길 수 있다는 확신으로 스스로를 다져 가야 한다.

과 후배 교수들이 정년을 앞두고 마지막 강연 기회를 마련했다. 나는 강연에 참석한 교수, 학생, 직원 모두에게 김용택 시인이 엮어 펴낸 시집 『삶이 너에게 해답을 가져다줄 것이다』를 나누어 드렸다.[**] 내 정년 소감을 이 시집 속 이상국 시인의 시 「국수가 먹고 싶다」로 대신하고 싶어서였다. 시 전문을 아래에 옮긴다.

대학 강단을 떠나는 내 마음은 소를 팔고 뒤돌아서는 농부의 기분이랄까? 이제는 나도 대학 교정을 벗어나 모든 사람에게 마음의 문을 열고 어머니처럼 따스한 손길을 내밀고 싶다. 뒷모습이 허전한 사람들과 서로를 위로해 주는 국수를 먹듯 말이다.

---

[*] 박항서, 『중앙일보』, 2020. 1. 1. 2면 기사.
[**] 김용택 엮음, 『삶이 너에게 해답을 가져다줄 것이다』, 마음의숲, 2016, 42쪽.

국수가 먹고 싶다

이상국

사는 일은 밥처럼 물리지 않는 것이라지만
때로는 허름한 식당에서
어머니 같은 여자가 끓여 주는 국수가 먹고 싶다.
삶의 모서리에
마음을 다치고 길거리에 나서면
고향 장거리 길로 소 팔고 돌아오듯
뒷모습이 허전한 사람들과 국수가 먹고 싶다.

세상은 큰 잔칫집 같아도
어느 곳에선가 늘 울고 싶은 사람들이 있어.
마음의 문들은 닫히고 어둠이 허기 같은 저녁
눈물 자국 때문에
속이 훤히 들여다보이는 사람들과
따뜻한 국수가 먹고 싶다.

2장

입학대책본부장과
BK 사업단장으로서의 소회

대학생들에 대한 실망이 커서 좌절감이 밀려오던 40대 초반이다. 나 자신도 젊었을 때라 대학교수가 학생들 사생활에 개입할 수도 없고, 개입해서는 안 된다고 생각했다. 월급 받고 강의하고 연구만 하면 된다는 직업의식이 지배했다. 그런데 정교수로 승진하고 교수로서 면모를 갖추어 가면서 교육을 서비스업으로 분류한 이유를 알기 시작했다. 교수란 직업이 단순히 생계를 위한 일이 아니라 'vocation', 즉 사명감이나 소명의식이 있는 천직이라는 생각으로 바뀌어 갔다.

매력적으로 다가오는 목표가 있으면 열정이 생긴다. 그래서 대학 전반에 관심을 갖고, 맡겨진 일도 더욱 열성적으로 하기 시작했다. 학생들 개인사는 물론 학과 체육회나 동문회, 그리고 학교 봉사에도 관심을 쏟았다.

1994년은 수학능력시험이 최초로 실시되고, 전국단위의 대학 서열화가 수능 성적으로 매겨지는 첫해였다. 나는 교무처 산하 입학대책본부장이라는 직책을 맡게 되었다. 당시 아주대학을 지원하는 학생들 사이에 눈치 보기가 극에 달해, 한 해가 좋은 성적이면 다른 한 해는 미달하는 흐름이 반복되었다. 그래서 학교에서 특단의 입시대책을 세워야 한다면서 새로 만든 기구였다. 그러니 무엇보다도 첫 단추를 잘 꿰어야 했다.

나는 당시에는 소수 전문가만 쓰고 있던 통계 패키지를 활용하여 국내 대학 입시 환경을 체계적으로 면밀히 분석하고, 이를 아주대학 입학 정책 수립에 활용하며 그 실상을 널리 알리기로 했다. 다행히 아주대에 대한 전반적인 이미지는 부정적이지 않았다. 무엇보다도 대우그룹과 함께 성장하는 대학으로서 발전 가능성이 열려 있었다.

먼저 한 명이라도 아주대에 졸업생을 보내 준 전국 1,000여 개 고등학교의 실태를 통계적으로 분석하여 기여도를 수치화했다. 아주대 경영대학과 대학원을 졸업한 윤혜정 씨가 멋지게 이 일을 해냈다. 한정된 예산을 효과적으로 쓰기 위한 작업이었다.

기초자료가 완성되자 고등학교 교사들의 입시지도에 실질적으로 도움을 주면서 학교 홍보를 하는 방안을 모색했다. 수능 시험 첫해라 일선에서 학생들을 지도하는 교사들의 혼란이 극심했다. 그래서 전국 수학 선생님들을 아주대학 강당에 초청하여, 수능시험을 대비해 어떤 내용을 어떻게 중점적으로 가르쳐야 하는가에 대한 토론의

장을 만들었다. 발제자로 서울과학고 수학교사를 초청하여 발표하게 하고, 이를 바탕으로 전국에서 500명이 넘는 수학 교사들이 참여하여 활발하게 토론도 하고, 의견도 교환하는 값진 자리였다. 이때 아주대 입학정책 자료도 만들어 배포하며 아주대학교의 발전상을 진솔하게 알렸다. 일선 선생님들 호응이 좋아 이를 전국단위로 확대하기로 하였다.

우리나라 고3 학생들에 대한 입시지도는 지역마다 조금씩 달랐다. 학교마다 진학 전담 교사가 있고, 지역연합체도 조직되어 있었다. 당시 대학들은 흔히 '방석 스타일'이라 해서, 입시철이면 학교별로 진학 담당 주임교사를 음식점으로 초대하여 입학 정책을 알리고 우수학생을 유치했지만 나는 그런 방식이 싫었다. 고3 학생들이 대학을 선택하는 의사결정행태를 분석하고, 고3 담임선생님들을 지역별로 동시에 초청하여 입학 정책을 알리는 입시설명회를 기획하고 준비했다. 모든 고3 담임선생님께 다이렉트 메일을 발송하고, 제주도를 시작으로 지방을 순회하였다. 대미는 4,000여 명이 모인 서울인터콘티넨탈호텔 그랜드볼룸에서의 모임으로 장식했다.

이런 입시설명회는 전국에서 우리 대학이 처음이었다. 선생님들 호응도 좋았고 진지했다. 몇 년 후 서울 대형 대학들도 같은 방식으로 입시홍보를 시작했고 지금은 많은 대학들이 연례행사처럼 입시설명회를 연다. 대개 이런 모임은 학교 홍보라는 일방적 모임이 되기 쉬운데, 우리는 서로 다른 고등학교 선생님들이 한자리에 모여 수평적인 정보를 교환하는 창구가 되도록 했다. 또한 고3 학생들이 필요로 하는 사항들에 대해 선생님 의견을 듣고, 이를 리스트로 만들어 우선순위를 정한 후 학교 당국에 건의했다. 그때 1순위로 나타난 건의사항이 지방 학생을 수용하기 위한 기숙사 건립이었다. 몇 년 후 기숙사가 확충되어 사생이 1,000명 수준으로 확대되는 계기가 만들어졌다. 입학을 전담하는 보직을 맡고 이런 일들을 진행한 보람이 있었다.

대학의 발전계획과 과제

대학교수는 해마다 경륜이 쌓이고 늙어 가는데, 들어오는 학생은 늘 그 나이 그 또래다. 대학은 주기가 4년이지만 남학생의 경우 군입대 등을 고려하면 7년 이상이다. 하지만 입시 결과는 매해 드러나고, 신입생이 들어올 때마다 대학은 새로워진다. 주인공이 바뀌므로 가르치는 재미에도 금세 차이가 난다. 세상에 이런 조직체는 학교 이외에는 없다.

입학 대책을 맡은 뒤 들어오고 나가는 학생들을 다양한 관점에서 적나라하게 분석했는데, 너무나 다양한 변수가 있어 입학정책 수립에 대한 뚜렷한 결론을 내리지 못했다. 장기적인 안목에서 입시정책 성패를 논하기가 어려웠다. 그래서 입학생들의 수능성적에만 주의를 집중하고 일희일비할 수밖에 없었다.

첫해에는 2만 명이 넘는 지원자가 쇄도하였고, 지원자가 많으니 성적도 예년보다 높았다. 전형료 수입으로 적자 예산도 면했다. 입시 결과가 좋으니 무엇보다도 그동안 처음으로 시행했던 정책들이 탄력을 받았다.

남은 과제는 우리 대학이 어떤 카테고리의 학생을 받아 무엇을 어떻게 가르쳐 내보내야 할지 방향을 잡는 것이었다. 다각도로 분석이 필요하겠지만 우선 갈피를 잡지 못하는 대내외적인 요인은 명확히 드러났다. 무엇보다도 첫째 요인은 내가 교수로 재직하고 있는 35년 동안 총장이 무려 10번도 더 바뀐 데 있었다. 대학이 비전을 제시하고 그 성과를 중심으로 발전하는 모습을 국내외에 널리 알려야 하는데, 그럴 수 없었다. 총장이 바뀔 때마다 발전계획은 무성했지만 후속작업은 확인되지 않았다. 그러니 내부 구성원조차도 대학이 어디로 가는지 모르고 있었다.

정년을 몇 달 앞두고 교수회의에서 건배 제의를 받은 나는 기다렸다는 듯 분위기에 어울리지 않는 말을 한마디 했다.

"오늘 이 자리는 새 총장님이 오셔서 의욕적으로 마련한 발전계획을 선포하고 이를 시행하는 중요한 출발점입니다. 그동안 아주대학의 미래 청사진을 만드시느라 수고하신 보직교수님들 노고에 찬사를 드립니다. 하지만 아주인 모두 이 자리에서 박수는 반만 쳐 주시고, 나머지 반은 이 계획이 달성되었을 때 쳐 주십시오".

결과적으로 이때의 총장도 취임 초 공언과는 달리 임기를 채우지 못하고 경제부총리로 국가의 부름을 받고 떠났다. 건배 제의에서 남겨 두자 했던 반쪽 박수가 또 물거품이 되었으니, 언제쯤 기대할 수 있으려는지.

이러한 현실은 국가 차원의 교육정책도 마찬가지다. 정권이 바뀔 때마다 대학정책이 바뀌고 마구 대학을 흔들어 대니 오죽하면 주무 부처인 교육부를 폐지하라고 하겠는가?

대학교육은 대학에 맡겨야 한다. 공정성은 눈에 보이는 것만이 다가 아니다. 대학이 스스로 발전계획을 세우고, 이에 맞는 인재를 뽑을 수 있도록 입학 정책을 세우고, 이 학생들을 설립 목적에 부합하는 인재로 교육하여 사회에 내보내는 것이 공정이다. 국가는 대학이 책임지고 업무를 수행하게 하고 일벌백계로 관리·감독하면 그만이다. 행정이 전산화되고 재정 운용이 투명한데 무엇이 두려운가? 다양성이 생명인 대학의 획기적인 변혁이 어느 때보다 절실하다. 정치권에서부터 대학교육에 대한 진지한 성찰을 해 주면 좋겠다.

사회체험 강화를 위한 징검다리 학기 도입이 필요하다

내가 대학에 들어간 지 벌써 반세기가 지났다. 문제는 대학 입시가 조금도 달라지지 않았다는 것이다. 천편일률적인 교육정책이 발목을 잡고 있다. 대학 입학정원도 급격하게 줄고, 대학 졸업장의 사회적 가치도 줄고 있다.

이제는 명성보다는 실력이 우선이다. 학생들이 시민사회 현장으로 들어가 스스로 문제점을 찾고 이를 해결하는 창의력을 키울 수 있어야 하는데, 입시제도는 여전하다. 교육과정은 여전히 소비자인 학생 중심이 아니라 공급자 중심이고, 이는 급변하는 사회와 맞지 않다. 사회는 인구절벽과 양극화로 병들어 가고 있고, 지식 전수는 더 이상 대학의 전유물이 아니다. 그러니 대학은 공공선을 향해 적극적으로 사회문제를 발굴하고 해결하는 데 앞장서야 한다. 또 학생들에게는 자신이 '대학과 사회, 지식과 산업, 이론과 실천 같은 폭넓은 주제*를 가지고 그 틀 안에서 지역사회를 위해 무엇이 되어 무엇을 할 것인가'를 스스로 탐색할 기회가 주어져야 한다. 그런 연후에 대학에 들어가야 더 이상 방황하지 않고 '무엇을 할 수 있을 것인가'에 올인하여 발전할 수 있다. 대학입학 전에 사회 변화를 꿈꾸고 직업을 탐색하는 다양한 기회가 주어지면 부모로부터 자립하는 데에도 도움이 될 것이다.

한 가지 제안을 해 보면, 유럽 여러 나라나 미국 하버드, MIT, 프린스턴, 도쿄 대학 등 명문대가 권장하는 갭이어(Gap Year)를 한 학기 과정의 교육과정으로 도입하여 사회체험 교육과정을 이수한 학생에 한해 대학 입학을 허용하는 것은 어떨까?

현행 학제를 개편해 학생들이 고등학교를 졸업하고 바로 대학에 들어가지 않고, 6개월 정도 사회에 진출하여 공공기관에서 일하거나 해외에 나가 봉사하면서 언어와 문화를 경험하게 하면 된다. 이렇게 하면 서구 대학들과의 학기 불일치, 사회의 요구와 대학교육

---

* 송인한, 『중앙일보』, 2020. 1. 13. 24면 기사.

간 인재 불일치를 동시에 해소할 수 있고, 학생들의 정체성과 공동
체의식도 높일 수 있을 것이다. 국가가 정책적으로 이를 잘 추진하
여 학생이 적어도 첫 학기 등록금만큼은 스스로 마련할 수 있게 하
면 일거양득이다. 또 더 나아가 대학에서 공공기관과 관계를 이어
간다면, 재정지원이 계속되어 학자금 마련에도 도움을 줄 수 있을
것이다. 학제개편과 같은 교육제도는 물론 교육정책의 대변혁이 필
요하다.

대학 발전의 동력과 경쟁력의 원천은 교수다

1994년은 수학능력시험 외에 대학가에 학부제(學部制)가
도입된 해이기도 하다. 학부제란 대학에서 비슷한 계통의 전공학
과들을 통폐합하여 단일학부로 신입생을 모집한 후, 대학 1학년 때
계열 안에서 다양한 과목을 공부한 뒤 적성에 맞는 전공을 선택하
도록 하는 제도이다.

시행 취지는 학문의 다양성을 수용하고 경쟁력 있는 인력을 공급
한다는 데 있었지만 결과는 용두사미다. 시행한 지 채 10년도 안 돼
학부제의 근간이 무너졌고, 서울대를 비롯한 유명 사립대학 일부 학
부부터 학과제로 회귀했다. 지금은 비슷한 전공을 넘어 인문학과 자
연과학을 아우르는 통섭(Consilience)까지 얘기하고 있는데도 말이다.

무슨 이유에서였을까? 과의 규모에서 학과제로의 이행 적절성을

찾아 볼 수 있다. 학과 교수 수가 30여 명 이상인 전공이라면 단일 학문일지라도 다양성과 선택 폭이 넓다. 또한 교수들의 협력과 경쟁을 통해 당근과 채찍을 구사할 수 있다. 신진대사가 원활하고 과 구조조정도 쉽다. 문제는 학과 규모가 작은 백화점식 전공학과들이다.

하지만 시선을 학생으로 돌려 보면 해법을 찾는 것이 어렵지 않다. 사회적 수요에 맞추어 1차적으로 공급계획을 짜면 된다.

내가 보기에 학과 구조조정이 안 되는 1차적인 원인은 교수의 이해관계이다. 이는 지성인 집단인 대학의 또 다른 치부다. 대학 내부에는 여러 형태의 알력과 분규가 있고, 이는 어제오늘의 얘기가 아닌 고질병이다. 각자 원칙과 소신이 강하고 타협을 모르는 교수들의 행태에 기인하는 것이기도 하다. 자기 자리 지키기에 바쁜 교수들이 여러 원칙을 들고 나온 것이다. 동문끼리 학맥을 만들고, 대학 실세에 줄을 서고, 담합하기 쉽게 내 사람을 심으려 하고, 자기 자리가 위협받을 수 있는 교수는 아예 인사위원회에 올리지도 않는 등 텃세가 심하다. 지금은 교수채용에서 눈에 쉽게 띄는 비리는 많이 줄었지만 학과 편의주의는 여전히 활개치고 있다. 과의 규모가 크지 않을수록 그 폐해가 크다.

나는 대학 발전의 동력은 교수에서 나온다고 확신한다. 경쟁력도 교수가 좌우한다. 만일 내가 원로 교수로서 영향력을 행사할 수 있는 위치에 있다면 교수 인사만큼은 공평무사하게 하리라 평소 다짐하고 다짐했다. 그런데 BK 사업단장을 맡으면서 마침내 그 기회가 왔다.

나는 우선 학과 인사원칙을 정해 공표하고, 오로지 먼 미래의 전공 모습을 그려 본 후 컨센서스를 모아 교수 충원을 했다. 응용화학과 생명공학은 복합학문이다. 과 발전을 위해서는 현재 교수진보다 업적이 더 낫고 나이가 젊은 교수가 끊임없이 뒤를 받쳐 주어야 한다.

만일 두 전공을 과로 다시 분리하면 아주대 규모로는 교수 수가 10명 미만으로 왜소해진다. 학과장이 이들 소수 인원을 대상으로 어떻게 업적평가, 강의평가 등 각종 평가를 진행할 수 있겠는가? 그래서 전국에서 유일하게 학부제를 더욱 공고히 하는 방향으로 교과목 개편을 단행했다. 일부 실험과 같이 장시간을 요하는 과목은 모든 학생들이 기피하여 필수화가 불가피했지만, 그 밖의 모든 과목은 학부제의 근간을 살려 학생들이 원하면 자유롭게 수강하도록 했다. 수강한 선택과목에 의해 학생들 전공이 결정되는 구조여서 교수들의 이해관계가 반영되지 않는다.

이런 식으로 과 전공 장벽을 허물고 통합한 결과, 교수 수가 17～18명 수준의 중규모가 되어 은퇴하는 교수 자리만 채워도 적어도 2년에 한 사람 정도 교수 충원이 가능해졌다. 신진대사가 가능한 토대가 구축된 것이다. 여기에 BK 사업단 지정을 받은 후 국가지원이 늘면서 우리 학과는 발전을 거듭할 수 있었다.

BK 사업단을 이끌면서

김대중 대통령이 이끈 국민의 정부 출범은 나에게 특별한 의미가 있다. 두뇌한국21, 사업 속칭 'BK21' 지원사업이 시작되었기 때문이다. 이 사업은 전국 대학이 대학원 중심으로 나아갈 수 있는 계기를 마련해 주었다. 대학을 엄선하여 7년간 대학원생들을 파격적으로 지원하는 야심 찬 사업계획이다. BK 사업단이 출범하면서 국고지원에 힘입어 대학원 교육이 활기를 띠기 시작하고, 교육 중심이 학부에서 대학원으로 이동하였다. 나는 사업 시행 초기부터 관여해 사업단을 유치하고, 사업단장으로 7년 가까이 헌신했다.

대학원은 지식 전달만이 아니라 지식을 습득하는 방식을 가르친다. 학문의 후속세대인 예비 학자를 양성하기 위해서다. 경계가 모호하기는 하지만 흔히 대학을 학부 중심의 칼리지, 연구 중심의 유니버시티로 구분한다. BK 사업은 정부가 연구 중심 대학을 선별적으로 육성하겠다는 신호였다.

1998년 신청 당시 과학기술 분야는 정보기술, 의생명, 농생명, 생물, 기계, 재료, 화공, 물리, 화학, 기타 등 10개이고, 각 전공마다 전국적으로 2~3개 사업단을 지정하는 것이었으므로 아주대학이 끼어들 만한 여지가 거의 없었다. 전국 대학에 일대 비상이 걸렸고, 우리 대학도 예외는 아니었다. 당시 40대 후반으로 실무를 맡은 나도 진력하지 않으면 안 되었다. 나는 이공계 교수를 대상으로 평가지표의 핵심으로 떠오른 학술논문 실적을 전수 조사했다. 이 무렵 우리나라 대학교수들은 SCI(Science Citation Index, 과학인용색인)라는 용어를 처음 들어보고 그게 무어냐고 하는 이도 있을 정도였다. SCI는 학술지 중 그 가치가 비교적 높게 평가된 학술지에 게재된 논문을 말하는데, 예상했던 대로 자연대와 공대 교수들의 SCI 논문 실적은 미약했다.

할 수 없이 대표선수를 선발하지 않으면 안 되었다. 논문 실적이 우수한 교수를 대상으로 먼저 하나의 전공 카테고리로 통합하고 그 세부 분야를 정해야 했다. 그렇게 해서 궁여지책 끝에 탄생한 전공이 물리, 화학, 생명을 모두 아우르는 '분자과학기술학'이었다. 복합학문인지라 기타 학문 분야로만 신청이 가능했다.

문제는 평가를 맡을 전문가 집단이 분명하게 형성되지 않은 것이었는데, 한 치 앞을 내다볼 수 없는 상황에서 다행히 김영욱 교수님과 임 한조 교수님이 발 벗고 나서서 물심양면으로 지원해 주셨다. 그리고 나는 사업단의 미래 청사진을 그리고 발전계획을 수립하는 것으로 역할을 분담했다. 과 명칭부터 정하고, 심혈을 기울여 제도 개선, 사업목표, 사업추진체제 및 운영, 사업비 운영 및 관리 등 네 개 평가 부문을 중심으로 신청서를 작성하였다.

다단계 평가를 거쳐 최종적으로 총 26개 사업단이 선정되었다. 그리고 우리가 신청한 아주대학교 분자과학기술학은 BK21 사업의 중심인 과학기술 분야 중 기타 분야 사업단에 선정되었다.

당시 평가 결과가 예상대로 '서울대 몰아주기'로 나타나자 여타 대학들 사이에 반발도 확산되었다. 특히 서울대에 밀려 과학기술 분야 등에서 잇따라 탈락한 연세대와 고려대 등 주요 사립대들은 실망한 표정과 함께 어수선한 분위기에서 강한 반감을 나타냈다. 이런 상황에서 아주대가 BK21 사업단에 끼어든 것은 학자로서 내 인생에 전환점을 마련한 쾌거였다.

대학원 분자과학기술학과 육성

1단계 BK 사업은 1999년에 시작되어 2005년에 끝났다. 정부는 7년간 총 1조 4천억 원을 투자하여 석·박사 과정 대학원생과 박사후과정생 등을 지원했고, 1단계 사업성과는 우수한 실적으로 마무리되었다. 이를 바탕으로 '분야별 특성화한 연구 중심 대학을 육성하고 한국을 이끌어 갈 핵심 고급인력을 지속적으로 양성'하기 위해 2~4단계 BK21 사업도 시행하여 현재도 계속하고 있다. 정권이 5번 바뀌고도 건재한, 특기할 만한 사업이다.

전체 26개 사업단 중 복합학문을 표방한 학과는 아주대 분자과학기술학과를 비롯하여 소수였다. 학과 명칭을 정하면서 고민을 많이 했었는데, 그 이후로 많은 대학에서 분자과학기술학이라는 이름을 쓰고 있어서 자신감을 가질 수 있었다.

한편 사업단 출범의 기쁨도 잠시, 계획서대로 목표를 달성하기 위한 움직임이 머리를 무겁게 했다. 학과운영지침과 같은 기본 틀은 초대 사업단장 임한조 교수가 마련하고, 이듬해 그 뒤를 이어 내가 사업단장으로서 운영에 힘썼다. 먼저 학과를 연구 중심으로 구축하고, 대학 학부 정원을 감축하는 등 제도적 기반을 마련하고, 교수 업적평가제 등을 실시하는 것으로 교수 임용 제도를 개선하였다. 타대학 출신 교수 임용이나 대학원 입학생 비율을 50퍼센트 이상으로 확대하여 대학가 동종교배를 막은 것도 BK21 사업의 일환이었다.

분자과학기술학과는 물리, 화학, 생물학 교수들이 보다 더 깊이 있는 연구를 하고, 이렇게 생산된 원천지식을 국가산업에 필요한 기술로 발전시키기 위해 하나의 지붕 아래 모인 일종의 분자과학기술 연구소다. 기존 학과는 그대로 있으니 경쟁력 없는 학과의 통폐합이 아니다. 실적이 우수하고 탁월한 교수들이 연구를 더 잘할 수 있도록 집중화한 미래를 향한 구조조정이다. 융합보다는 협업을 장려하기 위한 고육지책이었다.

이렇게 좋은 의도로 학과를 출범시켜 열심히 키워 보려 했으나 사실은 나부터 힘에 겨웠다. 지금까지 아주대학교는 개교 이래 그 중심이 학부 교육에 있었고, 이공계 교수들을 위한 변변한 실험실도 제대로 갖추어 주지 못했다. 대부분 교수는 학부 강의에 전념하고, 연구는 마음만 앞설 뿐 뚜렷한 대책 없이 살아왔다. 그런데 하루아침에 연구 중심으로 정비해야 하니 시스템을 구축하는 작업이 만만치 않았던 것이다.

다행히 학과 교수들의 헌신적인 노력과 협조로 당초 제시한 학술적 목표를 넉넉하게 달성할 수 있었다. 중간 평가에서 탈락한 대학도 있었지만 우리 사업단은 당당하게 살아남았다. 다만 신입생 모집

단위 광역화 차원에서 제시했던, 전공 구분 없이 공과대학 전체로 학생을 선발하는 제도를 관철시키지 못한 것은 아쉽다.

우리는 2006년 1단계 사업을 성공적으로 마무리하였다. 힘들게 시작하였으나 끝은 좋았다. 우리 분자과학기술학과는 2단계 사업 부터는 두 개의 사업단으로 분리 확대 개편되었다. 자연대 소속 물리화학과 교수가 주축이 되어 에너지 분야 별도의 학과로 사업단을 새로이 출범시켰다.

지금에 와서 학과장으로서, 또는 학과 원로 교수로서 은퇴할 때까지 내가 잘한 일 하나를 꼽는다면 그것은 교수 충원이라고 자신 있게 말할 수 있다. 나보다 더 뛰어난 후배 교수들을 초빙해서 그들이 더 나은 업적으로 학과를 발전시킬 수 있도록 환경을 조성한 것이니 말이다. 자랑스러운 후배 교수들에게 아낌없는 박수를 보낸다. 또 나와 함께 장장 6년 동안 학과 발전에 힘써 유종의 미를 거두게 한 물리학과 김영태 교수께 이 자리를 빌려 감사를 드린다.

분자과학기술과 학문 통합

분자과학기술학과는 정부지원 사업 신청을 위해 궁여지책으로 급조한 것이었지만 목표도 비전도 없이 단순하게 물리 · 화학 · 생물이라는 세 전공이 모여 있기만 한 것은 아니었다.

당시 내 생각은 원대했다. 인문학자도 사회과학자도 과학에 신뢰

접이식 부채.

를 보내는 것은 특정 학문 그 자체보다 가설을 세우고, 실험을 하고, 증거를 확보하고, 사실을 재현해 내는 과학적 접근 방법 때문이다. 이런 일련의 탐구과정이 모두의 공감을 자아내고 믿음을 주어 과학은 역사적으로 진보를 말할 수 있는 학문이 된 것이다. 물리나 화학이나 생물학이나, 개별적으로 하든 모여서 같이 하든 연구하는 방법은 크게 다르지 않다. 현상을 넘어 본질을 묻는 '왜?'라는 물음의 답을 찾는 데는 원자나 분자 수준의 미시적인 접근이 절대적이다. 하지만 나는 화학이나 생물학이 모두 물리학으로 귀결되는 소위 '극단적 환원주의'에는 거부감을 갖고 있다.

학문연구에서 하나의 주제로 수렴하고 통합하는 방식은 둘이다. 하나는 한 주제를 종적으로 깊이 파고드는 것이고 다른 하나는 여러 주제를 횡적으로 통합하는 것이다.

이해를 돕기 위해 접는 부채를 보자.

사방으로 퍼진 여러 개의 부챗살이 가운데 통으로 모여 묶여 있다. 수레바퀴의 바퀴살이 굴통에 꽂혀 모여 있는 형태도 이와 흡사하다.* 이들 부채통이나 굴통은 바람을 직접 일으키거나 바퀴를 굴릴 수는 없다. 하지만 이들 부챗살이나 바퀴살이 중심에 있기 때문에 개별 살이 비로소 부채나 바퀴 구실을 하게 된다.

학문의 통합도 마찬가지다. 전문화된 지식 내용들만 가지고 아무리 서로 화학적으로 결합하려 한들 한계가 있다. 마치 부챗살이 홈통으로 모이듯 부챗살을 지탱해주는 연결고리 같은 것이 필요하다.**

내가 보기에는 개별 학문도 인위적인 통합보다는 연결고리로 수렴하면서 본질에 다가가면 자연스럽게 중첩이 일어난다. 그런 바탕에서 학문의 경계가 사라지고 인식이 통합될 수 있다. 세부적인 사항은 모르더라도 학문의 기본 틀을 공유하고, 상호성 토대에서 서로 협력하면 된다. 전문성을 더욱 깊게 파고들어 그 뿌리까지 연계성을 찾는 것이 학문 통합의 올바른 방향이다.

역사상 학문 통합이 창의적이고 혁신적인 사고의 길잡이가 되는 예는 많다. 세계에 일대 변혁을 가져온 진화론을 보자. 1838년 어느 날 다윈은 우연히 맬서스의 『인구론』을 읽다가 '생존투쟁(struggle for existence)'이란 말에 꽂혀 감격하고, 마침내 1842년 경제 이론에서

---

* 신영복, 『담론』, 돌베개, 2019, 123쪽.
** 장회익 · 최종덕, 『이분법을 넘어서』, 한길사, 2007, 53~55쪽, 250쪽.

자기가 찾고 있는 이론의 틀을 확립하였다.

그가 진화론의 기틀을 생물학이 아닌 지질학과 경제학에서 마련한 것은 우리에게 시사하는 바가 크다. 요즈음 기업혁신 전략의 하나로 인용하는, 달에 탐사선을 보내는 문샷(Moonshot) 프로젝트도 사실 전혀 연관성 없는 분야를 연결하여 참신한 해결책을 찾는 학문 통합 전략이다.

오늘날 인류가 당면하고 있는 문제는 한 치 앞도 내다보기 어렵다. 하룻밤 사이 신종 감염병이 지구를 덮치고, 기후변화로 지구촌 곳곳이 몸살을 앓고 있다. 여기에 인공지능이 펼치는 미래가 인간 대 기계로의 싸움으로 변질되어 문명 붕괴 요인의 하나가 될 것이라는 전망도 있다. 이러한 거시적인 문제들은 한 분야에만 치중하여 풀어 낼 수 없다. 횡단연구와 시스템적 접근도 필요하다. 이런 집단연구를 선도하려면 큰 그림을 그려야 하고, 그러려면 모든 주제에 어느 정도 식견이 필요하다. 문제 해결도 통합적으로 모색해야 한다.

하나의 예로 사랑과 행복에 관여하는 호르몬으로 알려진 옥시토신 분자를 보자. 아미노산 9개가 연결되어 숫자 9 모양으로 보이는 거대한 분자다. 이 분자는 1953년에 그 구조가 밝혀졌고, 화학자가 실험실에서 만들어 낼 수도 있다. 그런데 남성보다는 여성에 더 많이 분비되는 이 호르몬 분자구조 속 어디에서도 인간이 느끼는 감정 같은 것을 느끼거나 찾을 수는 없다. 거기서 더 나아가 이를 다시 원자나 소립자로 환원하여 사랑을 얘기한다면 웃음거리가 될 것

옥시토신 분자구조.

이다.

내가 전공하는 고분자는 작은 분자들이 길게 서로 엮여 고유한 특성을 보인다. 그러나 이런 특성은 고분자가 작은 단위구조로 해체되면 사라진다. 작은 분자들도 마찬가지다. 이들이 더 작은 개별원소 수준으로 환원하면 복잡한 생명현상과는 더 멀어진다.

방정식을 풀어서 행복을 구할 수 있다면 얼마나 좋겠는가? 한 개체 내에서도 어려운데, 하물며 공동체 속 생태계까지 고려해야 한다면 불문가지다. 그래서 사랑이라는 감정은 뇌하수체에서 분비되는 옥시토신 분자가 우리가 모르는 신비한 과정을 거치면서 뇌라는 신경계망 시스템과 작용하여 나타난다고 보는 것이 더 마음에 든다. 분자과학기술의 설 자리는 바로 여기다. 거시-미시 관점을 통합하며 종횡을 누비는 연구를 해야 한다.

고분자 체인과 블록체인, 그리고 인간-기계의 융합

디지털 경제의 핵심인 블록체인 기술도 고분자 체인과 비슷한 맥락이다. 고분자 체인의 단위물질 자리에 거래 장부를 두면 이해가 된다. 해시함수로 정보를 묶어 블록으로 거래장부를 만든 후 이들을 줄줄이 연결하여 일단 체인을 만들어 놓으면 되돌리기는 어렵다. 기술과 경제 통합으로 보안이 강화된 것이다. 하지만 단점도 생긴다. 해시함수를 찾기 어려워 채굴 에너지가 과다하게 소모되고, 유통구조가 발행자 위주로 만들어져 탈중앙화가 생각처럼 쉽지 않다.

세상에 동일한 고분자는 단 하나도 존재하지 않는다. 그런데 개별 DNA 체인에 정보를 직접 읽고 쓴다면 어떨까? 전혀 다른 문제 같지만 인간과 기계 융합의 출발일 것이다.

환원주의가 과학 간 관계를 만족스럽게 다루지 못한다는 관점에서 나에게는 학문융합이란 말이 귀에 거슬린다. 이 말이 여기저기서 언급되는 것은 개별 학문이 물리적으로 합해지는 것이 아니라 화학적으로 결합해야 한다는 것을 강조하기 위해서다. 학문융합은 서로 다른 분야의 학문을 의도적으로 섞어 경계를 허물라는 의미로 들린다. 그런데 폭발적으로 늘어나는 지식의 편견만 지우는 경계 허물기가 무슨 큰 의미가 있겠는가? 사회가 요구하는 것은 나름의 정체성을 가지면서 연구하여 평면적이 아닌 입체적인 접근을 통해서 학문의 원점으로 수렴해 가라는 명제다.

옆을 보지 않고는 깊이 들어갈 수 없다. 경계선에서 충돌도 하고 관련성도 따지면서 그 경계를 극복해야 한다. 야구선수가 유능한 타자가 되겠다고 투수가 던지는 야구공 구질만 분석하여 대처할 수는 없다. 좁게는 투수 동작과 심리를 파악하고, 넓게는 야구장 전체를 살펴야 한다. 그렇다고 타자가 투수 역할까지 떠맡으라는 건 아니다. 누구는 투수, 누구는 포수, 누구는 감독과 같이 각자의 역할은 분명하지 않은가?

전 세계가 단일 지구촌으로 바뀌고 미래가 불확실한 지금, 분자 과학기술 문제를 제기하고 풀어 가는 해법도 다각도로 이루어져야 한다. 우리가 경계해야 할 것은 종도 횡도, 이도 저도 아닌 얼치기다. 각자 자기 위치에서 방향을 확실히 정하고 변수 간 연결고리를 찾아, 질문은 포괄적이되 해법은 단순한 것으로 만들어 가야 한다.

국가 연구기반구축 지원사업을 돌아보며

BK 사업단을 이끌며 학교만 오고 가며 보낸 세월이 자그마치 7년이다. 지난 7년여의 세월은 감옥생활이나 다름없었다. 오로지 사업단 목표 달성에만 매진했다. 개인적으로도 마른 수건을 짜내는 자기 비상경영체제였다. 일과 삶이 분리되지 않았고, 일에 매달린 시간을 굳이 따져 본다면 주당 80시간도 더 될 것이다.

나 자신이 좋아서 하는 일이니 누가 말릴 수도 없다. 교수라는 직업의 한계다. 사물의 본질에 다가설수록 자유로워진다는 말이 있다. 지적인 사람은 애매모호한 상황을 애써 해소하려 하지만 지혜로운 사람은 이런 상황 속에서 불평하지 않고 새로운 길을 찾는다.

나는 BK 사업단을 이끌면서 거의 10년 주기로 패러다임이 바뀌는 세계적인 연구 흐름을 쫓아갈 수 없어 과감하게 이를 포기했다. 대신 상아탑에서 누릴 수 있는 진리 탐구로 눈을 돌렸다. 유명과학자들이 다 훑고 간 후로도 나는 이삭을 줍는 심정으로 다시 내 전공 분야에서 물질의 본성을 탐구하기 시작했다. BK 사업이 직접적인 연구비 지원이 아니라 기반구축 지원사업이라 가능했다.

이 시기가 교수 생활 35년 통틀어 나에게는 가장 자유로웠고 생산적이었다. 학문적으로도 절정기였다. 대학원에서 지도했던 제자들도 모두 우수했고 연구결과도 좋아, 『네이처(Nature)』 등 세계적으로 최고 수준의 학술지에 논문을 게재할 수 있었다. 내 나이 40대 초반에서 50대 중반으로 이어진 시기라 교내외 각종 위원회에서도 중심 역할을 하면서 보람도 느낄 수 있었다.

BK 사업이 정부가 여러 차례 바뀌고서도 현재 지속되고 있는 이유는 사업에 참여하는 교수 개인적으로도 성과가 컸던 데다 이 사업이 연구를 촉진하는 생태계와 인프라를 조성하는 밑바닥 역할에 충실했기 때문이다.

3장

부녀 대통령과 함께 걸어온
현대사를 생각하며

　색깔이 옅은 갈색 선글라스를 쓰고 작은 체구에 근엄한 표정의 40대 중년 얼굴. 연로한 이승만과는 너무 대비되는 인물이 바로 박정희 전 대통령이다. 러시아 혁명이 발발한 1917년, 우리 아버지보다 딱 10년 늦게 태어난 그는 내가 태어나서 보고 듣고 글을 읽을 줄 알게 되면서 하루가 멀다 하게 각종 매체를 통해서 만났던 인물이다. 또 박근혜는 1970년 서강대학교 전자공학과에 입학하여 나와 학번이 같다.

　박정희와 그의 딸 박근혜, 두 대통령은 역사의 한가운데에 있었고 공교롭게도 내 공적인 삶의 시작과 끝 또한 그들과 함께였다. 학창 시절 중학교와 대학교 입시과목이 대폭 바뀐 것도, 20대 초반 인생의 갈림길에서 학문의 길로 들어설 수 있었던 것도, 아주대 교수로서 35년을 근무하고 정년을 맞아 근속 표창을 받을 때 대통령이 아닌 총리가 대행했던 것도 다 이들 부녀가 통치한 시대에 일어난 일이다.

안타까운 역사의 그림자

우리 현대사의 중심에 있는 이 두 인물에 대해서는 사회적으로나 역사적으로나 수없이 많은 평가가 이루어지고 있다. 그러나 먼저 이들의 과거 행적을 더듬어 보는 것이 그 사람을 알고 이해하는 데 가장 확실한 방법일 것이다.

두 사람은 대한민국 대통령이 되었고, 둘 다 아름다운 퇴장을 하지 못했다. 아버지와 어머니는 총탄으로 홀연히 사라졌고, 딸은 피한 방울 흘리지 않고 권좌에서 물러나 감옥으로 갔다. 세계 역사상 드문 일이다.

"나는 대통령으로서 직무를 중단합니다. 이 결정은 오늘(28일) 정오부터 발효합니다."

프랑스 대학생들이 억압적 권위주의에 맞서 촉발시킨 6·8혁명의 뒷자락에서 드골이 했던 말이다. 물러나야 할 때를 알고 물러나는 프랑스 대통령의 뒷모습은 얼마나 아름다운가. 그런데 우리나라 역대 대통령들의 퇴임 후 모습은 왜 이렇게 굴곡지게 되었을까?

흔히 '그 아버지에 그 딸'이라는 언사를 쓸 때가 있다. 긍정적인 의미로 좋은 결과를 기리고 칭송할 때 주로 쓰이는 말이어서 어울리지 않는 느낌도 들지만, 어쩌랴, 그야말로 이 부녀의 역사가 비슷한 모습을 보이니 말이다. 이들은 통치행태에 있어서 본질적으로 다르지 않았다.

두 대통령에 대한 객관적인 평가는 관점과 이해관계에 따라 상반된다. 과거 집권 기간의 사료도 풍부하고, 많은 전문가들이 다각도로 분석하여 평가를 내놓고 있다. 이는 지금도 진행 중이다. 다만 나는 두 사람이 대한민국 대통령으로서 나의 삶에 직간접적으로 영향을 미쳤기 때문에, 마치 동시대를 살아가는 인생극장의 인물들처럼 동일선상에 올려놓고 박근혜와 같은 세대, 같은 또래의 관점에서 살펴보고 싶을 뿐이다.

박정희 대통령과 카이스트

대학 졸업을 한 해 앞둔 1973년, 나로서는 군대에 가야 하나 취직을 해야 하나 방황하고 있을 때였다. 국가적으로는 조국 근대화를 위해 경제개발 5개년 계획 달성에 매진하던 시기다. 정근모 초대원장이 주도하여 박정희 대통령을 설득하고, 특별법까지 만들어 카이스트(KAIST)의 전신인 한국과학원(Korea Advanced Institute of Science, KAIS)을 탄생시켰다. 두뇌 유출을 막고 과학기술로 경제를 일으키려는 박정희 대통령의 집념이 돋보이는 부분이기도 하다.

의도야 어떻든 듣도 보도 못했던 새로운 대학원이 눈앞에 나타난 것이다. 졸업 후 3주 훈련으로 병역 징집을 면해 주고, 학비도 내지 않고 전원 무료로 기숙사 생활을 하게 되며, 월 1만 5천 원의 장학금 도 있었다. 당시 대학 조교수 월급이 15만 원 정도였으니(전국 직장 인 평균 월급 4만 5천 원) 파격적인 혜택이었다. 거기에 당대 최고 교육 환경에서 석박사 학위까지 받을 수 있는 기회였다. 참고로 카이스트 교수의 월급은 서울대 교수의 세 배였고, 아파트도 제공되었다. 외 국 유학을 마치고 카이스트 교수로 부임하면 대통령이 공항까지 관 용차를 보내 줬을 정도로 국가가 지원하는 이공계 대학원이었으므 로, 나도 망설이지 않고 진학을 결심했다. 그리고 1974년 대학을 졸 업하자마자 홍릉에 있는 한국과학원에 입학하였다.

입학 후에는 2년 과정의 석사학위를 이수하기 위해 강의 듣고 실 험을 구상하는 등 분주하게 보냈다. 기숙사가 건립되지 않아 휑하 니 큰 교실을 칸막이로 나눈 임시 숙소에서 지냈을 정도로 아직 학 교가 제 모습을 갖추지 못하고 있었지만, 교정에는 어김없이 봄빛이 가득 찼다.

그러던 어느 날이었다. 학교 원장님을 비롯하여 전 보직 교수들 이 바짝 긴장하여 학생들에게 이런저런 준비를 시키며 분주하게 몰 아쳤다. 오전 11시경으로 기억한다. 나와 내 방지기(지금은 룸메이트, 더 줄여서 '룸메'라고 한다는데, 한 방을 같이 쓴다는 정겨움이 없는 말인 것 같 아 좀 서운하다.) 이동수는 1, 2층 침대를 나누어 쓰고 있던 터라 침대 옆에서 단정한 차림으로 서서 대기하고 있었다. 한참을 기다리고 있는데 박정희 대통령과 관계자들이 갑자기 들이닥쳤다. 엉겁결에 대통령과 악수도 했다. 놀라서 어안이 벙벙했던 기억이다. 지금은 그때 무슨 말을 주고받았는지 기억도 나지 않는다. 그냥 서 있기만 하면 되는 장면이었다. 유신헌법 찬반 국민투표 직후라, 긴급조치 같은 초법적 행동이 취해지던 때 마침 박정희와 조우하게 된 것이다. 내가 박정희라는 한 인물을 처음으로 가까이서 만난 날이었다.

그후 들리는 얘기가, 대통령이 "왜 요즈음 학생들은 귀가 덮일 정도로 저렇게 장발을 하고 다니냐?"라고 말했단다. 대통령이 학생 면전을 피해 과학원 원장님 이하 교무위원이 배석한 자리에서 훈계조로 슬쩍 한마디 했던 것이다. 당시 박 대통령의 말 한마디는 법 위에 있었다. 학생들의 머리 길이에까지 대통령의 말이 영향을 줄 수 있었던 때였다. 아무튼 그후 바로 기숙사 제2동이 신축되어 우리는 6개월 만에 이사할 수 있었다.

결과적으로 박정희 정부의 과학기술 인재 중시 정책은 40여 년이 지난 오늘 빛을 발하고 있다. 참고로 2016년까지의 자료를 보면 과학원과 현 카이스트 출신 졸업생이 창업한 기업 수는 1천여 개다. 고용 창출과 국가 경제에 대한 기여도는 타의 추종을 불허한다. 그렇지만 미국 스탠퍼드 대학 졸업생 창업 4만여 개, 고용인원 수 540만 명과 비교하면 가야 할 길은 한참 멀다.

우리나라는 과학기술로 일어선 나라이다. 오늘날 우리가 누리는 번영은 과학기술 입국을 내세운 박정희라는 걸출한 지도자의 역할이 주요했음을 부인할 수 없다. 나도 그 혜택으로 교수로서의 삶을 일궈 갈 수 있었다.

　미래의 안보 역시 과학기술에 달려 있다. 앞으로도 박정희 대통령처럼 먼 미래를 내다보고 과감한 정책과 강력한 추진력을 바탕으로 과학기술 개발에 헌신하는 지도자가 이어지기를 고대한다.

데모가 끊이지 않던 대학생활과 부채의식

　다시 1970년대 초반의 내 대학생활로 돌아가 보자. 매년 매 학기 동숭동 서울대학교 문리과대학 캠퍼스는 최루가스로 눈이 맵고 따가워서 근처에 잠시 머물러 있기조차 어려웠다. 대학의 낭만은 저 멀리 사라지고, 한 몸 건사하기조차 힘든 생활이 4년 내내 계속되었다. 극심했던 한일협정 반대 데모가 어느새 삼선개헌 저지와 유신헌법 철폐를 부르짖는 민주화 외침으로 바뀌었고, 대학가에서는 데모가 끊이질 않았다. 박정희로 인해 대학생활은 내내 너무도 암울했고, 평생 따라다니는 마음의 짐도 이때 떠안았다.

　예나 지금이나 대학생이 겪는 가장 큰 고민거리는 남자라면 바로 군대 문제와 취직일 것이다. 나에게 과학원 입학은 이 두 문제를 일거에 해결하는 일석이조였다. 한편 역사란 무엇인가, 정의란 무엇인가 등 대학생들이 스스로 물어야 하는 질문들도 있었다. 우리들은 옆구리에 서머셋 몸(William Somerset Maugham)의 『인간의 굴레에서』라든가 루스 베네딕트(Ruth Benedict)의 『국화와 칼』 원서(原書)를 끼고 한껏 뽐내며 거리를 누비기도 했다.

이웃 나라 일본은 우리에겐 '불가근불가원(不可近不可遠)'의 존재
다. 말 그대로 가까이할 수도 멀리할 수도 없는 나라다. 베네딕트의
날카로운 지적은 당시 대학가에서 치열한 담론으로 이어졌고, 아직
도 기억에 남아 있다. 서양인의 눈에 비친 동양인은 남 눈치를 보며
체면을 중시한다. 벚꽃으로 상징되는 사무라이 정신과 평화를 사랑
하는 국화가 공존하는 모순투성이 성향이 일본인의 본질이다. 사농
공상(士農工商)이라는 계급의 정점에 무사(武士), 곧 사무라이가 있
는데 그 때문인지 그들은 규율에 길들고 가변적 상황을 극도로 꺼
린다. 우리와는 사뭇 다르다.

최근에 일본 고유의 사고나 행동을 주변성이나 변경성으로 설명
하는 글을 읽고서 '그러면 그렇지.' 하고 손뼉을 친 적이 있다. 일본
은 외래문화를 수용하면서 재빠르게 변용한다. 그 이면에는 중심에
서 밀려난 변경인이라는 자의식이 있고, 성리학이 끼친 영향은 상대
적으로 적었다. 한편 그들이 변신해 가는 방식만은 유사 이래 달라
지지 않았다.* 그러니 우리는 한순간도 긴장의 끈을 놓을 수 없다.

또 사무라이의 할복은 단순한 자살이 아니라 결백을 증명하거나
패배에 대한 책임을 지고 배를 가르는 형벌 수단이라 한다. 이들은
사태가 파국으로 치닫으면 불명예로 간주하고, 자살이라는 극단적
선택을 서슴지 않는다. 소름이 끼치지 않는가. 일본인의 꽃에 가려

---

* 우치다 타츠루, 김경원 옮김, 『일본변경론』, 갈라파고스, 2012, 36쪽.

진 칼을 늘 경계하고 경계해야 할 것이다.

한편 우리는 강의가 비는 시간에는 정문 앞 학림다방에 모여서 그곳을 거쳐 간 선배 문인들의 향기를 맡으며 클래식 음악도 듣고, 꿈과 포부도 나눴다. 그곳에서 때로는 번민과 고뇌에 찬 모습으로 정의와 역사에 대해 토론도 했다. 인생의 의미를 정의하기란 얼마나 어려운가. 지금 돌아봐도 당시의 고뇌는 결코 얕지 않았다. 그런 당시의 꿈과 열정이 녹아든 곳이어서일까, 나는 지금도 대학로에 가면 학림다방을 찾는다.

이런 내 대학생활에 보일 듯 말 듯한 흠결 하나가 사마귀처럼 붙어 있다. 대한민국에서 1970년대에 청장년기를 보내면서, 민주화에 조금의 힘이라도 보태지 못했다는 부채의식, 민주화에 대한 열망으로 감옥 문턱도 밟아 보지 못했다는 데서 생긴 마음의 빚이다.

1971년 4월이다. 대통령선거 결과를 두고 야당은 부정선거 의혹을 제기했고, 대학생들은 규탄 시위를 벌였다. 후보는 박정희와 김대중이었다. 야당 정치인과 대학생들의 이의 제기에 정부는 지역과 시설보호를 이유로 10월 15일 서울 일원에 위수령을 발동하고 무장 군인들을 대학에 진주시켰다. 그후 1972년 10월 유신이 선포된다. 문리대 학생들이 최초로 유신헌법 폐지를 외치며 시위를 주도했다. 나 역시 데모대 속에 끼어 스크럼을 짜고 군인들에 맞섰다. 그러나 사실은 그 속에서 돌멩이 몇 개 던져 본 것이 전부였을 뿐이다.

1980년 5·18 광주민주항쟁 때는 프랑스에서 TV로 뉴스를 보며 평온한 일상 속에 있었다. 광주에 고립된 시민들을 아무도 거들떠

보지 않았듯, 내게도 광주는 TV 속에만 있었다. 내가 고분자 에콜에서 엔지니어 학위과정을 밟고 있을 때 프랑스 학생들은 이미 교육과정에 참여하고 있었다. 그들은 이해관계가 없는 선배가 오로지 후배들을 생각하면서 졸업 직전에 교수 강의를 평가하여 이를 교육과정에 반영했다. 1968년 5월, 학생들과 노동자가 기성세대의 권위주의에 반기를 들면서 제도와 인습에 굴복하기를 거부했던 혁명의 열매였다.

우리나라는 프랑스와는 사뭇 다르게 데모와 같은 소요사태가 전개되었다. 예컨대 민중의 저항이 힘을 잃을 때면 소위 우리가 의사·열사라 부르는 젊은이들이 목숨을 걸고 투쟁했고, 이들의 희생이 물꼬를 트고 역사의 물길을 돌려 놓고는 했다. 이렇게 대의를 위해 자신을 희생하는 대학생 민주투사들을 앞에 두고 어찌 부채의식을 갖지 않을 수 있겠는가?

빅토르 위고(Victor-Marie Hugo)의 소설 『레미제라블』의 마지막 유언 장면은 당시 대한민국 청년의 의식을 말해 주는 듯하다.

이제 죽어도 좋다면서 언제까지나 서로 깊이 사랑하라, 그 외의 것은 별로 중요하지 않다. "죽는 것은 아무것도 아니야. 다만 살지 않는다는 것이 끔찍하지(Ce n'est rien de mourir, C'est affreux de ne pas vivre. 또는 영문 번역으로 It is nothing to die. It is dreadful not to live)."●

● 빅토르 위고, 이형식 옮김, 『레미제라블』, 5부 9편, 펭귄클래식코리아, 2012, 417쪽.

격동의 시기, 우리는 사회 정의를 외치면서도 정의 앞에 침묵하고 진정성을 외면하지는 않았는지 반성해야 한다. 오늘을 사는 우리는 자유를 만끽하고 피 한 방울 흘리지 않고 대통령을 권좌에서 끌어내렸다. 촛불의 힘은 조용하고 강했다. 이것이 가능할 수 있었던 것은 1970~1980년대 민주 투사들의 힘이 바탕이 된 덕분이리라.

그때 그들은 우리가 추구하는 행복과는 다른 인생을 살았다. 정의와 시대에 대한 소명이 그들의 청춘을 아프고 상처받게 했다. "내가 행복했다면 글을 쓰지 않았을 것"이라는 소설가 박경리의 말이 새삼 가슴에 맺힌다. 빅토르 위고는 이렇게 말했다. "땅을 갈고 파헤치면 모든 땅은 상처받고 아파 한다. 그 씨앗이 싹을 틔우고 꽃 피우는 것은 훨씬 뒤의 일이다."•

독재체제에 항거하지 않으면 숨조차 쉴 수 없었던 그들이 뿌린 씨앗이 촛불의 꽃으로 피어난 것이리라.

사람들이 갖는 크고 작은 부채의식, 곧 마음속 부끄러움이 역사 발전의 원동력이다. 혁명은 자식들 앞에 떳떳해지고 싶은 마음이 일상 속으로 스며들어 시민, 곧 민중의 의식 속에 자리 잡으면서 시작된다. 4·19 의거도 그랬고, 부마항쟁도, 5·18 광주민주항쟁, 6·29 선언도, 그리고 2016년 촛불시위까지도 그렇다. 지금까지의 민주화 역사가 이를 말해 준다.

그렇다면 인간 박정희는 어떤 사람이기에 한편으로는 산업화와

• 신영복, 앞의 책, 200쪽에서 재인용.

경제발전을 이룩한 국가 지도자로, 다른 한편으로는 권좌를 유지하기 위해 지역감정을 조장하고 민주화에 역행한 독재자로, 엇갈린 평가를 받고 있는 것일까?

아버지와 딸, 두 대통령

박정희는 대구사범학교를 졸업하고 교사로 첫발을 내디딘 후 군인의 길을 걷는다. 1938년 일본은 육군 특별지원병제도를 실시했다. 제국 군인이 될 수 있는 '영광'(?)을 조선인에게도 부여한다는 명분이었다. 야망이 큰 박정희는 혈서를 쓰고 만주까지 가서 제국 군인이 된다. 1940년 그는 만주국 육군군관학교에 입교한 후 1942년 일본 육군사관학교 57기로 편입했다. '다카키 마사오'라는 이름의 만주국 장교는 한국전쟁을 겪으면서 어느새 대한민국 장교가 되어 나타났고, 내가 초등학교 4학년 때인 1961년, 5·16 쿠데타로 대한민국 정치사에 당당하게 등장했다.* 이것이 우리나라의 정치 현실이다. "계림의 개돼지가 될지언정 왜국 신하는 될 수 없다."라고 거부하다 화형을 당했다던 신라 충신 박제상, 그가 살아 있었다면 무슨 말을 했을까?

내 아버지도 같은 나이인 23세에 일본으로 건너가 막일을 하면서

---

* 노명우, 『인생극장』, 사계절, 2018, 121~122쪽.

돈벌이를 했었다. 박정희가 일본군 군인이 된 것이나 아버지가 생활 터전을 잠시 일본으로 옮긴 것이나, 옳고 그름을 떠나 각자도생하지 않을 수 없었던 당시 젊은이들이 대세를 따라간 것이라고 항변해도 그만이다. 문제는 박정희가 대통령이 되어서는 안 되는 사람이었다는 것이다. 일본군으로 조선인 독립투사를 잡아 가두던 이가 해방된 조선, 대한민국 국민에게 헌신하는 대통령이 되겠다는 생각은 민족에 대한 기만일뿐더러 자기기만이다. 그는 먼저 국가와 민족에 깊고 진실하게 사죄했어야 한다.

프랑스는 2차 대전 중 독일 점령기 대독 협력자들을 '콜라보'라 낙인찍어 철저하게 과거사 청산을 진행했다. 당시 대한민국의 현실은 프랑스에서는 상상도 할 수 없는 일이었다.

그렇다면 박근혜는 아버지와 달랐을까? 그녀는 대통령으로 취임하자마자 근대화의 시계를 거꾸로 돌려 놓기 시작했다. 역사 교과서 국정화를 시도하고, 새마을 운동 같은 아버지의 업적을 되살리고, 위안부 문제를 서둘러 봉합하려 했다. 아버지의 친일행적이 역사 앞에 두려워서였을까.

어떤 시인은 민주, 자유와 같이 우리가 항상 쓰는 말은 낡고 '늙은 낱말'이라고 했다. '늙다'라는 어감은 좋지 않지만, 아무리 세월이 흐르고 기다려 봐도 그 가치와 이념을 배우기가 어렵고 하물며 그 정신을 실천하기란 더더욱 어렵다는 의미로 새긴다. 박근혜는 우리와 같은 시대를 살아왔지만 완전히 다른 길을 걸었다.

박정희 대통령이 1979년 총탄에 쓰러질 때까지 권좌에 있었던 18

년 동안 나는 한국에서 모든 교육과정을 마치고 박사학위 이수를 위해 프랑스에서 유학했다. 내가 대학생활 내내 아르바이트로 남의 집에 입주하며 가정교사로 전전할 때 박근혜는 청와대에서 무얼 하고 있었을까? 당시 많은 젊은이들이 섭렵했던 책을 단 한 권이라도 읽어 보았을까?

대학을 졸업하던 해 박근혜는 어머니를 총탄으로 보냈다. 비극의 시작이었다. 그래서 대학가에 몰아친 민주화를 향한 외침에는 귀를 닫았을 수 있다. 우리 이공학도도 실험실을 지켜야 한다는 명분으로 한때 데모 대열을 이탈한 적이 있었으니까. 그렇지만 시대의 고민마저 외면한 것은 아니었다.

어머니를 잃은 상실감에 사이비 종교에 빠져들었다는 얘기도 들린다. 인간적으로 안타깝다. 박근혜가 아버지가 남긴 빚과 그늘을 직시하고, 아버지의 실수를 타산지석으로 삼아 국가를 이끌었다면 어땠을까? 어쩌면 발전된 민주화를 촛불에서가 아니라 대통령을 통해서 체감할 수도 있었으리라.

아프리카의 스와힐리족은 죽은 이를 기억하는 한 죽은 이는 죽은 것이 아니라고 믿는다. 감정적 의미의 시간 속에 자신들이 살아 있기 때문이다. 기억을 통해 죽음을 초월한 것이다. 이런 기억은 인간관계 속에서 생성되는 시간이요, 생의 또 다른 공간이다. 그래도 육영수 여사를 기억하고 그리워하는 국민들의 마음을 헤아리고, 시대의 아픔을 같이하려는 노력이라도 했으면 말년이 불행하지는 않았을 것이다.

나는 언제부턴가 공감도 능력이라고 믿어 왔다. 공감능력은 고통에서 나온다. 가난에 찌든 사람이라야 가난을 알고, 아픔을 경험한 사람이라야 아픔을 겪는 사람을 배려하고 공감할 수 있다.

우리나라가 산업화와 민주화라는 두 마리 토끼를 잡을 수 있었던 데는 수많은 국민의 고통과 희생이 뒤따랐다. 어디 그뿐이겠는가. 국가재건이라는 구호 아래 유교적 봉건적 질서가 무너지고, 서로 눈치 보며 돈 벌기에 혈안이 되어 옳고 그름의 사회 정의는 약삭빠른 처세술로 포장되던 시대를 겪어야 했다. 도로가 직선으로 뚫리면서 마을을 잇는 길은 삶의 길이 아닌 도시로 통하는 도로가 되었다. 너도나도 '빨리빨리'를 외치며 효율은 높았을지 몰라도 사는 재미는 없어졌다. 눈에 보이지 않는 삶의 격식이 파괴되고, 시민혁명을 거치지 않고도 신분이 사라졌다.

이렇듯 국민 모두가 밑바닥에서부터 새롭게 출발하게 된 사회에서는 누구나 노력하면 가난에서 벗어날 수 있다는 신화의 지배를 받을 수밖에 없다. 우리는 학교에서 귀가 따갑게 '하면 된다.'를 배우고 새겼다. 수출 100억 불과 국민소득 1,000불을 이룩한 선진국이라는 밝은 미래도 그려 볼 수 있었다. 그러나 오늘날 우리는 돈이 최고인 세상에서 빚어진 수많은 병폐와 함께 살고 있다.

대를 물려 이어진 이미지 정치, 아버지의 유산은 한 세대가 지난 오늘날에도 여전하다. 국가관도, 시민의식도 뒷전이고, 정의도 '돈' 앞에서는 맥을 못 춘다. 가치관 전도로 스스로 잘잘못이 무엇인지 몰라 통제력을 상실한다. 어리석음은 지혜롭지 못한 삶의 표출이다.

내가 프랑스 유학 시절에 부러웠던 것은 프랑스인들의 높은 소득 수준이 아니었다. 포도 수확철인 가을이면 마을마다 포도주 통을 열어 놓고 동네 축제를 벌이고, 일과가 끝나면 지역 주민들과 어울려 살아가는 인간적인 모습이었다. 우리가 어렸을 때에도 그처럼 명절 때 마을 사람들이 모여 전해 내려오는 고향 풍습을 누리고, 애환을 같이했다. 그렇기에 도시화와 농촌경제 붕괴를 당해 본 사람만이 그 폐해를 뼈저리게 느낄 수 있다.

사람은 군인에게 총칼과 같은 산업화 도구가 아니다. 사람을 사람으로 대접하려는 생각이 마음 깊은 곳에서 우러나와야 한다. 소득수준에 맞게 개인의 자유와 행복의 극대화를 목표로 하는 정책을 수립하고 이를 실현하기 위해 사회 덕성을 증진시키는 노력을 했어야 한다. 그런데 박근혜는 왜 새마을 운동을 다시 꺼내 들었을까? 매스컴을 장악하여 백성을 계몽하려 한다든가 삶을 통제하려는 수단으로 정보기관을 이용하고, 합리적 판단을 가로막는 이미지 정치에 물들었다면 아버지와 다를 바가 없지 않은가. 더 나은 세대를 이어 갈 자격이 없다.

나는 가정교육에서 문제의 실마리를 찾을 수 있다고 본다. 사람이 나고 자라면서 성품과 가치관의 기본이 형성되는 시기에는 부모의 사고와 언행이 삶 속에서 그대로 전달돼 아이의 뼛속에까지 스며든다. 그런데 박근혜는 부모가 무소불위의 권력을 행사하는 속에서 성장하였다. 인격이 완성되는 중요한 시기에 청와대에서 생활하면서 타인에 대한 존중과 신뢰, 긍정적인 사고, 감사하는 마음, 도덕

적이고 건전한 가치관, 성실한 삶의 태도, 감정 및 욕구 조절 능력 등을 과연 배울 수 있었을까?

"박근혜에게 자네는 부족할 것이 없으나, 그렇다고 넘치게 살면 안 된다."라는 충고를 해 주는 김수온(1410~1481) 같은 친구라도 있었으면 좋았을 텐데. 『의사신문』에 '마로니에 단상' 칼럼을 실어 온 정준기 교수에 의하면 다음과 같은 역사적인 얘기가 전해진다.●

옛 서울문리대 자리 동숭동에 효종 동생 인평대군의 저택이 있었고 그 옆 연건동에는 어려서부터 영특했던 이석형(1415~1477) 공의 생가가 있었다. 연건동 자리는 성종 이후 왕과 왕족이 정원을 즐기고 승마를 하던 장소였다. 한창때는 150마리 정도의 말을 길렀다고 한다. 이석형은 세종 시절에 20대 젊은 나이로 1년에 본 세 번의 과거시험에서 모두 장원급제를 하여 대사헌까지 벼슬을 하고, 집도 부유하고 부족할 것이 없었다. 그가 연꽃을 좋아해 집 안에 큰 연못을 만들기 시작하였을 때 친구 김수온이 찾아와 "자네는 부족할 것이 없으나, 그렇다고 넘치게 살면 안 되다."라는 충고를 하였다고 한다. 이에 공은 연못에 물이 가득 차지 않도록 도랑을 만들고 일부러 초가집으로 작은 정자를 지어 '넘침을 경계한다'는 뜻으로 계일정(戒溢亭)이라고 작명하였다. 이 못에 연꽃을 가득 심어 동네 이름을 연화방으로 불렀다가 행정단위가 동으로 바뀌자 옆에 있는 마을 건덕

● 정준기, 「마로니에」와 함께 하는 추억의 단상」, 『의사신문』, 2016. 12. 26.

방과 함께 합쳐져 연건동(蓮建洞)이란 지명이 생겼다. 현재 서울대학교 병원이 자리 잡고 있는 종로구 연건동의 동 명칭이 탄생한 배경이다.

그런데 500여 년이 훌쩍 지나 연건동은 나의 대학 생활을 보낸 곳이 되었다. 병원에서 길 하나 건너 맞은편에 서울대 본부와 문리대 그리고 법대가 있었기 때문이다. 하지만 이들 대학이 군사정권 시절 반정부 학생운동의 온상이 되고, 청와대 가까이 있는 것이 박정희 대통령 눈에 거슬렸다고 한다. 그래서 한강 이남 관악산 기슭에 있던 골프장이 옮겨지고 서울대학교가 그곳으로 이전하게 되었다. 내가 문리대 동숭동 캠퍼스의 마지막 학번이 된 이유이기도 하다.

바람직한 리더십

박근혜가 대통령이 되기 전 환경부 장관을 지낸 김명자 교수(나에게는 화학과 선배이기도 하다)는 '원로와의 대화'라는 인터뷰에서 합리성과 감성의 거버넌스 리더십을 피력했다.

"군이 남녀의 특질을 구분한다면, 그 두 가지 특질이 서로 조화를 이루어야 한다고 말하고 싶습니다. 한편에 논리성, 합리성, 이성이 있고, 다른 편에 감성, 직관, 유연성, 관계성 등이 있다면 이들 덕목이 조화와 균형을 이루는 것이 이 시대가 요구하는 리더십의 요체라고 생각합니다. 그러나 가장 중요한 것은 이 모든 것을 아우르는

통찰력이라고 믿습니다."•

　대통령 박근혜에게는 어떤 리더십을 기대할 수 있었을까?

　지금 영어의 몸이 되어 자유롭지 못한 박근혜와는 달리, 우리 시대에 옥고를 치른 민주화 인사라면 대표적으로 김대중 전 대통령과 신영복 성공회대학교수, 정치인 김근태 전 국회의원을 들 수 있다. 이들은 모두 옥중서신을 통해 육중한 역사의 무게를 중시하고, 가족에 대한 애틋한 사랑을 전했다. 인간인지라 가족을 돌보지 못한 안타까움이 가슴에 사무쳤을 것이다. 김대중은 "행동하지 않는 양심은 악의 편"이라 말했고, 신영복 교수는 "자기 속에서 실천된 것만이 자기의 사상"이라고 했으며, 김근태는 "어리석은 사람은 세상을 자기에 맞추려고 하는 사람"이라고 말했다. 이들도 자신보다 가족의 안위를 먼저 떠올리는 평범한 아들이고 아빠였다.

　다음의 글은 김근태가 감옥에서 가족들한테 띄운 서신이다. 아들에 대한 사랑이 먹먹하다. 사랑이 사람에게로 흘렀기에 지치지 않고 꼿꼿하게 민주화의 길을 걸을 수 있었으리라.

　　내 귀여운 아이들아.
　　애비가 어디 가서 오래 못 와도
　　슬퍼하거나 마음이 약해져선 안 된다.

• [과학기술계 원로와의 대화] 김명자 전 환경부 장관 (4) 「합리성과 감성의 거버넌스 리더십으로」, 『사이언스타임즈』, 김병희 객원기자, 2014. 04. 11.

외로울 때는 엄마랑 들에도 나가 보고
봄 오는 소리를 들어야지.

바람이 차거들랑 옷깃 잘 여며
감기 들지 않도록 조심도 하고.

역사 앞에 선 삶의 흔적

고희에 들어선 내가 소중하게 간직하는 가치는 돈으로 살
수 없고 지울 수 없는 '시간'과 유형무형의 '시간기록물들'이다. 또
역사 앞에 겸허하고 먼저 살다 간 선현들 가르침을 이어받아 소명
의식을 갖고 국가를 위해 헌신하는 것이다. 두 박 대통령 시대를 헤
쳐 오면서 내가 붙들고 싶은 것은 '언행일치(言行一致)', 곧 백 마디
말보다 한 번의 실천이었다. 역사의 중심에 비켜서 있어, 역사 앞에
지은 죄는 없지만 변명하고 싶은 부끄러운 고백도 있다. 과연 가족
애를 넘어 형제애로 나아가는 휴머니즘이 내 삶 속에 숨 쉬고 있었
는지.

빅토르 위고는 19년간 감옥생활을 하면서 인간미가 넘치는 『레미
제라블』을 집필하였다. 돌아보면 나는 내가 싫은 일은 내 이웃에게
하지 않았고, 받은 만큼은 돌려 주려(pay it forward)는 소극적인 사랑
으로 살아왔다. 나와 내 가족 먹고 살기에도 버거웠던 세월이 이웃

을 향해 눈과 귀를 활짝 열지 못하게 한 것은 아닌지 마음 쓰인다. 한편으로는 졸렬하지만 꾸준히 성찰의 삶을 살다 보면 언젠가 인간적인 꽃을 피우는 날이 오리라 믿는다.

19세기 중후반 산업화 물결이 출렁이기 시작할 무렵 앨프리드 마셜(Alfred Marshall)은 "어려운 이웃에 대해서 따뜻한 마음(warm heart)을 가져야 하나 이들을 돕기 위해서는 냉철한 이성(cool head)이 필요하다."라고 주장했다. 인류의 삶을 바꾸는 과학기술 분야에서도 같은 맥락으로 말할 수 있다. 지금의 디지털 기술은 일자리를 뺏고, 만들어 내며 결국 노동시장 양극화를 초래할 수 있다. 오로지 이익 논리로만 귀결되는 산업주의에서 열외를 찾아낼 수 있을까? 어느 때보다도 따뜻한 기술과 냉엄한 국가관이 요구된다.

나는 나이에 관계없이 진정한 용기란 살면서 무얼 하고 무얼 하지 말아야 하는지, 무얼 두려워하고 무얼 희망할 수 있는지를 분별할 수 있는 '지혜'에서 나온다고 믿는다. 또한 가장 중요한 인성의 하나는 '신념'이다. 우리 삶에 지대한 영향을 끼치기 때문이다. 그러므로 우리 각자가 중요하게 여기는 가치는 보편타당하고 올바른 것이어야 한다. 정의롭지 못한 신념은 자신을 옥죄는 감옥이나 다름없다. 지난 역사가 생생하게 이를 증명하지 않는가?

두 박 대통령이 중용했던 김기춘은 유신 시절 검사로, 그리고 1975년 중앙정보부 대공수사국장으로, 1989년에는 검찰총장, 1991년에는 법무부 장관으로 재직했고, 2004년에는 노무현 대통령 탄핵 의결서를 제출했던 현대사의 산 증인이다. 박근혜 정부에서는 2013년 비서 실장으로 '기춘대원군'이라는 별명까지 얻었다. 1992년 초원복집에서 "우리가 남이가."로 언화를 겪더니, 국회 청문회에서는 최순실에 대해서 "이름을 안다. 이제 보니까 최순실이라는 이름을 못 들었다고는 말할 수 없겠다."라며 졸렬한 모습을(어쩌면 실체를) 드러냈다.

독일군 중령 아돌프 아이히만(Adolf Eichmann)은 유대인 학살 홀로코스트(Holocaust)에서 단순히 상관 히틀러의 명령을 수행하기만 한 것은 아니었다. 김기춘은 40년 넘게 권력의 핵심부에서 온갖 정치적 비행을 저지르고도 이를 소신으로 항변하면서 미꾸라지처럼 법률망을 요리조리 피해 다니다가 결국 인생 말년에 법의 심판을 받고 감옥으로 갔다. 삶의 끝자락을 어떻게 마무리해야 하는지 깨달음을 주었다고 해야 할까?

무엇을 남겨 주었는가를 묻는 것이 역사다. 국민 의견이나 공동체가 첨예하게 갈리거나 좌우가 극심하게 대립하는 상황에서 자기 신념대로 살기란 쉽지 않을 것이다. 나는 신념과 연민 사이에 지혜로운 선택을 해야 한다면 연민으로 기울 것 같다. 당신이 살아야 나도 사는 사회가 내가 바라는 사회이고, 신념은 하나의 원칙을 고수하는 것이 아니라 정의로운 선택에 있다고 믿기 때문이다.

어느 목사님이 설교에서 이런 이야기를 했다. 예수가 부활했는데 부활의 몸 중 달라지지 않은 부분이 있었단다. 양쪽 손에 나타난 못 자국과 창에 찔린 흉터다. 믿는 자들이 천국 가서 알아보지 못할까 봐 상처 입은 모습 그대로 부활하셨다는 우스개 말씀이었다. 그런데 웃을 수만은 없는 얘기다. 못 자국과 흉터는 바로 예수의 존재 이유고 본질이 아니겠는가.

내가 존경하는 고 하용조 목사님 말씀이다. "조각가가 심혈을 기울여 돌을 다듬는 것처럼 성령님은 고난으로 우리를 정성껏 다듬어 가시고 우리 속에 있는 그리스도의 형상을 캐 내십니다."●

누구나 아름답게 다시 태어날 수 있다. 그렇지만, 삶의 흔적은, 그것이 정체성과 본질을 나타내는 것이라면 선행이든 악행이든 지워지지 않을 것이다.

우리는 우리가 살아온 인생을 고쳐서 다시 살 수는 없으니 늘 거듭나 그리스도의 영광이 드러나도록 해야 한다. 박 대통령 부녀의 불행은 그들 개인의 잘못만은 아니다. 그들을 역사의 무대에 올린 국민의 책임도 있다. 우리는 민주화의 짧은 역사에서 경험도 부족했고 판단력도 부족했다.

나는 학자로서, 과학기술자로서 우리 민족과 함께 국운 융성의 현대사를 목도하면서 평강을 누렸고 두 박 대통령의 굴곡과 영광을 지켜보았다. 산업화도 민주화도 무엇이겠는가. 국가는 그저 국민을 잘살게 해 주고, 국민의 상처와 아픈 마음을 보듬어 주면 된다. 한 나라의 지도자가 영원히 사는 길은 이처럼 국민을 하늘같이 받들고 역사 앞에 죄를 짓지 않는 것이다.

● 『생명의 삶』, 두란노서원, 2020년 8월호, 9쪽.

4부

과학자의 길, 교수의 길

1장

대학 강의와 연구의 바람직한 관계

대학의 1차적인 임무는 학생 교육이다. 나는 1981년 처음 강단에 섰을 때 가졌던 설렘과 기대에 부풀었던 마음을 아직도 간직하고 있다. 대학이 아니라도 학교 문턱을 넘어 본 사람이라면 누구나 수업을 들으며 강의실에서 우쭐하기도 하고 주눅 들기도 했던 기억이 있을 것이다. 그런데 교육의 정점에 있는 대다수의 교수는 수업 기법을 체계적으로 배운 적이 없다. 훌륭한 강의가 어떤 강의인지, 강의는 어떠해야 하는지도 잘 알지 못한다. 그럼에도 학생들은 몇몇 전공과목 강의를 듣고 장차 자신의 진로를 선택하기도 하고, 인생 항로를 결정하기도 한다.

내가 지난 35년간 강의하면서 절실하게 깨달았던 사실이 하나 있다. 그것은 내가 재미에 이끌려 강의를 하면 시간 가는 줄 모르고 학생들과 호흡이 잘 맞았다는 것이다. 반면 그렇지 않고 재미를 불어

넣기 위한 강의를 하면 마음이 개운치 않고, 땀도 나고 힘들었다. 그런 강의일수록 학생들의 교양 없는 행동이 눈에 보였고, 학생들도 지루한 모습이었다.

어떤 강의가 과연 나를 몰입하게 했을까? 물론 과목의 성격에 따라, 또는 같은 과목이라도 다루는 분야에 따라 달라진다. 분명한 것은 강의 내용 중 특별히 흥미를 유발하는 주제가 있다는 것이다. 두말할 것 없이 내가 현재 연구를 하고 있거나, 가까운 미래의 연구를 위해서 관심이 높은 분야다. 이렇게 연구와 떼어 놓을 수 없는 것이 강의다. 직간접적으로 연구에서 얻은 풍부한 경험을 학생한테 전해 주면서 학생들 이해의 폭과 깊이를 키우고, 나도 강의하면서 번득이는 아이디어가 스쳐 학문상 새로운 발견의 싹을 틔울 때도 있다. 이것이 대학교육의 바람직한 방향이 아니겠는가?

대학 강의실 풍경

나는 강단에 서기까지 체계적으로 교육학 관련 지식을 배운 적이 없다. 내 아이들을 키우면서 가졌던 단편적인 견해나, 국내외 학교에 다니면서 직접 강의를 듣고 느꼈던 개인적 체험이 전부다. 그래서 '이렇게 강의하지 않겠다'는 다짐 몇 가지를 만들고 지켰다. 그것은 학기 중 개인적인 사유로 결강을 하거나, 다만 5분이라도 늦게 시작하고 일찍 끝내면서 수업시간을 지키지 않거나, 수업시간에 강의 내용과 관계없는 잡담을 하거나, 학생들을 무시하는 행동만은 하지 말자는 다짐이었다.

요즈음은 각 대학마다 교수학습개발센터를 두고 체계적으로 교수들을 훈련시키기도 하고, 강의계획서도 미리 만들어 배포하고, 세 시간 계속되는 강의는 대부분 둘로 쪼개서 하고, 기말마다 강의 평가도 하여 많이 달라졌다. 제도적으로 교수가 수업에 충실하도록 대학이 바뀐 것이다.

내가 처음 강의를 시작하고 7~8년 동안은 강의를 준비하고, 수업하는 시간도 많아서 눈코 뜰 새 없었다. 한 학기 강의 시간이 18주로 현행 16주보다 많았고, 졸업이수학점도 지금은 128학점으로 많이 낮아졌지만 당시에는 160학점으로 높았다. 당연히 학생이 들어야 하는 과목 수도 훨씬 많았다. 이에 비해 교수 1인당 학생 수가 40~50여 명이나 되니 주당 15~18시간의 강의가 불가피했다. 또 방대한 내용을 모두 다루려다 보니 매번 진도 맞추기도 어렵고, 학생들도 힘겨워했다. 왜 그렇게 많은 내용을 가르치려 했는지, 지금 돌아보면 무모했다는 생각이 든다. 따지고 보면 내가 과거 유학시절 들었던 전공과목 수업 내용에다 학생들한테 지정해 준 교재에서 다루고 있는 내용까지 망라하려다 보니 분량이 많아졌던 것이다.

훌륭한 강의란 과목에 부합되는 전공지식은 하나도 빠짐없이, 적어도 내가 아는 만큼은 가르쳐야 되는 줄 알았다. 학생들이 동기를 유발하고, 흥미를 갖고, 모두 수업에 만족할 수 있는 수업을 해야 한다는 생각은 미처 하지도 못했다. 그러니 단순한 강의(lecture)일 뿐,

학습이나 학생지도는 아니었다. 흔히 대학에서 교과서란 말 대신 텍스트북이라는 용어를 쓰는 이유를 한참 후에 알았다. 그것은 교수 중심의 가르치는 책이 아니라, 학생 중심의 학습서라는 뜻이다.

강의란 학생이 각자 수준에 맞는 길을 찾아가면서 스스로 생각하고 배우도록 마치 손가락으로 나아갈 방향을 가리키듯 해야 한다. 대학 강의 역시 교과 내용을 '알게 가르쳐야' 하는 것이 아니라 그 무엇을 가리키며 스스로 '학습하게 해야' 하는 것이다.

롤모델이었던 전무식 교수님

나의 롤모델인 석사 지도교수 전무식 교수님은 이렇게 말씀하셨다. "강의란 교수가 과거에 만들어 놓은 노트나 읽고 끝내는 것이 아니다. 강의는 늘 새로워야 한다. 수업은 교과서를 가르치는 것이 아니라 오히려 교과서에 없는 것을 가르치는 것이다. 교과서는 절대적인 것이 아니라 언제든 오류가 생길 수 있다."

요즈음 자주 언급되는 비판적 사고(critical thinking)의 전형이다. 교수님은 정년퇴임 시에도 "학자에게 퇴임이란 나이와 상관없는 것이다. 새로운 생각을 계속하고 있으면 나이가 100살이라도 그건 퇴임한 게 아니다."라는 메시지를 주셨다.

나는 학부와 대학원을 거치면서 무턱대고 외우는 과목으로만 비쳤던 분야는 제쳐 두고 전공을 선택했다. 그렇다 보니 석사과정에서는 이론화학을, 박사과정에서는 실용학문을 택해 극과 극을 달렸다. 지금도 교수님이 강의하셨던 내용은 머릿속에 살아서 꿈틀거린다.

통계열역학 강의에서다. 열역학은 우리 실생활과 밀접한 에너지 변환을 다루는 학문이다. 그런데 세상 모든 물질을 대상으로 상태 변화를 다루려다 보니, 추론이 물질의 바탕이 되는 원자나 분자 수준의 계(system)까지 도달하지 않으면 사물을 깊이 이해할 수 없다. 그래서 바탕입자 수가 아보가드로수(6×10^{23})로 구성된 거대한 계를 대상으로 하는 통계역학이라는 학문 체계가 탄생했다. 개별 입자가 갖는 미시 상태 하나하나로부터 대상 전체의 총 상태 수를 산출해 내고, 이로부터 확률적으로 기댓값을 구해 이를 거시적인 상태와 연결 짓는 학문이다.

예를 들면 우리에게 친숙한 물질의 온도는 집단적 특성이다. 미시적인 관점에서 보면 에너지 변화에 따라 달라진 개별적 상태의 수에 지나지 않는다. 흔히 무질서의 척도로 알려진 엔트로피라는 거시적인 물리량은 이들 상태 수와 직결된다.[*]

어느 날 강의에서 이런 생소한 개념을 설명하는데 전무식 교수님은 느닷없이 '분자 일생'을 얘기하셨다. 계가 갖는 에너지를 모든 상태에 분배한다는 분배함수라는 식을 구성하면 통계적인 방법으로 세상 모든 변화를 유추할 수 있다는 것이다. 학자들은 이들 입자의 시간에 따른 상태 변화를 일일이 따라가는 대신에 거시적인 계(앙상

---

[*] 장회익, 『장회익의 자연철학 강의』, 청림출판, 2019, 266~277쪽.

블)를 한순간에 관찰함으로써 정지상태계로 이해하려 한다. 다시 말하면 어느 한순간에 거대한 수의 분자들 모습의 단면을 사진 찍듯이 찍은 후 그 정지 장면을 살피면, 거기에 평생의 모습, 곧 시간 변화가 다 들어 있다는 것이다. 이건 마치 나 같은 한 교수가 평생에 걸쳐 강의하는 모습을 누군가 지켜보고 있다면, 그것은 오늘 이 순간 세계 모든 교수가 강의하는 모습과 다를 바 없다는 의미다.

이렇듯 미시적인 세계와 거시적인 세계의 연결 통로를 여러 가지로 쉽게 설명해 주셨지만, 당시에 나는 깊이 있게 그 원리를 이해하지 못했다. 시간이 흘러 자연과학 현상이 시간과 공간이 맞물려 있는 것임을 알게 되면서 크게 놀랐고, 그러면서 열역학의 거시적인 세계가 차츰 이해되었다.

조금은 장황하게 강의 경험담을 얘기했는데, 나도 연륜이 깊어지면서 전무식 교수님의 모습을 닮아 갔고, 그러면서 학생들에게 내 강의는 철학 시간 같다든가 뜬구름 잡는 말만 한다든가 하는 말도 듣게 되었다. 그러나 어려운 수식의 의미를 쉽게 파악할 수 있게 지혜를 키우는 노력은 끝이 있을 수 없다. 그래서 강의는 할 때마다 새롭다.

박종홍 교수님 일화

여기서 전무식 교수님(1932~2004)보다 한 세대 선배, 나보다는 두 세대 선배이신 서울대학교 철학과 박종홍 교수님(1903~ 1976) 강의에 대한 견해의 일단을 소개해 볼까 한다. 내가 문리대에 들어갔을 때 교수님은 이미 정년퇴임을 한 후라 나는 그의 철학 강의를 들을 수 없었다. 그가 미국 미네소타 대학에 교환교수로 갔을 때, 제자 구본호(전 울산대 총장)는 그 대학에서 박사과정을 밟고 있었다. 다음은 그들의 대화이다.

구본호: 저는 선생님의 '변증법 연구' 강의를 재미있게 들었습니다. 이해할 수 있을 것도 같고, 이해하지 못하는 것 같기도 했는데, 그래도 학점은 A를 받았습니다.

박종홍: 모든 학생이 강의를 전부 이해한다면 그 강의는 아무 데서나 들을 수 있는 내용이라는 뜻 아닌가. 알 듯하기도 하고 모를 것 같기도 했다면 자네는 훌륭한 학생이고 나는 훌륭한 교수지.[*]

나는 변증법이란 말만 들어도 아찔하던 기억이 있다. 변증법은 문답을 통해 진리에 이른다는 대화법의 하나다. 세상에는 모순 관계도 있고, 긴장 관계도 있다. 어느 쪽이든 '정(正)'이 있으면 대립하는 '반(反)'이 있고, 이들 간의 대립을 극복하여 '합(合)', 곧 통일을 이루는 3단계적 논법이 변증법이다. 변화의 동력이 내부의 대립과 모순의 역동성에서 나온다는 이런 인식론의 골자는 물질의 변화를 추구

[*] 김동익, 『대학교수』, 나남, 2009, 159쪽.

하는 과학 분야에도 동일하게 적용할 수 있다. 사물을 보는 관점이나 이해의 틀 속에는 대립되는 개념이 있고, 이를 찾아 묻고 비판하면서 이분법을 넘어서면 비로소 사고의 폭이 확장되고 학문이 발전한다. '무지(無知)의 지(知)'를 외치던 소크라테스가 벌써 2,500년 전에 관심을 갖고 주의 깊게 살핀 지(知)가 바로 지식이 만들어지는 이런 변증법적 문답 과정이었지 않나 싶다.

두 사람의 대화에서 나는 자신의 강의는 아무 데서나 들을 수 없다는 말에 방점을 찍었다. 박종홍 교수님다운 대학 강의 면모다. 자부심이 강한 교수로서 대학생들의 눈높이가 어느 선에 맞추어 강의를 했는지 말해 준다.

내가 대학 강의를 시작하면서 참으로 어려웠던 것은 강의의 범위와 수준을 정하는 일이었다. 대학교육이 의무교육은 아닌데, 동기부여가 되지 않는 학생들까지 끌고 가야 하는가? 처음에는 학생 중심이 아닌 교수 중심으로 강의했고, 30퍼센트 정도의 학생만 따라오면 된다는 생각이었다. 그러다 어느 때부터는 70퍼센트를 대상으로 맞추었다. 마지막으로 내린 결론은 모든 학생들이 쉽게 이해할 수 있는 강의를 하되 스스로 생각할 수 있는 사람으로 이끌어야 한다는 것이었다.

더구나 정보와 지식이 손가락 끝에 와 있는 이 시대에는 지식 전달이나 정보 자체가 중요하지 않다. 미래가 불확실할수록 고전으로 돌아가야 한다. 교육의 본질을 다시금 새겨야 한다.

현명한 사람은 시대에 맞춰 변하고, 지혜로운 사람은 때에 따라

제도를 바꾼다. 그래야 앞으로 나아갈 수 있다. 나아가기 위해 뒤로 되돌아가 보는 법고창신(法古創新)의 정신이 하나의 변증법적 발전 체계로 이어지지 않을까?

가르치는 일이 그 자체로 보상이다

복잡한 개념을 학생들한테 명료하게 이해시키기 위해서는 풍부한 연구 경험이 필요하다. 나도 강의에 눈을 뜨면서 호프만 교수가 주장하는 '가르치는 일이 그 자체로 보상'임을 깨달았다.[*] 내가 갖고 있는 지식을 사용하고 적용할 수 있는 적절한 기회가 강의였으니까. 특히 일반화학 같은 기초 과목이나 고분자과학과 열역학 과목을 강의할 때는 늘 열강을 하게 된다. 젊은 학생들에게 지적 자극을 주는 대화가 즐겁다. 나 자신이 중요한 개념을 깊이 이해하고 있기 때문이다.

이런 강의는 마르지 않는 샘처럼 끊임없이 영감을 받는다. 강의할 때마다 이해의 폭과 깊이가 확장된다. 연륜이 쌓이는 것이다. 가르치는 학생이 학부생이거나 대학원생이거나 별 차이를 두지 않아도 된다. 어느 선까지 가르쳐야 하는지는 그때그때 학생들 수준에 맞추면 된다.

---

[*] Roald Hoffman, 『American Scientist』, 84권, 1996, 20쪽.

열역학은 겉보기 현상을 다룬다. 우리 눈에 보이는 변화는 그 데이터를 처리하는 방식이 비슷하다. 이를테면 호수에 빗방울이 퍼져 나가는 모습과 고분자 결정이 성장하는 모습은 유사하다. 마찬가지로 천문학에서 미약한 빛 신호를 포착하기 위해 발명한 이미지 처리 기술은 유방을 스캔해서 암 덩어리를 찾아내는 진단 기술로도 사용된다. 연구와 교육의 스펙트럼을 교차하는 교육학적 전략도 별 차이가 없다. 이런 유사성 때문에 젊은 청중들의 면면이 바뀌더라도 문제가 되지 않는다.

연구는 교육의 한 방식이고, 교육은 연구의 한 방식이다. 연구하는 사람이나 강의하는 사람이나 끊임없이 묻고 답을 구하면서 아이디어를 찾는다. 인간은 자극이 먼저가 아니고, 질문이 먼저다. 그래서 자기 자신이든 청중이든 대화를 통해서 번득이는 아이디어가 떠오르고 그것이 현실화된다. 연구 전략의 처음도 마지막도 대화다. 논문이라는 이름으로 글쓰기를 하는 순간 핵심은 빠져나가고 껍데기만 남을 수 있다. 대화가 단절되기 때문이다.

교육의 본질, 4C와 문제해결 능력

오늘날 부쩍 회자되는 교육의 4C는 창의력(Creativity), 비판적 사고력(Critical thinking), 협력(Collaboration), 소통 능력(Communication)을 중시하는 교육 방침을 말한다. 변화 방향을 예측하기 어려운 시기일수록 이런 기본에 충실해야 한다.

일자리가 요구하는 인재의 소양도 바뀌고 있다. 사회는 문제를 해결하는 능력을 갖춘 사람, 곧 창의적인 사람을 기다리고 있다.

문제 해결은 분석, 가설, 검증, 그리고 종합 4단계를 거친다. 이 중에서 가장 중요하고 혁신적인 것은 가설 단계다. 복잡한 현상에 대담하고 단순하게 접근하는 가설일수록 초기에는 어색하고 엉뚱해 보인다. 그래서 뜬금없이 아이디어가 출현하여 참모습을 드러내기까지 인내가 필요하다. 포기하지 말고 끈질기게 달라붙어야 한다. 또한 복잡하게 얽혀 있는 사실들의 연결 관계를 풀어 가려면 열린 마음과 창의적 사고 역량이 요구된다. 연구자 앞에 가로놓인 이런 혼란과 난관이 사실은 문제를 풀어 가는 원동력이 된다.

이제는 지식 자체가 아니라 지식을 엮어 가는 시대다. 폭발적으로 늘어나는 지식과 빅데이터를 활용하려면 개개인의 종합적인 사고력과 창의력뿐 아니라 분야 간 경계를 넘나들며 협업으로 문제를 풀어 갈 능력도 갖추어야 한다. 상호 소통(Communication)과 협력(Collaboration)이라는 사회적 역량이 중요한 이유다.

초중고 시절 대학 입시에 매몰되어 펼치지 못했던 잠재력을 대학에서 일깨워야 한다. 지식을 강의실에서 전수하는 시대는 이제 끝났다. 교육의 틀을 바꾸고 창의력(Creativity)을 키워야 한다. 보통 사람은 기능적인 일만 하지만, 창의적인 사람은 일을 만들어서 한다.

상상력과 호기심이 발동해야 질문이 생기고, 그 질문의 답을 찾아 나서는 과정이 일을 신명나게 한다. 더 이상 교수에 의한 일방적 강의여서는 안 된다. 학생들이 질문하고 답을 찾는 중에 스스로 무언가를 찾아내는 교육이어야 한다. 교수는 학생들에게 논리적 사고 훈련에 필요한 읽을거리를 주고, 서로 의견을 교환하고, 비판적으로 수용(Critical thinking)하도록 이끈다. 그러면 학생들은 새로운 언어를 터득하고 사고를 넓혀 가면서 생각하는 힘을 키울 수 있다. 이런 토대에서 체계적인 지식 습득이 가능하고, 문제해결능력도 배양된다.

교육의 본질은 대학이라고 해서 달라지지 않는다. 학생들을 끊임없이 고무하고 영감을 주는 것이 바른 교육이다.

새로운 강의, 변함 없는 강의실

시대가 변함에 따라 강의실 모습이 많이 달라졌다. 교육 환경도 변화무쌍하다. 나는 강의를 처음 시작할 때부터 정년에 이르기까지 끊임없이 새로운 내용과 교수법을 시도했다. 강의 도구도 학생들에 맞춰 다양하게 활용했다. 초기에는 칠판이나 화이트보드에 노트를 써 가면서 일일이 학생들한테 묻기도 하고 질문을 유도하기도 했고, 한동안은 OHP를 교탁에 올려놓고 투명 필름에 적힌 노트를 환등기로 비추어 가며 강의했다. 정년이 가까워지면서는 주로 빔프로젝트로 파워포인트(PPT)를 이용했는데, 내가 PPT로 강의 자료를 웹에 올려놓으면 학생들은 필기도 하지 않고 사진을 찍어 보관하기도 했다.

그래도 예나 지금이나 질문 없는 강의실은 여전하고, 학생들이 노트 작성하는 데 매달리는 태도도 지난 35년간 달라지지 않았다. 강의 시간에 교수가 했던 말을 노트해서 무얼 하려고? 상호 교감하는 인터랙티브(interactive) 수업이 되려면 묻고 또 물어도 어려운데 말이다. 강의실 정중앙에 덩그러니 자리만 차지하고 있던 화이트보드가 향수를 자극했을까, 나는 PPT를 활용하면서 중요한 주제는 여전히 써 놓고 강의했다. 그렇게 하니까 학생들 주의력도 수시로 환기되고 집중도를 높이는 데도 도움이 되었다. 뿐만 아니라 칠판이 학생들과 내가 소통하는 연결고리가 되어 질문을 주고받기가 쉬웠다.

수강생 수에 따라서도 강의하는 방식을 달리했다. 규모에 따라 5~6명 소그룹을 만들거나, 아니면 미리 다음 시간 주제의 질문자를 지정해 준다. 어떻게 하면 학생들 입을 열 수 있을지 고민한 결과다.

질문은 먼저 'What'으로 시작한다. 그런 다음 'How'로 이동한다. 여기까지가 현상을 파악하는 단계다. 학생들 3~5명 대답을 종합하면 대체로 어떤 현상의 그림이 그려진다. 마지막 단계는 'Why'다. 상당히 어렵지만 본질을 파고드는 데에 도움이 된다. 그래도 몇 학생들의 대답으로 원하는 답을 얻을 수 있다. 다가올 미래는 아무도가 보지 않은 길을 가야 한다. 변화하는 분야에는 전문가가 없다. 정답이 있는 질문이 아닌 제대로 된 질문을 하는 것이 도전이 된다. 그러니 질문 내용과 순서도 바꿔야 한다. What-How-Why 순이 아니라 거꾸로 Why-How-What 순서다. 'What is …?'가 아니라 'What can be …?'라서 개념을 먼저 정립한 후 실행해야 한다는 것이다. 방법론도 정해진 절차가 없으니 '여기저기 돌아다니기'와 '누군가를 따라가 보기'를 병행해야 한다. 리스크가 커질 수밖에 없다. 이를 최소화하는 지혜가 필요하다.

사실 한자어인 '학문(學問)'이란 묻는 것을 배우는 것 아닌가. 어떤 물음이건 물음의 답은 운동선수가 세운 기록과 같다. 모두 잠정적이다. 답이 많은 질문은 사고의 폭을 넓혀 주고, 꼬리에 꼬리를 무는 질문은 사고의 폭을 깊게 해 준다. 한 학생이 질문이나 답변에 대해 의견을 내면 다른 학생들 의견을 물어 반론을 제기하게 하는데, 논쟁까지는 이르지 못했다. 이렇게 백방으로 노력해도 토론이 활성화되지 않고 만족스럽지 않았다. 바람이 없으면 바람을 만들어서라도 연을 날리고 바람개비도 돌려야 한다.

정년퇴임하기 전 몇 년간은 첫 시간에 흑판에 한자로 '품(品)' 자를 크게 써 놓고 강의를 시작했다. '品'을 크게 보면 '품' 자지만 작게 보면 '입 구(口)' 자가 세 개다. "강의의 품격은 여러분의 수업 참여도에 달려 있다. 수업 중에 말을 하는 빈도와 토론에 참여한 정도를 하나하나 세어서 성적을 매기겠다." 학생들이 점수에만 매달리지 않도록 사전에 알린 것이다. 묻고 답하고 비판하는 '입 구(口)' 자 세 개는 A, 그다음 개수별로 B, C다.

토론식 강의에 처음에는 그런대로 관심을 보이다가 몇 주 지나니 다시 강의실이 조용해진다. 앞줄의 소수 학생들만 눈을 맞추고 대부분은 의욕이 없다. 강의 방식에 문제가 있었나?

강의 자세를 돌아보다

강의 평가가 시행된 이후 깜짝 놀란 적이 있다. 내가 수업 중에 가끔 비웃는다는 어느 학생의 평가 때문이었다. 그 글을 읽고 곰곰이 생각해 보았더니, 그런 웃음으로 비쳐질 얼굴 표정을 지었던 것 같다. 나는 평소 입을 다물고 있는 편이고, 하얀 치아를 내보이며 환하게 웃는 적은 별로 없다. 딴에는 긴장을 풀어 준다고 간혹 웃는 표정을 짓는데, 근육이 굳어 있어 오해를 산 것이다.

그때부터 "교수가 제자 대답을 듣고 아무렴 비웃을 수 있겠냐? 그런 게 아니니 이런 웃음이 간혹 나타나더라도 오해하지 말아라." 하고 당부하고 수업을 시작했다. 나부터 강의 자세를 바로 하고 학생들도 발표시키기 전에 표정 관리부터 하게 한 것은 이때부터다.

또 학생들 의견을 무시하지 않고 존중하기 위해 약점보다는 강점에 주목했다. 그래서 새롭고 창의적인 생각들을 가로막는 말은 일체 삼갔다. "질문이 뭔지도 몰라? 그 얘기는 지난번에 했잖아. 그건 아니지. 핵심에서 벗어났잖아. 고작 그것밖에 떠오르지 않아?" 대신에 "내가 묻는 질문은 정답이 없다. 무언가 기억했던 것을 끄집어 내려 하지 마라. 주저하지 말고, 틀려도 좋으니 처음 3초 동안 떠오르는 생각을 말해라. 그런 생각이 답의 일부가 된다. 그것만 얘기하면 된다." 이렇게 자긍심을 북돋워 주면서 대화를 유도했다. 그 결과, 적어도 대학원 강의에서는 학기가 끝날 무렵이면 분위기가 확 바뀌었다. 초중고 시절 길들여진 암기식 교육의 벽이 너무도 높았기 때문이다.

　지금은 디지털 기술의 발달로 질의-응답을 하는 것이 쉬워졌다. 메신저로 음성 토의가, 때로는 화상 토의가 가능해졌고, 토의에서 나온 내용을 문서 공유 사이트를 이용해 실시간으로 편집할 수도 있다. 참고 자료를 공유하는 것도 직접 만나 책을 주고받는 것이 아니라 PDF 파일 자료를 온라인 메신저로 보내 주고, 그렇게 해서 작성된 과제물은 웹에 게시해 다른 학생들도 읽고 조언을 남길 수 있다. 토론식 교육 여건이 무르익고 있다. 노트에 받아 적고 외워서 시험 본 후 내팽개쳐 버리는, 그런 대학 수업이 더 이상 행해지지 않기를 바란다.

　돌아보면, 나와 가장 많은 대화를 나누었던 학생은 역설적으로 1980년대 운동권 학생들이었다. 수업에서가 아니라 개인 상담을 할 때였다. 하루는 사당역 근처에서 지인과 커피를 나누고 있었는데, 어떤 중년 남자가 지나가다 말고 창가에 앉아 있는 나를 보고 들어와 인사를 하는 것이 아닌가. 기억이 가물가물한데, 그는 내가 기억에 남는 교수님 두 분 중 한 사람이라고 하면서 명함을 건넸다. 그 학생을 기억해 내는 데는 그리 시간이 오래 걸리지 않았다. 학생운동을 하면서 수년간 휩쓸려 다니다 퇴학 처분을 받을 뻔했던 학생이었다. 나는 수차례 상담을 통해 어떠한 일이 있더라도 졸업은 하도록 설득하여, 어렵게 졸업시켰다. 그러면서 신변 얘기부터 가치관이나 역사관, 국가관 등등 두서없이 참으로 오랜 시간 얘기를 주고받았다.

그는 지금은 한 회사에서 부사장으로 일하고 있다고 전했는데, 가르치는 일의 보람을 느끼는 순간이었다. 그 시절에는 군사독재 상황이 젊은 학생들을 숨 막히게 했고, 학생들의 민주화를 향한 열망이 그들을 캠퍼스 밖으로 내몰았어도 소득은 있었다.

기계가 인간의 정체성을 묻다

우리가 살아가는 이 시대는 '인공지능(AI)이냐 인간이냐'와 같은, 기계와 인간 중 택일을 강요받는 시대다.

정보통신기술로 얻는 지식은 점으로 연결된 디지털 정보다. 아날로그와 같은 선으로 이어진 정보가 아니다. 그러니 맥락을 파악하기가 어렵다. 인공지능의 알고리즘은 두 가지다. 하나는 수학적 논리를 계산으로 담아 내는 것이고, 다른 하나는 연결을 통해 얻는 것이다. 뉴런으로 연결된 인간의 뇌를 모방하는 전략으로, 직관과 감성을 담아 내려는 것이다.

전자는 수식을 동원하여 논리적으로 풀어 내는 방식인데, 슈퍼컴퓨터를 가지고도 풀지 못할 만큼 난해하다. 후자는 빅데이터로부터 딥러닝이라는 기계학습을 통해 풀어 나가는 것으로, 이런 방식은 인간이 그 결과에 인과론적으로 접근할 수가 없다. 영향을 미치는 요인이 너무 많아서, 사물의 속성을 파악하여 체계적으로 이해하지 못한다. 그래서 인공지능은 방대한 데이터 속에서 대부분 비슷한 것을 골라내 확률로 나타내는 방식을 이용한다. 대단히 비효율적이지만 달리 방법이 없다. 그래서 데이터 선택 편향을 줄이려는 노력이 더욱 중요하고, 어느 때보다도 인간의 통찰력과 분석력이 중요하게 요구된다.

앞에서 아이디어는 호기심에서 나온다고 말했다. 그런데 이런 아이디어를 검증하기 위해서는 어떻게 해야 하는가? 이 과정은 질문-응답과는 궤를 달리한다. 사람이든 물질이든 어떤 자극을 주고 반응을 살피는 것은 동일하다. 우리가 인식하고 있는 세계는 인과율로 작동하고, 어떤 형태로든 자극이 주어져야 응답을 알 수 있다.

지능이란 '다양한 환경에서 복잡한 의사결정의 문제를 해결하는 능력'으로 정의된다. 인공지능은 기계가 구현한다. 사람이 주체로 남는 한 도래하는 인공지능 세계를 걱정할 필요는 없다. 컴퓨터는 인간이 제시한 질문에 답하거나, 또는 주어진 자극에 반응만 하기 때문이다. 인공지능은 하나의 도구로서 인간에게 봉사하고 있을 뿐, 아이디어가 구체화되어 가는 과정에서 스스로 질문을 하거나 의심을 갖지 못한다. 자문자답할 수 없다. 이것이 인공지능의 한계이다.

반면 인간은 자기도 모르게 추론을 하고 일상적으로 판단을 한다. 뿐만 아니라 인공지능은 대화하면서 즉흥적으로 공감하는 것도 어렵다. 바둑 대결에서 인공지능이 인간을 이긴 것은 분명하다. 앞으로도 인간이 이길 가능성은 희박하다. 하지만 이세돌이 1, 2국에서 지고 3국에서 이겼다는 사실이 고무적이다. 단 세 번 만에 바둑의 정석이라고 믿고 있던 기존의 통념을 깨 버리고 인공지능을 이

길 수 있었던 인간 사유의 확장성에 주목해야 한다. 지금 바둑 기사들은 인공지능의 수를 분석하고 평가하면서 생각의 보폭을 키워 간다. 승부를 예측하는 도구로 곁에 두고 있을 뿐 그 위협을 얘기하지 않는다.

인터넷 강의를 접하고

바둑에 알파고가 있다면 교육에 무크(MOOC)가 있다. 스탠퍼드 대학교 컴퓨터과학과 앤드루 응(Andrew Ng) 교수가 2008년에 동영상 프로젝트 '어디서나 배우는 스탠퍼드 공학'을 수행하면서 동영상 강의를 올렸다. 인터넷 강의가 본격적으로 궤도에 오른 것이다. 2012년에는 무크를 활성화시켜 온라인 학습 플랫폼 '코세라(coursera)'를 운영하기 시작했다. 기본적으로 강의는 무료이나 수료증을 받으려면 유료로 등록해야 한다. 강의 기간은 4~6주에서 길게는 4~6개월이다. 이들 강의는 수강생 수가 10만 명을 넘는다.

초대형 강의는 그 자체로 새로운 문제를 야기한다. 우선 공급자 위주다. 필요한 콘텐츠만 보여 주고, 지루한 부분은 삭제하고, 다수가 틀리는 문제는 사전에 설명한다.

교육은 바둑처럼 순간적으로 승부가 결정되는 것이 아니다. 온라인 교육이나 원격 학습은 교수가 지식을 독점할 수 없고 독점해서도 안 된다. 종래 교육이 단편적인 사례 중심의 지식을 제공했다면,

인터넷 교육은 스크린과 교감을 반영하므로 거대한 집단 지성이 응축된 지식을 제공한다. 일종의 크라우드 소싱(crowd sourcing)이다. 하지만 어느 교육이든 교육자 중심이 될 수밖에 없다.

모이고 흩어짐을 반복하는 공동체 문화 시대

디지털 시대에는 나 홀로 성장할 수 없다. 소통하고 공감하고 나누는 시대다. 카톡이 우리 생활에 미치는 영향을 생각해 보자. 공동체 모임을 갖기가 아주 수월해졌다. 시간과 공간이 무한히 확장되고 시공간을 자유롭게 넘나들 수 있다.

이제는 정치, 경제, 사회, 교육, 문화, 기술 등 모든 분야에서 어떤 목적을 가지고 수평적 네트워크로 모임을 만들고 해체하는 '과업(task) 중심' 공동체 문화가 대세다. 혼자서는 감당하기 어렵기 때문에 공동체 지성이 요구된다. 자연스럽게 개인이 쌓아 올린 학력이나 스펙 시대는 지나가고, 공동체를 이끄는 감성 리더십이 핵심으로 부상했다.

가르치고 배우는 4C 방식은 평생교육이 되어야 한다. 공동체 속에서 묻고 답하고 실패도 하면서 비판력(Critical thinking)과 소통 능력(Communication)을 키우면 공감 능력과 창의력(Creativity)이 덤으로 따라온다. 늘어 가는 지식을 혼자 감당하기 어려우니 협업(Collaboration)은 필수다. 인간의 무한한 잠재력을 믿어야 한다.

하루는 내가 손자 윤재를 데리고 어린이 치과에 갔을 때다. 의사가 흔들리는 이를 뽑아 손에 들고는 "어떻게 할까요?" 하고 나에게 물었다. 나는 주저하지 않고 "아이한테 물어보세요."라고 대답했다. 의사가 곧이어 "윤재는 좋겠네, 이런 할아버지가 계셔서."라고 말한다. 아무리 아이가 어려도 의견을 먼저 묻고 대답을 듣는 나를 두고 하는 말로 이해했다. 대학 강의를 하면서 학생들에게 질문을 하고 의견을 묻는 것이 체화되었다. 이런 태도가 자연스럽게 손자에게도 전해진 것이다.

교육은 '이끌어내다(ex ducere)' 또는 '돌보고 기르다(educare)'라는 뜻을 내포한다. 몇 번이고 강조하건대, 지식의 전수는 암기하는 주입식이 아니라 과감한 질문으로 이끌어 내서 터득하는 방식으로 이루어져야 한다.

한 걸음 1

강의와 연구는 떼어 놓을 수 없다

내가 처음으로 대학 강단에 섰던 해인 1981년, 로알드 호프만(Roald Hoffmann) 교수가 양자화학 이론으로 노벨화학상을 받았다. 그는 한참 후 집필한 에세이 「연구 전략은 가르치기(Research Strategy: Teach)」라는 글에서 연구와 가르치기의 떼려야 뗄 수 없는 관계를 지적하였다.[*] 그가 생각하는 연구와 강의의 관계는 어떤 것일까?

당시 미국에서는 연구 중심 대학의 교수들이 연구에 치중한 나머지 강의에 소홀하다고, 연구와 강의의 균형을 맞추라는 요구가 빗발쳤다. 그런데 그는 대학가에 고조되는 대학 본연의 가르치고 배우는 열의와 이를 강요하며 조성된 긴장감이 대학을 해치는 것이 아니라 오히려 유익하다고 말한다. 강의는 곧 연구 전략이라는 관점에서다.

옳다, 동의한다. 더 나은 연구결과를 얻기 위해서라도 기초 과목을 기꺼이 맡아 강의하기를 권한다. 열역학 과목을 예로 들어 보자. 처음에는

---

[*] Roald Hoffman, 『American Scientist』, 84권, 1996, 20쪽.

호프만 교수 자신이 열역학에 대해서 모든 것을 다 알고 있는 것으로 생각했다. 열역학은 실생활에서 유익하게 적용될 예제가 풍부한 학문인데도 그가 가르친 내용은 여러 변수들이 미분 방정식으로 연결된 수학적 수식을 통한 이해였을 뿐 실용적인 지식은 아니었다. 그런데 대학원생이 아닌 학부생을 대상으로 강의하면서 그 내용이 달라졌다. 숨넘어가는 수식은 가급적 피하면서 상식적 차원에서 실생활과 연관된 얘기를 해야 했기 때문이다. 대학의 기초 과목일수록 개념 설명이 중요하다. 이점이 연구 과정에 자연히 스며든 것이다. 급기야 그는 "창의적인 발견과정이 설명이라는 행위와 분리될 수 없다."라고 주장하기에 이른다.

연구와 강의를 분리할 수 없는 요인은 여럿 있다. 호프만 교수는 어떤 과정을 거쳐서 가르치기가 연구 전략일 수 있는가를 상세하게 설명한다. 먼저 연구 전략을 세 단계로 구분했다.

처음 단계는 번쩍번쩍하는 진리나 상호 연결이 한 개인의 마음속에 어렴풋이 자리 잡는다. 이 단계는 대개 자신이든 타인이든 누군가와의 대화를 통해 시작된다. 청중이 있다는 점에서 강의와 유사하다. 자신 또는 가상의 청중과 얘기를 주고받으면서, 때로는 회의가 일기도 하고 의심이 들기도 한다. 자문자답하는 이런 내부 대화를 거쳐 이해의 폭이 넓어진다.

다음 단계에서는 보다 더 이해가 깊어지고 구체화되면서 실현 가능한 아이디어로 발전한다. 이때는 주로 자신의 연구 그룹과 만나는 랩 미팅에서 연구원 간에 서로 의견을 교환하면서 이루어진다.

마지막 단계는 기술 논문 작성이다. 이제 청중은 내 관할 밖에 있다.

글로 쓴 것은 자크 데리다가 말한 '해체된 메시지'다. 여기에는 대단히 많은 가르치기가 들어간다. 독자의 수준을 알 수 없고, 어디에 주목해서 어떻게 받아들이라고 말로 얘기해 줄 수 없으니 달리 방법이 없다. 자기가 발견한 실체와 그것들이 갖는 맥락을 상세히 밝힐 수밖에. 그러기 전에는 글을 쓸 수 없다. 그래서 만족스러운 연구논문에는 설익은 아이디어 얘기부터, 중간중간 힌트가 되는 적절한 관찰, 그리고 논지 전개의 전 과정을 훑어 담아야 한다. 그래야 독자의 이해를 돕고 설득할 수 있다.

학자들이 타 대학 기술세미나나 학회와 같은 전문가 집단 앞에서 다양한 수준의 강연을 하는 것도 강의실에서 학생을 가르치는 것과 분위기가 다르지 않다. 자신의 통찰을 다른 이에게 쉬운 언어로 전달하려면 소통 능력을 갖추어야 하니까 말이다. 게다가 이 지식을 서로 공유하는 과정에서 얻는 보상도 동일하다. 발견한 지식으로 사람의 마음을 열고, 강의가 번뜩이는 영감을 주고, 철학적 통찰까지 얹어 주기 때문이다. 가르치기란 토마스 아퀴나스가 말한 전인교육이요, 다양한 면의 협력을 요하는 하나의 예술이다.

그 밖에 연구 중심 대학의 지적 환경도 강의에 도움을 준다. 별다른 노력을 들이지 않더라도 각계 전문가를 초빙하여 세미나를 할 수 있고, 그들 입을 빌려 첨단 연구를 접하게 함으로써 교수 자신의 권위를 인정받을 수 있다. 학생들은 이러한 세미나에서 다양한 주제의 연구를 소개받으면서 강의 소재의 참신함도 느끼고, 지식의 경중도 그때그때 헤아려서 수용한다.

학생들 대부분이 게임을 하거나 운동하고 쉬는 토요일 오후, 교수가 연구실에 나와 논문을 읽고 쓰고 하는 모습을 학생들이 본다면 그 또한 학생들한테 도움이 된다. 사실 내가 교수직을 천직으로 생각하게 된 계기도 거기에 있었다. 우리나라 1세대 화학자로 화학계 초석을 놓으신 이태규 박사님이나 전무식 교수님은 연구실과 집을 왔다 갔다 하면서 오로지 강의와 연구에만 모든 노력을 기울였다. 학구적인 선생님의 모습이 멋지고 부러웠다. 세상 근심 없이 공부와 연구에만 몰입할 수 있는 환경 또한 흠모했다. 그리고 그때마다 마음에 품었던 대학교수의 꿈을 꺼내 보기도 했던 것 같다.

결론적으로, 지식을 창조하고 전수하는 대학 교육은 가르치기와 연구가 본질적으로 다르지 않다. 둘 다 묻고 답하는 반복적인 대화를 기반으로 한다. 지식을 쉽게 설명하고, 지식을 창조하는 길을 찾는 행위는 분리될 수 없다. 새로운 관점에서 사물을 보고 그 아름다움에 압도되는 것은 바로 가르치면서 연구하는 탐구과정 자체다.

한 걸음 2

미래 교육은 묻고 스스로 답을 찾아가는 창의 학습이다

코로나 19로 촉발된 비대면 사회가 세상을 바꾸고 있다. 앞으로는 교육이 어떻게 변해 가야 할까?

사람은 새로운 기계가 출현하면 이를 요모조모로 살펴보며 이용할 방법을 궁리한다. 이를 교육에도 접목할 수 있는데, '거꾸로 교실' 혹은 '역진행수업(flipped learning)'이 좋은 예다. 나는 세계적으로 내로라하는 유명 교수의 온라인 강의를 먼저 들어 보고 그 내용의 일부를 내 강의 재료로 선택해서 학생들이 볼 수 있도록 영상을 올린 적이 있다. 그리고 실제 강의 시간에는 학생들과 이 주제를 갖고 토론을 진행했다. 학생들이 사전에 스스로 지식을 습득하려 할 때 어느 지점에서 어려워하는가를 개별적으로 파악하고 질문을 통하여 그 해답을 찾게 했다. 이런 질문이 지적 호기심을 자극하고 '아하!' 체험을 통해 살아 있는 지식을 터득하게 한다.

중요한 것은, 인간은 여타 동물과 달리 날 때부터 뇌에 모든 동작이 프로그램되어 있는 것이 아니라는 점이다. 사람은 태어나면서부터 서서 걷고 활동하기까지 많은 동작을 보고 배우고 익혀야 한다. 뿐만 아니라 주위 환경에 적응하며 공동체 속에서 살아가는 방식이 단순하지 않기 때문에 학습을 통해 백지 상태에서 스스로 그려 가야 한다. 이런 인간에게 맞춤형으로 개별화된 양육 시스템이 인간이 적응하는 데 더 효율적임은 말할 나위가 없다. 학습으로 얻은 지식을 심화하거나 응용할 수 있는 확장성이 커서 인간 능력을 무한히 키워 주기 때문이다.

그런데 대학 강의는 어떨까? 골방에서 컴퓨터와 마주 앉아 하는 온라인 학습이 효과가 크다고 말할 수 있을까? 더군다나 많은 학생들이 교수가 강단에 서 있어도 학습 태도가 바르지 않은데, 골방에서 혼자 무얼 어떻게 배울 수 있단 말인가?

가까운 장래에 어떠한 온라인 강의가 유통되더라도, 바둑이 그랬듯 대학 교육을 크게 위협하지는 않을 것이다. 원격 비대면 강의가 시행된 지 10여 년이 지난 지금, 수강 데이터가 이런 현실을 반영한다. 실제 수강에 성공한 학생은 전체적으로 5퍼센트 미만으로 보인다. 온라인 강좌의 수강생 수는 많으나 등록률이 극히 저조하고, 수강을 완료한 학생 중에도 유의미한 학습을 한 학생은 더 적다.

교수와 학생의 오감을 이용한 직접적인 접촉 없이 지식을 효과적으로 전달할 수는 없다. 요한 제바스티안 바흐(Johann Sebastian Bach)의 아들 C. P. E. 바흐는 일찍이 "음악가는 스스로 감동하지 않으면 남을 감동시킬 수 없다. 자신이 청중에게 불러일으키고자 하는 모든 감정을 스스로 느낄 수 있어야 한다."라고 했다. 연주자가 자기 소리에 자신이 먼저 감동받지 않으면 청중과 함께 몰입하는 음악적 분위기를 만들어 갈 수 없다. 귀로 듣는 음악도 그러한데 배우고 가르치기는 어떻겠는가?

디지털 혁명으로 인한 교육의 재조정은 불가피하겠지만, 그 방향은 지금의 강의를 더욱 풍요롭게 해 주는 현장 쪽이어야 한다고 믿는다. 일방적인 가르침(teaching)이 아니라 현장에서 묻고 답을 찾는 가운데 학습이 일어나는 개별 코칭(coaching)이 미래 교육의 핵심이다.

창의적 사고 능력

축구 감독은 선수들에게 경기장에서 서로 대화하라고 지시한다. 왜일까? 이유는 하나다. 서로 의견을 주고받는 과정이 창의적인 게임 운영에 도움이 되기 때문이다. 대화는 지혜를 모으는 통로다. 어렵고 힘에 부친 경기일수록 이런 방식은 유용하다.

"창조란 버섯과 같은 것이다." 프랑스의 유명한 수학자 푸엥카레가 한 말이다.* 버섯은 뿌리가 땅속에 있는데, 좋은 환경에 노출되면 뿌리만 커지지 버섯은 만들지 못한다. 어느 시점에서는 뿌리가 성장하기 어려운 조건에 놓여야 포자라는 형태의 종자를 만들어 버섯이 만들어진다는 것이다. 전적으로 공감한다.

내가 연구해 온 고분자 물질도 스트레스를 받으면 스스로 강해지기도, 스스로 치유되기도 한다. 흔히 이런 소재를 스마트 재료라 부르는데, 그중 한 예가 고무나무에서 채취한 폴리시스이소프렌이라는 고분자

---

* 히로나카 헤이스케, 방승양 옮김, 『학문의 즐거움』, 김영사, 2002, 144쪽.

다. 버스나 화물차처럼 하중을 많이 받는 타이어는 대부분 합성고무를 쓰지 않고 천연고무를 쓴다. 그 이유는 한계 상황에 직면하여 스스로 질서를 만들고 단단해지기 때문이다.

스마트한 사람들의 특징도 꾸준히 독서를 하며 지적인 대화를 즐기고 새로운 사고방식을 추구한다. 이러한 교류를 통해서 자신의 주장을 유연하게 하고, 다양한 관점에서 문제를 이해하고 해결하려 노력한다. 창의적 사고 능력은 학생들 간의 대화와 한계상황에서 자신의 잠재 능력을 최대로 끌어낼 수 있는 몰입을 통해서 고양된다.

미첼 레스닉 교수가 강조하는 창의 학습의 원칙 4P*

평등이라는 명목으로 교육의 하향평준화를 이끈 과거의 교육 패러다임은 이 시대에 맞지 않다. 누차 얘기하지만, 학생들을 서열화할 목적으로 외워서 답을 찾게 하는 교육은 사라져야 한다. 암기하고 이해하는 학습은 컴퓨터에 맡기고, 분석 평가하고 이를 토대로 지식을 창출하며 즐거움을 찾는 창조 역량을 키워야 한다.

각자 재능에 맞는 맞춤형 가르침은 이른 나이에 시작할수록 더 좋다. 유치원에서 코딩 교육을 못 하게 하는 것은 어리석은 일이다. 자라 보고 놀란 가슴 솥뚜껑 보고 놀라는 격이다. 혹여 대학 입시를 겨냥한 사교육을 겁내서라면 소탐대실이다.

---

* 미첼 레스닉, 최두환 옮김, 『미첼 레스닉의 평생유치원』, 다산사이언스, 2018.

말 배우듯 몇 단어 정도 기계어와 논리를 기억해서 기계를 움직이다 보면 호기심이 발동한다. 남이 만들어 놓은 게임에 빠져 헤어나지 못하는 것이 아니라, 자기가 만들어서 즐기는 것이다. 즐거워야 엔도르핀이 솟고 어디로 튈지 모르는 더 깊은 호기심과 열정(Passion)으로 이어진다. 동료(Peers)와 함께 게임과 놀이(Play)를 하는 자체가 창의 학습이다. 공동체를 배우고 그 속에서 자기를 표현하는 능력(Project)이 발달한다. 기계에는 없는 것이다.

미첼 레스닉(Michel Resnick) MIT 교수가 30여 년간 창의적인 교육에 힘쓴 결과 창의학습 원칙으로 세운 4P는 프로젝트(Project), 열정(Passion), 동료(Peers), 놀이(Play)이다. 구성원과 어울려 놀 때 창의력도, 열정도 생길 수 있다. 코딩이 일부 지역에서 설령 사교육을 조장하게 될지라도, 분명한 것은 어려서부터 기계를 이용할 줄 알아야 하고 기계와 친숙해져야 한다는 점이다. 코딩의 기본은 기술에 있지 않고, 스스로 생각하고 이를 일련의 절차로 기호화하는 데 있다. 놀이를 통한 두뇌 발달이라는 긍정적인 효과까지는 기대하지 않더라도, 놀이하면서 건전하게 사는 법도 가르치고 배워야 한다.

'필요는 발명의 어머니'란 말이 무엇을 의미하겠는가? 창의성으로 인도하는 첫걸음은 호기심이지만 이를 뒷받침하고 실현시키는 것은 자신이 처한 어려움을 극복하려는 욕망과 의지다. 우리 뇌는 스스로 깨닫는 곳에서 발달한다. 어렸을 때는 이것저것 만지고, 혀로 핥고, 느끼면서 부단히 사물을 인지하고, 크면서는 말을 하고 동료와 이리저리 경쟁하고 부딪히면서 길을 찾는다. 그리고 책을 읽고 지식을 흡수한다. 남이 호기심과 의문을 갖고 해 놓은 일을 깨달음도 어려움도 없이 단순하게 기억하는 것은 기계가 하는 일이다. 그래서 '반복되는'이라는 말 앞에 '기계적'이라는 수식어가 붙지 않던가.

2장

학문의 즐거움을 누리며

피카소는 "컴퓨터가 할 줄 아는 것은 오로지 대답뿐이기 때문에" 자신은 그것에 대해 관심이 없다고 투덜거린 것으로 유명하다. 탐구하는 과정의 기쁨과 설렘을 강조하는 말이다. 나는 미지의 세계를 여행하듯 학문을 탐구했다. 낯설고 새로운 것을 궁금해 하고 도전적으로 답을 찾아 나서기도 했다. 때로는 몽상과 상상을 즐기는 지적 호기심이 방랑하는 곳에서 학문의 즐거움은 싹튼다.

즐겨 읽었던 『학문의 즐거움』이라는 책이 있다. 크기도 아담해서 한 손에 쏙 들어오는 이 책은 일본 수학자 히로나카 헤이스케가 지은 책이다.[*] 저자는 1959년 프랑스에 유학하여 고등과학연구소에서 학문을 시작하고 하버드 대학에서 박사학위를 했다. 대수기하학 분

---

[*] 히로나카 헤이스케, 방승양 옮김, 『학문의 즐거움』, 김영사, 2002.

야의 난제였던 '특이점 해소'에 대한 논문으로 수학의 노벨상이라는 필드상을 받았다. 그럼에도 자신은 천재형이 아닌 보통 사람이라고 강조하면서 남보다 두 배의 시간을 공부했다. 여러 면에서 나에게 자극을 주었던 학자다.

그는 또한 친구를 사귀는 데 있어서도 쉽게 의기투합하거나 마음에 맞는 친구들에게 휩쓸리지 않았다. 외로움(lonelinss)을 이기려면 고독(loneness)을 즐겨야 한다고 말하며, "문제와 함께 잠자라."라고까지 말하면서 자기 재산은 끈기라고 말한다. 또한 세상에는 상대가 되지 않을 정도로 우수한 사람이 수두룩하지만, 이런 사람을 보면 자기는 체념할 줄도 알아서 질투하지 않는다는 것이다. 두고두고 새길 말이다.

학문의 자세에 대한 이야기 중에 내가 가끔씩 외람되다고 생각하는 말이 있다. 과거 성현들이 학문의 즐거움은 세상을 구할 심오한 진리를 터득하고 역사를 바로 세우는 데 있다고 했던 말이 그것이다. 거창한 말이어서 거부감이 앞섰고 겁이 났던 것이다.

진리 탐구는 의심의 끈을 놓지 않는 데서 출발한다. 나 같은 평범한 자연과학자는 세상은 내가 생각했던 것과 다르다는 것을 깨닫고, 눈앞에서 일어나는 현상에 의문을 가지고 탐구하는 것이 진정한 연구의 시작이었다. 스스로 존재한다는 자연을 대상으로 지적 모험을 하면서, 실패담도 좋고 성공담도 좋고 논문거리가 될 만한 실마리라도 찾으면 그만이었다. 계획하거나 예측한 모든 것을 성취할 수는 없다. 뜻밖의 결과를 얻으면 행운이다. 이런 행운은 가뭄에 콩 나듯 하지만 이 또한 부단한 노력의 결과라 더 큰 기쁨을 가져다준다. 창조의 기쁨이다.

이번에는 내가 그동안 무슨 연구를 해왔고 어떤 어려움과 즐거움을 함께했는지, 학문의 세계에 입문한 이야기를 해 보려 한다.

학문에도 '1만 시간의 법칙'이 적용될까?

학문의 세계는 한 걸음 더 깊이 들어가지 않으면 한 걸음도 앞으로 나갈 수 없는 세계다. 그리고 깊이 들어갈수록 뿌리째 흔들어 볼 수 있다.

누구나 어떤 재능이 있는가에 관계없이 1만 시간, 혹은 하루 3시간씩 10년은 학습해야 그 분야에서 성공할 수 있다는 말이 있다. 에릭슨(Erik Homburger Erikson)과 말콤 글래드웰(Malcolm Gladwell)의 이 말이 학문의 세계에도 통할까? 내가 과학자, 공학자로서 전문가의 길로 입문하는 데 들어간 시간을 따져 보니 석사과정과 박사과정 도합 5년, 대략 3만 시간은 되는 것 같다. 그 덕분인지 1981년에 교수로 임용되어 2016년 정년까지 연구와 교육의 한길을 걸어올 수 있었다.

어느 분야든 전문가들은 서로 소통하는 자리를 만들고 빈번하게 교류한다. 학자도 마찬가지다. 학문의 세계에도 분야마다 학자들이 공유하는 독특한 전개방식이 있고, 구사하는 전문 용어들이 있다.

이들 용어의 배경과 과정, 그리고 그 의미를 철저하게 배우고 익혀야 한다. 그렇게 함으로써 좁은 문으로 들어오는 절차적 적절성을 높이고 신뢰를 쌓아 간다.

공자가 말한 '무신불립(無信不立)'은 학문의 세계에서도 여전히 존중되어야 하는 가치다. 아무리 과학적 팩트가 신성하더라도 이들이 큰 틀, 또는 체계 내에서 의미를 갖지 않으면 소용없다. 구슬도 꿰어야 보배란 말이다. 팩트가 어떻게 발견되었고, 그 한계는 무엇인지 소통이 이루어지고 설명이 되어야 한다. 그래야 학술적 가치가 드러난다.

나도 학계에 입문하자마자 학술발표를 하러 여기저기 다니느라 분주했다. 그후 세월이 흐르고 어느 때부턴가 파워포인트(PPT)로 논문 발표를 하게 됐다. 내 발표 PPT의 첫 슬라이드와 마지막 슬라이드는 정해져 있었다. 시작하는 슬라이드는 헬멧을 쓰고 두 바퀴 자전거를 타고 가는 청년 그림이고, 끝내기 슬라이드는 밀레의 그림 〈이삭줍기〉였다. 연구는 열정을 가지고 도전하면서 이론과 실험이라는 두 바퀴를 잘 굴려야 바로 선다는 메시지를 전하고 싶어서였다. 돌아보니 지난 35년 동안 이 두 바퀴 자전거로 학문의 세계를 헤집고 다녔지만 이삭줍기에 만족해야 했던 것 같다. 소심(素心)을 잊지 않고 그 배경을 다시 깊이 생각해 보고 싶다.

그 시절 그 연구

　　나의 학문의 길은 부끄럽지만 세 시기로 구분해 볼 수 있다. 처음에는 과학적 방법으로 물질 탐구를 배우면서 연구를 흉내 냈던 시기, 다음에는 논문을 내지 않고서는 자리도 보전받지 못해 여기저기 기웃거리며 연구비 마련하여 실적 채우느라 동분서주했던 시기, 마지막으로 물질의 본질에 다가서기 위해 홀로 묻혀 지내며 학문의 밑바닥 깊이 도달하려 했던 시기다. 내가 했던 연구를 대략 10년 터울로 더듬어 보면 다시 질문에 맞닥뜨린다.

　나는 그 시절 왜 그런 연구를 하게 되었고, 연구 결과 얻은 것은 무엇이며, 그로 인해 세상은 어떻게 변화되었는가?

　심오한 진리의 반대는 거짓이 아니라 또 다른 심오한 진리라는 말이 있다. 양자역학을 창시하는 데 크게 기여한 물리학자 닐스 보어는 "하나의 혁명적인 아이디어가 세상에 퍼지고 결국 그것이 받아들여지는 것은 기성세대가 설득되어서가 아니라, 그들이 세상에서 사라지고 젊은 세대가 주요 세대로 등장하면서 바뀌는 것뿐이다."라고 했다.* 과학사에 한 획을 그을 만한 혁명적인 아이디어가 어디 자주 나타나기나 하겠는가? 내게는 가당치 않은 얘기로 들린다.

　천진난만했던 보어가 한 말 중 지금 내 머리와 가슴을 움직이는 것은 젊은 세대의 등장과 예측할 수 없는 변화의 방향성이다. 대서

---

* 정재승, 『열두 발자국』, 어크로스, 2018, 288쪽.

양 유럽과 미주 쪽 해변에 사는 모든 장어는 사르가소 심해로 모여들어 산란을 한다. 산란 후 성숙한 장어는 죽고 미숙한 어린 장어는 혼자서 집에 가는 길을 찾아야 한다. 미주 장어는 미주로, 유럽 장어는 유럽으로 가는데, 오랜 시간이 걸린다. 어린 장어가 돌아가야 하는 길을 생물학자도 알지 못하지만 어린 장어는 안다. "새끼 장어들이 언제나 완벽하게 집을 찾아가는 것은 바로 자신들이 어디로 가는지 모르기 때문입니다."* 가고자 하지만 가는 길을 찾을 수 없는 곳에 이르는 방법인 진화의 한 틀을 새끼 장어들이 터득했을까?

나이가 들어 더는 들어갈 곳이 없는 젊은이들 땅에서 나는 연구 인생의 '끝'을 코앞에 놓고 고심하고 있다. 연구가 곧 살길이라는 이 시대, 우리 연구는 어디로 향해 가야 하는가? 점진적 변화인가, 아니면 혁명적 변화가 도래할 것인가?

지금 내 서가 꼭대기 한 쪽에는 기념패가 두 개 전시되어 있다. 하나는 1981년 고분자학회 춘계 총회에서 초청 강연을 하고 받은 것이고, 다른 하나는 정년 기념패다.

당시 한국 이공계 학계에서는 외국에서 박사학위를 받고 돌아오면 기념 강연을 하는 것이 불문율처럼 되어 있었고, 나의 학계 입문도 초청 강연으로 시작되었기에 그때 받은 것이다. 또 교수 경력이 35년이 되니 공로패다, 감사패다, 받는 사람보다 주는 사람이 더 좋아하는 기념패들, 언제 받았는지 기억조차 어려운 각종 기념패들이

---

* 조지 월드, 전병근 옮김, 『우리는 어디에서 어디로 가는가』, 모던아카이브, 2019, 147쪽.

켜켜이 먼지를 이고 귀퉁이에 묻혀 있었다. 하지만 나는 이런 전시성 문화가 달갑지 않아 2016년 정년퇴직을 앞두고 연구실을 정리하면서 모두 버리고, 오직 시작과 끝을 알리는 두 개만 남겨 둔 것이다.

묵묵히 자기 길을 가는 사람이 진정한 프로다. 때문에 매사 첫 단추를 잘 끼우고 이를 잘 마무리하는 데 마음을 쏟는다.

더부살이 연구의 현실

내가 부임한 아주대학교 공과대학은 그 당시 우리나라 4대 공과대학의 하나였다. 하지만 캠퍼스는 명성보다 소박해서, 원천관을 중심으로 건물 4~5개가 볼품없이 띄엄띄엄 있을 뿐이었다.

내 연구실은 서관 3층에서 시작해 여러 차례 옮겨졌지만 실험실은 어디에도 마련할 수 없었다. 유일하게 원로 교수이신 한만정 교수님만 학부 유기화학실험실 준비실을 개인 연구실로 사용하고 계셨다. 젊은 교수가 연구할 수 있는 여건을 갖추려면 족히 10년 이상은 기다려야 했다. 그러니 논문 발표는 엄두도 못 내고, 일 년에 봄가을로 두 번 열리는 학회 정기모임에서 학위논문 관련 초청 강연을 하는 것이 학회 활동의 전부였다. 이마저도 여러 군데 얼굴을 내밀며 돌아다니다 보니 금세 바닥이 드러났다. 박사학위를 이수하면서 배우고 닦은 새로운 지식도 점차 고갈되어 막막했다.

국내에서 학위를 하면 대부분 지도교수와의 인연으로 얼마 동안은 연구를 이어 갈 수 있다. 물론 바람직한 현상은 아니었다. 젊었을 때 자기만의 새로운 영역을 개척해야지, 학위 과정 뒤치다꺼리나 하면서 세월을 보낼 수는 없다는 게 내 생각이었다. 나는 박사과정 중에 하던 연구를 계속하기 위해 내 실험실 꾸리는 일은 일찌감치 단념하고 외부로 눈을 돌렸다. 더부살이 연구의 시작이었다.

마침 고려대학교 화학과의 진정일 교수님으로부터 연락이 왔다. 나는 한국과학원에서 석사학위 과정을 밟던 중 세미나 발표주제로 고분자 레올로지 분야를 택하면서 진 교수님을 찾아뵙고 인사드린 적이 있었다. 전화 내용은 대학원 강의를 맡아 달라는 요청이었다. 그와 겸해서 석박사 학생 한두 명의 지도도 부탁하셨다. 가뭄에 단비처럼 반가웠다. 진 교수님은 고분자뿐만 아니라 화학계 활동도 많이 하시고, 여러모로 본받고 싶은 대학 선배이자 교수님이셨다.

1980년대 고분자 분야 연구는 산학연 가리지 않고 대부분 시류에 편승하는 연구가 주를 이루었다. 그중에서도 단연 액정고분자(liquid crystalline polymers)와 고분자 혼합물(polymer blends) 연구가 대세였다. 액정고분자는 1973년 듀폰 사에서 개발한 케블러 섬유가 바람을 일으켰는데, 유기섬유인데도 같은 무게로 비교할 경우 강철보다 5배나 강했다. 이를 섬유형 보강제로 이용하면 총알도 뚫지 못하는 방탄조끼도 만들 수 있고, 보잉747 같은 비행기의 동체도 만든다. 고분자 복합소재는 1970년대 말 원유값 급등에 따른 석유 위기를 겪으면서 항공우주 소재부터 각종 산업용 소재와 생활 소재까지 폭넓게 활용되기 시작했다.

아이러니하게도 유가가 치솟을수록 석유에서 만들어지는 고분자 소재는 순풍에 돛을 달았다. 무엇보다도 가볍고, 제품을 만드는 공정 자체도 에너지 소모가 크지 않기 때문이다. 고성능 엔지니어링 플라스틱소재가 산업용 기초 소재로 널리 주목을 받게 된 이유다. 이 소재를 일선에서는 아직도 일본식으로 '엔프라'라고 부르고 있는 것은 유감이다.

고분자를 섞어 만든 고분자복합소재 중에서도 특히 제너럴일렉트릭 사에서 개발한 노릴수지가 돌풍이었다. 노릴은 가공이 쉬운 폴리스티렌과 내열성이나 절연성 같은 각종 물성이 우수한 폴리페닐렌 옥시드(PPO)를 혼합한 고분자 혼합물이다. 이 수지가 TV와 컴퓨터 등 각종 전자제품에 널리 쓰이기 시작하면서 너도나도 고분자수지의 복합화 연구를 시작했다. 연구 물량 면에서 최대 주제였다. 기존 수지를 두 개 이상 혼합하면 막대한 시설투자를 하지 않고도 시장에 내보낼 수 있는 이점이 있어, 쉽게 시장을 장악할 수 있었다.

이렇듯 고분자 관련 연구는 먼저 산업계에서 바람을 일으키고 학계에서 뒤따르는 연구 흐름이 한동안 지배했다. 문제는 우후죽순처럼 여기저기서 비슷한 연구를 비슷한 방법으로 하는 것이었는데, 그렇지 않으면 논문 내기도 어렵고 연구비 받기도 힘들었다는 것이다. 나도 진정일 교수님 연구실에서 박사과정 학생을 지도하면서 액정고분자나 고분자 블렌드 연구를 피해 갈 수 없었다. 실험실이 없으니 어느 한 주제를 꾸준히 연구할 수도 없고, 연구 흉내만 냈을 뿐이다. 그래도 학생들의 자질이 우수하고 진정일 교수님의 열정이 남

달라, 논문과 특허 등 여러 편을 공동으로 발표하고 정교수로 승진할 발판을 만들 수 있었다. 초창기 고분자 학계를 이끌고 발전의 초석이 되신 진정일 교수님의 배려에 깊이 감사드린다.

정부 기초과학 육성에 한 가닥 희망을

1980년대 중반이 되자 강의에 이력이 붙으며 조금은 여유가 생겼다. 학회 편집 일도 맡아서 하고, 선배 학자들의 연구생활도 어깨너머로 보고 파악하면서 연구 세계가 구체적으로 보이기 시작했다. 하지만 그곳은 내가 꿈꾸던 상아탑 속 지혜를 추구하는 삶과는 거리가 있었다. 산업계에 밀착된 테크놀로지 연구에 흥미를 갖고 응용학문을 택했지만 사정은 여의치 않았다. 연구과제마다 불필요한 산업계 기술 동향이나 응용 실태를 파악하고, 그들과 협력을 모색해야 했으니 내가 바라던 연구는 아니었다. 연구제안서에 실생활에 얼마만큼 경제적 가치가 있는지, 수출 효과는 어느 정도인지 가공의 숫자로 수치화하여 적는 일은 늘 고역이었다. 연구주제 선정도 지정된 어장에서만 투망을 던져야 하니 잡히는 고기가 정해져 있었다. 게다가 어장은 수시로 옮겨졌다. 전문가는 한 우물을 파야 일가를 이룰 수 있는데, 세상은 손에 잡히는 연구로 나를 내몰았다.

이 무렵 아주대 우리 학과에는 한만정 교수님이 대학원생 네댓 명을 지도하며 폴리우레탄 소재합성연구를 하고 계셨다. 독일에서 박사학위를 하신 한 교수님은 한 산업체에서 중역으로 근무하시면서 산화방지제나 안정제 등 플라스틱 첨가제를 개발한 주역이기도 했다.

공과대학교수는 현장을 멀리할 수 없다. 공학 자체가 돈을 버는 학문 아닌가. 산업체 경력이 일천한 내게는 교수님과의 인연이 행운이었다. 나는 교수님의 석박사생 물성 분야 지도를 맡았다.

화학이라고 하면 흔히 흰 가운을 입고 비커 앞에서 무언가 화려한 색깔의 용액을 관찰하는 모습을 떠올릴 텐데, 그것이 바로 신물질 합성 장면이다. 반응물과는 질적으로 전혀 다른 물질을 합성해 내고 이를 확인하는 과정이다. 합성반응이 종결되면 흔히 프로닥트라 부르는 생성물을 분리해 내고 여기에 섞여 있는 미반응물과 불순물 등을 모두 걸러 낸다. 이렇게 하여 얻어진 순수한 물질이 원했던 물질인지 화학구조로 확인하게 되면 합성단계가 끝난다.

이어지는 연구는 신물질의 가치화 작업이다. 주요 물성을 측정하여 쓸모 있는 소재가 될 수 있는지 검토한다. 내 주된 관심사는 바로 이 단계의 구조와 물성관계를 파악하는 것이었다. 세상에 갓 태어난 신물질이 내 손에 들어오면 어떤 특성을 보일지 궁금하고, 조금은 흥분도 하게 된다.

측정은 거시적인 물성에서 미시적인 원자·분자 수준의 특성까지를 망라한다. 당연히 고가의 실험 장비도 필요하고, 이를 설치하고 운용할 공간도 마련되어야 한다. 뿐만 아니라 실험상 애로도 있다. 합성물은 통상 비커 스케일인데 이를 순수한 물질로 분리하느라

몇 단계를 거치다 보면 실제 얻는 양은 고작 수 그램 수준이다. 부가
가치가 높은 화장품이나 약은 소량으로도 기본적인 성능 분석이 가
능하지만 플라스틱처럼 시편을 제작하여 공학적 물성을 측정하기
에는 턱없이 부족하다. 시료의 대량 확보가 늘 물성 연구의 발목을
잡는다. 물론 나만이 겪는 어려움은 아니다. 1980년대 중반 이공계
대학 교육이 여론의 질타를 받았던 것도 산업현장과 괴리된 이론
위주 교육 때문이었다. 대학가에 실험 · 실습 시설이 부족하고, 물질
의 규모화를 이루기에는 실습에 소요되는 예산이 빈약했다. 어쩔 수
없이 돈이 적게 드는 교육과정을 선택할 수밖에 없었다.

　때마침 유비쿼터스 컴퓨터가 보급되면서 공대 교수들은 소위 전
산모사(computer simulation)라는 이론인 동시에 실험인 연구에 치중
하였다. 이론은 실험 틀을 만들고 실험은 이를 검증하는 새로운 기
법이다. 비교적 연구비가 적게 드는 이 방식은 먼저 모형을 세우고
데이터를 얻어 나중에 실체를 연구함으로써 인과성을 확인해야 하
는 산업화 현장에서 큰 기여를 하게 된다. 여기에 문교부도 국제개
발부흥은행(IBRD) 차관을 얻어 이공계 대학을 지원하기 시작했다.
나도 급한 대로 몇 가지 실험기자재를 구입하여 설치하고 대학원생
을 받아 지도할 수 있었다.

　세월이 흐르고 국가가 성장하면서 국내 연구 환경도 급변하였다.
많은 연구기관들이 신설되고, 관 주도 연구개발 사업들이 줄을 이루
어 하루가 다르게 변해 갔다.

추격형 산업화 연구와 미세플라스틱

1970~1980년대 우리나라는 미국이나 일본 등 선진국으로부터 기술도입 건수가 폭발적으로 증가했다. 따라서 이를 소화하고 흡수할 수 있는 역량을 배양하지 않으면 안 되었다. 국가 또는 민간 차원의 많은 과학기술 연구기관들이 연구 인력을 확충하고 기술 추격을 위한 발판을 마련해야 했다. 나는 홍릉에 있는 한국과학기술연구소(KIST)의 김정엽 박사님 부탁으로 폴리에스터 고속중합 관련 산업화 과제에도 참여하였다. 촉매 등을 개발하여 중합시간을 줄여주면 공장 증설 효과가 나타나기 때문에 경제적인 이득이 크다.

이 무렵 KIST가 개발한 폴리에스터 필름(PET)의 기술 이전이 도마에 올랐다. 선경화학에 이전하려는데, 경쟁사인 제일합섬이 일본 도레이 사 기술을 도입하려 한 것이다. 국내에서 어떤 기술을 성공적으로 개발하면 선진국에서 재빨리 가격을 낮추어 개발을 막아 버리던 시절이다. 일본의 간교한 상술을 보여주는 하나의 예다.

결국 선경화학의 승리로 끝났지만 정부출연연구소의 시장침해 문제가 제기되었다. 여기에 정부출연연구기관의 물리적 통폐합이 실효를 거두지 못하자 이를 보완하기 위하여 정부가 직접 연구지원을 하지 않고 프로젝트 중심의 연구개발사업(PBS)이 시작되었다. 1990년대 중반 시행된 이 제도가 현재까지도 대세를 이루고 있지만, 한계도 보이기 시작했다. 추격형 연구는 더 이상 시대의 흐름에 맞지 않다. 고위험에 도전적인 연구풍토를 만들어 가야 하고, 그러기 위해서는 무엇보다도 연구자의 자율과 책임이 강화되는 연구자 중심으로 바뀌어야 한다.

최근 미세플라스틱(microplastics)이 환경오염의 주범으로 평가되고 있지만 1980년대에 이미 생분해성 플라스틱을 개발하여 지구 표면 오염을 줄이기 위한 연구가 붐을 이루었다. 나도 멀칭필름용 비닐에 콜레스롤기를 도입하여 생분해도를 높이려는 연구를 4~5년 시도한 바 있다. 그런데 아뿔싸! 한 세기가 흐르면서 전혀 다른 차원의 환경오염이 닥친 것이다.

플라스틱이 일단 분자 수준이 아닌 미세입자로 만들어지게 되면 그 자체로 2차 오염원이 된다. 고분자의 크기가 줄어들수록 분해 속도는 빨라지지만 미세입자가 주는 폐해는 즉각적이다. 호흡기나 소화기관에 물리적인 손상을 가하거나 이를 폐쇄해 버릴 수 있기 때문이다. 게다가 고분자가 단위체 수준의 저분자로 분해된다면 생물학적 독성이 나타날 수 있다. 고도의 정밀분석기기가 속속 개발되면서 과거 측정하지 못했던 수준의 미량분석이 가능해지자 새삼 독성문제가 제기된 것이다. 아직 연구결과가 인체유해성 수준으로까지 충분히 축적되지는 못했으나 날로 불안감이 증폭되고 있다.

문제는 기술이 아니라 경제에 있다. 지구의 한정된 자연자원의 무분별한 사용을 억제하고 급성장-급팽창해 온 수많은 산업(소재산업, 화학 산업, 생명공학 산업, 자동차 산업, 스마트폰 산업, 식품산업, 보건 건강 산업 등)에 사용되는 금속, 세라믹, 나무 등의 대체재로서 엄청난 역할을 수행한 것이 바로 플라스틱이다. 플라스틱이 없었다면 아마도 위의 자연 추출 자원들의 고갈이 훨씬 더 앞당겨졌을 것이다. 또한 플라스틱은 연간 5천억 달러 규모의 석유화학 산업 핵심 생산물이자 전 산업 생태계의 기초 투입 요소(feedstock)로서 기능한다. 2015년 기준 전 세계에서 83억 톤의 각종 플라스틱이 생산되었으며 이 중 63억 톤이 폐기물로 처리되었다.[*] 대안이 없는 것은 아니다. 일단 국민소득 수준과 함께 늘어나는 1회용 범용성 플라스틱 사용을 줄이면서 재생 가능한 고분자를 더 많이 활용해야 한다.

청출어람 제자들의 활약

우리나라가 절대빈곤으로부터 탈출하여 개발도상국가를 거쳐 선진국으로 진입하는 데에는 과학기술 인력의 힘이 큰 보탬이 되었다. 이들이 국가 산업의 뒤를 받쳐 주었기에 가능했다. 나는 가뭄에 콩 나듯 대학원생을 받았지만 어려운 여건에서 발이 닳도록 뛰어다니며 이들을 지도한 결과, 보람도 있었다.

전북대 교수로 2018년 미국 아크론 대학 동문상을 수상한 나창운 교수는 80학번으로, 내가 교수로 부임하고 첫 석사 지도한 제자다. 1980년대 중반 열분석 장치를 이용하여 폴리우레탄의 상변화를 관찰하고 이를 분자 차원에서 해석했던 연구가 훌륭했다. 당시 졸업생

---

[*] 백우열, 「플라스틱 없는 밥도 먹을 수 없는데」, 여시재, https://yeosijae.org/posts/724?project_id=27&topic_id=1

중에서도 성적 5퍼센트 이내의 매우 우수한 학생이었지만, 왕성한 학술연구로 타의 추종을 불허하는 연구업적을 낼 줄은 몰랐다. 그는 국제학술지에 147편, 국내학술지에 50여 편의 논문을 발표했다. 또한 국내외 특허 10여 건을 출원 및 등록했으며, 총 420여 회의 논문 발표를 하는 등 활발한 연구 활동을 해왔다. 청출어람이다. 마치 내 일처럼 흐뭇하다.

한만정 교수님 실험실의 최근배 박사는 내가 아주대학교에 부임하자마자 물성 분야를 맡아 지도했던 1세대 제자다. 그는 창업하여 중견기업으로 성장시키면서 후배들을 격려하고 도와주는 형님 역할을 톡톡히 하고 있다. 김상구 박사는 내가 한국타이어 사에 강의 나가면서 인연을 맺은 후 박사까지 지도한 제자로, 한국타이어의 중역으로 우리나라 타이어 업계 기술개발의 산 증인 중 한 사람이 되었다.

2세대 제자 중에는 아주대 교수로 모교에 부임한 권오필 박사가 있다. 대학원 97학번으로 비선형광학 분야 전문가가 되어 영국 케임브리지 대학출판부에서 단행본을 출간하였다. 『Organic Electro-Optics and Photonics』라는 제하의 책을 당대 학계 최고의 권위자와 공동으로 집필하고, 저자의 한 사람으로 당당히 이름을 올렸다.

과거 1980년대의 연구가 추격형이었다면 1990년대 후반부터는 탈추격형 기술혁신 연구로 흐름이 바뀌었다. 국가 차원에서도 보다 더 기초적이고 원천적인 연구가 본격적으로 추진되기 시작했다. 권 교수는 공학연구센터(ERC)와 두뇌한국21(BK21) 사업이 낳은 인재다.

이런 연구 사업이 미래 신산업 창출이 가능한 선도형 첨단 연구를 할 수 있는 버팀목이 되었다. 기술의 싹을 발아시키려는 연구라 격세지감이 느껴진다.

세계적 연구 흐름을 좇아 선도형 연구로

과학기술 연구 분야에는 시대마다 기술적 관점에서 도출된 당면 과제들이 그 해법을 기다리고 있다. 이렇게 공론화되다시피 한 연구에 주로 재정적 지원이 한정되기 때문에 연구자들은 시대에 부응하는 연구에 매달리지 않을 수 없고, 이런 현실은 반복될 수밖에 없다.

1990년대 중반부터는 디지털 문화가 빠른 속도로 확산되기 시작했다. 나는 기업체에서 파생된 추격형 연구과제에 흥미를 잃고 관점 전환을 시도했다. 다가올 미래를 내다보며 기술을 선도하는 선도형 연구로 방향을 튼 것이다. 구텐베르크가 인쇄기를 발명한 뒤 수도원 필기사의 일자리만 없어진 것은 아니었다. 지식 독점체제가 해체되었다. 인터넷과 ICT 기술 발달도 마찬가지다. 지식의 종적·횡적 활용은 누구에게나 활짝 열려 있다. 이제는 연구하는 학자가 세계 모든 학자와 실시간으로 연결되어 있어, 자신의 학문적 위치와 성과를 순간순간 확인할 수 있다. 과학자가 하는 연구는 다른 사람이 이루어 놓은 성과를 기반으로 한 걸음 한 걸음 앞으로 내딛는 것이기 때문에, 새로운 연구 성과를 내기가 훨씬 쉬워진 것이다. 전문영역의 문턱이 이처럼 낮아진 것이 내가 첨단 연구로 눈을 돌리게 된 하나의 계기였다.

때마침 실험실 사정도 나아졌다. 1988년 의과대학이 신설되고 1991년에는 의료원이 문을 열었다. 대우학원재단의 사정이 나아지고 1993년에 아주대의 랜드마크가 된 팔달관이 준공되어 공간에도 여유가 생겼다. 이제 석박사 학생들만 받으면 연구 인프라는 어느 정도 갖춰지는 것이었다.

과학기술부 장관을 두 번이나 역임하신 정근모 박사님은 이렇게 말씀하셨다.

"미국의 힘은 미래를 내다보는 과학과 기술개발에서 나온다. 과학 연구 효율을 높이기 위해서는 자율의식이 중요하다. 자율이 주인의식을 낳고 주인의식은 생산성을 높인다."

정근모 박사님은 과학 연구의 자율성을 주장하셨다. 그리고 미래를 개척할 연구 교육의 중요성을 깨닫고 투자를 아끼지 않았다. 먼저 투자하고 끈질기게 기다릴 줄도 알았다. 그는 한국과학원 설립의 산파역을 맡고 고급 과학기술인력을 양성하는 데 진력하였다. 또한 과학기술연구센터를 설립하여 연구 시스템도 확립하였다. 아주대에 에너지센터를 만들고 별도 건물을 지어 연구의 집중도를 높였다. 나는 그 혜택을 직접 받았다.

땅에 떨어져 죽으면 산다는 하나의 밀알, 척박한 한국 과학기술계 발전에 작은 밀알이 되고 싶다던 박사님의 노력에 이제 후학들이 대답할 차례다. 선구자적 혜안으로 과학기술 연구계 분위기를 주도하신 정근모 박사님께 깊이 감사드린다.

1990년대 초, 정부는 우수연구집단 발굴육성을 위해 연구센터를 출범시켰다. 이 또한 정근모 장관께서 뿌린 씨앗이 발아한 결과였다. 덕분에 나는 최소한 7년은 연구비를 걱정하지 않고 대학원생을 지도할 수 있게 되었다. 서울공대 섬유공학과 조원호 교수가 주도하는 공학연구센터(Engineering Research Center, ERC)의 일원이 된 것이다.

서울공대 교수들이 주축이 된 연구원들 10여 명과 함께 공동으로 연구했던 경험은 참으로 값진 것이었다. ERC 사업은 1984년 미국에서 산업경쟁력을 강화하기 위해 산업과 대학의 기술협력을 목표로 시작되었으며 이를 벤치마킹한 것이었다.

30여 년이 흐른 지금은 미국 ERC와 한국 ERC의 명암이 확연히 갈라져 아쉽다. 미국의 경우 관련 산업체가 고액의 멤버십 비용을 내면서 ERC에 참여함으로써 자립할 기틀을 마련하고 성장을 계속하고 있는데 우리 실정은 그렇지 못하다. 왜일까? 자율이 아닌 타율이 지배해서다. 연구 진입장벽을 높여 안전하게 관리하려는 풍토가 강제로 산업체를 끼워 넣게 만들었다. 이런 형태는 연구 사업이 끝나면 산학연 협동 연구도 바로 끝난다. 국가적인 손실은 두말할 여지가 없다. 주인의식은 어디로 사라져 버렸을까? 우리 모두 자성이 필요한 부분이다.

연구는 상상력과 도전으로 꽃피운다

나는 시골 동네에서 상당히 떨어진 외딴집에서 자랐다. 누구의 간섭
도 받지 않고 행동의 제약도 없었다. 나지막한 토담으로 경계 지어진 대
문을 나서면 해 뜨는 언덕이 있고, 거기 서서 우두커니 하늘을 바라보거
나 멀리 비포장 길 흙먼지를 날리며 하루 몇 차례 지나다니던 버스를 바
라보는 것이 하루의 일과였다. 내가 끊임없이 남들과 다르게 생각하는
습성은 이때부터인 듯하다. 어디에도 매이지 않고 자유분방할 수 있었
다. 나를 둘러싼 환경이 얼마나 높고 두터운가 시험하고 도전하는 일에
도 겁나지 않았다. 그러니 매사 마음 문을 여는 손잡이는 늘 내 안에 있
었다.

연구는 상상력에서 꽃이 핀다. 연구 시스템이 갖추어지면 학자가 고
민해야 할 것은 바로 상상력의 고갈이다. 물질적인 풍요와 꽉 채워진 일
상이 몽상을 앗아가 버린다.

올림픽이 열리던 해인 1988년, 나는 미국 동부 코네티컷 주립대에서
박사후과정을 하면서 시간의 여유를 누리며 생활하고 있었다. 이때 미

래에 국가성장동력이 될 신기술들을 여러 가지로 그려 보며 다음 10년을 생각하고 꿈을 키웠다. 그리고 고심 끝에 비전을 발견했다. 전자공학(electronics) 시대를 이어 갈 광자공학(photonics) 시대를 대비하자는 연구주제가 그것이다.

고성능 레이저 기술이 무르익음에 따라 부상한 신소재가 비선형광학물질이다. 전자 대신 빛을 빛으로 제어하자는 학문의 자연적인 흐름이기도 했다. 미래 다가올 광통신기술에 필요한 광학소재를 고분자로 만들어 내자는 것이 단기목표였다. 연구주제를 바꾸면 관련 연구 기자재도 모두 새로 설치해야 하며, 이 분야의 연구는 미국과 선진국에서 대단히 관심이 높았으므로 이들과 어깨를 나란히 해 보겠다는 결심은 대단한 도전이고 모험이었다.

과학자의 연구는 실패를 밥 먹듯 한다. 실패를 두려워하면 성공할 수도 없고 기술혁신도 불가능하다. 어떤 상황에서도 긍정적인 면을 보고 꾸준히 도전하는 것이다. 긍정은 언제나 새로운 길을 찾지만(Optimism always finds a way.), 도전이 멈추면 길은 끝난다. 대우재단에서 연구비를 지원받아 학술총서를 쓰면서 세계적인 연구 그룹들을 만나 보고 네트워크를 구성했기에 적잖이 자신감도 생겼다. 과학자가 호기심이 없고 밤잠을 설칠 만큼의 설렘도 없다면 도태된다. 나도 한번 세계적인 학문 흐름을 좇아 겨루어 보자고 다짐하니 자신감도 높아가기만 했다. 왕성한 지적 호기심, 학문에 대한 순수한 열정, 나 자신에 대한 믿음이 새 연구의 첫걸음을 한결 가볍게 했다.

비선형 광학 물질이란?

레이저의 출현으로 우리가 꿈에 그리는 세계는 기술의 중심에 전자가 아닌 빛이 자리하는 세계로 바뀌었다. 만일 전자공학과 광자공학이 서로 신호를 주고받을 수 있는 상호변환물질이 개발된다면 정보통신 처리는 일대 혁신을 이루게 된다. 그런데 우리가 사용하는 물질은 선형일까 비선형일까?

'A이면 B이다.'와 같은 등식은 일차원적 인과관계다. 원인이 두 배로 되면 결과도 두 배로 나타난다. 그런데 물질세계도 사회현상도 이런 일차원적 사고로는 문제를 풀어 갈 수 없다. 세상에 단선적으로 결정되는 것이 뭐가 있겠는가. 무슨 물질이든지 작용이 과하면 역작용이 나타난다.

세상은 본질적으로 복잡다기하고 이해하기 어렵다. 비례관계가 더 이상 간단한 함수관계로 유지되지 않아서다. 예측을 불허한다. 한 컵의 물은 갈증을 해소하고 쾌감을 주지만, 한 양동이의 물은 감당하기 어렵다. 약도 용량을 두 배로 늘인다고 효과가 두 배가 되지 않는다. 약이나 물이나 과하게 먹게 되면 무슨 일이 벌어질지 알 수 없는 것과 같은 이치다. 이렇게 결과가 애매모호하면 실생활에 소재를 이용할 수 없기 때문에 공학자들은 대부분 복잡한 비선형 현상을 선형 구간 내에서 또는 선형화해서 제품을 설계한다.

일반적으로 빛은 물질의 전자를 움직여 영향을 미친다. 이런 전하이동이 물질 내에서 과하게 일어나면 시간에 따른 변화로 관찰하는 광학 현상이 비선형성으로 바뀐다. 매질이 빛 자체를 바꾸어 버리기 때문이다. 이를테면 값싼 레이저 포인터의 붉은색 빛이 매질을 통과하면서 녹색으로 바뀌는 것과 같다.

1981년 노벨물리학상은 '비선형 광학의 아버지'라 불리는 네덜란드 태생의 니콜라스 블룸베르헌(Nicolaas Bloembergen)이 받았다. 이 해는 공교롭게도 내가 교수로 부임하고 호프만 교수가 노벨화학상을 받은 해다. 만일 비선형 광학 특성이 무기결정 대신에 유기고분자 소재로 구현되면 응답시간이 매우 빨라지게 된다. 하나의 회선 속에 여러 개의 데이터 신호를 겹쳐 전송할 수 있으므로[시분할다중화기법, TDM(time-division-multiplexing)] 통신 혁명이 일어난다. 이에 미국 국방성(DARPA)과 함께 민간 기업으로 코닥, 듀폰, IBM, 3M 등 굴지의 다국적 기업들이 덤벼들었다. 그런데 10여 년간 광풍처럼 몰아치던 연구 붐이 일시에 멈추었다. 미국 연방기구나 민간 기업들 모두 이 연구를 중단시켰다. 그 이면에는 몇 가지 이유가 있었으나 결정적인 것은 새로운 통신기술에 있었다. 파장분화(wavelength division)와 코드분화(code-division) 다중화 방식(multiplexing)이라는 기술이 개발되어 산업계의 요구를 대부분 충족시켜 버린 것이다.

이처럼 시대를 주름잡는 연구는 늘 소재의 고성능화를 통한 혁신과 물리적인 통신기술 발전이 경합한다. 어느 것이 성공할지는 알 수 없다. 내가 1980년대 말 마음을 굳히고 추켜들었던 연구 분야가 10여 년이 경과하자 벽에 부딪히게 된 것이다. 졸지에 갈 길을 잃었다. 그래도 성과가 전혀 없었던 것은 아니다.

바람 따라 왔다 가 버린 시대 흐름 연구

요트를 타고 바다를 항해하면 바람이 방향과 속도를 좌우한다. 거센 바람에 속도를 주체할 수 없을 땐 요트가 뒤집히기도 하고, 없는 바람을 일으켜 바람개비를 돌리려면 빨리 달리지 않으면 안 된다. 이렇듯 바람을 따라 흐르는 해류가 사막을 만들기도 하고, 비옥한 푸른 숲을 이루기도 한다.

다행이라면 비선형 광학물질 연구가 한창일 때 폴리아세틸렌 고분자를 시작으로 전도성 유기고분자가 산학계의 주목을 받았다는 것이다. 두 물질 다 이중 삼중 결합에 붙들린 파이전자가 중심역할을 한다. 오늘날 우리에게 친숙한 올레드(OLEDs)와 2차 배터리 기술이 이때 태동했다.

나는 BK21 사업단장을 역임하면서 그 혜택을 톡톡히 받았다. 내가 생각하는 이상적인 연구실의 규모는 석사 3~5명, 박사 1~2명, 박사후과정 1~2명이다. 그 이상은 누구에게나 무리라 본다. 그런데 석박사과정 학생도 받고, 박사후과정 연구원도 채용하며 제법 연구실 규모가 틀이 잡혀 간 것이다.

연구의 시작은 비선형성을 가지는 다양한 관능기를 고분자에 매달아 비선형 광학물질을 만들어 내는 것이었다. 학계에서는 대부분 유연하고 투명한 고분자를 바탕으로 했지만 나는 그와는 정반대로 가장 단단하고 강한 고분자를 택했다.

첫 결과는 대성공이었다. 간단한 계수 측정으로는 감당하기 어려워 물리학과 교수님과 공동으로 실험을 했다. 적색 YAG 레이저 빛이 청색으로 바뀌는 것을 육안으로 선명하게 볼 수 있었다. 지금까지 보고된 수 치로는 우리 실험실 측정치가 세계 최고 수준이었다.

흥분을 가라앉히고 논문을 작성하여 『네이처』에 투고했다. 심사자 중 두 사람은 간단한 답변으로 게재를 허가했고, 다른 한 사람은 실험치의 적절성을 따졌다. 이론적으로 가능하지 않다면서 믿을 수 있는 측정 데이터를 제출하라는 것이었다. 투고 논문의 게재 여부는 학술지에 따라 다르나 대부분 심사위원장이 결정한다. 이때 소위 동료 평가(peer-review)를 거치는데, 여기서 동료란 관련 분야의 전문가를 말한다.

우리는 물질 특성을 재측정하려고 백방으로 노력했다. 문제는 국제적으로 신뢰할 만한 데이터 산출이었다. 나는 할 수 없이 미국 뉴욕주립대학(SUNY-Buffalo)의 프라사드(Pras Prasad) 교수 실험실을 찾아갔다. 그런데 크게 실망했다. 유명세와는 달리 실험장비도 낡았고, 그는 이미 이 연구에서 한 발 뺀 상태였다. 내가 한참 열을 올리고 있는 상태일 때 미국의 잘나가는 교수 연구실은 이 주제를 떠나고 있었다. 우물 안 개구리 신세였다. 흐름을 좇는 연구를 한다면서 흐름도 놓치고 있었던 것이다. 결국 단기간에 재측정을 포기함으로써 심사를 통과하지 못하고 논문 게재는 실패로 돌아갔다.

논문을 투고하고 기약 없이 기다릴 때는 늘 노심초사하게 된다. 은근히 긍정적인 동료 평가를 기대하며 콧노래를 부르다가 막상 편집위원장의 자의적인 판단으로 게재 거절 코멘트라도 날아오면 실망감이 크다. 거절률이 높을수록 학술지의 등급은 올라간다니, 씁쓸하다. 동료 평가라도 받아 본 후 거절하면 도움이라도 될 텐데, 다른 학술지에 내라는 식으로 평가위원에게 가 보지도 못하고 반려하면 괘씸하기까지 하다. 그뿐이 아니다. 때로는 평가 내용이 전혀 사리에 맞지 않고 마치 대학원생한테 맡겨 작성한 듯한 인상을 풍길 때도 있다. 그래도 어쩔 도리가 없다. 이래저래 교수 생활 내내 논문으로 인해 좌절과 분노, 흥분과 금지가 뒤섞여 마음이 편하지 않았지만, 최선을 다했으니 미련은 없었다.

『네이처』 논문 게재 실패를 거울 삼아

『네이처』에 논문을 게재하는 데 실패한 요인은 여럿이었다. 첫째, 물질의 비선형 광학 특성이 타 재료에 비해 매우 높게 나오니까 내가 이를 설명하고 그 가치를 헤아릴 역량이 부족했다. 둘째, 다각도로 이를 검증할 실험 장비도 구축되지 않았고, 물리학의 기초가 약해 앞으로 나아갈 수가 없었다. 그래서 부랴부랴 당시 박사과정이던 권오필 학생을 스위스 연방공대 물리학과의 페터 귄터(Peter Günter) 교수실로 보냈다. BK21 사업 지원이 이를 가능케 했다. BK21 사업은 연구자 교류를 촉진하고 그 활동비도 다각도로 지원해 준다. 연구기반 조성이 꼭 하드웨어만을 의미하는 것은 아니다. 걸핏하면 건물 짓고, 기자재 들여오고, 겉모습에 치중하는 연구지원이 아니다.

권터 교수와는 일면식도 없었지만 순전히 논문을 통해 그의 연구실 문을 노크하게 되었고, 그는 우리가 만든 비선형 광굴절 소재에 대단한 관심을 보였다. 권오필 군은 스위스에 파견된 뒤 귄터 교수의 지도하에 내 실험실에서 시도하지 못했던 물성을 지체하지 않고 측정하고 해석

한국을 방문한 스위스 연방공대 귄터 교수와 함께 고궁을 관람하며.

할 수 있었고, 불과 6개월 만에 미진했던 자료를 가지고 귀국하여 논문을 보완한 후 학위를 마쳤다. 그는 그후 곧바로 박사후과정으로 스위스 연방공대에서 연구를 계속했고, 지금은 귀국하여 아주대 교수로 후학을 가르치면서 비선형 광학 연구를 계속하고 있다.

아직 산업화 열매를 기대하기에는 세월이 더 흘러야 하지만, 스위스 연방공대를 왕래하면서 공동연구를 통해서 꾸준히 실적을 내고 있으며 2015년에는 『Organic Electro-Optics and Photonics(유기 전기-광학과 광자공학)』이라는 책을 케임브리지 대학 출판부에서 냈다. 권 교수가 내가 못 이룬 연구의 꽃을 피우고 있는 것이다.

학문의 세계에서 스승을 딛고 일어서는 제자가 없다면 한 발짝도 앞으로 나갈 수 없다. 웅덩이에 갇힌 고인 물은 썩는다. 대학이든 사회든 젊은 피가 수혈되어야 이어질 수 있다.

지속 가능한 연구개발(R&D) 풍토를 바라며

우리나라는 국내총생산(GDP) 대비 R&D 투자 비중이 이스라엘과 함께 세계 1, 2위를 다툰다. 연구개발을 통해서 미래를 준비하는 긍정적 노력이다. 그러나 한정된 정부 예산에서 선택과 집중 전략은 방향성은 옳으나 지속성 부진이라는 고질적 문제가 있다. 또 전문가 풀에 의존한 연구기획이 주를 이루는데, 이는 씨앗형이 아닌 추격형 연구를 하겠다고 선언하는 것이나 다를 바 없다.

한 분야에서 인정받고 있는 전문가는 그 분야에서 새로운 아이디어가 출현했을 때 그것을 수용하기도 어렵고, 사실에 근거한 논리보다 자존심과 익숙함이 더 크게 작용한다. 그러니 고집이 세고 편견을 부르기도 쉽다. 반면 아웃사이더로 분류되던 사람들은 그런 저항감이 없고 오히려 마음이 열려 있어 더 쉽게 새로운 방법을 발견하고 제시할 수 있다. 따라서 위원회와 같은 사람 중심 기획은 지양해야 한다. 철저한 데이터 중심, 즉 과학적 분석 자료를 기반으로 정책을 수립하고 매년 이를 업데이트하면서 부분적으로 수정·보완해 가야 한다. 그래야 정권에 따라 바뀌지 않고 5~10년 후의 미래기술 예측을 토대로 투자가 이루어질 수 있다.

돈을 어디에 어떻게 써야 할지 정하는 것은 전적으로 국가나 기관의 지도자 몫이다. 정권이 바뀔 때마다 중장기적 대응은 없고 임기 내에 무언가 성과를 내려고 조급하면 연구를 망칠 뿐이다. 거의 모든 R&D 결과는 성공사례 일색이다. 2018년 기준 매년 5만 개가 넘는 정부 연구개발과제의 성공률은 무려 98퍼센트에 달한다. 이는 연구의 본질에서 크게 벗어나는 황당한 일이다. 실패 사례를 먼저 묻고, 그 극복 사례를 들어 보고, 결국 무엇을 이루었는가 스스로 평가하게 해야 한다. 또 장기적 안목을 갖고 연구 성과가 저절로 드러나도록 기다린 후 평가해도 늦지 않다. 단기적인 성과는 연구자가 자체 설정한 목표 달성에 불과하다. 자기 눈높이에 맞는 목표인데 실패할 수 있겠는가? 그리고 성공한들 무슨 파급효과가 있겠는가?

교육이나 연구나 동기를 유발하는 것은 지적 호기심이다. 호기심에서 출발한 연구는 새롭게 어떤 현상을 발견하고 이해하는 기쁨의 원천이다. 국가에서 요구하고 강요받아 진행한 목적 지향의 연구는 깊이를 가질 수도 없고 연구자의 심화 연구도 이끌어 낼 수 없다. 더 이상 국가가 개입하여 연구자를 흔들어 대지 말고 연구자에게 자율권을 주기를 바란다. 그리고 국가는 이를 지속적으로 감독하고 확인하는 역할에 충실한다면, 가까운 미래에 유의미한 기술 발전을 눈앞에서 확인할 수 있을 것이다.

우리나라 연구개발의 효율성에 관한 의견

다음 두 가지만 확인하면 된다. 먼저 지식의 가치를 인정하되 기초과학과 산업기술을 과감하게 구분하고, 전자는 대학에, 그리고 후자는 국 공립연구소와 산업체에 우선권을 주면 된다. 다른 하나는 연구주제를 기획하고 선정한 후 집행하고 평가하는 일련의 R&D 단계에 국가가 간 섭하지 않는 것이다.

전문가란 자들을 동원하여 추격형이다, 선도형이다, 씨앗형이다, 융 합이다 등등 연구 분야를 나누고, 이도 모자라 주력산업이다, 미래성장 동력이다 하는 실행전략을 세워 학자들을 몰아세우지 말라. 마치 일자 리가 곧 창출되고 경제가 성장할 것처럼 온갖 그럴듯한 감언이설로 정 부정책과 연계하려 드는 관료들의 행태는 중단되어야 한다.

지금은 과거의 산업기술 개발 패러다임으로는 더 이상 산업기술 발 전과 일자리 창출을 기대할 수 없다. 국가 간섭을 줄이는 대신 연구과 제 선정 집행보다 기획과 평가단계의 비중을 높여 정책 집행 효율성을 점검하고, 이를 중장기 전략 수립에 참고하면 된다. 연구원들도 더 이상 연구비를 따는 연구에 치중하거나, 국가 지원이 끊기면 중단되는 연구 에 매달려서는 안 된다. 연구 흐름이 바뀌면 썰물처럼 털고 나와 국가적 으로 손실이 크다.

학문의 융합을 강요하니 울며 겨자 먹기로 형식적인 협력을 하는 행 태도 문제다. 이는 연구의 본질을 망각한 것이다. 세월이 흐를수록 연구 내용이 깊어지고 넓어지면서 자생할 수 있어야 한다.

국가가 간섭하지 않고 연구생태계가 자발적으로 만들어져 연구가 건 강하고 지속 가능하도록 해야 한다. 협업 연구는 당사자의 학문과 그 깊 이가 중요하다. 각자 자기 전문분야에 정통할 뿐만 아니라 첨단 연구실을 갖추고 실제 운용하고 있을 때 가능하다.

쉰을 넘기면서 나는 더 이상 국가에서 독려하는 이런저런 연구를 하지 않고 독자적인 연구를 시작했다. 연구 틀을 바꾸게 된 계기는 단순했다.

'출판이냐 도태냐'의 갈림길에서

개발도상국가에서 과학기술이 발전하는 단계를 보자. 먼저 기술을 도입하고 이를 개량하는 연구로 출발한다. 다음에는 생산체제를 정비함으로써 제조역량과 품질을 높이고 표준화에 눈을 돌린다. 마지막으로 선진국 대열과 보조를 맞추며 창의적 원천기술을 개발하기 위해 지식 창출에 주력한다.

나는 50대 중반에 접어들면서 정년이 멀지 않게 되자 서서히 연구의 출구를 생각하지 않을 수 없었다. 우리나라 과학기술 정책도 2000년대 중반을 넘어서면서 패러다임을 바꿔 나가야 한다는 공감대가 형성되었을 시기였지만, 관성이 작용하여 일선 연구 환경은 여전히 정부 주도의 단기성과에 집착하며 선진국을 추격하는 것에서 벗어나지 못하고 있었다. 연구 성과로 논문 위주의 양적 평가에만 치우쳐, 깊이 있는 연구나 씨앗형 연구는 엄두도 내지 못했다. 오죽하면 '출판이냐 도태냐(publish or perish)'라는 말이 교수들 사이에 자조 섞인 어투로 회자되겠는가?

논문 출판 만능주의라 할까? 논문 실적이 교수 임용, 승진, 업적급은 물론이고 학교에 대한 정부 지원금, 외부 연구기금 등을 통제하는 수단으로 둔갑하여 교수 사회를 옥죄고 있다. 과학 논문인용 색인(science cotation index, SCI)을 하나의 잣대로 모든 교수를 평가하고 줄 세우는 광경이 대학가에 유행처럼 번지고, 한국은 전 세계에서 SCI에 대한 숭배가 교수 인격을 압도하는 유일무이한 나라가 되어 버렸다. 논문 출판이 학자 본연의 임무라고는 하지만, 작금의 논문 열풍은 도를 지나쳐 그 폐해가 심각한 단계에 이르고 있다.

학술지 등급이나 임팩트팩터, 그리고 인용지수 같은 계량적 지수는 하나의 참고자료일 뿐이다. 최근에는 양적 평가 일변도에서 벗어나 질적 평가를 도입하고 있지만, 계량화된 평가의 부작용은 없을 수 없다. 세간의 관심이 높은 분야로만 연구를 끌고 가서 학문의 다양성을 저해하고, 새로운 분야에 발을 들여놓을 수 없게 한다. 게다가 연구윤리 부정행위를 만연케 하여 불신을 자초한다.

나는 마지못해 비선형 광학연구를 비롯한 세계적인 흐름을 따라가는 연구는 중단했다. 출판이냐 도태냐의 갈림길에서 더 이상 머뭇거리지 않아도 될 나이인 데다 학내 위치가 이를 가능케 했다.

내가 박사 지도를 했던 권오필 교수가 박사후과정을 보냈던 스위스 연방공대와 비교해 보면, 권 교수를 지도했던 귄터 교수는 아직도 이 연구를 계속하고 있다. 나보다 연상인 그는 여전히 연구비를 지원받을 수 있고, 개인적으로도 레인보우 옵틱스라는 자신의 회사를 경영하고 있어, 계속할 이유도 있다. 그러나 나는 BK21 사업단장을 내려놓으면서 실험실 유지가 버거워, 더 이상 시류에 영합하는 연구는 능력 밖이라는 결론에 도달했다. 그래서 나노물질 등 새로 부상하는 연구는 추구하지 않고 가장 경제적인 연구를 하고 싶었다. 석박사 2~3명을 지도하면서 비싸지 않은 장비로 근근이 이어 갈 수 있는 연구로 시선을 돌렸다. 그러면서 물질의 본질에 다가가는 연구로 내 연구 생활을 마무리하고 싶었다. 더 이상 논문실적에 연연하지 않고, 쫓기는 연구가 아니라 즐기는 연구를 하고 싶었기에 소박한 나만의 연구를 계획하고 실행했다. 결과는 나쁘지 않았다. 무엇보다도 시들어 가는 연구 열정이 되살아났다. 물질의 본질에 대한 연구로 한 걸음 더 뗀 셈이었다.

3장

물질의 본질을 추구하는 연구

　옛 선비가 남긴 놀랄 만한 일화가 있다. 조선 초기 문인인 최흥효는 중국 명필 왕희지의 글씨를 수만 번 연습하여 썼다. 평생을 먹물과 싸운 것이다. 그러다 과거 시험장에서 답안지를 쓰는데, 우연히 한 글자가 왕희지의 글자체와 똑같이 씌어졌다 한다. 아무리 연습해도 써지지 않던 글자라 물끄러미 그 글자만 쳐다보다가 답안지를 제출하지 않고 그냥 품에 넣어 가지고 나왔다.[*] 오랜 시간 도전한 끝에 얻은 글씨여서 시험에 제출할 수 없을 만큼 간직하고 싶었으리라. 그에게 글씨는 삶의 도구가 아닌 삶 자체였다. 본받을 만하지 않는가.

　지난 35년간 내가 쓴 논문의 편수나 질에 대한 평가는 지금 와서

---

[*] 조선 초기 문인인 최흥효, 박지원 『연암일기』 3권, 돌베개, 2017, 81쪽.

는 공허한 것들이다. 내가 이룩한 학문적 업적은 내가 던져 놓은 고기를 몇 마리 낚았느냐에 있지 않다. 그보다는 학문적 난제를 풀었다든가, 기술의 돌파구를 열고 새로운 패러다임을 제시했다든가와 같은 학계의 정성적인 평가에 있다. 나는 마지막 연구 열정을 보다 더 본질적인 연구, 한 가지 연구 주제 속으로 깊게 들어가 본질을 파헤치는 데 집중했다. 물론 수많은 장애물과 맞서야 했다.

중복성 배제 행태의 연구관리

첫 번째 장애물은 연구과제의 중복성을 따지는 것이다. 연구가 뿌리를 튼튼하게 내리려면 한 과제를 집중적으로 계속 연구해야 한다. 그런데 중복과제를 허용하지 않으려는 관료들이 단순히 연구 제목만 보고 탈락시킨다. 서류 중심 관료주의의 폐단이다.

연구자는 과제 제목이 비슷하면 연구비 조달이 어려우니 철 따라 세월 따라 새로운 분야 연구만을 좇아야 한다. 학문 밑바닥은 구경도 못 하는 시스템이다. 나는 박사학위 과정 실험을 색이 누렇게 바랜 선배의 학위논문을 들춰 보는 것으로 시작했는데, 현실은 연구비를 위해서 주제를 수시로 바꾸거나 적어도 연구과제 명칭이라도 달리할 수밖에 없었다.

"뿌리 깊은 나무는 바람에 아니 흔들리니 꽃 좋고 열매 많나니. 샘이 깊은 물은 가뭄에 그치지 아니하니 내(川)를 이뤄 바다에 가나니." 세종대왕이 한글을 창제하면서 하신 말씀이다. 우리 모두 새겨 들어야 한다. 연구의 폭은 폭풍에 흔들리지 않는 나무처럼 넓고, 연구의 깊이는 가뭄에 마르지 않는 샘처럼 깊기를.

두 번째 장애물은 연구비가 논문실적 일변도의 평가로 제공되는 것이다. 논문 수나 인용되는 횟수는 논문의 질이나 중요성과는 별 관련이 없다. 일반적으로 많은 사람들에 의해 논의되고 있는 흔한 주제들이 더 많은 인용 횟수를 기록한다. 종종 매우 혁신적인 결과와 아이디어들은 10년 넘게 주목을 받지 못하고 있다가 누군가가 그 특별한 주제에 대한 연구를 시작할 때가 되어서야 발견된다. 그러나 현실은 한 가지 주제에 집중하여 학문의 본질에 다가서는 것보다는 빠르게 실적을 내기만을 요구하고 있어 안타깝다. 우리나라 연구과제 관리행태의 근본적인 수술이 필요하다.

미국 국방고등연구계획국(Defense Advanced Research Project Agency, DARPA)은 결과보다는 새로운 것이 무엇이고, 왜 성공할 것이라고 생각하느냐 등을 묻는다. 불가능할 것처럼 보이는 도전적 과제라도 통념을 깨고 혁신적 방식으로 접근법을 제시하면 어느 정도 통한다. 창의적인 아이디어들이 태동할 수 있는 토양이 마련된 것이다. 예를 들면 LCD를 개발하기도 한 하일마이어는 2~3쪽으로 정리된 과제 제안서로 수백 억 규모 대형 과제의 지원 여부를 판단하였다. 목표가 무엇인가처럼 단지 결과만을 상정하여 제안하는 것이 아니라, 과정과 연구 전략을 묻는다. 연구 관리자(Manager)는 관리라는 단순 역할을 넘어 연구의 나아갈 방향도 제시하는 디렉터(Director)

의 역할도 겸한다. 한국의 관료처럼 업무도 과장, 부장, 임원 같은 수직 계급으로 움직이는 것이 아니라 수평적 기능으로 이루어진다.

시대를 따라가는 연구에서 멀어지다

미국의 조직이론가 칼 웨이크(Karl Weick)의 "창의성은 새로운 것들의 옛날식 조합과 옛날 것들의 새로운 조합(new things in old combinations and old things in new combinations)을 통해 생겨난다."라는 말에 공감한다. 화학자의 연구는 대부분 원소의 조합이나 조합방식을 바꾸어 가며 신물질을 만들고, 그 특성을 평가하는 작업이다. 심리학자도 사람들의 마음을 읽고 마음의 변환을 다룬다는 점에서 유사하지 않을까? 조직심리 전문가인 애덤 그랜트(Adam Grant) 교수는 저서 『오리지널스』에서 독창적인 사람을 '이것저것 손을 대며 실패를 밥 먹듯 하다 혁신을 이루는 사람'으로 이야기한다. 한 가지 일에만 확신을 가지고 전념하지 않는다는 말이다. 만약 자기 전공 한 영역에 대해서만 엄청나게 많은 지식과 경험이 있다면 오히려 '인지 함정(cognitive entrenchment)'에 발목 잡힐 가능성이 높다는 것이다. 세계를 익숙한 방식으로 보게 될 확률이 높기 때문이다. 그런 경우 의문을 제기해야 할 가정들을 당연한 것으로 받아들이게 된다.

연구를 계획하고 실행하는 사람도 위험을 분산한다. 무슨 주식 투자자에게 위험을 분산하라는 말처럼 들릴지 모르겠지만 "계란을 한 꾸러미에 담지 마라."라는 말은 의미를 새길 만하다. 연구자는 프로젝트가 실패할 경우를 대비하기도 하지만, 그보다는 미래를 위해서 한 과제에 올인하지 않는다. 여러 가지 성격이 다른 연구를 동시에 수행하면서 아이디어를 얻기도 하고 앞으로 나아갈 방향을 모색하기도 한다. 나는 보통 8:2의 비율로 연구비와 시간을 배분하여 연구과제를 수행해 왔다. 당연히 현재 연구실을 지탱해 가는 데 필요한 재원을 마련하기 위해서 80의 비중을 갖는 연구에 치중한다. 나머지 20은 절박하지 않은 탐색 연구에 주력했다. 그런데 연구 생활의 종착역이 가까워 오자 그 80의 연구마저 유지하기가 어려웠다. 바람 따라 흘러가는 대열에서 이탈한 이유다.

하늘을 나는 비행기가 떠오르려면 바람에 맞서지 않으면 안 된다. 학자는 혁신적이고 독창적이어야 한다. 조직심리학자는 연구하는 목표보다 연구하는 방식이 비슷할 때 협업이 잘 된다고 한다. 나는 더 이상 다른 사람들과 협업을 계획하기에는 힘에 부쳤다. 남는 협업은 오직 하나였다. 과거의 나와 현재의 내가 손잡고 연구의 불씨를 이어 가는 것이다. 지금까지 연구하면서 터득한 방식을 대상과 목표를 바꾸어서 돈이 적게 드는 연구로 눈을 돌렸다.

이공계 분야 연구의 발전 방식

과학자들이 지식을 탐구하는 과정은 늘 반복된다. 일단

어떤 현상에 대한 호기심에서 시작한다. 그리고 이를 설명하기 위해 가설을 세운 후 이를 검증한다. 가설은 통상 기존 이론 틀에서 연역적으로 추론하거나 경험적 사실을 관찰하여 귀납적으로 구성한다. 누가 새 이론을 발표하면 그 이론을 검증하기 위해 실험학자들이 벌 떼처럼 모여든다. 마찬가지로 이론 과학자는 실험학자들의 실험 결과에 항상 주목하면서 이론을 정립한다. 하나의 가설은 실험으로 입증되어야 하고, 때로는 반대 명제의 입증도 견뎌 내야 한다.

과학에는 국경도 없고 너도 없고 나도 없다. 과학자의 시선은 이분법에 갇히지 않는다. 항상 개방적인 시각이 배어 있어, 실험하는 과학자가 이론을 대하는 태도는 사뭇 도전적이다. 변증법적 발전의 한 과정이다. 이론 예측이 실험적으로 검증이 안 되면 예언으로 남아 있을 수도 있으나, 대개는 실험으로 쉽게 실현하기 어려운 극단적인 경우뿐이다. 만일 새로운 이론이 후속실험을 통해 수정·보완되어 학설로 굳어지면 과학적 진보가 이루어진다.

이삭줍기 연구부터 다시 시작하다

나는 천재성과는 거리가 먼, 보통의 화학자일 뿐이다. 그래서 새로운 이론으로 사람을 끌어모으는 영향력을 행사하기는 쉽지 않다. 단지 어떤 이론이 예측하고 있는 결과의 검증을 목표로 설정하거나, 새로 나온 실험장비를 구축하여 과거에는 관측이 불가능했던 실험을 시도한 후 새로운 사실을 발견하는 등에 연구의 초점이 맞춰진다.

연구 자체가 불꽃 튀고 재미있을 때는 대부분 나눌 열매가 클 경우다. 어느 경우든 기반이 탄탄한 이론이나 실험이라면 더 이상 맷집을 키우지 않고도 과학사에 남을 수 있는 연구결과를 낼 수 있다. 이와는 대조적으로 이삭줍기 연구는 대부분 학술적인 열매는 누군가 다 가져가 버리고, 산업적 가치가 연구를 견인하는 단계에 있다. 실생활에 지식을 응용하고 개발하는 연구인 셈이다. 나는 이런 연구과제 중에서도 전성기가 지난 과제인 이삭줍기 연구를 마지못해 집어 들었다.

남발하는 '개발'이라는 용어

2000년 노벨화학상은 '전도성 고분자의 발견과 개발(for the discovery and development of electrically conductive polymers)'로 앨런 맥더미드(Alan Graham MacDiarmid), 앨런 J. 히거(Alan J. Heeger), 시라카와 히데키(Shirakawa Hideki) 세 과학자에게 돌아갔다. 새로운 지식을 창출해야 수여하는 노벨상에 처음으로 '개발'이라는 용어가 들어갔다. 사실 고분자라는 물질을 대상으로 하는 연구는 기초연구와 개발연구의 경계가 모호하다. 소재의 쓰임새 자체가 실생활에 직결되기 때문이다. 내가 스위스 팀과 국제공동연구를 하면서 어휘 사용에 신중해야겠다는 생각을 한 것도 이 용어 때문이었다. 개발이라는 참뜻을 곡해하고 나도 모르게 남발하고 있었던 것이다.

우리나라 학자들은 무책임할 정도로 '연구'라는 말 다음에 쉽게 '개발'을 붙여 쓰는 경우가 많은데, 사실은 엄격히 구분해야 한다. 국제회계기준위원회(International Accounting Standards Board, IASB)에서는 R&D에 대해 '연구(research)'를 새로운 과학적·기술적 지식과 이해를 얻기 위하여 행해진 독창적·계획적 조사로, '개발(development)'을 상업적 생산이나 사용하기 이전에 새로운 또는 개량된 재료·장치·제품·제조법·시스템 또는 서비스 생산 계획이나 설계에 연구성과와 다른 지식을 적용하는 것으로 구분하여 정의하고 있다.*

한국산업기술진흥협회에서도 R&D를 기초연구, 응용연구, 개발연구로 구분한다. 통상 기초연구란 지식의 진보를 목적으로 행하는 연구로서 특정 응용을 노리지 않고 사업 목적 없이 하는 연구활동을, 응용연구란 실제 응용을 직접 노리는 연구활동, 또는 제품과 공정에서 특정 상업적 목적을 가지고 행한 연구활동을 말한다. 개발연구란 기초연구 및 응용연구 등에 의한 기존 지식을 활용해 새로운 재료, 장치, 제품, 시스템, 공정 등 도입 또는 개량을 목적으로 한 연구활동을 의미한다. 당연히 연구비 규모는 배가 된다.

그런데 우리나라 관료들은 연구에서 이 용어가 빠지면 거들떠도

---

* 국제회계기준위원회(IASC)는 1973년 영국에서 설립된 단체로 국제적인 회계 기준을 제정, 배포하는 기관으로 연구와 개발도 구분하여 정의하고 있다.

보지 않는다. 그래서 무언가 떼돈을 벌 수 있을 것처럼 제안서를 작성하고, 연구결과를 침소봉대하는 일이 일어난다. 이처럼 과대포장을 하더라도 아무도 이 용어 사용에 대해 부담스러워하지 않는다. 애꿎은 국민들만 속아 넘어간다. 이런 측면에서 보면, 선진국의 문턱은 아직도 높아 보인다.

유기고분자 전기전도도 향상을 목표로

누구나 플라스틱은 전기가 통하지 않는 절연체라고 알고 있다. 전자가 전기를 실어 나르는 데 고분자에 금속처럼 자유롭게 움직이는 전자가 있기나 할지 베일에 싸여 있었고, 그래서 플라스틱에 전기가 통한다는 사실은 오랫동안 본질에서 비껴나 있었다. 부연하면 단위체 분자를 선으로 연결하여 마치 객차를 연결하여 열차 엮듯 하나의 고분자로 만들게 되면 단위체가 갖고 있는 가용 전자가 연결에 매여 자리를 뜰 수 없으므로 전기를 통할 수 없게 된다. 하지만 객차 자체가 다중결합을 이루고 있다면 상황은 바뀐다. 고분자로 연결하고도 남는 느슨하게 매인 전자가 있어 이 전자는 원론적으로 빈자리가 있으면 이 객차 저 객차를 건너다녀 단거리 전하 이동이 가능해진다. 수많은 연구가 이 원리를 구현하기 위해 행해졌지만 만족스러운 결과를 얻지 못하다가 2000년대 초반에 전도성 고분자 연구가 다시금 엔진을 바꿔 달고 진격을 시작하였다. 노벨상이

기폭제가 되었다. 1980~1990년대의 시대연구 한 축을 전도성 고분자가 이끌었으나 전기전도도가 생각보다는 높지 않고 금속성 거동은 아주 제한적으로 특정 온도 이상에서만 관찰되었다. 그래서 산학계 연구 기세가 꺾이던 찰나에 노벨상이 주어진 것이다.

전도성 고분자 연구의 씨앗은 1960년대 후반 일본 도쿄공업대학의 이케다 교수가 뿌렸다. 폴리아세틸렌이 3중 결합을 갖고 있어 화학구조상 전기가 통할 수 있는 전자를 갖고 있다는 생각을 하고, 이를 합성하고 분말 형태 시편을 만들어 물성을 조사했으나 결과는 실망이었다. 사실 화학결합을 조금이라도 알고 있는 사람이라면 유기고분자의 파이전자가 어느 정도 이리저리 옮겨 다닐 수 있다는 사실은 추측할 수 있다. 문제는 실험으로 이를 구현하는 것이었다. 일대 혁신은 1974년에 이루어졌다. 이케다 연구실에서는 폴리아세틸렌 고분자합성을 연구하던 시라카와가 전기가 통할 수 있는 필름 형태 시편을 만드는 데 성공했다. 하지만 정작 측정한 전도도는 실망스러웠다. 행운의 여신은 1977년에야 찾아왔다. 미국 맥더미드 교수가 세미나 참석차 도쿄 대학에 들렀다. 그는 질화 황화합물고분자 (S-N-S-N-S-N-S-N-S-N-S-N)의 전기전도를 연구하고 있었는데 시라카와 박사를 만나게 된 것이다.*

두 사람이 나눈 대화는 이렇다.

---

* The Long and Winding Road to the Nobel Prize for Alan MacDiarmid, Excerpts from the October 10 Press Conference with "the father of Synthetic Metals," Penn's newest Nobelist and the Chemistry Department's first professor to win. Almanac, Vol. 47, No. 8, October 17, 2000.

시라카와 : "I have something like that also, Polyacetylene."

맥더미드 : "I've never seen a silvery polymer before."

맥더미드는 시라카와를 펜실베이니아 대학으로 곧장 초청했다. 실험실 환경이 일본보다 나은 미국에서 제일 먼저 착수한 실험은 더 순수한 물질을 얻는 것이었다. 누구라도 물질의 순도가 높을수록 전기전도도가 높아질 것으로 예측했기 때문이다. 그런데 결과는 오히려 반대로 나타났다. 그래서 당시 반도체처럼 일부러 불순물을 첨가해 보았다. 도판트로 알려진 브롬이나 요드를 소량 첨가한 결과 전기전도도가 100만 배 이상 증가하였다. 그야말로 엄청난 사건이었다.

그러나 실험학자의 역할은 여기까지다. 더 깊이 들어가기 위해 같은 대학 물리학과 응집물리 전공의 히거 교수가 이 연구에 가담하게 된다. 그의 일성은 아래와 같다.

"Heeger said, he was probably crazy to get involved with some yucky, horrible polymer stuff, but he was brave enough, or foolish enough, to do so."

이렇게 해서 삼자 공동연구가 시작되었고 노벨상의 문이 열린 것이다. 재미있는 것은 히거 교수는 맥더미드 교수가 연구하는 화학물질이 (-S-N-)x인데 이것을 (Sn)x 주석화합물로 알고 있었다고 전해진다. 그것이 사실이라면 그는 기본적인 화학구조도 오해하고 있었던 것이다.

두 사람의 공동연구를 보면 과연 융합연구의 필요성이 있는 것일지, 어설프게 여기저기 학문의 경계를 넓히려 하지 말고 각자 연구를 충실히 하면서 필요할 때는 협력 연구를 모색하는 게 더 바람직하지 않을까 하는 생각이 든다. 시사하는 바가 크다.

그후 히거 교수는 도핑 개념을 도입하여 폴리아세틸렌 전기전도 현상을 이론적으로 멋지게 설명했다. 또 다른 일화도 있다. 이케다 연구실에서 방문연구원으로 일하던 한국의 변형직 박사가 폴리아세틸렌 합성에 기여했다는 것이다. 그가 지도교수의 일본말을 잘못 알아듣고 농도를 수십 배 높게 해 실험을 한 결과 이 물질이 만들어졌는데, 불행히도 그 당시에는 세계적인 주목을 받을 만큼의 전도도를 관측하지 못했다.

이렇듯 새로운 물질의 발견은 우여곡절을 겪는 속에서 탄생한다. 처음부터 순조롭게 진행되는 연구 속에서 '유레카!'를 외치는 순간은 그야말로 영화 속 한 장면일 뿐이다.

놀라운 사실은 히거 교수의 이론 예측에 있다. 그는 전도성 고분자도 구리 정도의 전도도를 기대할 수 있고, 순금속성을 보여 극저온에서는 초전도 현상도 나타날 수 있다고 예측했다. 나는 여기에 주목하여 마지막 이삭줍기 연구를 실행에 옮겼다. 무엇보다도 그가 이론적으로 계산한 전도성 고분자의 전기전도도를 실험 목표치로 설정하고 도전하였다. 그 당시 실험실에서 달성한 전기전도도는 잘

해야 이론치의 1퍼센트 정도에 머물러 있었다. 이를 10퍼센트 수준까지 끌어올리고 싶었다.

전도성 고분자 폴리아닐린을 마지막 연구주제로

우리 주위에서 고분자는 주로 절연체로 쓰이고 있다. 고분자 중에서 사슬 자체에 전기가 통하는 고분자는 매우 드물다. 전도성 플라스틱이라고 하면 대부분 고분자에 전기가 통하는 금속물질을 섞어서 제조한 복합체다. 그런데 지난 1980~1990년대 산학계에서 전도성 고분자에 대한 연구개발이 폭발적으로 이루어지고, 그 결과 폴리아세틸렌을 비롯하여 많은 전도성 고분자가 발명되었다. 이들을 고유하게 전기를 통하는 고분자(inherently conducting polymers, ICP)라 부른다. 금속의 경우 자유전자가 전하를 이동시켜 전기가 흐른다. 이런 메커니즘은 금속마다 다르지 않다. 하지만 유기고분자는 이중결합에 붙들려 있는 파이전자가 사슬을 따라 이동하면서 전기를 통한다. 그러니 같은 전도성 고분자라도 구조와 형태에 따라 전자가 붙잡힌 정도가 달라서, 반도체에서 전도체까지 변화가 크다.

나는 이들 전도성 고분자 중에서 가장 공업적으로 이용하기 쉬운 폴리아닐린(polyaniline)에 주목했다. 이 고분자는 맥더미드가 기초를 확고히 한 고분자다. 아닐린을 과황산암모늄과 같은 산화제로 중합하여 얻는다. 독일 오르메콘 사에서 이 고분자를 주로 부식방지용 스마트 도료로 개발하여 현재 산업적으로 쓰이고 있다. 화학구조를 보면 평면 형태 정육각형 고리 구조의 벤젠과 질소원자가 반복적으로 연결되어 있다. 문제는 이중결합이 교대로 반복되는 이런 고분자는 잘 녹지 않고, 쇠가 녹슬 듯 공기 중에서 쉽게 변질되어 다루기가 쉽지 않다는 데 있다. 안정을 취하면 물성이 열악하고, 물성을 취하면 가공하기가 어려운 것이다.

나는 산업적 용도는 뒤로 돌리고 최고 수준의 전기전도도를 얻는 데 우선 집중했다. 고분자 형태구조와 전도도 관계에 주목하면서 전도도가 이론치의 1퍼센트 수준밖에 되지 않는 원인을 다각도로 찾아 보았다.

역지사지의 심정으로 물질을 보듬으며

'역지사지(易地思之)'는 내가 좋아하는 말이다. "내가 만약 그러한 처지였으면 나 역시 그랬을 것이다."라는 뜻이다. 많은 사람들은 겉으로는 역지사지를 외치면서도 실제로는 다르게 행동한다. 상대를 억지로 사지로 내몰기 위해 전력을 다하는 경우가 다반사다. 삼라만상을 대상으로 탐구하는 과학자 세계에서도 마찬가지다. 나에게 있어서 역지사지란 관점 전환, 즉 사물의 입장에서 사물을 바라보는 것이다. 내가 고분자라면 어떻게 응했을까? 하고 생각하는 일종의 의인화다. 사물의 소리를 듣고 전혀 다른 시선으로 사물을 보면 너무 당연한 것들이라 미처 생각지 못했던 사실도 가끔 떠오른다.

보통 고분자가 취하는 안정적인 사슬 형태는 사슬들이 실처럼 서로 헝클어지고 꼬여 있는 구조다. 마치 접시에 담긴 스파게티 모습과 닮았다고나 할까? 그런데 사슬을 따라 이동하는 물질 전달은 사슬들이 이처럼 서로 꼬이지 않고 길게 펼쳐 있어야 잘 일어날 수 있다. 물론 최상의 연결방식은 최단거리로 직선을 이루는 것이리라. 고분자도 먼저 바르게 태어나서 바르게 성장하고, 이들 고분자가 모여서 바른 집단을 이룰 때 우리가 기대하는 좋은 물성이 나타난다.

내가 2000년대에 연구를 시작했을 때는 모든 문헌에 나타난 폴리아닐린 사슬구조가 직선형 연결로만 그려져 있었다. 내가 보기에는 제대로 관찰하지 않고 자기들이 원하는 모습만을 그려 놓은 것이었다. 나는 물리화학자로서 유기합성 지식은 대학원 과정 수업을 끝으로 멈춰 있다. 그런데 이런 초보자의 눈에도 분명 잘못되어 있는 것을 발견한 것이다.

우리가 벤젠고리에 관능기를 붙여 이들을 연결할 경우 두 군데가 가능하다. 육각 고리 위치에 따라 하나는 60도 각도로 굽은 형(오르쏘) 연결이고, 다른 하나는 180도 직선형(파라) 연결이다. 확률로 거의 반반이라고 배운 기억이 있다. 그런데 모두 직선형 연결로만 그려져 있었다. 나중에 내가 핵자기공명분석으로 확인한 결과 연결고리 중 30퍼센트 이상이 오르쏘 연결, 곧 60도 각도로 꺾인 구조로 나타났다. 태어날 때 이미 직선형이 아니었던 것이다.

분자들의 세계도 자연처럼 다양성이 생명이다. 벤젠고리로 연결되는 분자들이 직선형과 굽은 형으로 적절히 섞여 조화를 이루는 것이 보다 더 자연스럽고, 구조 또한 잘 유지될 수 있다. 그래서 직선형으로만 구조를 이루게 하려면 무언가 특단의 대책이 필요하다. 일례로 굽은형 연결을 못 하게 그 자리를 무언가 치환기로 막아 버리는 것이다. 이때는 이 치환기가 벤젠 고리들이 서로 포개지는 것을 방해하여 고리상에서 빙빙 돌며 움직이는 파이 전자들의 밀고 당기는 흐름을 저해한다. 진퇴양난이다.

세계 최초 전도성 고분자로 순금속성 전기전도도 구현

연구가 난관을 보이며 어려울 때 마침 이찬우 박사가 박사후과정으로 내 연구실에 왔다. BK21 사업 지원이 도움이 되었다. 그는 유기합성으로 학위를 받아 합성 경험이 풍부했으므로, 그에게 폴리아닐린 중합반응을 맡겨 다양한 방식으로 중합을 시도했다.

그러던 어느 날 물과 유기용매 불균일계 매질에서 합성한 물질의 전도도가 월등하게 높은 것을 발견했다. 당시 문헌에 알려진 방식은 노벨상 수상자 맥더미드가 제안한 물속 중합반응이었다. '저온에서 중합할수록 전도도가 높다'는 보고가 있어, 우리는 반응온도를 낮추어야 했다. 그러려면 반응 매질의 동결을 방지해야 한다. 처음에는 에타놀 같은 물에 잘 녹는 동결방지제를 첨가했지만, 전도도 측정결과는 신통치 않았다. 반면에 물과 섞이지 않는 유기용매를 같은 용도로 첨가했을 때는 의외로 전도도가 좋게 나타났다. 원인을 분석한 결과 답은 불균일계에 있었다. 중합이 물과 유기용매의 경계면에서 일어나도록 반응물이 계면활성제 역할을 겸하게 설계한 결과 직선형이 아닌 불순물은 유기용매층으로 녹아 나오고, 물속에서 연결되는 사슬은 직선형으로 남는다. 당초 예측하지 못했던 기대 이상의 효과였다.

곧고 굽은 성격이 다른 고분자가 같은 자리에서 만들어질 수는 없는 노릇, 곧 이해가 되었다. 새로 합성한 물질의 사슬구조를 분석한 결과 예측한 대로 굽은형 연결이 전체 연결의 7퍼센트 미만이었다. 아직도 올라가야 할 산이 남아 있지만, 이 정도로도 전도도가 높은 이유가 분명하게 드러났다. 그래서 어떻게 이를 학계에 보고할 것인가 고심했다. 다시는 비선형광학 연구의 실패를 범하지 않도록 우리가 측정한 전도도가 과연 믿을 수 있는지 시급히 점검할 필요가 있었다. 다행히 그 이듬해 고려대에서 개최한 세계적인 학술대회에서 돌파구가 열렸다.

당시 부산대 물리학과 교수로 있던 이광희 교수를 만나 이 사실을 전했더니 지대한 관심을 보이며 시료를 보내 달라고 했다. 이교수는 히거 교수 지도로 박사학위를 하고 줄곧 그와 공동연구를 해 오고 있었기에 누구보다도 신뢰할 만한 데이터를 산출해 낼 수 있을 것으로 믿었다. 이후 2년여의 공동연구 끝에 마침내 2006년 『네이처』지에 논문을 게재했다. 학계 최초로 전도성 고분자가 그 자체로 순금속성을 보인다는 과학적 사실을 확인하고 인정받은 쾌거였다.

순금속성이란 온도가 내려가면 금속의 전도도가 증가하듯 전도성 고분자도 비슷한 경향을 보인다는 특성이다. 그 후에도 우리가 만든 폴리아닐린 전도도를 확인해 보고 싶어 일본 나고야 대학 물리학과와 공동연구도 추진했다. 다케야 우누마 교수와 아주대 권오필 교수가 수고하였다. 우리가 합성한 물질의 테라헤르츠 스펙트라를 분석한 결과 순금속성이 시편에 따라 전도도가 어느 수준 이상에서 나타남을 확인하고 이를 학술지 『Applied Physics Letters』에 논문으로 게재했다. 제3의 기관에서 실시한 실험 결과에서도 우리가 합성한 폴리아닐린의 순금속성이 나타나 다시 한번 연구결과가 입증되었다.

일반적으로 온도가 내려가면 만물의 활동이 느려진다. 온도란 단위 엔트로피를 증가시키는 데 필요한 열량일 뿐이다. 거대한 수의 입자들이 모여 있는 미시세계에서는 입자의 움직임이 느려지면 입자 자체가 지나가는 속도보다 갈 길을 열어 주는 효과가 더 크다. 아무리 빨리 달리는 자동차라 해도 도로가 혼잡하면 소용없고, 조금 느리게 달리는 차라도 길이 비어 있으면 쌩쌩 달려 결국 더 빨리 수송할 수 있는 것과 같다. 낮은 온도에서 전하 수송이 더 잘 일어난다는 의미다.

고분자나 금속이나 전기를 통하는 본질은 같다. 하지만 금속 전자가 각자도생이라면 고분자는 연결된 줄을 따라 이동하는 메커니

『한국일보』 '올해의 10대 과학기술' 뉴스에 선정되고, YTN 뉴스 2006년 5월 4일자
보도에 나온 장면

즘이 다르다. 달동네에서 연탄 배달하는 광경을 연상하면 이해가 쉽
다. 백 명이 각자 연탄 한 개씩 지고 올라가는 것과 줄을 서서 한 장
씩 백 개를 옮겨 주는 것과 어느 쪽이 효율적일까? 좁은 길에서는
질서 있게 이동하는 후자가 더 효율적이지 않겠는가. 미래의 어느
시점에는 전도성 고분자의 초전도 현상도 관측되리라 예상한다.

자기의 역할을 자기답게

웃지 못할 얘기가 둘 있다. 논문이 실린 직후 연합뉴스 기
자가 취재차 내 실험실을 방문했다. 기자 질문에 대답하는 중에 온
도가 절대온도 5도, 섭씨로 영하 268도까지 전기저항이 증가하지

않았다고 말한 것을 기자가 반올림하여 영하 300도로 기사화해 버린 것이다. 얼굴이 화끈거렸다. 영하 300도는 과학적으로 도달 불가능한 온도가 아닌가.

다른 하나는 『네이처』에 논문이 나간 후 걸려온 전화다. 자신이 나를 '이달의 과학자상' 후보로 추천하고 싶은데 나와 같이 논문을 낸 공저자의 양해를 구해 달라는 부탁이었다. 나는 조금도 머뭇거리지 않고 논문에 각자 기여도가 명시되어 있으니 그 사실에 입각하여 결정해 주시면 된다고 했더니, 그 뒤로 더 이상 연락이 없었다. 공저자에게 전화 한 통 했다면 상과 부상으로 1천만 원을 받을 수 있었겠지만, 지금 생각해도 구차한 일이다. 연구에는 각자의 역할이 있었기에 열매를 얻은 것이다. 그저 포장하고 과시하듯 드러내는 데 열중하는 세상 인심이 씁쓸했다.

반면 아주대에서는 연구업적이 탁월한 교수에게 주는 학술상을 제정하여 교수들의 연구 의욕을 고취시키려 했고, 최고상인 율곡상 수상자로 나를 선정하였다. 아주대에서는 『네이처』에 논문을 게재한 것이 처음이라 제1회 수상의 영예를 안았다. 부상으로 받은 상금 1천만 원은 전액 학교발전기금으로 기부하였다.

나는 상이란 수동태여야 한다고 믿는다. 많은 연구자들이 상을 받기 위해 전략을 세우고, 심사위원이 될 만한 사람들을 만나고 전화하는 등 온갖 노력을 한다. 상을 주겠다는 사람도 다르지 않다. 별의별 생색을 다 내고 선심 쓰면서 결국 자기 홍보를 하고 있다.

그렇게 상을 주고받아 어쩌겠다는 건가. 엎드려 절 받기 아닌가.

자기가 하는 일의 성공과 실패는 자신이 더 잘 안다. 상이 아닌 삶의 본질적인 것이 이를 말해 준다. 죽음을 맞이했을 때 헛되이 살지 않았다는 징표가 그것이다. 나는 그때 그렇게 결정한 것에 마음 한구석이 흐뭇하다. 이 세상에 단 한 사람이라도 바른 길을 가야 하니까.

우리나라 연구개발비는 세계 최고 수준이니 모두가 각자 위치에서 자기 역할에 충실하기를 당부한다. 전문가라면 전문가다워야 한다. 나부터 '군군신신부부자자(君君臣臣父父子子)'를 새기련다. 기계와 공생하며 살아가는 이 시대, 기계는 상 달라고 구걸하지 않고 주어진 일은 완벽하게 잘한다. 인간의 삶이 기계보다 못해서야 될 말인가?

폴리아닐린의 산업적 응용은?

기초연구를 통해서 지식의 폭과 깊이는 더해 간다. 전도성 플라스틱은 그 나름의 고유한 방식으로 전기를 통하게 한다. 하지만 플라스틱이나 금속이나 전하 수송방식은 현상학적으로 크게 다르지 않다. 우리는 전도성 고분자의 순금속성 발현으로 이 사실을 확인했다.

과학 지식은 이론이 길을 밝히면 실험을 통해 검증하면서 앞으로 전진한다. 기초연구의 다음 단계는 응용연구와 개발연구다. 나는 폴리아닐린 응용연구에 뒤늦게 합류했지만, 사실 1980년대 중반부터

이 물질을 산업적으로 이용하기 위해 세계적으로 수많은 연구가 진행되었다. 그러나 결과는 매우 부정적이었다. 물질 자체의 합성이 까다로워 악명이 높았을 뿐만 아니라 용매나 열에 잘 녹지 않아 다루기도 어려웠다. 오죽하면 천 명이 만들면 천 개의 물질이 만들어져 사람마다 자기만의 폴리아닐린을 합성한다고 하겠는가?

프랑스 사람들이 아침식사로 즐겨 먹는 빵으로 프랑스가 자랑하는 바게트가 있다. 무엇보다도 다른 빵에 비해 숙성시간이 짧고, 휴대도 간편하다. 그런 데다 둥글둥글 두툼한 빵이라는 고정관념을 과감히 탈피하여 연장 없이도 잘라서 먹기가 편하고, 첨가물이 적어 담백하고 느끼하지 않다. 2019년에는 '맛있는 바게트를 만드는 콘테스트'에서 우승한 장인이 한국 사람이라는 기사를 읽었다. 프랑스 역사상 외국인 셰프로서 최초로 우승했다고 한다.

바게트를 만드는 것과 내가 폴리아닐린을 만드는 것은 무슨 차이가 있을까? 둘 다 고분자 물질을 기본으로 다룬다는 점에서는 크게 다르지 않다. 바게트 만드는 것은 예술에 가깝고, 폴리아닐린 연구는 과학기술이라는 점이 다를 뿐이다. 거의 모든 요리가 레시피대로 해도 손맛 따라 달라진다. 화학자가 소금이라고 하면 누구나 순도 높은 NaCl을 말하지만 셰프가 사용하는 소금은 저마다 다르다. 염분의 정도와 가공 방식도 소금마다 다를 것이다. 정해진 분량만큼의 소금을 넣는 과정에도 차이가 발생한다. 소금이 그럴진대 여타 식재료는 불문가지다. 그러니 체계적으로 요리 과정을 이해하기가 만만치 않으리라는 것을 쉽게 알 수 있다.

폴리아닐린 연구도 이와 크게 다르지 않아 보인다. 용매에 잘 녹지 않아 고분자 하나하나를 들추어 볼 수가 없다. 합성에서 구조와 물성까지 변수가 많아서 현대 과학으로도 종적인 평가를 제대로 할 수 없다. 지식이 축적되고 성장하는 방식은 객관성에서 나온다. 명확함의 근거가 부족하니 객관성을 확보하는 데 애로가 있다. 한국인의 근성과 끈기로 이 장애를 넘을 수 있을까?

제자가 세운 벤처기업 '엘파니'

유기 금속이라 부르는 전도성 고분자의 산업적 이용은 쉽지 않다. 그중에서 폴리아닐린은 제조단가가 낮고, 공기 중에서 비교적 안정하여 이용 가능성이 가장 높은 고분자다. 그래서 나는 학술논문을 내기 전에 밤잠을 설쳐 가며 관련 기술 특허를 국내외에 출원하고 등록을 마쳤다. 『네이처』에 논문이 나가자 LG화학의 어느 연구원이 제일 먼저 전화를 해 왔다. 그는 금속처럼 전기전도도가 높으면 열전도율도 높아지는가를 물었다. 대답은 '아직 모른다'였다. 나는 해야 할 일이 산적해 있구나 절감했다.

그런데 어느 날 내 석사 제자인 정명조 군이 실험실로 찾아와 이 고분자를 양산하고 싶다고 했다. 그는 대우통신에 입사하여 활발하게 일하던 중 IMF로 대우그룹의 위기가 닥쳐 퇴사한 상태였다. 제자의 사업 계획을 들으며 중소기업이 원천기술을 산업화하기는 힘들 거라고 극구 만류하였으나 그의 고집을 꺾을 수 없었다. 내가 적극적으로 나서서 도울 수도 없었다. 정년을 앞두고 서서히 연구실을 정리할 시기였다. 하지만 그의 나이가 창업가들의 평균 연령대인 30대 중반이고, 회사 경력도 5년 이상이라 믿음직해서 그를 격려해 주기로 마음을 굳혔다.

그가 벤처를 설립하고 나를 찾아왔다. 회사명을 이미 '엘파니'로 정한 후였다. 폴리아닐린을 줄여 영문으로 파니라 하고, 그 앞에 하나님이 주인임을 의미하는 '엘'을 넣어 엘파니라 하겠다는 설명까지 곁들였다. 존경받는 목사의 아들로 태어나 독실한 크리스천인 그가 회사 운영도 기독교 신앙에 바탕을 둘 것임을 천명한 것이다.

스타트업 회사의 대표로서 가장 중요한 자질 중 하나는 성과나 숫자, 그리고 이익에 집착하지 않고 스스로 소명이라 생각하고 임하는 마음가짐이다. 현재 엘파니는 3~7년차 신생기업의 평균 생존율 30퍼센트라는 고비를 넘기고 더디지만 조금씩 성장하고 있다. 회사 설립 10년 차에는 공장을 새로 지어 전곡산업단지로 이전했고, 올해는 연 매출 100억을 넘겼다고 한다. 신생기업을 넘어서도 앞길이 첩첩산중이다. 입지적인 조건 때문인지 일할 사람 구하기도 힘들고, 정부 지원도 훨씬 까다롭다.

위험을 무릅쓰려 하지 않는 관료들은 중소기업을 외면하고 대기업에 집중한다. 만일 중소기업 지원사업이 실패로 판명되면 신상이 위태로워질 것을 염려하기 때문이다. 이렇게 정부가 대기업의 이익을 대변하는 데에만 골몰하고 있으니, 대기업의 시장지배력은 여전하다. 독점적으로 산업을 움켜쥐며 중소기업을 흔드는 구조라, 이중으로 어렵다. 폴리아닐린은 알 속에서 깨고 나왔으나 아직 걷지도 못하고 있어 안타깝다.

가장 큰 장애물은 산업 현장에 있다. 대학 실험실과 달리 독성이 없는 용제를 써야 하고, 폐수 처리도 해야 하고, 기술 유출도 막아야 한다. 이렇게 어려운 여건에서도 엘파니는 꾸준히 연구개발을 시도하고 있고, 나도 고문으로서 물심양면 돕고 있다. 현재 추진 중인 금속 나노입자의 내식성 강화 도료가 개발되면 일대 전기를 이룰 수 있을 텐데. 우보천리(牛步千理)를 새기며 희망의 끈을 놓지 않길 바랄 뿐이다.

4장

고분자가 그리는 예술

과학자에게는 학술적 난제를 만나면 이를 풀어야 하는 사명이 있다. 물론 이것이 전부는 아니다. 기술을 개발하여 부를 창출하고 싶은 욕망도 있다. 이런 것들이 도전의식을 낳는다. 고분자 물질세계에 매료되어 작은 인과 관계라도 찾아 나서며 하루하루 보낸 세월이 벌써 35년이다.

고분자는 인간 삶과 밀접하다. 태초에 생명체가 있었을 것으로 생각되는 35억 년 전부터 고분자는 우리와 가까이 있었다. 생명체뿐만 아니라 의식주를 구성하는 소재가 대부분 고분자다.

접히고 꼬인 채 정보를 간직한 핵산 고분자, DNA

오늘날 누구나 알고 있는 신비로운 고분자 하나를 들라고 하면 DNA일 것이다. 이 고분자 염기서열이 해독되면서 유전체가 간직하고 있는 내부 언어가 밝혀지고, 개체집단 대신 유전자가 선택되어 후대로 이어진다는 사실이 밝혀지면서, 불멸이라는 이 생물언어가 외부세계와 맹렬하게 소통하고 있다. 그런데 이 고분자의 실제 모습은 어떤 형상일까?

인간 DNA 고분자 사슬을 1만 배로 확대한 실(실제 머리카락 굵기의 1만 분의 1 정도인 지름 2나노미터 정도)을 예로 들어보자. 사슬의 펼쳐진 길이가 10킬로미터(실제 고분자 사슬길이는 1m 정도)에 달하고 여기에 30억 개의 염기 가지가 달려 있다. 이 실이 수천만 번 접히고 꼬여서 1밀리미터 크기의 좁은 공간(세포핵의 크기는 5 미크론 이내)에 들어 있다. 이를 계층적으로 한 가닥씩 추려 가며 고분자 전체 모습을 세세하게 그려 보려 해도, 이런 작업은 불가능하다. 그 이유는 동서남북 사방으로 연결점을 가진 탄소나 인 원자가 중심에 있어 가능한 입체구조 수가 무한정이기 때문이다. 그래서 긴 사슬을 조각내어 이어붙이는 방식으로 형태를 부분부분 파악하고는 있으나 이들이 하는 역할에 대해서 어떤 정보가 어떻게 발현되는지 다 알 수는 없다. 앞으로도 DNA의 핀 포인트식 임의 수정은 가능하겠지만 전체적인 틀 속에서 인과론적 추론을 통한 변경을 시행하기란 쉽지 않을 것이다.

그럼에도 사람들은 인간과 원숭이의 유전자 차이가 2퍼센트 미만이라며 이를 가볍게 본다. 고분자를 모르는 소리다. 염기쌍 30억 개의 2퍼센트는 6천만 개나 된다. 그뿐이 아니다. 생물학적 과정 거의 모두를 수행하는 단백질 합성정보도 전체 DNA 서열의 극히 일부에만 담겨 있다. 그래서 나머지 DNA 염기쌍을 쓰레기(Junk) 또는 '무해하고 무용한 길손 정도의 DNA'라 하는 학자도 있었다.[•] 과연 그럴까?

　　우리 몸속 100조 개 정도의 모든 세포에는 기본적으로 유전체 (genome)라는 동일한 DNA 고분자가 들어 있다. 유전체는 23개 염색체로 구분하고, 염색체는 다시 대략 1천 대 1의 비율로 더 작은 단위로 구성된다. 이를테면 염색체 하나는 1천 개의 유전자(gene)로, 그리고 유전자 하나는 다시 1천 개의 염기쌍으로 되어 있다. 이 염기쌍을 기초로 대략 3만 개 정도의 인체 단백질이 만들어진다. 그러니 전체 염기쌍의 1퍼센트 정도인 3천만 개의 염기쌍만 유전형질을 만들어내는 유전자인 셈이다.

　　이렇게 띄엄띄엄 가뭄에 콩 나듯 연결되어 있는 유전자가 제대로 기능을 발휘하려면 당-인산으로 이루어진 고분자 골격이 신축성 있고 안정하게 받쳐 주어야 한다. 그래서 골격이 직선이 아니고 나선(helix) 형태다. 고분자 가닥도 외줄이 아닌 두 가닥(double helix)이 상호 협력한다. 이들이 마치 줄사다리처럼 길게 엮여 1나노미터

[•] 리처드 도킨스, 홍영남 옮김, 『이기적 유전자』, 을유문화사, 2007, 107쪽.

크기의 간격을 유지하며 리듬체조의 리본이 말리듯 꼬여 있다. 이런 줄사다리 발판 부분에 생명정보가 염기서열로 들어 있다. 그리고 이들 정보가 해독되고 정교한 수순을 거쳐 발현된다. 이런 아름다운 모습의 DNA를 보고 정작 무엇이 길손이고 무엇이 주인이라 말할 수 있겠는가?

단백질 고분자

엄청나게 복잡한 생명현상의 중심에는 DNA 외에도 단백질이라는 고분자도 있다. 생체 내 수많은 단백질 고분자는 어떤 모양일까? 학자들은 1차 구조에서 2, 3, 4차 구조까지 계층적으로 구분하여 기술하고 있으나 전체 모습은 그려 볼 수 없다. 재미있는 것은 단백질을 구성하는 단위체 20개의 아미노산을 단지 물을 좋아하는 정도에 따라 화가들이 빨강, 노랑, 파랑 삼원색으로 나타내 보면 이 고분자가 생체 내에서 만드는 작품은 입체파 미술 그 이상이라는 점이다.

그뿐이 아니다. 세로토닌 단백질 합성 정보를 간직한 DNA 염기서열 아데닌, 구아닌, 티민, 시토신(AGTC)을 라솔미도(AGEC)음으로 단순히 바꾸기만 해도 노래가 된다는 분석도 있다. 붓 가는 대로 그리는 도형이든 음계이든 이해할 수 없는 창작물을 보듯 고분자구조 자체가 변화무쌍하고 난해하여 인간의 접근을 어렵게 한다. 그러니 단백질도 DNA와 마찬가지로 고분자구조와 기능을 완전히 파악하는 것은 아직 요원하고, 하늘의 별 따기처럼 어렵다. 이처럼 복잡한 고분자를 대상으로 단편적으로 이해된 생물학적 물질현상으로부터 아는 만큼만 보이는 인간 정신과 감정까지를 온전히 알려 하는 것은 무모하다 할 수 있다.

고분자 세계에서는 구조상 작은 차이라도 그 특성이 증폭되어 나타나고, 그때마다 물성이 현저하게 달라진다. 연결과정의 복잡성과 정교함이 길이에 비례하여 기하급수적으로 커지기 때문이다. 이런 고분자에 유무기 화합물이 끼어들어 복합체가 되면 더 말할 것도 없다.

헤모글로빈이라는 단백질로 채워진 핏속의 적혈구를 보자. 단백질과 결합하고 있는 철 이온이 중심이 되어 4개 헴을 갖는 헤모글로빈은 폐에서 산소를 받아 혈액 속에서 산소를 저장하고 운반한다. 이와는 다르게 1개 헴을 가져 분자량이 헤모글로빈의 1/4인 미오글로빈은 근육 내에서 산소를 운반 저장한다. 당연히 4개 단백질이 구성하는 입체구조가 산소를 다루는 능력이 월등하다고 볼 수 있다. 한 가지 예로 임산부와 태아 관계를 보자. 산소는 산모의 혈액에서 태아로 전달되며 태아는 탄생하면서 자가 호흡을 하는데, 이때 혈액의 산소 농도가 효율적으로 조절되게 하려면 산소를 붙잡았다 놓아주는 섬세한 기능들이 뒷받침되지 않으면 안 된다. 그야말로 탄성을 자아내게 하지 않는가? 하지만 헤모글로빈은 분자량이 10만도 안 되어 1950년대에 이미 구조가 밝혀졌지만, 반세기가 훨씬 더 지난 현재도 아직 산소를 언제 핏속에 저장하고 근육으로 전달하는지, 우리의 지식으로는 다 알지 못한다. 게다가 철 이온 대신 마그네슘이 들어가면 광합성을 주도하는 지구 생명의 근원인 엽록소가 된다. 이처럼 코끼리 다리 만지기도 쉽지 않은데, 주름살까지 그리는 작업은 사실상 불가능하다. 학문하는 사람이 어떤 현상을 두고 작위적이다 무작위적이다 함부로 말할 수 없고, 겸손해야 하는 까닭이다.

고분자는 환경과 영향을 주고받으며 안정한 곳을 찾아가는 "방랑하는 예술가"*일 뿐 무작위성 돌연변이를 모른다. 분자시계는 100만 년에 미토콘드리아 DNA 기본 쌍 대략 0.7퍼센트가 교체될 뿐 말이 없다.** 유전자를 포함하고 이들 서열이 존재하는 고분자의 가능한 구조 수는 무한하고, 다양성이 커지면 적응성도 높아진다. 그래서 나에게는 무작위적 변화가 쌓여 세계가 만들어지는 것이라기보다는 '신은 주사위 놀음을 하지 않는다'라는 말이 더 가깝게 들린다. 그 이유는 분자가 연결하여 고분자가 되고, 이들이 다시 모여 세포로 발전하고, 세포가 다양한 생명체로 이어지는 과정은 일대 변혁이지 결코 점진적인 변화는 아니기 때문이다. 뿐만 아니라 생명체가 외부 신호와 구조에 접속하고 이를 기억하고 처리하는 자기생성 방식은 생물화학만이 아니라 사회적 원리도 개입할 수 있을 것이다.

---

* 움베르토 마투라나(Humborto Matunana)의 표현, 프란시스코 바렐리, 최호영 옮김, 『앎의 나무』, 갈무리, 2018, 135쪽에서 재인용.
** 장 디디에 뱅상, 뤼크 페리, 이자경 옮김, 『생물학적 인간, 철학적 인간』, 푸른숲, 2002, 74쪽, 63쪽.

그러니 장구한 세월 동안 다양한 생명체가 세대를 이어 가는 과정은 작위적이든 무작위적이든 그 이면에 불변의 이치가 작동하고 있을 것으로 보고, 신은 단지 서명하고 싶지 않을 때 '우연'이라는 가명을 쓰고 있는 것은 아닐까 생각하게 되는 것이다. 미지의 것을 존재하지 않는다고 말할 수는 없지 않은가?

나는 주로 합성고분자를 대상으로 연구했지만 생명고분자도 고분자로서 본질적 특성은 크게 다르지 않을 것으로 생각한다. '실타래처럼 얽히고설킨 인생사'란 말이 있다. 실의 길이가 어느 정도 길어지면 저절로 얽히고, 이를 풀어 나가는 작업이 만만치 않아서 나온 말이다. 누구나 한 번쯤은 이를 경험했을 것이다.

일찍이 슈뢰딩거는 생명을 말하면서 모순되는 주장을 펼쳤다. 생명의 물질적 운반체라고 할 어떤 유전 물질이 염색체 안에 있을 것인데, 이것이 비주기적 결정체(aperiodic crystals)를 이룰 것이란 의견을 제시했다. 비주기적 결정체가 DNA일 것으로 암시한 문구같이 보이기는 하지만, 주기성이 없는 단순 결정체는 상상하기 쉽지 않다. 결정체 특징이 주기적으로 반복되는 3차원 질서를 가지는 것인데 전혀 앞뒤가 맞지 않아 보이기 때문이다. 고분자는 흔적을 남기며 스스로 변해 가는 구조를 갖는데, 당시에는 고분자에 대한 지식이 아직 확립되지 않았을 때라 이런 애매모호한 용어로 설명할 수밖에 없었을 것이다. 하지만 고분자의 사슬이 길어지면 사슬 내 부분적으로 질서와 비질서, 또는 비주기적 결정체와 같은 양립하기 힘든 구조가 인접한 다른 고분자와 서로 얽혀 아름답게 공존한다.

삶을 지켜내는 것은 몸과 마음, 그리고 연결이다

내가 살아온 과정을 돌이켜보면 학문의 길에서 어느 하루도 누군가를 만나지 않은 날이 없다. 학위 과정에서 만난 은사님, 미국 박사후과정에서 만난 지인들, 그리고 국내외 전공 분야 학자들……. 그뿐이 아니다. 많은 사물과도 접촉하여 널리 세상과 교제하였다. 책 속에서, 학술논문에서, 학교에서, 집에서, 어디에서든 일상에서 사물을 만나고 축적되는 지식이 내 삶을 견인했다.

지적 자극은 늘 쌍방향으로 오갔다. 바야흐로 지구촌에 전대미문 연결의 시대가 펼쳐지고 있다. 이런 연결은 낯을 가리지 않는다. 미래의 삶은 누구도 속단하기 어려울 정도로 빠르고 광범위한 만남 속에서 구성될 것이다. 사람 간에, 사물 간에, 인간과 기계 사이에. 어디 그뿐이겠는가? 물리적 세계와 가상세계 어디든 연결되어 온 세계가 거미줄처럼 엮일 것이다. 우리네 삶을 지켜 내는 것은 개체 내의 DNA가 아니라 개체 간의 물리적 연결이다.

그러면 크고 작은 인류 공동체가 지구촌 곳곳에서 풀어 가야 할 만남의 과업(task)은 무엇일까? 집단 지성이 서로 협력하여 더불어 살아가는 인류의 미래를 책임질 수 있을 것인가? 역사적으로 우열이나 진보를 말할 수 있는 것이 인류가 이룩한 과학문명이다. 『총균 쇠』의 저자 재레드 다이아몬드(Jared Diamond)는 문명 간 불평등이 생물학적 차이가 아니라 환경적 차이 때문이라고 말한다.* 일리 있는 지적이다. 하지만 그가 간과한 것은 총이든 쇠든, 과학과 기술

연구는 목적 지향적이라는 점이다. 스스로 호기심에서 출발했건 타의에 의해서건 동기가 부여되지 않고 목적 없는 연구는 상상하기 어렵다.

우리 민족과 유태인의 우수함은 세계적으로 인정받고 있다. 공통점은 오랜 세월(혹자는 수만 년의 진화에 비하면 고작 수천 년밖에 안 된다고 하겠지만) 핍박과 역경을 헤쳐 온 이들의 역사에 있다. 도전과 응전이라는 극심한 지리생태적 환경이 종족 간의 문화적 차이도 만들어 낸 것은 아닐까 생각해 본다.

도덕적 관점에서 인종차별을 말하려는 것이 아니다. 도킨스가 주장하는 이기적인 유전자(gene)●●든 문화의 복제자 밈(meme)이든 그 뿌리는 하나다. 하라리는 "역사의 여신은 장님이고 역사에 정의는 없다."라고 말하면서도 진화적 성공을 언급한다. 진화에는 목적이 없다는데. 그나 도킨스가 주장하듯 만일 유전자가 살아남는 것이 성공이라면 우리네 삶을 성공적으로 이끄는 것은 몸과 마음을 구성하고 유전자를 품고 있는 생체고분자의 특성에서 찾아야 하지 않을까?

인간 생존의 필수 소재인 의식주가 모두 고분자다. 이들 고분자의 본질은 사슬이 길게 이어져 상황 변화에 유연하게 대처하면서도 질서를 가질 수 있다. 고분자가 보여 주는 질서는 직선이 아닌 나선 구조다. 이웃 분자 간에 서로 맞잡고 공존하기 위한 방식이다. 생명

● 재레드 다이아몬드, 김진준 옮김, 『총, 균, 쇠』, 문학사상사, 2007.

●● 리처드 도킨스, 홍영남 옮김, 『이기적 유전자』, 을유문화사, 2007, 3장.

체란 자기가 자기를 조직화하고 완성해 가는 존재다. 생명현상의 요체인 항상성은 자가촉매과정의 되먹임을 필요로 하고, 이를 제어하기 위해 단백질과 같은 고분자가 절대적으로 필요하다.

그뿐이 아니다. 먹이를 찾아 움직여 다녀야 하는 동물은 신경계가 있다. 신경계가 하는 일은 외부 환경변화에 신축적으로 대응하여 상태를 원상으로 되돌리는 것이다. 그러니 단순한 입출력 관계가 아니다. 우리 뇌는 생명유지와 직결되는 간뇌, 이를 둘러싼 포유류 뇌라 부르는 대뇌 변연계, 그리고 그 바깥층에 얇은 천처럼 덮고 있는 대뇌피질로 구성되어 있다. 빠른 판단과 반응을 특징으로 하는 변연계는 인간과 동물의 차이가 별로 없다. 생체 내 목숨이 위태로울 때는 이것저것 생각할 겨를이 없이 생존확률을 높여야 하기 때문일 것이다. 과거 기억에 의존하여 줄행랑을 치거나 맞붙든가 해야 한다. 이때 뇌 속 신경세포 간의 정보전달은 기본적으로 화학물질이 한다.

예를 하나 들어보자. 위기상황에서 위험하다고 느끼면 이에 대비하기 위해 활성산소를 대량 방출시키며 자연계의 독으로는 뱀 다음으로 독성이 강하다는 노르에피네프린이 분비된다. 물론 같은 사건이라도 사람에 따라 스트레스로 인식하지 않을 수도 있으니 마음먹기에 달려 있다.

일단 스트레스라고 판단되면 에피네프린(아드레날린) 생산이 촉진되면서 근육이 긴장을 하고 숨이 가빠지고 심박동이 증가한다. 이때 필요한 에너지를 쏟아 붓기 위해 몸은 에너지를 만들어 내야 한다.

변연계를 둘러싸고 있는 대뇌피질 대부분이 감각정보를 받아 이를 같이 처리한다. 하지만 가장 바깥의 신피질 중 뇌의 20%를 차지하고 있는 전두엽은 언어, 논리적 사고 등의 판단을 내려 인간을 인간답게 하는 부위다. 몸과 마음은 이런 뇌 속 신경망으로 연결되어 있고, 인간의 기억은 다양한 정보 파편들이 하나의 맥락을 이루고, 뇌의 여러 부분을 들어가고 나오며 시스템적으로 형성되어 있다. 그래서 몸과 마음은 쓰면 쓸수록 신경망이 두터워지고 연결이 강화되는 가소성을 지닌다. 이것이 기계와는 다른 점이다.

그런데 세포가 에너지를 만들고 이용하는 화학반응은 겉으로 보면 아무런 변화가 일어나지 않는 것 같으나 분자 세계에서는 끊임없이 움직이며 변화를 거듭한다. 마치 국민 개개인의 소득이 누군가는 오르고 누군가는 내리기도 하지만 국민 전체의 평균 소득은 거의 일정하게 유지되는 현상과 비슷하다. 이런 분자들의 상태를 화학자들은 동적 평형(dynamic equilibrium) 상태라 한다. 열린 계인 세포반응에도 이 개념이 그대로 적용되어 우리 몸은 항상성을 이루게 된다.

결국 생명현상이란 순간순간 시간 축을 따라 질서를 파괴하고 만드는 흐름을 반복하며 균형을 이루어 가는 적응과정이고, 생명체의 유연성은 동적 평형의 본질인 완충작용, 곧 회복력에서 온다고 볼 수 있다.

시시각각 변화하는 환경과 생태계 속에서 우리는 누구나 홀로 삶을 완성할 수 없다. 어느 누가 코로나바이러스의 인간 침투를 두고 우연과 필연을 말할 수 있겠는가? 토착병이 아닌 전염병이나 최근 빈번하게 출몰하는 감염병은 대부분 과학문명으로 인한 생태환경의 변화와 더불어 발생한다. 발생 원인이 불분명한 지구촌 질병일 뿐 주체와 대상을 분리하기 어렵다. 게다가 매체가 생태계와 주고받는 화학반응은 상호 섭동에 의해 선택적으로 변화가 나타난다. 그래서 성격이 강제적이고 결정적일 수 없다. 화학자가 이런 물질변환을 화학작용(Chemical Action)이라 하지 않고 화학반응(Chemical Reaction)이라 일컫은 것도 변화를 유발하기 위해 반응계의 자발적인 대응을 기다리는 비작위적 성격이 강하기 때문일 것이다.

만일 이런 화학반응계에 가해지는 자극이 극도로 과해지면 폭발이나 사망 같은 대변혁도 일어날 수 있다. 당연히 사태가 돌발적이고 연쇄반응으로 통제력을 상실한다.

이렇게 폭포수처럼 이어지는 강렬한 화학반응은 매우 드물게 일어나는 현상이라 다루기가 까다롭고, 과학지식의 인과 관계 범위를 벗어나기 때문에 예측도 불가하다. 예컨대 같은 양의 반응열도 그 출입 시간이 지극히 짧아지면 폭발할 수 있고, 위험하다는 방사선도 저선량이면 인체에 이롭고, 신체의 내분비기관에서 생성되는 호르몬이라도 소량이면 목숨을 살리지만, 한꺼번에 과량 주입하면 목숨을 잃는다.

2008년 전 세계를 뒤흔든 금융위기도 전대미문의 대사건으로, 나심 니콜라스 탈레브에 의하면 검은 백조(블랙 스완)다.* 문제는 검은 백조는 과학자나 엔지니어의 머릿속에는 들어있지 않다는 것이다.

인류 지성사에서 지식의 중대한 진보는 대부분 예상목록에는 없었다는 사실이 이를 잘 말해 준다. 의학이나 경제학은 대표적인 복잡계로 상호 의존적이어서 눈에 띄는 혜택은 작아 보이지만 감추어진 잠재적인 부작용은 엄청나게 크다. 나는 폭발반응이든 돌연변이든 화학반응의 이런 예측 불가능한 비작위적 특성이 카오스로부터 질서를 창출해 내고 우리의 삶을 보다 더 충실하게 해 준다고 믿는다.

이에 비해 학자들이 추구하는 경험 법칙은 대상을 단순화하고 실행에 옮기기 쉽게 만들어 놓았기 때문에 이를 과신하고 비작위성을 간과하면 안 될 것이다. 하지만 예술은 과학과 달리 인과론적으로 접근하지만 진리를 추구하기보다는 아름다움을 창조한다. 내가 삶을 고분자 예술로 보았던 까닭도 고분자는 나의 과학적 추론에서 너무 멀리 있어 그저 아름다움에 감탄할 수밖에 없었기 때문이다.

오늘날 고도의 지성을 뽐내는 인간이라도 생명체를 이용하지 않고서는 생명현상을 뒷받침하는 분자량이 거대한 단 하나의 고분자도 실험실에서 합성해 내지 못한다. 태초에 생명체를 만들었다고 회자되는 '눈먼 시계공'이 내 눈에는 여전히 보이지 않는 이유다.

우리 뇌는 다양한 변수로 이루어진 다중 되먹임을 통해 작위성과 비작위성이 혼재하는 가운데 의식구조가 창발한다. 뇌과학의 관점에서 의식은 기억에서 나오고, 그 기억은 모방행동으로 이어져 문화가 전달된다. 나는 이런 특성이 뇌 속 신경그물망을 연결하는 화학

• 나심 니콜라스 탈레브, 차익종, 김현구 옮김, 동녘사이언스, 블랙스완, 2020, 162쪽.

반응의 역동성과 고분자의 구조적 유연성, 그리고 형태학적 다양성에서 온다고 믿는다.

시공을 초월하여 지식의 확산과 이동이 자유롭게 일어나는 과학혁명 시대다. 미래 사회는 인류 공동의 목표 아래 자연을 지키고 보존하는 방향으로 나아가고 있다. 앞으로는 이러한 과학기술 활동이 생물학적 한계를 넓혀 가며 인류의 생존을 위한 방향으로 역사를 새로 쓰지 않겠는가?

생명현상을 인과율로 이해하려는 과학자들의 노력은 계속될 것이다. 그 원동력은 DNA나 단백질이 만들어 놓은 그물의 자물쇠는 열쇠 구멍만 있을 뿐 열쇠의 모양은 보이지 않는다는 데서 나온다. 이런 열정이 미지의 모든 것을 돌연변이로 취급하며 상황을 모면하거나 비작위성을 부재로 인식하는 오류만 범하지 않기를 바랄 뿐이다.

인위적으로 변형시킨 유전자가 자연선택을 가속시키거나 국경 없는 디지털 문화가 새로운 형태의 환경선택으로 자리 잡아 인류의 다양성을 해치게 되지 않을까 일말의 염려도 있다. 새로 쓰는 역사에는 유전적 변이 중에 세대에서 세대로 가장 잘 전파되는 변이만을 택한다는 자연선택 원리가 온전히 작동할 수 있을까 묻고 싶다.

나무의 자서전, 나이테

재작년 여름, 고희를 눈앞에 두고 나는 천국이 따로 없는 세계에서 보냈다. 둘째딸이 시애틀에 1년 머무르게 되어 손자들을 돌보느라 한 달 먼저 와서 지내게 된 것이다. 아래 사진은 둘째 딸네 식구들과 시애틀 근교를 여행하며 찍은 것이다. 기둥이 잘린 통나무 나이테에 새겨진 시간의 흔적이 동심원으로 잘 나타나 있다. 숲속 길거리에 설치되어 있는 것으로 보아 아마 이 근처 수목이었을 것이다.

나이를 헤아려 보니 무려 천 년이다. 가늠하기조차 어려운 길고 긴 세월이다. 이 나무가 심어진 시기는 고려 초 왕건이 즉위할 즈음으로 추산된다. 만일 이때 빛의 사신이 북극성(430광년 떨어져 있음)에서 날아와 이 나무를 생명록에 기록한 후 되돌아갔다면 이제 막 떠나왔던 곳에 도착했을 것이다. 그 장구한 세월도 우주 속 시간의 흐름으로 보면 찰나에 불과하다.

나무는 시도 때도 가리지 않고 이런 햇빛과 별빛을 받으며 변화무쌍한 자연 속에서 생명을 이어 왔다. 신경계가 없는 나무이지만 왜 애환이 없겠는가. 태양의 흑점 활동까지 기록해 두고 있으니 이런 나이테는 나무가 전

시애틀 교외 디셉션패스 가는 길에서 나이테를 만져 보는 손주들.

하는 자서전이다.

전설처럼 회자되는 통의동 천연기념물 백송 얘기는 나무와 인간이 서로 소통하는 단적인 예다. 수령이 600년쯤 되고 높이가 16미터 정도인 이 나무가 어느 날 폭우에 쓰러져 죽고 말았는데, 그 나이테를 조사해 보니 일제 강점기 1919~1945년까지의 나이테 간격이 거의 변동이 없이 좁고 짙었다 한다. 사람만큼이나 나무도 심한 스트레스를 받았다는 얘기다●.

평생 나무만 심고 산 한상경 아침고요수목원 대표가 '기적'이라는 소나무 옆에서 찍은 사진이 한 일간지에 실린 것을 보았다. 그는 휘어진 나무를 좋아한다면서 말했다. "나무는 시련을 이겨낸 다음 휘어요. 상처가 살아가는 힘이 되는 거죠."●●

나와 아내가 경제적으로 여유가 생기면서 제일 먼저 장만한 그림도 한국인의 정서에 잘 맞는 소나무 그림이었다. 서양화가 김경인 씨의 작품인데 학고재 전시회에서 구입하여 거실 정면에 걸어 두고 있다. 우리 집 정원의 소나무도 보는 사람의 마음을 보듬어 준다. 모진 풍파를 겪으면서 뻗어 나간 가지에서 꽃이 피고 열매가 맺는다. 패이고 주름진 가지에서 여전히 생명이 꿈틀거리고, 이들이 내뿜는 에너지가 사슴뿔처럼 창공을 가른다. 사람은 늙으면 노추(老醜)라고 들 하는데 노송은 참 멋지다. 노미(老美)다.

● 우종영, 한성수 엮음, 『나는 나무에게 인생을 배웠다』, 메이븐, 2019, 171쪽.
●● 『중앙일보』, 2020. 3. 23. 18면 기사.

무엇이 노송을 아름답게 만들까?

　　나무의 주성분은 셀룰로스와 리그닌이라는 고분자다. 이들은 물을 좋아하지만 물과 섞이지 않는다. 나무가 하늘을 향해 자라면서 이들 고분자가 기둥을 만들고 물길을 낸다. 나무는 나이 하나씩을 먹으면 늙은 세대는 중심으로 이동하고 그 주위를 신세대가 둘러싼다. 나이테가 만들어지고, 수세기를 이어 가며 개체 안에 세대를 축적한다. 이렇게 성장한 나무의 삶은 궤적으로 남아 고유의 성질과 결을 간직한다.

　그런데 재미있는 것은 물의 흐름에 따라 생사의 갈림길이 나뉜다는 사실이다. 실제 생명활동을 하는 부분은 전체 몸통 단면의 1/10 정도에 해당하는 바깥쪽뿐이다. 심부는 물기가 전달되지 않아 성장이 멈춘 목재나 다름없다. 물기가 없으니 조직이 단단하게 굳어지고 강해진다. 자연스럽게 나무가 수직으로 서서 햇빛을 받을 수 있게 뼈대가 되어 준다. 그저 썩지 않는 존재만으로도 가치가 있다. 반면에 바깥에 살이 붙는 층은 물이 흐르고, 가지를 만들어 꽃을 피우며 생명활동이 왕성하다. 김훈 작가의 표현을 빌리면 나무의 중심부는 무위(無爲)다. 무위의 중심이 바로 서지 않으면 거죽의 젊음은 살 자리를 잃는다. 그러니 나무의 늙음은 낡음이나 쇠퇴가 아니라 완성이다.[*]

---

[*] 김훈, 『자전거 여행 1』, 문학동네, 2018, 105~109쪽.

무위는 'Nondoing'이 아니라 '하는 듯 안 하는 듯하는 행위'를 말한다. 화학반응도 작용-반작용이 아니라 작용에 대응하는 수동적인 대응일 뿐이다. 나이테라는 동심원 속 심부는 행위가 없는 것 같지만, 생명의 원천이요 존재의 뼈대다. 나무의 세대 간 역할 분담을 보면서 생명활동이란 자연과 더불어 질서를 이루고 물길을 가르는 생체고분자 예술이라고 생각했다. 죽은 나무 속 미처 빠져나가지 못한 물기는 서서히 배출되면서 몸통은 금이 가고 뒤틀리니 이 고분자는 죽어서도 말을 한다.

우리 DNA 염색체에도 말단 부위 소립이라고 부르는 텔로미어 같은 분자 수준의 나이테, 곧 삶의 무늬가 있다. 물론 나무의 나이테보다는 훨씬 이해하기가 어렵다. 하지만 불로장생을 꿈꾸는 인간이 노화의 원인을 규명하고자 이런 분자 나이테 연구에 한창 열을 올리고 있다.

나는 장구한 세월 동안 갖은 풍상을 겪어 낸 거목을 손녀, 손자에게 만져 보라고 권했다. 할아버지가 겨우 35년 동안 연구해 온 고분자 세계의 일면도 귀띔해 주면서. 그리고 이웃과 더불어 숲을 이루고 꿋꿋하게 살아온 나무의 향기까지 느껴 보길 바랐다. 가만히 나이테를 들여다보고 쓰다듬는 손녀와 손자도 언젠가는 해마다 혹독한 추위와 아픔을 참고 견뎌 내 새싹을 틔우고, 그 순에서 달콤한 열매를 맺는 자연의 섭리를 알게 되리라. 그리고 자연의 희망과 축복의 언어를 읽어 낼 수 있으리라.

스스로 전파되고 삶 속으로 파고드는 기술의 속성

오늘날 단순한 호기심이나 모험심으로 지적 놀음을 하는 한가한 과학자는 보기 드물다. 산업혁명이 목적 없이 연구하는 과학자나 기술자를 도태시켰기 때문이다. 한때는 필요가 발명을 낳았으나 대량생산과 소비사회에서는 수요와 공급이 가치를 결정하고, 수요를 촉진하기 위한 연구가 대세를 이룬다. 발명이 오히려 필요와 용도를 창출한다.

고분자 산업은 대규모 장치 산업이고 기술개발에 거대한 자본이 투입되다 보니 기왕 획득한 소재를 더 널리 보급하고 소비를 촉진하지 않으면 안 되었다. 인공지능(AI)이 활개 치는 미래를 내다보면 나는 이런 합성고분자를 떠올리게 된다. AI는 인간의 지능을 어디까지 모방하고 위협하게 될까? 데이터에 기반한 알고리즘은 작동과정이 깜깜이다. 공정성도 없고 인간성도 없다. 최적화라는 효용성만 있을 뿐이다. 그런데 AI가 바이러스처럼 스스로 전파되고 삶 속으로 파고들려 한다. 이런 알고리즘에 누가 자기 목숨을 선뜻 내맡길 수 있겠는가?

인간은 어떻게 살아남아야 할까? 화학기술의 총체인 과거 5천 년 소재발전의 추이를 떠올려 보자. 석기시대와 청동기시대, 철기시대를 거쳐 합성고분자 시대가 도래하게 된 배경과 그 폐해를 생각해 보면 미래가 보인다.

고분자는 크게 천연고분자와 플라스틱, 섬유, 고무, 각종 도료와

접착제 등 합성고분자로 나뉜다. 이들이 균형을 이루면서 발전을 거듭하고 있다. 플라스틱은 사람이 인위적으로 만들어 낸 것으로, 자연계에는 존재하지 않는 소재다. 이들은 천연 소재를 대체하거나 모방하는 단계에서 이를 완전히 능가하는 고기능·고성능 소재로 발전해 왔다. 전문가들은 플라스틱이 철강, 세라믹, 유리, 목재 등 어느 소재보다도 더 저탄소 친환경적이라고 말한다. 그 근거는, 플라스틱의 선구물질인 원료의 대부분은 고분자로 전환되어 공기 중에 탄소를 배출하지 않고, 에너지를 적게 쓰고서도 무슨 형상이든지 만들어 내기 쉽고, 가볍고, 내구성이 좋다는 데 있다.

전 세계 GDP의 3~4퍼센트, 대략 2.5조 달러가 철이 녹슬면서 사라진다고 한다. 이를 방지해 주는 소재가 도료다. 내가 연구해 온 전도성 고분자는 자가 치유되면서 녹을 근원적으로 막고, 에너지 전환이나 저장에도 이용되는 스마트한 물질이다. 그런데도 플라스틱이라는 합성고분자는 환경을 오염시키는 주범으로 인식되고 있다. 나는 평생 이런 천덕꾸러기 물질의 구조와 형태 연구에 매진해 왔단 말인가? 한편으로 씁쓸한 생각이 들 때쯤 전혀 전공과 관련 없어 보이는 한 학자가 명쾌하게 이 우려를 불식시켜 주었다.

어디나 존재하는 신성한 물질 플라스틱

2019년 8월 민간 싱크탱크인 '여시재'는 현대 사회, 특히 한국 사회의 지속가능성 문제를 주요 연구 분야로 정해 국내외 전문가들과 꾸준히 세미나, 워크숍을 진행해 왔다.* 그중 연세대 정치외교학과 백우열 교수가 우리 생활 그 자체가 됐으면서도 동시에 환경을 파탄으로 내몰고 있는 플라스틱에 대한 균형 잡힌 시각을 요구하는 글을 발표하여 크게 감동했다. 전공 분야로만 보면 플라스틱으로 밥을 먹고 사는 분은 아닌 것 같은데, 글 제목이 '플라스틱 없이는 밥도 먹을 수 없다'라니 놀랍다. 백 교수는 글에서 플라스틱은 어느 곳에나 존재하는[遍在, the ubiquity of plastic] 신성한 물건이라면서 '어느 곳에나 존재한다는 것은 신성한 신과 같은 존재들로서 그 본질인 선과 악, 천사와 악마 얼굴을 가지고 있다'고까지 주장하고 있다.

그렇다. 문제는 인공소재든 인공지능이든 늘 필요 이상으로 소비를 자극하고 인간 존엄성을 해치는 현대 경제 사회의 환경파괴 행위다. 인간 탐욕에 기인한 악마의 출현을 억제하려면 어떻게 해야 할까? 넘치지 않는 소박한 삶을 살아야 한다. 또 일회성 생활 편의 소재는 가급적 줄여 가도록 더 많은 지혜를 모아야 한다.

이처럼 학자들이 앞장서야 사회도 생각을 모을 수 있고 세상이 바뀐다. 그리고 우리는 생태계를 보존하고 물질 순환 사회를 구축하는 데 없어서는 안 되는 소재 개발이라는 과제를 해결해야 한다. 그래야 지속가능한 발전이 가능하다. 우리가 받은 것보다 더 많은 것

---

* 백우열, 「플라스틱 없이는 밥도 먹을 수 없는데」, 여시재. https://yeosijae.org/posts/724?project_id=27&topic_id=1

을 후대에 물려주고 가야 하지 않겠는가?

손주들에게 지구본을 선물하면서

    2019년 여름은 내 손자 손녀에게 특별한 해였다. 나고 자랐던 고향마을을 떠나 비로소 시야가 지구촌으로 확대되는 시기를 맞이하였으니까 말이다. 가족이 시애틀 인근 벨뷰에 살게 되면서 큰손녀 윤수가 워싱턴 대학 코딩 프로그램에 등록하여 컴퓨터 언어를 배우고 게임을 제작해 보는 과정을 이수했다. 벨뷰는 폴 앨런(Paul Gardner Allen)과 빌 게이츠(Bill Gates)가 컴퓨터 사업을 꽃피워 오늘날 마이크로소프트의 신화를 이뤄 낸 곳이다. 폴 앨런이 다녔던 대학이 워싱턴 대학이고 시애틀이 이들 두 사람의 고향이기도 해서, 워싱턴 대학이 앞장서서 이런 컴퓨터 교육프로그램을 만들어 전 세계에 보급하고 있다(큰딸의 아이인 다른 손녀 명진이는 같은 교육프로그램을 서울대학교에서 들었다).

    워싱턴 대학 컴퓨터 강의실 한쪽 벽에는 빌 게이츠의 어록 한 구절을 새긴 액자가 걸려 있다. "다음 세기를 내다보면 미래 지도자는 남이 성공할 수 있도록 격려하고 힘이 되어 주는 사람이 될 것이다(As we look ahead into the next century, leaders will be those who empower others.)."

    나는 우리 아이들이 코딩 지식보다는 이 말을 가슴에 새겼으면

내가 선물한 지구본을 보고 있는 손녀들.

한다. 요즈음은 교육사업에도 국경이나 언어장벽이 따로 없다. 지구가 하나의 촌락이다. 아이들이 지구촌에서 펼치게 될 미래의 꿈은 어디까지일까?

나는 미국에서 귀국하며 큰딸네 아이들인 명진, 하진 자매에게 아담한 크기의 지구본을 선물했다. 지구촌을 이해하고 다양한 문화를 경험하며 자유롭고 창의적 사고를 진작하며 살았으면 하는 마음에서였다.

지구는 바로 서지 못하고 몸체를 15도 정도 기울이고 있다. 우리가 아름다운 사계절을 누리는 것은 지구가 이렇게 하늘을 향해 고개를 숙이고 돌고 있기 때문이다. 나는 아이들이 지구본을 돌려 보면서 어디든 손가락으로 짚어 보기를 바랐다. 그리고 바다 위에 떠 있는 육지, 굵은 선으로 구획되어 있는 나라를 찾아 보았다. 손가락에 가려 잘 보이지도 않는 지구촌 어딘가에는 백인과 흑인, 우리 같은 황인이 각기 다르게, 그러나 모두가 한 길을 가며 무리 지어 살고 있음을 알려 주었다. 손녀들이 자라면서 때로는 망원경으로, 때로는 현미경으로 지구를 관찰하며 지구촌 다양한 삶을 경험하고 그 모습을 그려 보면 좋겠다. 그러면서 소중한 지구를 가슴에 품었으면 한다.

2019년은 인간이 달에 착륙한 지 50주년이 되는 해였다. 나에게 평생 잊지 못할 날 하나를 들라고 하면 나는 주저하지 않고 1969년 7월 20일(UTC, 세계 협정시)이라고 말한다. 내가 고등학교 3학년 때다. 당시는 세대당 TV 보급률이 2.1퍼센트 정도로 아직 대중화되기 전이라, 우리는 동네 어느 텔레비전 앞에 모여서 숨넘어가는 줄도 모르고 긴장하며 인간의 달 착륙 장면을 지켜보았다.

우주에서 처음으로 본 지구의 모습은 칼 세이건(Carl Sagan)이 말했듯 '창백한 푸른 점'에 지나지 않았다. 우주인이 보내온 지구 사진은 하나같이 망망대해 같은 광활한 우주에 외로이 떠 있는 배처럼 보였다. 그래서 사람들은 모두 한목소리로 "지구가 고독하면서도 찬란하게 보인다."라고들 말했다.

하지만 손자들한테는 아폴로 11호가 보내 준 지구촌 이야기는 아주 먼 옛날 일이다. 낯설고 재미있었던 몇 해 전 남아메리카 오지 여행 이야기처럼 생각될지도 모르겠다. 어쩌면 이 아이들 세대에는 지구를 떠나 있으면서 지구가 사무치게 그리워질 날이 올지도 모른다. 지구를 떠나 태양계로, 태양계에서 은하계로 얘기꽃을 피우게

달 표면에서 아폴로 8
호가 찍은 지구의 모습.
1968. 12. 24. ⓒNASA

되는 날이 오리라는 상상도 더 이상 공상으로만 들리지 않는다. 아름다운 지구 곳곳에서 여기저기 옮겨 다니며 살아가는 한낱 과객이 아예 지구를 떠나 외계를 유람하고 돌아온 여행객으로 탈바꿈하는 세계, 여기에서 살아갈 내 손자들! 생각만 해도 가슴이 뛴다.

끊임없이 변화하는 유리와 바다

정호승 시인은 「바닷가에 대하여」에서 "잠자는 지구 숨소리를 듣고 싶을 때" "자기만의 바닷가로 달려가 쓰러지는 게 좋다"고 했다.[*] 몇 해 전, 양재 횃불센터의 미술 전시회에서 최진희 작가의 작품을 구입해 거실에 설치했다. 유리로 제작한 〈바다〉라는

---

* 정호승, 「바닷가에 대하여」, 『내가 사랑하는 사람』, 열림원, 2008, 107쪽.

작품이었다. 작품의 주재료가 고분자 소재인 유리와 물감이어서 마음이 당겼다.

이 작품은 판유리에 유리가루로 만든 에나멜 물감으로 그림을 그려 평면 작업을 하고 이 판유리 3장을 겹쳐 입체성을 가미한 후 고온 가마에서 녹여 만든 작품이다. 멀리 파란 하늘과 맞닿은 수평선이 보이고, 그 앞으로 검푸른 바다가 펼쳐지고, 3줄 무늬 하얀 파도가 넘실거리며 해안으로 밀려온다.

유리라는 독특한 소재는 고분자 본질을 이해하고 설명하는 데 중요하다. 나는 고분자 과학 시간에 유리에 대해서 1주 이상 강의한다. 모든 물질은 온도를 낮추면 질서 있게 정렬되면서 고체가 된다. 그런데 고분자는 다르다. 온도를 낮추면 기다랗게 엮인 사슬들이 제자리를 찾지 못하고 도중에 얼어 버린다. 그래서 보통 고체와는 다른 액체 구조의 유리가 만들어진다. 얼어 버린 유리 구조를 미시적으로 자세히 관찰해 보면 고분자 사슬들이 끊임없이 몸집을 줄이며 조금씩 움직이고 있다. 보다 더 편안하고 안정한 곳을 찾기 위해서다. 그래서 나는 유리가 살아 있다고 강의한다. 유리는 깨지기 쉽고, 연약하고, 빛의 통로 역할을 할 뿐 자신을 드러내지 않는다. 그러면서 과거의 기억을 고스란히 내부에 간직하며 더욱 단단해진다. 변화를 수용하고 일구어 가는 물성이 바다와 잘 어울린다고나 할까?

어렸을 적 나를 품었던 바다는 내 영원한 고향이다. 젊어서 바다는 잠시 이글거리는 태양에 밀려나 있었지만 나이 들어가며 다시 좁은 거실 안 내 곁으로 들어왔다. 이제는 바다를 보고 꿈 대신 새로운 희망을 찾는다. 바닷물 한 컵 떠다 놓고 바다라 부른 격이라고 할지도 모르겠다. 하지만 우주 속 지구도 바닷물 속 한 컵 물과 같은 존재가 아닌가. 가장자리에서 다시 생생하게 살아나는 파도처럼 시시각각 다른 모습의 넓고 넓은 바다 이미지가 꽉 막힌 나의 가슴을 뚫고, 여기저기 흔적만을 남기고 사그라지는 열정의 불꽃을 되살려 낸다. 거실에 한 폭 풍경화로 걸린 동해 바다에서 '철석 처얼석 처얼석', 정지용 시인의 「바다」도 생각나고, 오세영 시인의 「바닷가에서」가 귓가에 들리는 듯도 하다. 자신을 낮추며 찾아오는 평안을 누군들 못 누리겠는가마는 매일같이 이 시구를 반복하며 하루를 시작한다.

바닷가에서[●]

오세영

사는 길이 높고 가파르거든
바닷가
하얗게 부서지는 파도를 보아라.
아래로 아래로 흐르는 물이
하나 되어 가득히 차오르는 수평선.

● 오세영, 「바닷가에서」, 『꽃들은 별을 우러르며 산다』, 시와시학사, 1992.

스스로 자신을 낮추는 자가 얻는 평안이

거기 있다.

(하략)

바다는 늘 그 자리에 있으나 파도가 밀려오고 밀려가는 모습과 출렁거리는 물결은 삼라만상 변화의 모태다.

오늘날 증강세계와 가상세계는 현실을 더 생생하게 그려 낸다. 그래서 어떤 지인은 뭐하러 비싼 돈 주고 이런 작품을 샀냐고 하지만, 가당치 않은 소리다. 겉모습만 화려한 디지털 세계 어디에도 땀흘려 동참했던 나의 모습, 나의 세계는 없다. 협소해진 의식 속으로 현실이 축소되지는 않을지 염려 된다.

나는 사물의 본질을 추구할 때는 늘 바다를 떠올린다. 바다가 바다일 수 있는 이유는 단순히 넓고 깊어서가 아니다. 끝없이 아래로 아래로 흐르는 모든 강물이 모여들고도 채워지지 않고, 생명체의 온갖 스트레스를 받아들여 이를 정화한다. 사물의 본질은 관계 속에서 드러난다. 낚시바늘로 고기를 잡듯 바닷속에서 그저 하나 낚아 올린 지식과 정보는 생명력이 없다. 시공을 넘나들며 숨을 쉬고 살아야 삶에서 유리되지 않고 커 나갈 수 있다.

지구촌 곳곳의 디지털 정보도 공동운명체다. 생산자이자 사용자인 디지털 주체들이 겸허한 마음으로 수평적 네트워크를 이루며 교류해야 한다. 정체된 정보는 찌꺼기다. 정치, 경제, 사회, 문화, 보건, 의료 등 모든 분야에서 디지털 전환으로 정보가 물 흐르듯 흘러들고, 이들이 생생한 관계를 이루며 생태계를 만들어야 변화를 이끈다. 가치 없는 데이터가 들어가면 쓸모없는 결과가 나온다, GIGO(Garbage In, Garbage Out). 바다가 이런 온갖 잡동사니 정보가 모여드는 저장소가 될지, 아니면 지식의 보고로 살아남을지는 거기서 우러나는 삶의 지혜가 대답할 것이다.

학문 35년의 소회

　　신영복 교수의 책 『담론』에서 읽은 『맹자』 「진심(盡心)」장에 나오는 구절로 나의 학문 35년을 결산하고 싶다.

　觀於海者 難爲水 遊於聖人之門者 難爲言(관어해자 난위수 유어성인지문자 난위언)

　바다를 본 사람은 물을 말하기를 어려워하고, 성인 문하에서 공부한 사람은 학문에 대하여 말하기 어려워하는 법이다.

　신영복 교수는 '바다를 본 사람은 물을 말하기를 어려워하고'를 '관해난수(觀海難水)'라는 4자 성어로 줄여 '큰 것을 깨달은 사람은 작은 것도 함부로 이야기하지 못한다'는 뜻으로 풀었다.● 신 교수의

● 신영복, 『담론』, 돌베개, 2019, 116쪽.

인품이 묻어나는 해석에 고개가 끄덕여진다.

학문의 벽, 그 폭과 너비가 넓고 깊은데 내 깨달음의 크기는 협소하고, 고희에도 사방이 꽉 막혀 있는 데다 이내 바닥이 드러난다. 어떤 책을 읽어도 실망하지 않고 감동을 받고, 아무리 사소한 말이라도 함부로 얘기하기 어렵다. 요즈음은 음악을 들어도 소위 이름이 알려진 연주자의 몇 곡만을 추려 내 연주한 곡보다는 전곡 연주를 듣고, 소리꾼의 한 대목 열창보다는 완창을 듣는다. 내 귀가 연주자의 성숙도를 논할 만큼 트인 것은 아니다. 하지만 나보다 앞서 고희를 넘긴 피아니스트 백건우 씨가 한 작곡자의 전 곡을 구도자의 태도로 연주하는 모습을 보면서 큰 감동과 아름다움을 느꼈다.

그렇다, 돌아보면 순간순간 아름답지 않은 것은 없다. 내 삶을 돌아봐도 어느 한 순간도 버릴 시기가 없고, 모든 순간이 못 잊을 그리움으로 남아 있다.

깨달음과 공부가 삶의 이유가 되는 요즈음, 나는 하루하루 책을 벗하고 '오늘을 오늘로(One day at a time)' 살면서 스스로 만족하는 삶에 충실하고 있다. 내면의 빛이 주름 깊어 가는 내 얼굴에서 환하게 드러나기를 바라면서.